Magya

Magya

SEPTIMUS HEAP
⚔ PRIMEIRO LIVRO ⚔

Magya

ANGIE SAGE
ILUSTRAÇÕES DE MARK ZUG

Tradução
Waldéa Barcellos

ROCCO
JOVENS LEITORES

Título original
SEPTIMUS HEAP
Book one
MAGYK

Copyright © 2005 by Angie Sage
Ilustrações © 2005 by Mark Zug

Todos os direitos reservados; nenhuma parte desta publicação
pode ser reproduzida sem a prévia autorização do editor.

Edição brasileira publicada mediante acordo com a HarperCollins
Children's Books, uma divisão da HarperCollins Publishers Inc.

Direitos para a língua portuguesa reservados
com exclusividade para o Brasil à
EDITORA ROCCO LTDA.
Av. Presidente Wilson, 231 – 8º andar
20030-021 – Rio de Janeiro, RJ
Tel.: (21) 3525-2000 – Fax: (21) 3525-2001
rocco@rocco.com.br
www.rocco.com.br

Printed in Brazil/Impresso no Brasil

preparação de originais
LAURA VAN BOEKEL CHEOLA

CIP-Brasil. Catalogação na fonte.
Sindicato Nacional dos Editores de Livros, RJ.
S136m   Sage, Angie
Magya/Angie Sage; tradução de Waldéa Barcellos. – Primeira edição.
Rio de Janeiro: Rocco Jovens Leitores, 2008. – (Septimus heap)
ISBN 978-85-61384-30-2
1. Literatura infantojuvenil. I. Barcellos, Waldéa. II. Título.
III. Série.
08-1919   CDD – 028.5   CDU – 087.5

O texto deste livro obedece às normas do
Acordo Ortográfico da Língua Portuguesa.

*Para Lois,
com amor e gratidão por
toda a sua ajuda e incentivo...
este livro é para você.*

✢ PRIMEIRO LIVRO ✢

1 •	Alguma Coisa na Neve	13
2 •	Sarah e Silas	19
3 •	O Supremo Guardião	31
4 •	Márcia Overstrand	41
5 •	Visita à Família Heap	51
6 •	Ida à Torre	65
7 •	A Torre dos Magos	70
8 •	A Rampa do Lixo	82
9 •	A Taberna de Sally Mullin	90
10 •	O Caçador	101
11 •	O Rastro	108
12 •	*Muriel*	117
13 •	A Perseguição	122
14 •	O Valado Deppen	130
15 •	Meia-noite na Praia	140
16 •	O Atolardo	160
17 •	Alther Sozinho	172
18 •	O Chalé da Protetora	181
19 •	Tia Zelda	190
20 •	Menino 412	202
21 •	Rattus Rattus	210
22 •	**Magya**	228
23 •	Asas	239
24 •	Insetos Escudeiros	252

25 • A Bruxa de Wendron	260
26 • Banquete do Solstício de Inverno	267
27 • A Viagem de Stanley	281
28 • O Grande Gelo	291
29 • Pítons e Ratos	303
30 • Mensagem para Márcia	314
31 • O Retorno do Rato	323
32 • O Grande Degelo	332
33 • Vigiar e Esperar	347
34 • Emboscada	353
35 • Enfurnados	363
36 • Congelado	370
37 • Cristalomancia	378
38 • Descongelamento	388
39 • O Compromisso	398
40 • O Encontro	404
41 • O *Vingança*	415
42 • A Tempestade	431
43 • O Barco-Dragão	442
44 • Ao Mar	456
45 • Maré Baixa	468
46 • Uma Visita	477
47 • O Aprendiz	486
48 • A Ceia do Aprendiz	496
49 • Septimus Heap	508
O que Tia Zelda viu no Laguinho dos Patos	514
E depois...	517

Magya

RIACHO DA DESOLAÇÃO
O CASTELO
A FLORESTA
PRAI DO SA
O RIO
PONTE DE MÃO ÚNICA
OS EMARANHADOS
N
O
L
S
PORTÃO NORTE
ESTALEIRO DE JANNIT MAARTEN
O FOSSO
TABERNINHA SECRETA
TORRE DOS MAGOS
TRAJETO DA RAMPA DE LIXO
ROCHA DO CORVO
ARCO MAIOR
PORTÃO SUL
LIXÃO MUNICIPAL
O PALÁCIO
CASA DE CHÁ E CERVEJARIA DE SALLY MULLIN
O CASTELO

PARA AS ÁRIDAS
TERRAS DO MAL
E MONTANHAS
FRONTEIRIÇAS
N
L
S
O
TERRAS CULTIVADAS
O RIO
VALADO DEPPEN
BREJAL
MARRAM
ILHA
DRAGGEN
CASEBRE
DO JACK
MALUCO
O
PORTO
AS DUNAS

✢ 1 ✢
ALGUMA COISA NA NEVE

Silas Heap se enrolou melhor na capa para se proteger da neve. Tinha feito uma longa caminhada pela Floresta e estava enregelado até os ossos. Mas trazia nos bolsos as ervas que Galen, a Curandeira, lhe tinha dado para seu filho mais novo, Septimus, nascido naquele mesmo dia.

Silas foi se aproximando do Castelo e pôde ver, através das árvores, as luzes bruxuleantes provenientes das velas postas nas janelas das casas altas e estreitas aglomeradas ao longo das muralhas externas. Era a noite mais longa do ano, e as velas arderiam até o amanhecer, para ajudar a afastar a escuridão. Silas sempre adorava essa caminhada até o Castelo. Não tinha o menor medo da Floresta durante o dia e apreciava o percurso tranqüilo pela trilha estreita que abria caminho, quilômetro após quilômetro, através do bosque fechado. Estava agora perto dos limites da Floresta; as árvores altas começavam a rarear. À medida que a trilha descia para chegar ao fundo do vale, Silas podia ver o Castelo inteiro, exposto à sua frente. O rio largo e sinuoso contornava as velhas muralhas que ziguezagueavam para cercar as casas agrupadas sem nenhuma ordem. Todas eram pintadas de cores vivas; e as que eram voltadas para o oeste pareciam estar pegando fogo por causa do reflexo dos últimos raios do sol de inverno nas janelas.

O Castelo tinha começado como uma pequena aldeia. Por sua localização tão próxima à Floresta, os aldeões tinham levantado altas muralhas de pedra como proteção contra carcajus, bruxas e bruxos que não viam nada de mais em roubar seus carneiros, galinhas e ocasionalmente seus filhos. Com a construção de um maior número de casas, as muralhas foram ampliadas e um fosso profundo foi escavado para que todos se sentissem em segurança.

Logo o Castelo estava atraindo artífices qualificados vindos de outras aldeias. Ele cresceu e prosperou tanto que começou a faltar espaço para os moradores, até alguém decidir construir os Emaranhados. Os Emaranhados, onde Silas, Sarah e os meninos moravam, era uma enorme construção de pedra que se erguia ao longo da beira-rio. Ela se estendia por quase cinco quilômetros e era voltada para dentro do Castelo. Era um lugar barulhento e movimentado, com um labirinto de corredores e aposentos, com pequenas fábricas, escolas e lojas misturadas com quartos de famílias, minúsculos jardins de terraço e até mesmo um teatro. Não havia muito espaço nos Emaranhados, mas as pessoas não se importavam. Sempre se encontrava boa companhia e alguém para brincar com as crianças.

Enquanto o sol ia caindo abaixo das muralhas do Castelo, Silas apressava o passo. Precisava chegar ao Portão Norte antes que o trancassem e erguessem a ponte levadiça, antes do anoitecer. Foi nesse instante que Silas sentiu *alguma coisa* ali por perto. Algum ser vivo, mas que quase já não estava vivo. Ele se deu conta de uma leve pulsação humana em algum lugar ali perto. Silas parou. Como Mago Ordinário, era capaz de sentir coisas; mas, como não era um Mago Ordinário muito competente, precisava de uma forte concentração. Ficou ali parado, imóvel, com a neve caindo ao redor, já encobrindo suas pegadas. E então ouviu algo: uma fungada, um gemido, uma leve respiração? Não sabia ao certo, mas foi o suficiente.

Por baixo de um arbusto ao lado do caminho havia uma trouxa. Silas apanhou a trouxa e, para seu espanto, descobriu que estava contemplando os olhos solenes de uma neném diminuta. Ele aconchegou a neném nos braços e se perguntou como era possível que ela tivesse ido parar na neve no dia mais frio do ano. Alguém a tinha envolvido bem numa pesada manta de lã, mas ela já estava com muito frio. Os lábios estavam com um tom de azul sombrio; e os cílios, salpicados de neve. Enquanto os olhos escuros, cor de violeta, o contemplavam atentamente, Silas teve a sensação desconfortável de que ela, naquela sua curta vida, já tinha visto coisas que nenhum bebê deveria ver.

Pensando em sua Sarah em casa, aconchegada e segura com Septimus e os meninos, Silas decidiu que eles simplesmente teriam de criar espaço para mais uma criancinha. Abrigou com cuidado a neném por baixo da sua capa azul de Mago, segurando-a bem perto do corpo, enquanto corria em direção ao portão do Castelo. Chegou à ponte levadiça no exato instante em que Gringe, o Guarda-portão, estava prestes a gritar para o Auxiliar da Ponte começar a içá-la.

– Desta vez foi por um triz – resmungou Gringe. – Mas vocês, Magos, são esquisitos. Que vocês todos querem fazer lá fora num dia como hoje eu num sei.

– É? – Silas queria passar por Gringe o mais rápido possível, mas antes precisava molhar sua mão. Encontrou rápido uma moeda de prata num bolso e a entregou a Gringe. – Obrigado, Gringe. Boa-noite.

Gringe olhou para a moedinha como se fosse um besouro bastante repulsivo.

– Márcia Overstrand, essa me deu uma meia coroa 'gorinha mesmo. Mas a verdade é que ela tem classe, principalmente porque agora é a Maga ExtraOrdinária.

– O quê? – Silas quase engasgou.

– É. Classe, é o que ela tem.

Gringe deu um passo atrás, e Silas passou rápido. Por mais que quisesse descobrir por que Márcia Overstrand de repente era a Maga ExtraOrdinária, Silas estava sentindo a trouxa começar a se mexer no calor da capa; e algo lhe dizia que seria melhor se Gringe não tivesse conhecimento da neném.

Quando Silas sumiu pelas sombras do túnel que levava aos Emaranhados, um vulto alto vestido de roxo se adiantou e lhe impediu o caminho.

– Márcia! – exclamou Silas, espantado. – O que...

– Não conte a *ninguém* que você a *encontrou*. Ela *nasceu* de vocês. *Entendeu*?

Abalado, Silas fez que sim. Antes que tivesse tempo de dizer qualquer coisa, Márcia tinha desaparecido num tremeluzir de névoa roxa. Silas completou o resto do percurso longo e sinuoso através dos Emaranhados em estado de total perturbação. Quem era essa neném? O que Márcia tinha a ver com ela? E por que Márcia agora era a Maga ExtraOrdinária? E, quando se aproximava da grande porta vermelha que dava para o aposento já superlotado da família Heap, outra pergunta, mais premente, surgiu na sua cabeça: o que Sarah ia dizer de ter ainda mais uma criança para cuidar?

Silas não teve muito tempo para pensar sobre esta última questão. Quando chegou à porta, ela se abriu com violência, e uma mulher grandona, de rosto vermelho, usando as vestes azul-escuras de uma Parteira-Chefe, saiu correndo, quase derrubando-o no chão enquanto ia embora. Ela também carregava uma trouxa, só que essa trouxa estava enfaixada da cabeça aos pés; e a levava debaixo do braço como se fosse um embrulho e ela estivesse atrasada para a saída do correio.

– Está morto! – gritou a Parteira-Chefe, afastando Silas do caminho com um tremendo empurrão e seguindo veloz pelo corredor. Dentro do aposento, Sarah Heap estava aos berros.

Silas entrou, com o coração acabrunhado. Viu Sarah cercada por seis menininhos de rosto muito branco, todos apavorados demais para chorar.

– Ela levou meu menino – disse Sarah, desconsolada. – Septimus morreu e ela o levou embora.

Nesse instante, uma umidade morna se espalhou da trouxa que Silas ainda trazia escondida por baixo da capa. Silas não encontrava palavras para o que queria dizer. Por isso, simplesmente tirou a trouxa de dentro da capa e a colocou nos braços de Sarah.

Sarah Heap desfez-se em lágrimas.

✛ 2 ✛
Sarah e Silas

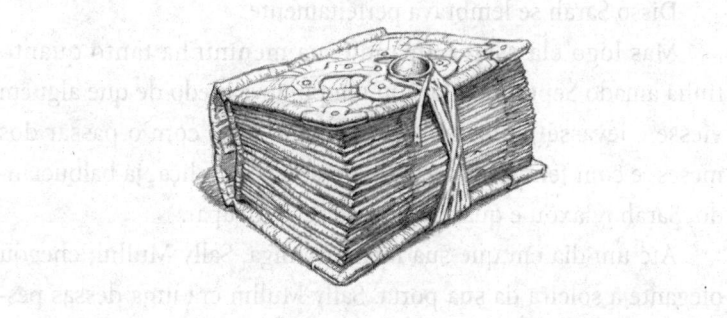

A trouxa se acomodou bem na residência da família Heap e recebeu o nome de Jenna em homenagem à mãe de Silas.

Quando Jenna chegou, o caçula dos meninos, Nicko, tinha só dois anos e logo se esqueceu do irmão Septimus. Os meninos mais velhos aos poucos também se esqueceram. Eles adoravam a irmãzinha e traziam para ela todos os tipos de tesouros das aulas de **Magya** na escola.

É claro que Sarah e Silas não conseguiram esquecer Septimus. Silas se sentia culpado por ter deixado Sarah sozinha enquanto ia buscar as ervas para o bebê com a Curandeira. Sarah simplesmente se culpava por tudo. Apesar de não conseguir se lembrar de quase nada do que tinha acontecido naquele dia terrível, sabia que tinha tentado dar o sopro da vida de volta ao bebê e que não tinha conseguido. E ela se lembrava de ter ficado olhando enquanto a Parteira-Chefe enfaixava o pequeno Septimus da cabeça aos pés e depois corria para a porta, gritando para trás: "Está morto!"

Disso Sarah se lembrava perfeitamente.

Mas logo ela estava amando sua menininha tanto quanto tinha amado Septimus. Por um tempo, teve medo de que alguém viesse e levasse Jenna embora também; mas, com o passar dos meses, e com Jenna se tornando uma neném roliça, já balbuciando, Sarah relaxou e quase parou de se preocupar.

Até um dia em que sua melhor amiga, Sally Mullin, chegou ofegante à soleira da sua porta. Sally Mullin era uma dessas pessoas que sabiam de tudo que acontecia no Castelo. Era uma mulher baixinha, ativa, com o cabelo fino de um louro levemente avermelhado que estava sempre escapando do chapéu de cozinheira meio encardido. Seu rosto era redondo e simpático, um pouco gorducho por causa de sua compulsão por bolos. Não deixava nenhuma sobra, comia até as migalhas, e sua roupa costumava estar coberta de salpicos de farinha.

Sally tinha uma pequena taberna lá embaixo sobre o cais flutuante à margem do rio. A placa acima da porta anunciava:

CASA DE CHÁ E CERVEJARIA DE SALLY MULLIN
ACOMODAÇÕES LIMPAS
NÃO ACEITAMOS GENTALHA

Não havia segredos na taberna de Sally Mullin. Qualquer coisa ou qualquer um que chegasse ao Castelo pelo rio era visto e se tornava alvo de comentário; e a maioria dos que chegavam ao Castelo realmente preferia chegar de barco. À exceção de Silas, ninguém gostava das trilhas sombrias que cortavam a Floresta em torno do castelo. A Floresta ainda tinha um sério problema de carcajus à noite e era infestada de árvores carnívoras. Além disso, ainda havia as Bruxas de Wendron, que sempre estavam necessitadas de dinheiro. Sabia-se que elas montavam armadilhas para o viajante incauto e o deixavam com pouco mais do que a camisa e as meias.

A taberna de Sally Mullin era uma cabana movimentada, fumegante, precariamente empoleirada sobre a água. Embarcações de todas as formas e tamanhos atracavam no seu cais, e delas desembarcavam todos os tipos de pessoas e animais. A maioria resolvia se recuperar da viagem tomando no mínimo uma caneca das fortíssimas cervejas de Sally com uma fatia de bolo de cevada e contando a última fofoca. E qualquer um no Castelo com meia hora de folga e o estômago roncando logo se descobriria na trilha batida que descia ao Portão do Porto, passava pelo Lixão de Conveniência da Beira-Rio e seguia ao longo do cais até a Casa de Chá e Cervejaria de Sally Mullin.

Sally se encarregava de visitar Sarah todas as semanas e mantê-la a par de tudo o que acontecia. Em sua opinião, Sarah era muito sobrecarregada com sete filhos para cuidar, para não falar em Silas Heap, que muito pouco fazia até onde ela podia ver. As histórias de Sally costumavam envolver pessoas de quem Sarah nunca tinha ouvido falar e que nunca chegaria a conhecer, mas ela assim mesmo aguardava com expectativa as visitas de Sally e gostava de ouvir notícias do que acontecia ao redor. Nessa visita, porém, o que Sally tinha a lhe dizer era diferente. Era mais sério do que a fofoca do dia a dia; e, dessa vez, Sarah estava envolvida. E, pela primeiríssima vez, Sarah tinha algum conhecimento sobre o assunto que Sally não tinha.

Sally entrou rápido e fechou a porta atrás de si, num clima de conspiração.

– Tenho notícias horríveis – murmurou.

Sarah, que estava tentando limpar as marcas da refeição da manhã do rosto de Jenna, bem como todos os outros lugares onde a neném tinha deixado cair comida, além de limpar a sujeira do novo filhote de cão de caça aos lobos, tudo ao mesmo tempo, não estava realmente prestando atenção.

– Olá, Sally. Tem um lugar limpo aqui. Venha sentar. Uma xícara de chá?

– Sim, por favor. Sarah, dá para você acreditar nisso?

– O que que é, afinal de contas, Sally? – perguntou Sarah, que esperava ouvir a história da última ocorrência de mau comportamento na taberna.

– A Rainha. A Rainha morreu!

– O quê? – Sarah sufocou um grito. Tirou Jenna da cadeira alta e a levou até o canto da sala, onde estava seu moisés. Sarah deitou Jenna para uma soneca. Acreditava que os bebês deveriam ser mantidos bem afastados de más notícias.

– *Morreu* – repetiu Sally, entristecida.

– Não – disse Sarah, arquejando. – Não acredito. Ela só não está passando bem depois do nascimento da neném. É por isso que ninguém a viu desde o parto.

– Essa é a história que os Guardas do Palácio contaram, não é mesmo? – perguntou Sally.

– Bem, é, sim – admitiu Sarah, servindo o chá. – Mas eles *são* os guarda-costas dela e deveriam saber o que dizem. Só que eu simplesmente *não* consigo compreender por que a Rainha de repente foi escolher ser protegida por uma corja de bandidos.

Sally apanhou a xícara de chá que Sarah tinha posto diante dela.

– Brigada. Hummmm, delicioso. Bem, é exatamente esse o problema... – Sally abaixou a voz e olhou em volta como se esperasse encontrar um Guarda do Palácio encostado num canto, não que ela precisamente pudesse perceber a presença de algum no meio de toda a bagunça na sala dos Heap. – Eles *são* uma corja de bandidos. Na realidade, foram eles que *mataram* a rainha.

– Mataram? Ela foi *morta*? – perguntou Sarah, assombrada.

– *Shhh*. Bem, veja só... – Sally puxou a cadeira mais para perto de Sarah. – Corre um boato, e eu ouvi da fonte mais limpa...

– Que fonte seria essa, então? – perguntou Sarah com um sorriso irônico.

– Simplesmente Madame Márcia – Sally se recostou na cadeira e cruzou os braços em atitude de triunfo –, nada mais, nada menos.

– O quê? Como é possível que você tenha batido papo com a Maga ExtraOrdinária? Ela lhe fez uma visitinha para tomar chá?

– Quase. Mas Terry Tarsal fez. Ele tinha ido à Torre dos Magos para entregar uns sapatos realmente esquisitos que tinha feito para Madame Márcia. E então, quando parou de se queixar do gosto dela para sapatos e de como detestava cobras, ele me disse que tinha por acaso ouvido Márcia conversando com uma das outras Magas. Endor, a baixinha gorducha, creio eu. Bem, elas disseram que a Rainha tinha sido morta com um tiro! Pelos Guardas do Palácio. Um daqueles Assassinos.

Sarah não podia acreditar no que estava ouvindo.

– *Quando?* – perguntou, com um sopro de voz.

– Bem, essa é a parte realmente *horrível* – murmurou Sally, nervosa. – Dizem que ela levou o tiro no dia em que a neném nasceu. Exatos seis meses atrás, e nós não soubemos de nada. É terrível... terrível. E atiraram também no sr. Alther. Que morreu. Foi assim que Márcia assumiu o posto...

– Alther *morreu*? – perguntou Sarah, pasma. – Não posso acreditar. Não posso mesmo... Todos achamos que ele tinha se aposentado. Silas foi Aprendiz dele há anos. Ele era um amor...

– Era? – perguntou Sally, sem interesse, ansiosa por continuar com a história. – Bem, isso não é tudo. Terry calcula que Márcia tenha conseguido salvar a Princesa e a tenha levado para algum lugar longe. Endor e Márcia estavam só batendo papo, na verdade, perguntando-se como ela estaria se saindo. Mas é claro que, quando se deram conta da presença de Terry ali com os sapatos, a conversa parou. Terry disse que Márcia foi muito grossa com ele. Depois, ele se sentiu meio estranho e achou que ela lhe lançou um *Encanto de Esquecimento*, mas ele se escondeu um pouco por trás de uma coluna quando viu que ela resmungava alguma coisa, e parece que o encanto não pegou direito. Ele está contrariado com isso porque não consegue se lembrar se ela lhe pagou os sapatos ou não.

Sally Mullin parou para respirar fundo e tomar um bom gole de chá.

– Pobre Princesinha. Que Deus a proteja. Eu me pergunto onde ela estará agora. Provavelmente definhando numa masmorra sei lá onde. Diferente desse seu anjinho ali no canto... Como ela vai?

– Ah, vai muito bem – disse Sarah, que geralmente teria se demorado a falar das fungadas de Jenna, dos dentinhos e de como já conseguia ficar sentada sozinha e segurar sua própria caneca. Mas, naquele exato momento, Sarah queria desviar de Jenna o foco da atenção... porque tinha passado os últimos seis meses se perguntando quem seu bebê era de fato, e agora ela sabia.

Sarah concluiu que Jenna era, sem dúvida deveria ser... a *Princesinha*.

Pelo menos dessa vez, Sarah ficou feliz de se despedir de Sally Mullin. Ficou olhando enquanto a amiga seguia apressada pelo corredor e, quando fechou a porta, deu um suspiro de alívio. Correu então até o moisés de Jenna.

Sarah levantou a menina e a segurou nos braços. Jenna lhe deu um sorriso e estendeu a mão para pegar seu colar de amuletos.

– Pois bem, Princesinha – murmurou Sarah –, eu sempre soube que você era especial, mas nunca sonhei que fosse nossa própria Princesa. – Os olhos violeta-escuro da neném encontraram os de Sarah e lhe lançaram um olhar compenetrado como se estivessem dizendo: *Bem, agora você sabe.*

Com delicadeza, Sarah devolveu Jenna ao moisés. Sua cabeça estava a mil, e suas mãos tremiam enquanto ela se servia de mais uma xícara de chá. Achava difícil acreditar em tudo o que tinha ouvido. A Rainha tinha morrido. E Alther também. Sua Jenna era a herdeira do Castelo. A Princesa. O que estava acontecendo?

Sarah passou o resto da tarde dividida entre contemplar Jenna, *a Princesa Jenna*, e se preocupar com o que aconteceria se alguém descobrisse onde ela se encontrava. Onde é que estava Silas quando ela mais precisava dele?

Silas estava aproveitando o dia numa boa pescaria com os garotos.

Havia uma pequena praia de areia na curva do rio ao longo dos Emaranhados. Silas estava ensinando Nicko e Jo-Jo, os dois menores, a amarrar potes de geleia à ponta de uma vara para mergulhar na água. Jo-Jo já tinha apanhado três peixinhos miúdos, mas Nicko a toda hora os deixava cair e estava ficando irritado.

Silas apanhou Nicko no colo e o levou para onde estavam Erik e Edd, os gêmeos de cinco anos. Erik sonhava de olhos abertos, feliz, com os pés na água cristalina e quentinha. Edd cutucava alguma coisa por baixo de uma pedra com uma varinha. Era um enorme besouro d'água. Nicko deu um berro e se grudou ainda mais no pescoço de Silas.

Sam, que estava com quase sete anos, era um pescador sério. No último aniversário, tinha ganhado de presente uma vara de pescar de verdade, e havia dois pequenos peixes prateados dispostos numa pedra ao seu lado. Ele estava prestes a puxar mais um. Nicko dava gritos estridentes de empolgação.

– Papai, leva ele embora. Assim, ele vai assustar os peixes – disse Sam, contrariado.

Silas saiu na ponta dos pés com Nicko e foi se sentar ao lado do filho mais velho, Simon, que estava com uma vara de pescar numa das mãos e um livro na outra. A ambição de Simon era um dia ser o Mago ExtraOrdinário, e ele estava se dedicando a ler todos os velhos livros de magia de Silas. O que estava nas mãos de Simon naquele momento era *O perfeito encantador de peixes*, como notou o pai.

Silas esperava que todos os seus filhos se tornassem algum tipo de Mago. Estava no sangue. A tia de Silas era uma renomada Feiticeira Branca; tanto seu pai como seu tio tinham sido Metamorfoseadores, que era um ramo muito especializado, ramo este que Silas esperava que seus filhos evitassem, pois os Metamorfoseadores de sucesso se tornavam cada vez mais instáveis com a idade, às vezes não conseguindo reter sua própria forma por mais de alguns minutos de cada vez. O pai de Silas tinha desaparecido na Floresta, como árvore, mas ninguém sabia qual. Esse era um dos motivos pelos quais ele gostava de passear pela Floresta. Costumava dirigir um comentário a alguma árvore de aspecto desleixado na esperança de que fosse seu pai.

Sarah Heap era de uma família de Bruxos e Magos. Quando menina, tinha estudado ervas e arte da cura com Galen, a Curandeira, na Floresta, local onde um dia ela conheceu Silas, que estava lá procurando pelo pai. Estava perdido e tristonho, e Sarah o levou para ver Galen. A Curandeira ajudou Silas a compreender que seu pai, como Metamorfoseador, teria escolhido seu destino final como árvore muitos anos antes e que agora estaria realmente feliz. E Silas também, pela primeira vez na vida, se deu conta de que se sentia realmente feliz, ali sentado ao lado de Sarah, diante da lareira de Galen.

Quando aprendeu tudo o que pôde sobre ervas e a arte da cura, Sarah se despediu com carinho de Galen e foi viver com Silas no quarto nos Emaranhados. E ali permaneciam desde aquela época, arrumando espaço para cada vez mais filhos enquanto Silas, feliz da vida, desistia de ser Aprendiz e passava a trabalhar por tarefa como Mago Ordinário para pagar as contas. Sarah fazia tinturas de ervas na mesa da cozinha quando tinha um momento de folga – o que não era frequente.

Naquele entardecer, quando Silas e os garotos vinham subindo pela escada da praia para voltar para os Emaranhados, um Guarda do Palácio, grande e ameaçador, trajado de preto da cabeça aos pés, impediu que prosseguissem.

– Alto! – rosnou ele. Nicko começou a chorar.

Silas parou e mandou os meninos se comportarem.

– Documentos! – gritou o Guarda. – Quero ver seus documentos!

Silas encarou-o.

– Que documentos? – perguntou calmamente, sem querer causar encrenca, com seis meninos cansados à sua volta, precisando ir para casa jantar.

– Seus documentos, suas porcarias de Magos. Está proibido o acesso à área da praia a quem não tiver os documentos exigidos – escarneceu o Guarda.

Silas ficou escandalizado. Se não estivesse com os meninos, teria questionado tudo aquilo, mas percebeu a pistola que o guarda portava.

– Sinto muito – disse. – Eu não sabia.

O Guarda olhou para todos eles de cima a baixo como que decidindo o que fazer mas, felizmente para Silas, ele tinha outras pessoas para aterrorizar.

– Trate de tirar sua gentalha daqui e não volte – disse o Guarda com grosseria. – Fique no seu lugar.

Silas apressou os meninos assustados escada acima até entrarem na segurança dos Emaranhados. Sam deixou cair os peixes e começou a soluçar.

– Pronto, pronto – disse Silas. – Está tudo bem. – Mas Silas sabia com toda a certeza que as coisas não estavam nada bem. O que estava acontecendo?

– Por que ele nos chamou de "porcarias de Magos", Papai? – perguntou Simon. – Os Magos são os melhores, não são?

– São – disse Silas, perturbado. – Os melhores.

Mas o problema, pensou Silas, era que não havia como esconder que se era Mago. Todos os Magos, e somente os Magos, tinham um sinal. Silas, Sarah e todos os filhos, com exceção de Nicko e Jo-Jo, tinham. E, assim que frequentassem as aulas de **Magya** na escola, Nicko e Jo-Jo também teriam. Aos poucos, mas com firmeza, até que não fosse possível haver confusão, os olhos de uma criança Mága haveriam de se tornar verdes quando ela fosse exposta ao estudo de **Magya**. Um sinal que sempre tinha sido motivo de orgulho. Até agora, quando de repente dava a impressão de ser perigoso.

Naquela noite, quando finalmente as crianças estavam dormindo, Silas e Sarah conversaram até tarde. Falaram sobre a Princesa, seus filhos Magos e as mudanças que tinham se abatido sobre o Castelo. Cogitaram fugir para o Brejal Marram ou entrar na Floresta para ir morar com Galen. Quando o dia nasceu e eles, afinal, conseguiram dormir, Silas e Sarah tinham decidido fazer o que os Heap geralmente faziam. Empurrar com a barriga e esperar que tudo desse certo.

E assim, pelos nove anos e meio seguintes, Silas e Sarah se mantiveram calados. Fechavam a porta e passavam a tranca. Conversavam apenas com os vizinhos e com aqueles em quem podiam confiar. E, quando foram encerradas as aulas de **Magya** na escola, ensinavam **Magya** aos filhos em casa à noite.

E foi por esse motivo que, nove anos e meio depois, todos os Heap, menos uma, tinham penetrantes olhos verdes.

3
O SUPREMO GUARDIÃO

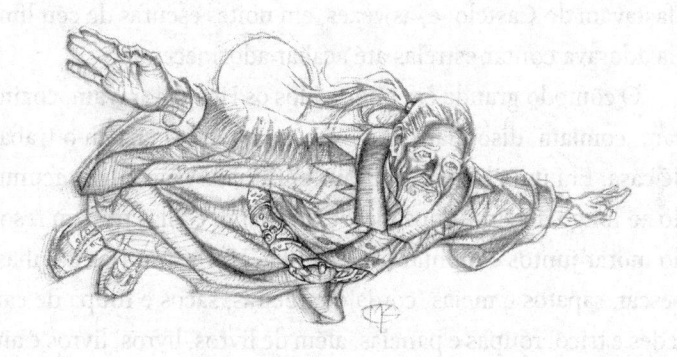

Eram seis da manhã e ainda estava escuro. Fazia exatamente dez anos desde o dia em que Silas tinha encontrado a trouxa.

No final do Corredor 223, por trás da grande porta negra com o número 16 gravado pela Patrulha Numérica, a família Heap dormia tranquila. Jenna estava toda enrodilhada na pequena cama embutida que Silas tinha feito para ela com madeira que era trazida pelo rio e lançada ao longo das margens. A cama tinha sido construída com esmero, encaixada num armário grande que dava para um quarto espaçoso, que, na realidade, era o único cômodo que a família Heap possuía.

Jenna adorava essa sua cama no armário. Sarah tinha feito cortinas de retalhos coloridos que Jenna podia fechar em torno da cama para impedir a entrada do frio e dos irmãos barulhentos. E o melhor de tudo era que, na parede, acima do seu travesseiro, havia uma janelinha que dava para o rio. Quando não conseguia dormir, Jenna ficava espiando pela janela horas a fio, observando a infinita variedade de embarcações que se aproximavam ou se afastavam do Castelo; e, às vezes, em noites escuras de céu limpo, ela adorava contar estrelas até acabar adormecendo.

O cômodo grande era onde todos os Heap moravam, cozinhavam, comiam, discutiam e (de vez em quando) faziam o trabalho de casa. Era uma *bagunça*. Estava entulhado com o lixo acumulado ao longo de vinte anos, desde que Sarah e Silas tinham resolvido morar juntos e montar uma família. Havia ali varas e linhas de pescar, sapatos e meias, corda e ratoeiras, sacos e roupa de cama, redes e tricô, roupas e panelas, além de livros, livros, livros e ainda mais livros.

Se alguém fosse tolo o suficiente para lançar um olhar ao redor do aposento dos Heap em busca de um lugar para sentar, era muito provável que um livro tivesse encontrado o lugar primeiro. Para onde quer que se olhasse, havia livros. Em estantes sobrecarregadas, em caixas, em sacos pendurados do teto, ajudando a apoiar uma mesa e em pilhas altas, tão precárias que ameaçavam desmoronar a qualquer instante. Eram livros de histórias, sobre ervas, sobre culinária, embarcações, pesca, mas principalmente havia centenas de livros sobre **Magya**, que Silas tinha clandestinamente resgatado da escola quando da proibição do ensino de **Magya** alguns anos antes.

De uma grande lareira no meio da sala, uma chaminé subia sinuosa para atravessar o telhado. Nela havia os restos de um fogo, agora já há muito apagado, em torno do qual todos os seis meninos da família Heap e um cachorro de bom tamanho estavam dormindo, num caos de cobertores e acolchoados.

Sarah e Silas também estavam num sono profundo. Tinham escapado para o pequeno espaço de sótão que ele tinha obtido alguns anos antes pelo simples expediente de abrir um buraco no forro, depois de Sarah ter declarado que não aguentava mais morar com seis meninos em fase de crescimento num único aposento.

Mesmo assim, em meio ao caos naquele salão, uma pequena ilha de arrumação sobressaía: uma mesa comprida e bastante cambaia estava coberta por uma toalha branca e limpa. Nela estavam dispostos nove pratos e canecas; e, à cabeceira da mesa, uma pequena cadeira estava decorada com folhas e frutos do inverno. Em cima da mesa, diante da cadeira, tinha sido posto um pequeno presente, cuidadosamente embrulhado em papel colorido e fechado com uma fita vermelha, pronto para que Jenna o abrisse nesse seu aniversário de dez anos.

Tudo estava calmo e tranquilo enquanto a família Heap continuava dormindo nas últimas horas de escuridão antes do sol de inverno nascer.

No outro lado do Castelo, porém, no Palácio dos Guardiões, o sono, tranquilo ou não, já estava fora de cogitação.

O Supremo Guardião tinha sido tirado da cama e, com o auxílio de um Criado Noturno, vestiu às pressas sua túnica negra com acabamento de pele e a pesada capa preta e dourada. Tinha também ensinado ao Criado Noturno a forma certa de fechar seus sapatos de seda bordada. Depois, ele mesmo com cuidado pôs uma bela Coroa na cabeça. Nunca se via o Supremo Guardião sem a Coroa, que ainda apresentava uma mossa do dia em que caíra da cabeça da Rainha, batendo com violência no piso de pedra. A Coroa ficou meio torta na careca ligeiramente pontuda, mas o Criado Noturno, por ser novo e estar apavorado, não teve coragem de avisá-lo.

O Supremo Guardião seguiu a passos largos pelo corredor na direção da Sala do Trono. Era um homenzinho com cara de rato, com olhos claros, quase descorados, e um cavanhaque sofisticado, ao qual ele tinha o hábito de dedicar cuidados durante muitas horas em total felicidade. Ele quase sumia na capa volumosa, que era sobrecarregada de comendas militares; e seu aspecto se tornava um pouco ridículo pela Coroa torta e ligeiramente feminina. Mas quem o tivesse visto naquela manhã não teria rido. Teria, sim, se encolhido na penumbra e esperado que sua presença não fosse percebida, pois o Supremo Guardião tinha um ar de tremenda ameaça.

O Criado Noturno ajudou o Supremo Guardião a se acomodar no trono ornamentado na Sala do Trono. Foi então dispensado com um aceno impaciente e saiu rápido, cheio de gratidão. Seu turno estava quase acabando.

O frio ar da manhã estava pesado na Sala do Trono. O Supremo Guardião estava sentado, impassível, no trono, mas sua respiração deixava transparecer sua inquietude, enevoando o ar gelado por meio de pequenos bufos.

Não precisou esperar muito até que uma mulher jovem e alta, usando a severa capa negra e a túnica vermelho-escura dos Assassinos, entrasse a passos decididos e fizesse uma profunda reverência, com as longas mangas fendidas roçando no piso de pedra.

– A Princesinha, senhor. Ela foi encontrada – disse a Assassina em voz baixa.

O Supremo Guardião se empertigou no trono e encarou a Assassina com seus olhos descorados.

– Tem certeza? Não quero *erros* desta vez – disse ele, em tom ameaçador.

– Nossa espiã, meu senhor, vem suspeitando já há algum tempo de uma menina. Ela a considera uma estranha na família. Ontem nossa espiã descobriu que a menina é da idade certa.

– Exatamente de que idade?

– Completa dez anos hoje, meu senhor.

– *Verdade?* – O Supremo Guardião se recostou no trono e refletiu sobre o que a Assassina tinha dito.

– Tenho aqui uma imagem da criança, meu senhor. Dizem que é muito parecida com a mãe, a ex-Rainha. – De dentro da túnica, a Assassina tirou um pequeno pedaço de papel. Nele havia um desenho primoroso de uma menina com olhos de um violeta escuro e longos cabelos escuros. O Supremo Guardião apanhou o desenho. Era verdade. A menina realmente se parecia muito com a falecida Rainha. Tomou rápido uma decisão e estalou alto os dedos ossudos.

– Meu senhor? – A Assassina inclinou a cabeça, num gesto de indagação.

– Hoje. À meia-noite. Você deverá fazer uma visita a... onde é que fica mesmo?
– Quarto 16, Corredor 223, meu senhor.
– Nome da família?
– Heap, meu senhor.
– Ah. Leve a pistola de prata. Quantos são?
– Nove, meu senhor, com a criança.
– E nove balas para a eventualidade de algum problema. Prata para a menina. E quero que a traga aqui. Quero uma *prova*.

A jovem ficou pálida. Era seu primeiro, e único, teste. Não havia segunda oportunidade para um Assassino.

– Pois não, meu senhor. – Ela fez uma breve reverência e se retirou, suas mãos tremiam.

Num canto tranquilo da Sala do Trono, o fantasma de Alther Mella foi se levantando aos poucos do banco em que estava sentado. Deu um suspiro e esticou as pernas velhas e espectrais. Depois, recolheu para junto de si as vestes de um roxo desbotado, respirou fundo e saiu, passando direto pela grossa parede de pedra da sala.

Lá fora ele se descobriu pairando dezoito metros acima do chão no ar frio e escuro da madrugada. Em vez de seguir caminhando, com atitude séria, como realmente deveria fazer um fantasma da sua idade e condição, Alther abriu bem os braços como as asas de uma ave e se lançou, com elegância, em meio à neve que caía.

Voar era praticamente a única coisa que Alther apreciava em ser fantasma. Voar, ou a Perdida Arte do Voo, era algo que já não estava ao alcance dos Magos ExtraOrdinários modernos. Nem mesmo Márcia, que estava determinada a voar, conseguia mais do que pairar rapidamente antes de se estatelar no chão. Em algum lugar, de algum modo, o segredo tinha sido perdido. Mas, naturalmente, todos os fantasmas conseguiam voar. E, desde que se tornara um fantasma, Alther tinha perdido seu paralisante medo de alturas e passado muitas horas emocionantes aperfeiçoando acrobacias. Mas não havia muitas outras coisas que lhe agradassem em ser fantasma. E ficar sentado na Sala do Trono, o exato lugar onde tinha se tornado um fantasma – e consequentemente onde tinha sido forçado a passar o primeiro ano e um dia de sua existência de fantasma –, era uma das ocupações que menos o atraíam. Mas era necessária. Alther fazia questão de saber o que os Guardiões planejavam, para tentar manter Márcia a par de tudo. Com a ajuda de Alther, ela tinha conseguido estar sempre um passo adiante dos Guardiões e manter Jenna a salvo. Até agora.

Ao longo do tempo, desde a morte da Rainha, os esforços do Supremo Guardião para localizar a Princesa tinham se tornado cada vez mais desesperados. Todos os anos ele fazia uma viagem longa – e muito temida – às Áridas Terras do Mal, onde era forçado a prestar contas de seus avanços a um certo ex-Mago ExtraOrdinário, transformado em **Necromante**, DomDaniel. Foi DomDaniel quem enviou o primeiro Assassino para matar a Rainha, e foi DomDaniel quem lá instalou o Supremo Guardião e seus comparsas para dar buscas no Castelo e encontrar a Princesa. Pois, enquanto a Princesa permanecesse no Castelo, DomDaniel não ousaria se aproximar. E assim, todos os anos, o Supremo

Guardião prometia a DomDaniel que *neste ano* teria sucesso. *Neste ano,* ele se livraria da Princesinha e, por fim, entregaria o Castelo a seu devido Senhor, DomDaniel.

E era por isso que, quando Alther deixou a Sala do Trono, o Supremo Guardião estava com o que sua mãe teria chamado de risinho bobo na cara. Finalmente estava conseguindo cumprir a missão para a qual tinha sido enviado. É claro, pensou ele, com o risinho bobo se transformando num sorriso de orgulho, tinha sido somente graças a seu talento e inteligência superior que a menina fora descoberta. Mas não tinha sido – tudo aconteceu por um estranho golpe de sorte.

Quando o Supremo Guardião assumiu o comando do Castelo, a primeira coisa que fez foi proibir o acesso de mulheres ao Tribunal. Com isso o Lavatório Feminino, que não era mais necessário, acabou sendo transformado numa pequena sala de reuniões. Durante o último mês, de um frio penetrante, o Comitê de Guardiões tinha passado a se reunir no antigo Lavatório Feminino, cuja enorme vantagem era dispor de um fogão a lenha, em vez de na cavernosa Sala de Reuniões dos Guardiões, onde o vento gelado passava assobiando e esfriando os pés até torná-los blocos de gelo.

E assim, sem perceber, pela primeira vez os Guardiões estavam um passo adiante de Alther Mella. Como fantasma, Alther só podia ir aos lugares em que tinha pisado em vida. E, como um Mago de boa educação, enquanto viveu, Alther jamais pôs os pés num Lavatório Feminino. O máximo que pôde fazer foi ficar do lado de fora esperando, exatamente como tinha feito quando estava vivo e fazia a corte à Juíza Alice Nettles.

Foi num final de tarde bastante frio, algumas semanas antes, que Alther observou o Comitê de Guardiões entrar no Lavatório Feminino. A porta pesada, com a palavra DAMAS ainda visível em letras de um dourado desbotado, foi fechada com violência após sua passagem, e Alther ficou pairando ali do lado de fora, com a orelha grudada nela, tentando ouvir o que estava acontecendo.

Por mais que tentasse, porém, ele não ouviu quando o Comitê decidiu enviar sua melhor espiã, Linda Lane, com seu grande interesse por ervas e pela arte da cura, para morar no Quarto 17, Corredor 223. Vizinha dos Heap.

Foi assim que nem Alther nem os Heap faziam a menor ideia de que a nova vizinha deles era uma espiã. Espiã excelente, por sinal.

Enquanto voava em meio à neve que caía, pensando em como salvar a Princesa, Alther Mella, distraído, executou dois *loops* duplos quase perfeitos antes de mergulhar veloz entre os flocos de neve para chegar à Pirâmide dourada que encimava a Torre dos Magos.

Alther pousou em pé, com elegância. Por um instante, permaneceu totalmente imóvel na ponta dos pés. Depois, ergueu os braços acima da cabeça e começou a girar, cada vez com maior velocidade, até começar a afundar lentamente pelo teto, descendo ao aposento ali embaixo, onde calculou mal a aterrissagem e caiu, rasgando o dossel da cama de Márcia Overstrand.

Márcia, assustada, sentou na cama. Alther estava estatelado no seu travesseiro, com ar constrangido.

– Desculpe, Márcia. Nada cavalheiresco da minha parte. Bem, pelo menos, você não estava dormindo de bobes.

– Meu cabelo tem um ondulado natural, Alther – disse Márcia, irritada. – Você não podia ter esperado até eu acordar?

Alther ficou sério e se tornou ligeiramente mais transparente do que de costume.

– Receio, Márcia – respondeu, em tom grave –, que o assunto não possa esperar.

✣ 4 ✣
MÁRCIA OVERSTRAND

A passos largos, Márcia Overstrand saiu do seu quarto na altura da torre, que possuía uma câmara de vestir adjacente, abriu com violência a pesada porta roxa que levava ao patamar da escada e verificou seu aspecto no espelho ajustável.

– Menos 8,3%! – instruiu ao espelho, que tinha uma propensão ao nervosismo e temia o momento em que a porta de Márcia se abria todas as manhãs. Ao longo dos anos, o espelho tinha aprendido a interpretar os passos de Márcia enquanto percorriam as tábuas do assoalho, e hoje eles o tinham deixado suscetível. Muito suscetível. Ele se pôs em posição de sentido e, na ânsia de agradar, tornou o reflexo de Márcia 83% mais magro, de modo que ela parecia ser um bicho-pau roxo e furioso.

– Idiota! – disse ela, fuzilando.

O espelho refez os cálculos. Detestava fazer contas logo de manhã cedo e tinha certeza de que Márcia de propósito lhe dava porcentagens difíceis. Por que ela não poderia ser mais magra numa bela proporção redonda, como 5%? Ou, o que seria ainda melhor, 10%? O espelho gostava de 10%. Era uma proporção que ele *conseguia* calcular.

Márcia sorriu para sua imagem. Estava com ótima aparência. Estava usando seu uniforme de inverno de Maga ExtraOrdinária. E ele lhe caía muito bem. A capa dupla de seda roxa era forrada com pelo de angorá supermacio, da cor de índigo. A capa caía com elegância dos seus ombros largos e formava pregas obedientes em torno dos pés pontudos. Os pés de Márcia eram pontudos porque ela gostava de sapatos pontudos, que mandava fazer sob medida. Eram de pele de cobra, que se desprendia da píton roxa mantida no quintal da oficina do sapateiro exclusivamente para os sapatos de Márcia. Terry Tarsal, o sapateiro, odiava cobras e estava convencido de que Márcia pedia sapatos de pele de cobra de propósito. E bem que ele podia estar certo. Os sapatos de píton roxa de Márcia bruxuleavam na luz refletida pelo espelho; e o ouro e a platina no seu cinto de Maga ExtraOrdinária refulgiam de modo impressionante. Em volta do pescoço, ela estava usando o Amuleto Akhu, símbolo e fonte do poder do Mago ExtraOrdinário.

Márcia ficou satisfeita. Hoje precisava impressionar. Impressionar e amedrontar só um pouquinho. Bem, se necessário, amedrontar bastante. Só esperava que não fosse necessário.

Ela não tinha certeza se sabia amedrontar. Experimentou algumas expressões diante do espelho, que estremeceu em silêncio, por dentro, mas ela não sentiu segurança em nenhuma delas. Márcia não se dava conta de que as pessoas em sua maioria achavam que ela sabia amedrontar muito bem e que, na realidade, tinha o dom natural de amedrontar.

Estalou os dedos.

– Costas! – ordenou com rispidez.

O espelho lhe mostrou sua imagem de costas.

– Laterais!

Ele lhe mostrou a vista de cada lado.

E então ela se foi. Desceu a escada de dois em dois degraus, até a cozinha para aterrorizar o fogão, que vinha ouvindo sua chegada e tentava desesperadamente se acender sozinho antes que ela entrasse pela porta.

Ele não conseguiu, e Márcia ficou de mau humor durante toda a refeição da manhã.

Márcia deixou que os utensílios da refeição se lavassem sozinhos e saiu decidida pela pesada porta roxa que dava para seus aposentos. A porta se fechou com um ruído baixo e respeitoso depois que ela passou e embarcou na escadaria prateada em caracol.

– Para baixo! – ordenou ela à escada, que começou a girar como um saca-rolhas gigante, levando-a lentamente por toda a altura da Torre, passando por andares aparentemente incontáveis e portas diversas que levavam todas a cômodos ocupados por uma quantidade espantosa de Magos. Dos cômodos vinham os sons de encantamentos sendo ensaiados, sortilégios entoados e a tagarelice normal de Magos durante a refeição da manhã. Os aromas de torrada, bacon e mingau formavam uma estranha combinação com os sopros de incenso que vinham subindo do Saguão lá embaixo. E, quando a escada em caracol foi parando suavemente, Márcia saltou, sentindo uma leve náusea, ansiosa por sair ao ar livre. Atravessou rapidamente o Saguão até chegar às enormes portas de prata maciça que protegiam a entrada da Torre dos Magos. Pronunciou a senha, as portas se abriram em silêncio para ela, e num instante já tinha passado pelo arco de prata e estava lá fora no frio cruel de uma manhã nevada no meio do inverno.

Quando descia a escadaria íngreme pisando com cuidado na neve esfarelenta com os finos sapatos pontudos, Márcia surpreendeu a sentinela, que estava brincando de jogar bolas de neve num gato perdido. Com um ruído abafado, uma bola de neve foi parar na seda roxa da sua capa.

– Não faça uma coisa dessas! – reclamou Márcia, espanando a neve da capa.

Sobressaltada, a sentinela assumiu a posição de sentido. Márcia olhou espantada para o menino que parecia uma criança abandonada. Ele estava apavorado. Usava o uniforme de cerimônia das sentinelas, um modelo bastante bobo feito de algodão fino, uma túnica listrada de branco e vermelho com babados roxos nas mangas. Usava também um grande chapéu amarelo, molengo, calças de malha branca e botas de um amarelo forte. Na mão esquerda, que estava sem luva e roxa de frio, segurava uma lança pesada.

Márcia tinha feito suas objeções quando as primeiras sentinelas chegaram à Torre dos Magos. Disse ao Supremo Guardião que os Magos não precisavam de proteção. Podiam cuidar muito bem de si mesmos, muito obrigada. Mas ele lhe deu aquele sorriso presunçoso e garantiu, em tom afável, que as sentinelas eram para a própria segurança dos Magos. Márcia suspeitava de que ele as tivesse posto ali não só para espiar as idas e vindas dos Magos, mas também para fazer com que os Magos parecessem ridículos.

Márcia olhou para a sentinela das bolas de neve. O chapéu, grande demais para sua cabeça, tinha escorregado e encostado nas orelhas, que convenientemente sobressaíam no lugar exato para impedir que o chapéu cobrisse os olhos do menino. O chapéu dava ao seu rosto magro e encovado um tom amarelado pouco saudável. Os dois olhos de um cinza escuro olhavam assustados dali debaixo, com terror, à medida que ele se dava conta de que sua bola de neve tinha atingido a Maga ExtraOrdinária.

Márcia achou que ele era pequeno demais para ser soldado.

– Quantos anos você tem? – quis saber, em tom de acusação.

A sentinela corou. Ninguém do nível de Márcia jamais tinha olhado para ele até aquele momento, muito menos lhe dirigido a palavra.

– D-d-dez, senhora.

– Então, por que você não está na escola? – perguntou Márcia.

A sentinela assumiu um ar de orgulho.

– Não preciso de escola, senhora. Sou do Exército Jovem. Somos o Orgulho de Hoje, os Guerreiros de Amanhã.

– Você não está sentindo frio? – indagou Márcia, inesperadamente.

– N-n-não, senhora. Somos treinados para não sentir frio. – Mas os lábios da sentinela apresentavam um tom azulado; e ele tremia enquanto falava.

– Pois sim! – Márcia saiu pisando forte pela neve, deixando o menino com mais quatro horas de guarda a cumprir.

Rápida, Márcia atravessou o pátio, afastando-se da Torre dos Magos, e se esgueirou por um portão lateral que a levou a uma trilha tranquila, coberta de neve.

Fazia exatamente dez anos que Márcia era Maga ExtraOrdinária; e, quando iniciou sua caminhada pela trilha, seus pensamentos se voltaram para o passado. Lembrou-se do tempo que passou como uma pobre Aspirante, lendo tudo o que conseguia sobre **Magya**, na esperança daquela possibilidade rara, um Aprendizado com o Mago ExtraOrdinário, Alther Mella. Foram anos felizes passados num pequeno quarto nos Emaranhados entre tantos outros Aspirantes, a maioria dos quais logo tinha se contentado com Aprendizados com Magos Ordinários. Márcia, não. Ela sabia o que queria; e queria o melhor. Mas teve muita dificuldade em acreditar na sua sorte quando, enfim, conseguiu a oportunidade de ser Aprendiz de Alther Mella. Embora ser sua Aprendiz não significasse necessariamente que ela chegaria a ser a Maga ExtraOrdinária, era um passo que a aproximava mais do seu sonho. E assim tinha passado os sete anos e um dia seguintes morando na Torre dos Magos, como Aprendiz de Alther.

Márcia sorriu para si mesma quando se lembrou do Mago maravilhoso que Alther Mella tinha sido. Suas aulas eram divertidas, ele tinha paciência quando encantamentos davam errado e sempre lançava mão de uma piada nova para contar. Era também um Mago extremamente poderoso. Até a própria Márcia ter se tornado Maga ExtraOrdinária, ela simplesmente não tinha percebido como Alther era bom no que fazia. Mas acima de tudo, Alther era uma pessoa adorável. Seu sorriso foi desaparecendo quando ela se lembrou de como acabou ocupando o lugar dele e pensou no último dia da vida de Alther Mella, o que os Guardiões chamavam de Primeiro Dia.

Imersa em pensamentos, Márcia subiu pela escada estreita que levava à passarela larga e coberta que seguia pouco abaixo da muralha do Castelo. Uma travessia rápida até o Lado Leste, que era como os Emaranhados eram chamados agora, local para onde ela se encaminhava hoje. A passarela destinava-se ao uso exclusivo da Patrulha Armada dos Guardiões, mas Márcia sabia que, mesmo agora, ninguém impediria a Maga ExtraOrdinária de ir a lugar algum. Por isso, em vez de se arrastar por corredores apertados intermináveis e às vezes apinhados de gente, como era seu costume muitos anos atrás, ela seguia veloz pela passarela até que, cerca de meia hora depois, viu uma porta que reconheceu.

Márcia respirou fundo. É essa, disse para si mesma.

Seguiu por um lance de escada que descia da passarela e chegou diante da porta. Estava prestes a encostar nela para lhe dar um empurrão quando a porta se assustou com ela e se abriu sozinha com violência. Márcia passou voando e ricocheteou numa parede bastante pegajosa do outro lado. A porta se fechou, e Márcia prendeu a respiração. O corredor estava escuro. Era úmido e cheirava a repolho fervido, mijo de gato e madeira podre. Não era assim que se lembrava das coisas. Quando morava nos Emaranhados, os corredores eram limpos e aquecidos, iluminados por archotes de junco, dispostos ao longo das paredes a intervalos regulares, e varridos com orgulho diariamente pelos moradores.

Márcia tinha esperança de conseguir se lembrar do caminho até o cômodo de Silas e Sarah Heap. Nos tempos de Aprendiz, tinha muitas vezes passado às pressas pela porta da família, esperando que Silas Heap não a visse para convidá-la a entrar. O que ela mais lembrava era do barulho, o barulho de muitos menininhos berrando, pulando, brigando e fazendo o que os menininhos fazem, apesar de não ter assim tanta certeza do que realmente faziam, já que preferia evitar o contato com crianças sempre que possível.

Ela estava se sentindo bem nervosa enquanto seguia pelos corredores escuros e deprimentes. Começava a se perguntar exatamente como seria sua primeira visita a Silas em mais de dez anos. Tinha muito medo do que seria obrigada a dizer aos Heap, e até mesmo se perguntava se Silas ia acreditar nela. Silas era um Mago teimoso, e ela sabia que ele não gostava muito dela. E assim, com esses pensamentos girando na cabeça, Márcia seguia determinada pelos corredores sem prestar atenção a nada.

Se tivesse se dado o trabalho de prestar atenção, teria ficado surpresa com a reação das pessoas diante dela. Eram oito da manhã, o que Silas Heap chamava de hora do *rush*. Centenas de pessoas de rosto descorado estavam se dirigindo para o trabalho, os olhos sonolentos piscando na penumbra, as roupas baratas e ralas bem enroladas no corpo para proteger do frio profundo das paredes úmidas de pedra. A hora do *rush* no Lado Leste era uma hora a evitar. A multidão acabava nos levando, muitas vezes para além do lugar em que queríamos sair até que conseguíssemos de algum modo nos desvencilhar e nos juntar à corrente que ia no sentido oposto. A hora do *rush* era sempre cheia de gritos queixosos:

– Deixem-me sair aqui, *por favor!*

– Pare de me *empurrar!*

– Minha saída, minha *saída!*

Mas Márcia tinha feito a hora do *rush* desaparecer. Nenhuma **Magya** tinha sido necessária para isso – a simples visão de Márcia bastava para fazer com que todos parassem onde estavam. A maioria das pessoas no Lado Leste nunca tinha visto a Maga ExtraOrdinária antes. Se tivessem chegado a vê-la, teria sido numa excursão ao Centro de Visitantes da Torre dos Magos, onde podiam ter ficado zanzando pelo pátio o dia inteiro, na esperança de vê-la de relance, se tivessem sorte. Que a Maga ExtraOrdinária estivesse andando entre eles nos corredores frios e úmidos do Lado Leste era inacreditável.

As pessoas abafavam uma exclamação e se encolhiam. Fundiam-se nas sombras dos portais e escapuliam por becos secundários. Murmuravam seus próprios encantamentos insignificantes. Algumas ficavam paralisadas e permaneciam imóveis como coelhos apanhados por uma luz forte. Olhavam para Márcia como se ela fosse um ser de outro planeta, o que ela bem poderia ser apesar de todas as semelhanças entre a sua vida e a deles.

Mas Márcia não chegava a perceber isso. Dez anos como Maga ExtraOrdinária a tinham isolado da vida real. E, por mais que tivesse sido um enorme choque quando ocorreu pela primeira vez, agora ela estava acostumada a todos lhe cederem a vez, às reverências e aos murmúrios respeitosos que a cercavam.

Ela saiu rápido da via principal e seguiu pela passagem estreita que levava à morada da família Heap. No trajeto, tinha percebido que todos os corredores agora eram identificados por números que substituíam os nomes bastante estapafúrdios que tinham, como por exemplo Curva-do-Vento e Beco-de-Pernas-para-o-Ar.

O endereço dos Heap era anteriormente Grande Porta Vermelha, Travessa do Vai e Vem, Emaranhados.

Parece que agora era Quarto 16, Corredor 223, Lado Leste.

Márcia sabia qual deles preferia.

Chegou à porta dos Heap, que apenas alguns dias antes tinha sido pintada de preto pela Patrulha da Pintura, como determinava o regulamento. Dava para ouvir o rebuliço típico de uma refeição da manhã da família Heap ali por trás da porta. Márcia respirou fundo algumas vezes.

Não podia retardar mais aquele instante.

✢ 5 ✢
VISITA À FAMÍLIA HEAP

—Abre-te – ordenou Márcia à porta negra dos Heap. Mas, por ser uma porta que pertencia a Silas Heap, ela não fez nada disso. Na realidade, Márcia achou que a ouviu apertar as dobradiças e reforçar a tranca. Com isso, Madame Márcia Overstrand, Maga ExtraOrdinária, se viu obrigada a socar a porta com a maior força possível. Ninguém atendeu. Ela tentou de novo, com mais força e com os dois punhos; mas ainda não obteve resposta. Exatamente quando estava pensando em dar na porta um bom chute (que ela bem merecia, por sinal), a porta se abriu, e Márcia deu de cara com Silas Heap.

– Pois não? – disse ele asperamente, como se ela não passasse de um vendedor inoportuno.

Por um segundo, Márcia não soube o que dizer. Olhou por trás de Silas e viu um aposento que parecia ter acabado de ser atingido por uma explosão e agora, por algum motivo, estava apinhado de garotos. Eles estavam amontoados em volta de uma menina pequena, de cabelos escuros, sentada a uma mesa coberta por uma toalha surpreendentemente limpa. A menina segurava firme um pequeno presente embrulhado em papel colorido com um laço de fita vermelha, rindo e empurrando alguns dos garotos que fingiam querer pegar o pacote. Mas tanto a menina como todos os garotos, um a um, olharam para a porta, e um estranho silêncio abateu-se sobre a família Heap.

– Bom-dia, Silas Heap – disse Márcia, com um pouquinho de excesso de cortesia. – E bom-dia, Sarah Heap. E, bem, para todos os pequenos Heap, é claro.

Os pequenos Heap, apesar de, em sua maioria, não serem mais nenhum pouco pequenos, não disseram nada. Mas seis pares de olhos verdes brilhantes e um par de olhos de um violeta escuro assimilaram todos os detalhes de Márcia Overstrand. Ela começou a se sentir constrangida. Será que estava com alguma mancha suja no nariz? Podia ser que seu cabelo estivesse arrepiado de uma forma ridícula? Quem sabe ela estava com um pouco de espinafre grudado no dente?

Márcia se lembrou de que não tinha comido espinafre na refeição da manhã. Vamos adiante, Márcia, disse a si mesma. O comando está nas suas mãos. Por isso, voltou-se para Silas, que estava olhando para ela como se tivesse esperança de que ela logo fosse embora.

– Eu disse *bom-dia*, Silas Heap – reclamou Márcia, irritada.

– Foi o que você fez, Márcia, foi mesmo. E o que a traz aqui depois de todos esses anos?

Márcia foi direto ao assunto.

– Vim buscar a Princesa – disse ela.

– Buscar *quem*? – perguntou Silas.

– Você sabe muito bem *quem* – retrucou Márcia, que não gostava que ninguém, muito menos Silas Heap, a questionasse.

– Márcia, nós aqui não temos princesa nenhuma – disse Silas.

– Seria de imaginar que estivesse bem óbvio.

Márcia olhou ao redor. Era verdade. Aquele não era um lugar em que se pudesse esperar encontrar uma princesa. Na realidade, nunca tinha visto semelhante bagunça em toda a sua vida.

No meio do caos, junto ao fogo recém-aceso, Sarah Heap estava parada. Ela estava preparando mingau para a refeição de aniversário quando Márcia invadiu sua casa e sua vida. Agora, estava ali petrificada, segurando a panela de mingau no ar, os olhos fixos em Márcia. Alguma coisa no olhar de Sarah denunciou a Márcia que Sarah sabia o que estava por vir. Não vai ser nada fácil, pensou a Maga. Decidiu abandonar a linha dura e começar tudo de novo.

– Por favor, será que posso me sentar, Silas... Sarah? – perguntou.

Sarah fez que sim. Silas amarrou a cara. Nenhum dos dois falou.

Silas olhou de relance para Sarah. Ela estava se sentando, com o rosto sem cor, trêmula, pegando a aniversariante no colo, num abraço apertado. O que ele mais desejava era que Márcia fosse embora e os deixasse em paz, mas sabia que era preciso ouvir o que ela tinha a dizer. Deu um forte suspiro.

– Nicko, dê uma cadeira a Márcia.

– Obrigada, Nicko – disse Márcia, sentando-se hesitante numa das cadeiras que Silas fazia em casa. Nicko, com seu topete, deu-lhe um sorriso falso e se juntou novamente aos irmãos, que formavam um círculo protetor em torno de Sarah.

A Maga ExtraOrdinária contemplou os Heap e ficou pasma de como eram parecidos. Todos, até mesmo Sarah e Silas, tinham o mesmo cabelo crespo, cor de palha; e naturalmente todos tinham os penetrantes olhos verdes dos Magos. E no meio dos Heap estava a Princesa, com o cabelo preto e liso e os olhos violeta-escuros. Márcia gemeu por dentro. Para ela, todos os bebês eram semelhantes, e nunca lhe havia ocorrido como a Princesa pareceria diferente dos Heap quando crescesse. Não era de admirar que a espiã a tivesse descoberto.

Silas Heap sentou num caixote virado de boca para baixo.

– Bem, Márcia, o que está acontecendo?

A boca da Maga estava muito seca.

– Você teria um copo d'água?

Jenna desceu de qualquer maneira do colo de Sarah e se aproximou de Márcia, segurando uma caneca de madeira bastante desgastada, com marcas de dentes em toda a volta.

– Pronto, pode beber a minha água. Eu não me incomodo. – Ela contemplava Márcia com admiração. Jenna nunca tinha visto ninguém como Márcia, ninguém tão roxo, tão brilhante, tão limpo e com trajes que parecessem tão caros. Sem dúvida, ninguém com sapatos tão pontudos.

Márcia olhou desconfiada para a caneca, mas se lembrou a tempo de quem lhe dera a água.

– Obrigada, Princesa. Humm, posso chamá-la de Jenna?

Jenna não respondeu. Estava muito ocupada, olhando direto para os sapatos roxos de Márcia.

– Responda a Madame Márcia, amorzinho – disse Sarah Heap.

– Ah, pode, sim, Madame Márcia – respondeu Jenna, desnorteada mas gentil.

– Obrigada, Jenna. É um prazer conhecê-la depois de todo esse tempo. E, por favor, pode me chamar de Márcia – respondeu sem conseguir parar de pensar em como Jenna era parecida com a mãe.

Jenna voltou sem ruído para o lado de Sarah, e Márcia fez um esforço para tomar um gole de água da caneca lascada.

– Desembucha, Márcia – disse Silas, de lá do caixote virado. – Qual é o problema? Como sempre, parece que nós aqui somos os últimos a saber.

– Silas, você e Sarah sabem quem... hum... quem Jenna é? – perguntou Márcia.

– Sabemos, sim. Jenna é nossa filha. É quem ela é – respondeu Silas, teimoso.

– Mas vocês adivinharam, não é mesmo? – indagou Márcia, dirigindo o olhar para Sarah.

— Adivinhamos — respondeu Sarah em voz baixa.
— Então vocês entenderão quando eu disser que ela já não está em segurança aqui. Preciso levá-la. Agora — disse Márcia, insistente.
— Não — berrou Jenna. — Não! — Ela voltou a subir de qualquer jeito no colo de Sarah, que a segurou com firmeza.
Silas ficou furioso.
— Só porque você é a Maga ExtraOrdinária, Márcia, acha que pode entrar aqui e bagunçar nossa vida como se não fizesse diferença. Ela é nossa. Nossa única filha. Está em perfeita segurança aqui, e vai ficar conosco.
— Silas — disse Márcia com um suspiro —, ela *não* está em segurança. Não está mais. Foi *descoberta*. Vocês têm uma espiã morando na porta ao lado. Linda Lane.
— Linda! — disse Sarah, abafando um grito. — *Espiã?* Não acredito.
— Você está falando daquela linguaruda medonha que está sempre por aqui falando de pílulas e poções, e desenhando sem parar retratos das crianças? — perguntou Silas.
— Silas! — exclamou Sarah em tom de repreensão. — Não seja tão grosseiro.
— Vou ser mais do que grosseiro se ela for mesmo uma espiã — protestou Silas.
— Não há dúvida quanto a isso, Silas — disse Márcia. — Linda Lane é comprovadamente uma espiã. E tenho certeza de que os retratos que ela andou fazendo devem estar se revelando muito úteis para o Supremo Guardião.
Silas deu um gemido. Márcia reforçou a vantagem obtida.

– Veja bem, Silas. Só quero o que for melhor para Jenna. Vocês precisam confiar em mim.

– E por que cargas-d'água deveríamos confiar em você, Márcia? – retrucou Silas, bufando.

– Porque eu *lhes* confiei a Princesa, Silas. Agora, vocês devem confiar em mim. O que aconteceu dez anos atrás não pode se repetir.

– Você se esquece, Márcia – disse Silas, causticante –, de que nós *não sabemos* o que aconteceu dez anos atrás. Ninguém nunca se deu o trabalho de nos contar.

– Como *eu* poderia lhes contar? Era melhor para o bem da Princesa, quer dizer, de Jenna, que vocês não soubessem.

Com mais essa menção a "Princesa", Jenna olhou para Sarah.

– Madame Márcia me chamou assim antes – murmurou. – Ela está falando *mesmo* de mim?

– Está, amorzinho – respondeu Sarah também murmurando. Encarou então Márcia, direto. – Acho que *todos* nós precisamos saber o que aconteceu há dez anos, Madame Márcia.

A Maga ExtraOrdinária olhou para seu relógio. Precisava ser rápida. Respirou fundo e começou.

– Há dez anos, eu tinha acabado de passar nos exames finais e tinha ido aos aposentos de Alther para agradecer. Bem, logo depois que cheguei, um mensageiro entrou às pressas para lhe dizer que a Rainha tinha dado à luz uma menina. Ficamos felicíssimos. Finalmente tinha chegado a herdeira do Castelo.

"O mensageiro convocou Alther ao Palácio para conduzir a Cerimônia de Boas-Vindas à Princesinha. Fui com ele para ajudá-lo a carregar todos os livros pesados, poções e amuletos que seriam necessários. E para lhe relembrar a sequência das coisas já que o querido Alther às vezes ficava um pouco esquecido.

"Quando chegamos ao Palácio, fomos levados à Sala do Trono para ver a Rainha, que estava tão feliz, numa alegria maravilhosa. Estava sentada no trono com a filha recém-nascida no colo e nos cumprimentou com as palavras 'Ela não é linda?'. E essas foram as últimas palavras que nossa Rainha pronunciou."

– Não – murmurou Sarah.

– Naquele mesmo instante, um homem num estranho uniforme negro e vermelho entrou de supetão. É claro que agora eu sei que ele estava usando o uniforme de um Assassino. Na época eu não tinha nenhum conhecimento desse tipo. Achei que ele era alguma espécie de mensageiro, mas vi pela expressão da Rainha que ela não o estava esperando. Vi então que ele portava uma longa pistola de prata e senti muito medo. Olhei de relance para Alther, mas ele estava remexendo nos livros e não tinha percebido nada. Depois... de algum modo tudo pareceu tão irreal... só vi o soldado levantar a pistola muito devagar e deliberadamente mirar e atirar na Rainha. Foi um silêncio total e terrível quando a bala de prata atravessou o coração da Rainha e se alojou na parede atrás dela. A Princesinha deu um grito e caiu do colo da mãe morta. Dei um salto adiante e a apanhei.

Jenna estava pálida, procurava entender o que estava ouvindo.

– Era *eu*? – perguntou a menina a Sarah, em voz baixa. – Era eu essa Princesinha?

Sarah fez que sim lentamente.

A voz de Márcia tremia um pouco quando prosseguiu.

– Foi horrível! Alther estava começando a **Fórmula do Escudo de Segurança**, quando lá veio outro tiro, e uma bala o fez girar, lançando-o ao chão. Terminei o encantamento de Alther no seu lugar; e, por alguns instantes, nós ficamos protegidos. O Assassino disparou a bala seguinte (era para a Princesa e para mim, dessa vez), mas ela ricocheteou no escudo invisível e voltou direto contra ele, atingindo sua perna. Ele caiu no chão sem largar a pistola. Só ficou ali deitado, olhando para nós, esperando que o encantamento terminasse, como acontece forçosamente com todos os encantamentos.

"Alther estava morrendo. Ele tirou o Amuleto e me entregou. Eu recusei. Eu tinha certeza de que poderia salvá-lo, mas Alther sabia mais do que eu. Com muita calma, ele me disse que tinha chegado sua hora. Deu um sorriso e depois... e depois, morreu."

Tudo estava em silêncio. Ninguém se mexia. Até mesmo Silas mantinha os olhos deliberadamente fixos no chão. Márcia continuou em voz baixa.

– Eu... eu não conseguia acreditar. Amarrei o Amuleto no pescoço e peguei a Princesinha no colo. Ela agora estava chorando. Bem, nós duas estávamos. E então saí correndo. Fugi tão veloz que o Assassino não teve tempo de disparar outro tiro.

"Fugi para a Torre dos Magos. Não consegui pensar em outro lugar para ir. Dei a terrível notícia aos outros Magos e pedi sua proteção, que eles nos deram. A tarde inteira conversamos sobre o que deveríamos fazer com a Princesa. Sabíamos que ela não podia ficar muito tempo na Torre. Não poderíamos protegê-la para sempre. E, de qualquer modo, ela era uma recém-nascida, que precisava de uma mãe. Foi quando pensei em você, Sarah."

Sarah pareceu surpresa.

– Alther costumava conversar comigo sobre você e Silas. Eu sabia que você acabara de dar à luz um menino. Só se falava nisso na Torre, o sétimo filho do sétimo filho. Naquele momento, eu não fazia ideia de que o menino tivesse morrido. Fiquei muito triste quando me contaram. Mas eu sabia que vocês amariam a Princesa e que a fariam feliz. Por isso, decidimos que vocês ficariam com ela.

"Mas eu não podia simplesmente sair andando até os Emaranhados para entregar a menina a vocês. Alguém sem dúvida me veria. Por isso, no final da tarde, levei a Princesinha escondida para fora do Castelo e a deixei na neve, me certificando de que você, Silas, a encontrasse. Foi o que fiz. Não havia mais nada que eu pudesse fazer.

"Só que, depois que Gringe me perturbou até eu lhe dar uma meia coroa, fui me esconder na penumbra e fiquei esperando você voltar. Quando vi seu jeito de segurar a capa e de andar como se estivesse protegendo alguma coisa preciosa, tive certeza de que você estava com a Princesa. E você se lembra de que eu lhe disse, 'Não conte a *ninguém* que você a *encontrou*. Ela *nasceu* de vocês. Entendeu?'"

Pairava no ar um silêncio carregado. Silas, com os olhos fixos no chão. Sarah, sentada imóvel com Jenna. E os meninos todos, estarrecidos. Márcia se levantou sem ruído e, de um bolso na túnica, tirou uma bolsinha de veludo vermelho. Procurou então um caminho para atravessar o aposento, com cuidado para não pisar em nada, principalmente num lobo grande e nada limpo que ela acabava de perceber, adormecido no meio de uma pilha de cobertores.

Os Heap assistiam, hipnotizados, enquanto Márcia se encaminhava, solene, até onde Jenna estava. Os meninos se afastaram respeitosos quando ela parou diante de Sarah e Jenna e se ajoelhou.

Jenna observava com olhos arregalados enquanto ela abria a bolsa de veludo e tirava de dentro um pequeno diadema de ouro.

– Princesa – disse Márcia –, isso pertenceu à sua mãe e agora é seu de direito. – Márcia estendeu os braços e pôs o aro de ouro na cabeça de Jenna. Serviu perfeitamente.

Silas rompeu o momento de encanto.

– Bem, agora veja só o que você fez, Márcia – irritou-se Silas.

– Não há mais como guardar segredo.

Márcia se levantou e espanou a sujeira da capa. Enquanto estava fazendo isso, para sua surpresa, o fantasma de Alther Mella saiu flutuando do meio da parede e se instalou ao lado de Sarah Heap.

– Ah, que bom que o Alther chegou – disse Silas. – Ele não vai gostar nem um pouco de tudo isso, ouça o que lhe digo.

– Olá, Silas e Sarah. Olá, todos os meus jovens Magos. – Os garotos Heap deram um largo sorriso. As pessoas costumavam chamá-los de muitos nomes, mas só Alther os chamava de Magos.

– E olá, minha Princesinha – cumprimentou Alther, que sempre tinha chamado Jenna desse modo. E agora Jenna sabia por que motivo.

– Olá, tio Alther – respondeu Jenna, muito mais feliz agora que o velho fantasma estava ali perto dela.

– Eu não sabia que Alther vinha ver vocês também – disse Márcia, um pouco decepcionada, apesar de sentir bastante alívio com a presença dele.

– Bem, eu fui Aprendiz dele primeiro – retrucou Silas, com aspereza. – Antes que você chegasse, abrindo caminho a cotoveladas.

– Eu não abri caminho a cotoveladas. Você desistiu. Você *implorou* a Alther que cancelasse seu Aprendizado. Disse que queria tempo para ler histórias para os meninos na hora de dormir, em vez de ficar enfurnado num torreão com o nariz enfiado num velho livro de encantamentos todo empoeirado. Você às vezes consegue se superar, Silas – enfureceu-se Márcia.

– Crianças, crianças, nada de discussão agora. – Alther deu um sorriso. – Amo os dois do mesmo jeito. Todos os meus Aprendizes são especiais.

O fantasma de Alther Mella tremeluzia ligeiramente com o calor do fogo. Ele estava usando sua capa espectral de Mago ExtraOrdinário. Ainda havia manchas de sangue nela, o que sempre perturbava Márcia quando ela as via. O cabelo branco e comprido de Alther estava cuidadosamente preso num rabo de cavalo, e a barba estava aparada com esmero, formando uma ponta. Durante a vida de Alther, seu cabelo e sua barba estavam sempre em desalinho. Parecia que ele nunca conseguia acompanhar o ritmo com que tudo crescia. Agora que era fantasma, porém, tudo era fácil. Dez anos atrás, ele tinha escolhido qual seria sua aparência, e era assim que tinha permanecido. Os olhos verdes de Alther podiam cintilar um pouco menos, agora que ele não estava vivo, mas olhavam ao redor com a mesma argúcia de sempre. E enquanto contemplavam a residência dos Heap, Alther sentiu uma tristeza. As coisas estavam prestes a se transformar.

– Diga a ela, Alther – pediu Silas. – Diga que ela não pode ficar com nossa Jenna. Princesa ou não, Márcia não vai ficar com ela.

– Bem que eu gostaria, Silas, mas não posso dizer isso – respondeu Alther com ar sério. – Vocês foram descobertos. Uma Assassina virá. Ela estará aqui à meia-noite com uma bala de prata. Vocês sabem o que isso significa...

– Não – murmurou Sarah, escondendo a cabeça nas mãos.

– Sim – disse Alther. Ele estremeceu, e sua mão foi parar no pequeno buraco redondo da bala pouco abaixo do seu coração.

– O que podemos fazer? – perguntou Sarah em voz muito baixa, imóvel.

– Márcia levará Jenna para a Torre dos Magos – disse Alther. – Por enquanto, Jenna estará em segurança por lá. Depois, vamos precisar pensar em qual será nosso próximo passo. – Ele olhou para Sarah. – Você e Silas precisam ir embora, com os meninos. Para algum lugar seguro onde não sejam descobertos.

Sarah estava com o rosto descorado, mas sua voz estava firme.

– Vamos nos embrenhar na Floresta – afirmou ela. – Vamos ficar com Galen.

Márcia olhou mais uma vez para o relógio. Estava ficando tarde.

– Preciso levar a Princesa agora – disse ela. – Preciso voltar antes que troquem a sentinela.

– Não quero ir – murmurou Jenna. – Não preciso ir, não é, tio Alther? Quero ficar com Galen também. Quero ir com todo mundo. Não quero ficar sozinha. – Seu lábio inferior tremia, e seus olhos se encheram de lágrimas. Estava agarrada a Sarah.

– Você não vai ficar sozinha. Vai estar com Márcia – disse Alther delicadamente.

Jenna não demonstrou ter se sentido melhor com essas palavras.

– Minha Princesinha – disse Alther –, Márcia está com a razão. Você precisa ir embora com ela. Somente ela pode lhe dar a proteção de que você precisa.

Jenna ainda parecia não estar convencida.

– Jenna – disse Alther, sério –, você é a Herdeira do Castelo; e o Castelo precisa de você em segurança para que um dia possa ser a Rainha. É seu dever ir com Márcia. *Por favor.*

As mãos de Jenna foram parar no diadema de ouro que Márcia tinha posto na sua cabeça. Em algum ponto no seu íntimo, ela começou a se sentir um pouquinho diferente.

– Está bem – murmurou. – Eu vou.

6
IDA À TORRE

Jenna não conseguia acreditar no que estava acontecendo com ela. Mal tinha tido tempo de dar um beijo de despedida em todos quando Márcia lançou a capa roxa por cima dela e lhe disse para ficar bem perto e acompanhar seu passo. E então a grande porta negra dos Heap tinha se aberto, a contragosto, com forte rangido, e Jenna foi levada embora do único lar que conhecia.

Pode até ser que tenha sido bom Jenna, coberta como estava pela capa de Márcia, não poder enxergar o espanto no rosto dos seis meninos da família Heap nem a expressão desconsolada de

Sarah e Silas Heap enquanto acompanhavam com o olhar a capa roxa de quatro pernas virar a esquina no final do Corredor 223 e desaparecer de vista.

Márcia e Jenna seguiram pelo caminho mais comprido até a Torre dos Magos. Márcia não queria se arriscar a ser vista lá fora com Jenna; e os corredores escuros e sinuosos do Lado Leste pareciam mais seguros que o trajeto rápido que ela havia preferido mais cedo. Márcia seguia a passos largos, e Jenna precisava correr ao seu lado para ter alguma esperança de não ficar para trás. Felizmente, tudo o que levava consigo era uma pequena mochila com alguns tesouros de recordação da sua casa, apesar de, na correria, ela ter se esquecido do presente de aniversário.

Àquela altura já estavam no meio da manhã, e a hora do *rush* tinha terminado. Para grande alívio de Márcia, os corredores úmidos estavam quase desertos enquanto ela e Jenna seguiam em silêncio por eles, encontrando com facilidade as saídas à medida que Márcia recuperava a lembrança de antigas idas à Torre dos Magos.

Escondida debaixo da pesada capa de Márcia, Jenna conseguia ver muito pouco. Por isso, concentrava o olhar nos dois pares de pés ali embaixo: os seus, pequenos e socados nas botas marrons, surradas; e os da Maga, longos e pontudos, nos sapatos de pele de píton roxa, transpondo vigorosos as lajes cinzentas e úmidas. Logo Jenna parou de perceber suas próprias botas e ficou hipnotizada pelas pítons roxas pontudas, dançando à sua frente – esquerda, direita, esquerda, direita, esquerda, direita – enquanto percorriam os quilômetros de corredores intermináveis.

Foi assim que a estranha dupla seguiu despercebida pelo Castelo. Passando pelas pesadas portas murmurantes que ocultavam as numerosas oficinas onde a gente do Lado Leste dedicava longas horas de trabalho à fabricação de botas, cerveja, roupas, barcos, camas, selas, velas para barcos, velas para iluminação, pão e, mais recentemente, armas, uniformes e correntes. Passando pelas frias salas de aula onde crianças entediadas repetiam a tabuada de treze e passando pelos armazéns vazios, cheios de ecos, de onde o Exército dos Guardiões tinha recentemente tirado para seu próprio uso a maior parte dos mantimentos estocados para o inverno.

Finalmente, Márcia e Jenna saíram pelo arco estreito que dava para o pátio da Torre dos Magos. Jenna tomou fôlego no ar frio e, mesmo debaixo da capa, deu uma espiada lá fora.

Ela arfou.

Erguia-se diante dela a Torre dos Magos, tão alta que a Pirâmide dourada que a encimava estava quase invisível em meio a um fiapo de nuvem baixa. A Torre refulgia prateada ao sol de inverno, tão brilhante que os olhos de Jenna doeram, e o vidro roxo nas centenas de janelas minúsculas faiscava e cintilava com uma escuridão misteriosa que refletia a luz e mantinha ocultos os segredos por trás delas. Uma leve névoa azul tremeluzia em torno da Torre, nublando seus limites, e Jenna descobriu como era difícil dizer onde a Torre terminava e o céu começava. Também o ar era diferente. Tinha um cheiro estranho e agradável, de encantamentos mágicos e incenso antigo. E parada ali, incapaz de dar mais um passo que fosse, Jenna soube que estava cercada pelos sons, baixos demais para serem ouvidos, de antigas fórmulas mágicas e sortilégios.

Pela primeira vez, desde que tinha deixado sua casa, Jenna sentiu medo.

Márcia pôs um braço protetor sobre os ombros de Jenna, pois até ela se lembrava de como era ver a Torre pela primeira vez. Apavorante.

– Vamos, estamos quase lá – murmurou Márcia, em tom encorajador. E juntas foram deslizando para atravessar o pátio coberto de neve na direção da enorme escadaria de mármore que levava à tremeluzente entrada prateada. Márcia estava concentrada em manter o equilíbrio, e foi só quando chegou ao pé da escadaria que percebeu que não havia sentinela a postos. Consultou o relógio, intrigada. A mudança de turno só deveria ocorrer dali a quinze minutos. Então, onde estava o jogador de bolas de neve que ela havia repreendido de manhã?

Márcia olhou ao redor estalando a língua. Alguma coisa estava errada. A sentinela não estava ali. E no entanto ele *ainda* estava ali. Ela de repente se deu conta de que o menino estava entre o Aqui e o Não Aqui.

Estava quase morrendo.

Márcia se lançou de repente em direção a um montinho de neve, junto ao arco, e Jenna caiu de dentro da capa.

– Cave! – ordenou Márcia, entre dentes, tentando desmanchar o montinho de qualquer jeito. – Ele está aqui. Congelado.

Por baixo do montinho, estava o corpo magro e branco da sentinela. Estava todo enroscado como uma bola, com o uniforme de algodão ralo empapado de neve, grudado nele. As cores ácidas do uniforme bizarro pareciam de mau gosto à luz fria do sol de inverno. Jenna estremeceu ao ver o menino, não de frio, mas de uma lembrança desconhecida, para a qual não encontrava palavras, que lhe passou veloz pela cabeça.

Márcia espanou com cuidado a neve da boca azul-escura do menino enquanto Jenna pousava a mão no braço branco, fino como um graveto. Nunca tinha tocado em ninguém tão frio antes. Sem dúvida, ele já devia ter morrido.

Jenna ficou olhando enquanto Márcia se debruçava sobre o rosto do menino e murmurava alguma coisa. Márcia parou, escutou e demonstrou preocupação. Depois, murmurou de novo, dessa vez com mais insistência.

– Anime-se, Menino. Anime-se.

Parou por um instante e então deu um sopro longo e lento sobre o rosto do menino. O sopro se derramava incessante da boca de Márcia, parecendo que não ia parar, uma nuvem aquecida de um rosa-claro que envolveu a boca e o nariz do menino e aos poucos, muito aos poucos, foi tirando aquele azul horrível e o substituindo por um clarão de vida. O menino não se mexeu, mas Jenna achou que agora podia ver um ligeiro movimento de subida e descida no peito dele. Estava respirando de novo.

– Rápido! – sussurrou Márcia para Jenna. – Ele não vai sobreviver se o deixarmos aqui. Precisamos levá-lo para dentro.

Márcia apanhou o menino no colo e o carregou pela larga escadaria de mármore. Quando chegou lá em cima, as portas de prata maciça da entrada da Torre dos Magos se abriram em silêncio diante deles. Jenna respirou fundo e entrou, acompanhando Márcia e o menino.

⊹ 7 ⊹
A Torre dos Magos

Foi só quando as portas da Torre dos Magos se fecharam depois que Jenna passou e ela se encontrou em pé no enorme Saguão de entrada dourado que a menina percebeu o quanto sua vida tinha mudado. Nunca, jamais, Jenna tinha visto ou sequer sonhado com um lugar como aquele. Soube também que a maioria das outras pessoas no Castelo nunca veria nada semelhante. Já estava se tornando diferente dos que tinha deixado para trás.

Jenna contemplava os tesouros desconhecidos que a cercavam enquanto permanecia ali parada, petrificada, no enorme Saguão circular. As paredes douradas apresentavam imagens transitórias de criaturas míticas, símbolos e terras estranhas. Ali não fazia frio, e o ar cheirava a incenso. Ouvia-se um zumbido baixo e leve, o som da **Magya** que mantinha a Torre em funcionamento. Abaixo dos pés de Jenna, o piso se mexia como se fosse areia. Era composto de centenas de cores diferentes que dançaram em volta das suas botas e formaram as palavras "BEM-VINDA, PRINCESA, BEM-VINDA". E então, como ela ficou olhando, surpresa, as letras se transformaram em "DEPRESSA!".

Jenna ergueu os olhos para ver Márcia, que estava cambaleando um pouco enquanto carregava a sentinela, pisar numa escada prateada, em caracol.

– Ande, vamos – disse Márcia, impaciente. Jenna foi correndo, chegou ao primeiro degrau e começou a subir a escada. – Não, é só você ficar onde está – explicou Márcia. – A escada se encarrega do resto.

"Já", ordenou a Maga ExtraOrdinária, em voz alta; e, para espanto de Jenna, a escada em caracol começou a girar. De início, lentamente. Mas logo ganhou velocidade, girando cada vez mais rápido, subindo pela Torre até chegarem ao topo. Márcia saltou e Jenna foi atrás, pulando meio tonta, um instante antes que a escada começasse a girar de volta para baixo, chamada por algum Mago muito abaixo dali.

A grande porta roxa da Maga já tinha se aberto, e o fogo se acendeu apressado no braseiro. Um sofá foi se dispor diante do fogo enquanto dois travesseiros e um cobertor se lançavam pelo ar e iam pousar perfeitamente no sofá sem que Márcia precisasse dizer uma palavra que fosse.

Jenna ajudou Márcia a deitar o menino-sentinela no sofá. Ele estava mal. O rosto estava encovado e branco de frio, os olhos fechados, e ele tinha começado a tremer descontroladamente.

– O tremor é um bom sinal – informou Márcia, animada, e então estalou os dedos. – **Fora roupa molhada**.

O ridículo uniforme de sentinela saiu voando do menino e veio flutuando no ar até cair no chão numa pilha espalhafatosa.

– **Você é lixo** – disse Márcia ao uniforme, que se reuniu entristecido e foi gotejando até a rampa de lixo, onde se jogou e desapareceu.

Márcia deu um sorriso.

– Já vai tarde! Agora, **vestir roupa seca**.

Pijamas aconchegantes apareceram no menino, e seu tremor se tornou um pouco menos violento.

– Ótimo. Vamos só ficar aqui sentadas com ele um pouco para que possa se aquecer. Ele vai ficar bom.

Jenna se acomodou num tapete felpudo junto ao fogo, e logo apareceram duas canecas de leite fumegante. Márcia se sentou ao lado dela. De repente, Jenna sentiu vergonha. A Maga ExtraOrdinária estava sentada no chão ao seu lado, exatamente como Nicko fazia. O que ela deveria dizer? Jenna não conseguia pensar em absolutamente nada, a não ser em que estava sentindo frio nos pés, mas estava envergonhada demais para tirar as botas.

– Melhor tirar mesmo essas botas – disse Márcia. – Estão encharcadas.

Jenna desamarrou as botas e as tirou.

– Olhe só para suas meias! Que estado lastimável! – disse Márcia estalando a língua nos dentes.

Jenna ficou vermelha. As meias tinham antes pertencido a Nicko; e primeiro tinham sido de Edd. Ou será que tinham sido de Erik? Eram cerzidas e grandes demais para ela.

Jenna contorceu os dedos junto ao fogo e secou os pés.

– Quer umas meias novas? – perguntou Márcia.

Jenna fez que sim, toda tímida. Apareceu nos seus pés um par de meias roxas, grossas e protetoras.

– Mas vamos guardar as velhas – disse Márcia. – **Limpem-se** – ordenou ela. – **Dobrem-se**. – As meias obedeceram. Livraram-se de toda a sujeira, que formou uma pilha grudenta no chão da lareira. Depois, dobraram-se com esmero e ficaram ali junto ao fogo com Jenna, que deu um sorriso. Estava feliz por Márcia não ter chamado de lixo os melhores cerzidos de Sarah.

A tarde de meados do inverno foi avançando, e a luz do dia começou a se apagar. O menino-sentinela pelo menos tinha parado de tremer e estava dormindo, tranquilamente. Jenna estava enrodilhada junto à lareira, dando uma olhada num dos ilustrados livros de **Magya** de Márcia quando se ouviu uma batida nervosa na porta.

– Vamos, Márcia. Ande! Abra a porta! Sou eu! – Vinha uma voz impaciente do outro lado.

– É meu pai! – gritou Jenna.

– Shhh... Pode ser que não.

— Pelo amor de Deus, quer fazer o favor de abrir a porta? — disse a voz impaciente.

Márcia recorreu a uma rápida **Fórmula de Transparência**. E, para sua irritação, não é que ali do lado de fora da porta estavam Silas e Nicko? Mas não parava por aí. Sentado ao lado, com a língua de fora e baba escorrendo pelo seu pelo, estava o lobo, com um lenço estampado com bolas.

Márcia não tinha escolha a não ser permitir sua entrada.

— **Abre-te** — ordenou à porta, sem rodeios.

— Olá, Jen. — Nicko estava com um largo sorriso. Pisou com cuidado no belo tapete de seda de Márcia, seguido imediatamente por Silas e pelo lobo, que abanava o rabo de modo tão descontrolado que jogou ao chão a preciosa coleção de frágeis vasinhos de fadas de Márcia.

— Nicko! Papai! — gritou Jenna, atirando-se nos braços de Silas. Parecia que já tinham se passado meses desde a última vez que o tinha visto. — E Mamãe, onde está? Tudo bem?

— Ela está bem — respondeu Silas. — Viajou para a casa de Galen com os meninos. Nicko e eu só viemos lhe entregar isso aqui. — Silas começou a remexer nos bolsos fundos. — Espere aí. Está aqui comigo em algum lugar.

— Você ficou louco? — perguntou Márcia. — O que acha que está fazendo vindo aqui? E trate de manter esse lobo longe de mim.

O lobo estava ocupado babando nos sapatos de píton de Márcia.

— Ele não é um lobo — explicou Silas. — É um cão de caça ao lobo, da Abissínia, descendente dos cães de caça ao lobo de

Maghul Maghi. E seu nome é Maximillian. Pode até ser que ele permita que você o chame de Maxie. Se você for legal com ele.

– Legal! – bufou Márcia, quase sem conseguir falar.

– Achei que podíamos passar a noite aqui – prosseguiu Silas derramando o conteúdo de um pequeno saco encardido na mesa girante de ébano e jade de Márcia, para tentar encontrar o que procurava. – Agora está escuro demais para entrar na Floresta.

– Passar a noite? *Aqui?*

– Papai! Olha só as minhas meias – disse Jenna, retorcendo os dedos dos pés no ar.

– Hummm, muito boas, amorzinho – reconheceu Silas, ainda procurando nos bolsos. – Agora, onde é que eu pus mesmo? Eu *sei* que trouxe comigo...

– Gostou das minhas meias, Nicko?

– Muito roxas – disse Nicko. – Estou morrendo de frio.

Jenna conduziu Nicko para perto da lareira e mostrou o menino-sentinela.

– Estamos esperando que acorde. Ficou congelado na neve, e Márcia o salvou. Ela o fez voltar a respirar.

Nicko deu um assobio, impressionado.

– Ei – disse. – Acho que ele está acordando agora.

O menino-sentinela tinha aberto os olhos e estava olhando espantado para Jenna e Nicko. Parecia apavorado. Jenna fez um carinho na cabeça raspada. Estava toda eriçada e ainda parecia um pouco fria.

– Agora você está em segurança – disse ela. – Está conosco. Eu sou Jenna, e este aqui é Nicko. Como você se chama?

– Menino 412 – resmungou a sentinela.
– Menino Quatro Um Dois...? – repetiu Jenna, intrigada. – Mas isso é um número. Ninguém tem nome de número.

O menino apenas encarou Jenna. Depois, fechou os olhos de novo e voltou a adormecer.

– É esquisito – estranhou Nicko. – Meu pai me disse que só usam números no Exército Jovem. Agora mesmo, dois deles estavam parados lá fora, mas meu pai fez acreditarem que éramos Guardas. E ele se lembrou da senha de anos atrás.

– Esse é o meu paizão. Só que – disse Jenna, pensativa – acho que ele não é meu pai. E você não é meu irmão...

– Para com essa maluquice. É claro que somos – afirmou Nicko de mau humor. – Nada vai mudar isso. Princesa mais boba.

– É, imagino que sim – concordou ela.

– É, *é claro* que sim – respondeu Nicko.

Silas tinha ouvido a conversa entre os dois.

– Jenna, eu sempre serei seu pai, e Mamãe sempre será sua mãe. É só que você teve uma primeira mãe também.

– Ela era uma Rainha de verdade? – perguntou Jenna.

– Era. A Rainha. Nossa Rainha. Antes que chegassem todos esses Guardiões. – Silas pareceu pensativo, e depois sua expressão se desanuviou quando ele se lembrou de alguma coisa e tirou o grosso chapéu de lã. *Lá* estava, no bolso do chapéu. É claro. – Encontrei! – disse Silas, feliz da vida. – Seu presente de aniversário. Parabéns, amorzinho. – E entregou a Jenna o presente deixado para trás.

Era pequeno e surpreendentemente pesado para o tamanho. Jenna arrancou o papel colorido e segurou um saquinho azul franzido por um cordão. Ela afrouxou com cuidado o cordão, prendendo a respiração de tanta expectativa.

– Ah – disse ela, sem conseguir disfarçar a decepção na sua voz. – É um seixo. Mas é um seixo muito legal, Papai. Obrigada.

– Ela tirou do saquinho a pedra lisa cinzenta e a pôs na palma da mão.

Silas pegou Jenna no colo.

– Não é um seixo. É uma pedra de estimação – explicou ele. – Tente fazer cócegas no queixo dela.

Jenna não soube ao certo de que lado ficava o queixo, mas fez cócegas na pedra de qualquer modo. Aos poucos, a pedra abriu os olhinhos pretos e olhou para ela. Depois, esticou quatro pernas atarracadas, ficou em pé e andou pela mão de Jenna.

– Ai, Papai, é *maravilhosa* – disse Jenna, ofegante.

– Nós achamos que você fosse gostar. Consegui a fórmula mágica na Loja de Pedras Andarilhas. Mas trate de não lhe dar muita comida para que ela não fique pesada e preguiçosa. E ela precisa caminhar todos os dias.

– Vou lhe dar o nome de Petroc – disse Jenna. – Petroc Trelawney.

Petroc Trelawney aparentava estar tão satisfeito quanto um seixo poderia aparentar, o que era mais ou menos a mesma aparência de antes. Ele recolheu as pernas, fechou os olhos e voltou a dormir. Jenna o enfiou no bolso para mantê-lo quentinho.

Enquanto isso, Maxie estava ocupado mastigando o papel de presente e babando no pescoço de Nicko.

– Ei, passa fora, seu babão! Anda! Deitado! – disse Nicko tentando empurrar Maxie para o chão. Mas o cão não queria se deitar. Estava olhando espantado para um grande quadro na parede, Márcia na beca da Formatura do Aprendizado.

Maxie começou a ganir baixinho.

Nicko afagou Maxie.

– Assustador, não é? – murmurou ele para o cão, que abanou o rabo meio desanimado e depois deu um ganido quando Alther Mella surgiu saindo do quadro. Maxie nunca tinha se acostumado com as aparições de Alther.

Maxie continuou a choramingar e enfiou a cabeça debaixo do cobertor que cobria Menino 412. Seu focinho frio e molhado fez o garoto acordar assustado. De um salto, ele se sentou e ficou olhando ao redor como um coelho apavorado. Não gostou do que viu. Na realidade, era seu pior pesadelo.

Agora, a qualquer instante, o Comandante do Exército Jovem viria buscá-lo, e então ele ia estar numa encrenca sem tamanho. Associação com o inimigo – era esse o nome que davam quando alguém conversava com Magos. E aqui estava ele com dois deles. *Mais* o fantasma de um velho Mago, ao que tudo indicava. Isso para não falar nas duas crianças esquisitas, uma com algum tipo de coroa na cabeça e o outro com aqueles olhos verdes que denunciavam todos os Magos. E o cachorro imundo. Além disso, tinham tirado seu uniforme, e ele estava à paisana. Poderia levar um tiro como espião. Menino 412 deu um forte gemido e enfiou a cabeça nas mãos.

Jenna aproximou-se e o abraçou.

– Tudo bem – murmurou ela. – Vamos cuidar de você.

Alther estava muito nervoso.

– Aquela Linda... Ela contou a eles aonde vocês tinham ido. Eles estão vindo para cá. Estão mandando a *Assassina*.

– Ah, não! – disse Márcia. – Vou trancar as portas principais com um **Encantamento**.

– Tarde demais – disse Alther, arquejando. – Ela já entrou.

– Mas como?

– Alguém esqueceu a porta aberta – explicou Alther.

– Silas, seu idiota! – enfureceu-se Márcia.

– Está bem – disse Silas, encaminhando-se para a porta. – Vamos embora, então. E vou levar Jenna comigo. É óbvio que ela não está em segurança com você, Márcia.

– O quê? – guinchou Márcia, indignada. – Ela não está a salvo em lugar nenhum, seu pateta!

– Não me chame de pateta – bufou Silas. – Sou tão inteligente quanto você, Márcia. Só porque sou apenas um Mago Ordinário...

– *Parem com isso!* – gritou Alther. – Por acaso, isso é hora de discutir? Façam-me o favor! *Ela está subindo a escada.*

Abalados, todos pararam para escutar. O silêncio era total. Silêncio demais. A não ser pelo sussurro da escada prateada girando sempre enquanto transportava uma passageira lentamente até o topo da Torre dos Magos, até a porta roxa de Márcia.

Jenna estava apavorada. Nicko a abraçou.

– Vou proteger você, Jen – disse ele. – Você vai estar a salvo comigo.

De repente, Maxie baixou as orelhas e deu um uivo horripilante. Todos sentiram o cabelo arrepiar na nuca.

Com estrondo, a porta se abriu.

A Assassina estava ali em pé, uma silhueta contra a luz. O rosto estava muito pálido enquanto ela examinava a cena diante de si. Os olhos, frios, procuravam ao redor pela presa. A Princesa. Na mão direita, trazia uma pistola de prata, a mesma que Márcia tinha visto dez anos antes na Sala do Trono.

A Assassina avançou.

– Vocês estão presos – disse ela em tom ameaçador. – Não é necessário que digam nada. Serão levados daqui para...

Menino 412 se levantou, trêmulo. Era exatamente como tinha imaginado... tinham vindo buscá-lo. Devagar, ele foi caminhando na direção da Assassina. Ela olhou para ele com frieza.

– Saia da minha frente, menino – disse a Assassina, grosseira. Ela investiu contra Menino 412, fazendo com que caísse no chão com violência.

– Não faça uma coisa dessas! – berrou Jenna correndo até Menino 412, que estava estatelado no chão. Quando se ajoelhou para ver se ele estava ferido, a Assassina a agarrou.

– Me solta! – gritou Jenna, se contorcendo.

– Parada, *Princesinha*! – zombou a Assassina. – Tem alguém que quer ver você. Mas ele quer que você esteja *morta*.

A Assassina levou a pistola de prata à cabeça de Jenna.

Craque!

Um **Raio** voou da mão de Márcia. Ele derrubou a Assassina e lançou Jenna para fora de seu alcance.

– **Envolva e Proteja!** – gritou Márcia. Um feixe brilhante de luz branca brotou do piso como uma lâmina luminosa e os cercou, isolando-os da Assassina, inconsciente.

Márcia então abriu com força a tampa que cobria a rampa do lixo.

– É a única saída – disse ela. – Silas, você vai primeiro. Procure fazer uma **Fórmula de Limpeza** enquanto for descendo.

– *O quê?*

– Você ouviu o que eu disse. Quer fazer o favor de entrar aí? – disse a Maga ExtraOrdinária, enfurecida, dando um tremendo empurrão em Silas, que o fez passar pela tampa aberta. Silas tombou pela rampa do lixo e, com um berro, sumiu.

Jenna ajudou Menino 412 a se levantar.

– Vamos! – disse ela, empurrando-o de ponta-cabeça para dentro da rampa. Depois ela mesma pulou, seguida de perto por Nicko, Márcia e um cachorrão animadíssimo.

8
A RAMPA DO LIXO

Quando Jenna se jogou na rampa do lixo, estava com tanto medo da Assassina que não teve tempo de sentir medo da rampa. Mas, à medida que foi caindo, sem nenhum controle, no negrume total, sentiu um pânico avassalador se acumular dentro dela.

O interior da rampa do lixo era frio e escorregadio como gelo. Ela era feita de um tipo de ardósia negra extremamente polida, cortada e encaixada sem juntas aparentes pelos Mestres Pedreiros que tinham construído a Torre dos Magos muitas centenas de anos atrás. A queda era íngreme, íngreme demais para Jenna conseguir controlar como estava caindo, de modo que descia aos trambolhões e girava para lá e para cá, rolando de um lado para outro.

Mas o pior era o escuro.

Era um negrume espesso, profundo, impenetrável, que fazia pressão sobre Jenna de todas as direções. E, apesar do esforço desesperado para enxergar alguma coisa, qualquer coisa, não obtinha nenhum resultado. Jenna achou que tinha ficado cega.

Mas ainda conseguia ouvir. E atrás dela, aproximando-se veloz, ouvia o silvo do pelo úmido do cachorro.

Maxie, o cão de caça a lobos, estava se divertindo a valer. Estava adorando a brincadeira. Tinha ficado um pouco surpreso quando pulou na rampa e não encontrou Silas ali pronto com sua bola. Ficou ainda mais surpreso quando teve a impressão de que suas patas não funcionavam mais, e esgaravatou um pouco para tentar descobrir por quê. Bateu então com o focinho na nuca da mulher apavorante e tentou lamber uma guloseima gostosa que estava grudada em seu cabelo. Foi nessa hora que ela lhe deu um empurrão violento que o fez girar e cair de pernas para o ar.

E agora Maxie estava feliz. Com o focinho para a frente, as patas bem recolhidas, ele se tornou aerodinâmico, um meteoro de pelos que ultrapassou todos eles. Passou por Nicko, que tentou agarrar seu rabo mas acabou soltando. Por Jenna, que deu um berro na sua orelha. Por Menino 412, que estava todo enrodilhado como uma bola. E depois por seu dono, Silas. Maxie não se sentiu à vontade ao passar por Silas porque Silas era o chefe da matilha e Maxie não tinha permissão para andar na frente. Mas o cachorrão não teve escolha – passou por Silas a toda a velocidade, em meio a um despejo de ensopado frio e cascas de cenoura, e continuou a descer.

A rampa do lixo serpeava pela Torre dos Magos como um tobogã gigante embutido nas profundezas das paredes grossas. De um andar para o outro, ela descia íngreme, levando junto não só Maxie, Silas, Menino 412, Jenna, Nicko e Márcia, mas também os restos do almoço de todos os Magos, que tinham sido despejados na rampa naquela tarde. A Torre do Magos tinha vinte e um andares. Os dois superiores pertenciam ao Mago ExtraOrdinário, e dali para baixo, em cada andar havia dois apartamentos para Magos. Era muita comida. Aquilo era o paraíso dos cães; e, no caminho de descida pela Torre, Maxie comeu sobras em quantidade suficiente para se sustentar pelo resto daquele dia.

Por fim, depois do que pareceram ser horas, mas, na realidade, foram só dois minutos e quinze segundos, Jenna sentiu que a queda quase vertical tinha ficado menos íngreme, e o ritmo baixou para o tolerável. Ela não sabia, mas agora tinha deixado a Torre dos Magos e estava seguindo pelo subsolo, fora da base da Torre, na direção dos porões dos Tribunais dos Guardiões. Na rampa, o negrume ainda era total, o frio enregelava, e Jenna se sentia muito só. Era enorme seu esforço para ouvir qualquer som que os outros pudessem fazer, mas todos sabiam como era importante manter silêncio, e ninguém ousava abrir a boca. Jenna achou que conseguiu detectar o roçar da capa de Márcia logo atrás, mas, desde que Maxie tinha passado por ela como um foguete, não tinha captado nenhum sinal de que houvesse sequer uma pessoa com ela. A ideia de estar sozinha no escuro para sempre começou a dominá-la, e outra onda de pânico começou a se formar. Mas exatamente quando Jenna achou que fosse dar um berro, uma fresta de luz surgiu, de alguma cozinha muito distante, lá no alto, e ela conseguiu avistar Menino 412, todo encolhido como uma bola, não muito longe à sua frente. Jenna se animou ao vê-lo e se descobriu sentindo pena do menino-sentinela magro e enregelado em seu pijama.

Menino 412 não estava em condições de sentir pena de ninguém, menos ainda de si mesmo. Quando a garota maluca com o aro dourado na cabeça o empurrou na escuridão, ele instintivamente se encolheu e passou toda a descida da Torre dos Magos, chocalhando de um lado para outro da Rampa como uma bola de gude num cano de escoamento. Estava se sentindo surrado e moído, mas não estava mais apavorado do que no instante em que acordou e se descobriu na companhia de dois Magos adultos, um Mago menino e um Mago fantasma. À medida que também a sua velocidade se reduziu quando a rampa se tornou mais plana, o cérebro de Menino 412 voltou a funcionar. Os poucos pensamentos que conseguiu organizar levaram à conclusão de que aquilo devia ser um Teste. O Exército Jovem era cheio de Testes. Apavorantes Testes-Surpresa sempre surgiam no meio da noite, exatamente quando se tinha acabado de dormir, tendo tornado a cama fria e estreita tão agradável e aquecida quanto possível. Mas este aqui era um Teste Importante. Este deveria ser um dos Testes do tipo Tudo-ou-Nada. Menino 412 cerrou os dentes. Não tinha certeza, mas naquele instante a impressão horrível que tinha era a de que aquela era a parte do teste que estava ligada ao Nada. Não importava o que fosse o Tudo, não havia muita coisa que ele pudesse fazer. Por isso, Menino 412 fechou bem os olhos e continuou rolando.

A rampa os levava sempre para baixo. Fez uma curva à esquerda e seguiu por baixo das Câmaras do Conselho de Guardiões, voltou-se para a direita para recolher o lixo dos Escritórios do Exército, avançando então em linha reta, enfurnada nas grossas paredes das cozinhas subterrâneas que serviam ao Palácio. Foi ali que as coisas se tornaram ainda mais sujas. As Criadas da Cozinha ainda estavam ocupadas com a limpeza depois do banquete do meio-dia do Supremo Guardião e, na cozinha, as tampas de acesso, que não ficavam muito acima dos viajantes na rampa, eram abertas com uma frequência alarmante, com os restos misturados do banquete se derramando sobre eles. Até mesmo Maxie, que àquela altura já tinha comido tanto quanto possível, achou aquilo desagradável, especialmente depois que um pedaço solidificado de arroz-doce o atingiu no focinho. A mais nova Criada da Cozinha, que foi quem jogou o arroz-doce, chegou a avistar Maxie e teve pesadelos com lobos na rampa do lixo por semanas a fio.

Para Márcia, era um pesadelo também. Ela se enrolou bem firme na capa de seda roxa toda salpicada de molho de carne, com o forro de pele coberto por uma camada de pudim, conseguiu se desviar de uma chuva de couves-de-bruxelas e tentou ensaiar a **Fórmula da Limpeza a Seco de Um Segundo**, para usá-la no instante em que saísse da rampa.

Finalmente, a rampa os levou para além das cozinhas, e as coisas foram ficando ligeiramente mais limpas. Jenna conseguiu por um curto período relaxar um pouco, mas de repente perdeu o fôlego quando a rampa entrou em forte queda por baixo das muralhas do Castelo para chegar ao destino final no Lixão à beira do rio.

Silas foi quem se recuperou primeiro da descida brusca calculando que tinham chegado ao fim do percurso. Espiou na escuridão para tentar ver a luz no final do túnel, mas não conseguiu discernir nada. Apesar de saber que àquela altura já teria anoitecido, ele esperava que, com o nascer da lua cheia, alguma luz se infiltrasse até ali. E então, para sua surpresa, alguma coisa sólida o impediu de continuar a escorregar. Alguma coisa macia e pegajosa, com um cheiro repugnante. Era Maxie.

Silas estava se perguntando por que Maxie estaria obstruindo a passagem na rampa do lixo, quando Menino 412, Jenna, Nicko e Márcia o atingiram em rápida sucessão. Silas percebeu que não era só Maxie que estava macio, pegajoso e com cheiro repugnante. Todos eles estavam.

– Papai? – Da escuridão, veio a voz assustada de Jenna. – É você?

– Sou eu, meu amorzinho – murmurou Silas.

– Onde é que nós estamos, Papai? – perguntou Nicko com a voz rouca. Estava detestando a Rampa do Lixo. Até o instante em que pulou para dentro dela, Nicko não fazia ideia de que tinha pavor de lugares fechados. Bela maneira de descobrir, pensou ele. Tinha conseguido controlar o medo, dizendo a si mesmo que pelo menos estavam se movimentando e que logo sairiam dali. Mas agora tinham parado. E não tinham saído.

Estavam *entalados*.

Presos.

Nicko tentou se sentar, mas sua cabeça bateu na ardósia gelada ali em cima. Começou a esticar os braços, mas os dois chegaram às paredes lisas como o gelo antes que ele conseguisse completar o movimento. Nicko sentiu que sua respiração ficava cada vez mais rápida. Pensou que ia enlouquecer se não o tirassem *logo* dali.

– Por que paramos? – perguntou Márcia, furiosa.

– O caminho está obstruído – murmurou Silas, que tinha apalpado adiante de Maxie e chegado à conclusão de que tinham sido detidos por uma enorme pilha de lixo que estava fechando a rampa.

– Droga – resmungou Márcia.

– *Papai*. Eu quero sair – implorou Nicko, ofegante.

– Nicko? – murmurou Silas. – Você está bem?

– Não...

– É a porta dos ratos! – exultou Márcia. – Uma tela para impedir os ratos de entrar na rampa. Foi instalada depois que Endor encontrou um rato no caldeirão de cozido. Trate de abri-la, Silas.

– Não consigo chegar lá. Tem um monte de lixo no caminho.

– Se você tivesse feito uma **Fórmula de Limpeza** como lhe pedi, esse lixo não estaria aí, não é mesmo?

– Márcia, quando a gente acha que está a um passo da morte, a limpeza deixa de ser prioridade.

– *Papai* – disse Nicko em desespero.

– Deixe comigo, então – retrucou Márcia, de maus modos. Ela estalou os dedos e recitou algumas palavras baixinho. Ouviu-se o ruído metálico da porta contra ratos se abrindo e um silvo do lixo se lançando obediente da rampa para cair direto no Lixão.

Estavam livres.

A lua cheia, que vinha nascendo acima do rio, lançou sua luz branca no negrume da rampa e guiou os seis viajantes cansados e moídos para o lugar aonde todos eles ansiavam por chegar.

O Lixão de Conveniência da Beira-Rio.

✥ 9 ✥
A Taberna de Sally Mullin

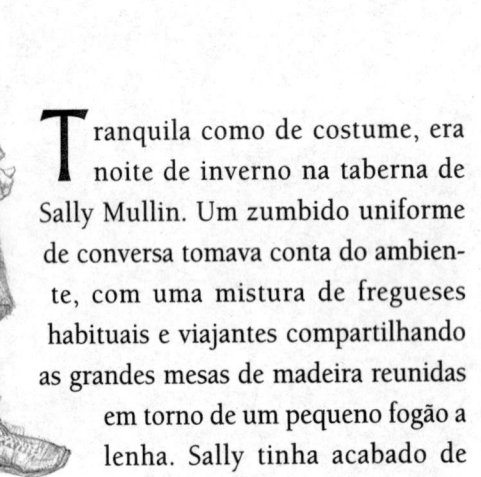

Tranquila como de costume, era noite de inverno na taberna de Sally Mullin. Um zumbido uniforme de conversa tomava conta do ambiente, com uma mistura de fregueses habituais e viajantes compartilhando as grandes mesas de madeira reunidas em torno de um pequeno fogão a lenha. Sally tinha acabado de percorrer as mesas contando e ouvindo piadas, oferecendo fatias de bolo de cevada, ainda quente do forno, e reabastecendo as lâmpadas de azeite que passaram acesas toda a tarde escura de inverno. Agora estava de novo atrás do balcão servindo com cuidado cinco canecos da Cerveja Springo Especial para alguns Mercadores do Norte recém-chegados.

Quando olhou de relance para os Mercadores, Sally percebeu, para sua surpresa, que o habitual aspecto de triste resignação pelo qual os Mercadores do Norte eram conhecidos tinha sido substituído por largos sorrisos. Sally também sorriu. Ela se orgulhava de sua taberna ser um lugar alegre; e se conseguia que cinco Mercadores abatidos estivessem rindo antes mesmo de tomarem seu primeiro caneco da Springo Especial, era porque estava trabalhando direito.

Sally levou a cerveja à mesa dos Mercadores, junto à janela, e dispôs os canecos diante deles sem derramar uma gota. Mas os Mercadores não prestaram atenção à cerveja porque estavam ocupados limpando o vapor da janela com as mangas encardidas das roupas para espiar a escuridão. Um deles apontou para alguma coisa lá fora, e todos caíram na gargalhada.

O riso estava se espalhando pela taberna inteira. Outros fregueses começaram a vir às janelas para espiar até que logo toda a clientela estava se acotovelando por um lugar junto à longa fileira de janelas que se estendia nos fundos da taberna.

Sally Mullin espiou para ver o que estava causando tanto divertimento.

Ficou de queixo caído.

Iluminada pela lua cheia, a Maga ExtraOrdinária, Madame Márcia Overstrand, toda coberta de lixo, estava dançando como louca no alto do lixão municipal.

Não, pensou Sally. Isso não é possível.

Espiou de novo pela janela engordurada. Não pôde acreditar no que estava vendo. De fato lá estava Madame Márcia com três crianças... *três crianças?* Todo o mundo sabia que Madame Márcia não suportava crianças. Havia também um lobo e alguém que parecia vagamente familiar aos olhos de Sally. Ora, quem seria? Aquele inútil do marido de Sarah, Silas Deixa-pra-Amanhã Heap. Era ele, sim.

O que Silas Heap poderia estar fazendo com Márcia Overstrand? Com três filhos? No *lixão municipal*? Será que Sarah sabia? Bem, ela ia saber logo.

Como boa amiga de Sarah Heap, Sally achou que era seu dever ir lá verificar o que estava acontecendo. Por isso, pôs o Menino Lavador-de-Louça no comando da taberna e saiu correndo pela noite enluarada.

Sally seguiu ruidosa pela passarela da taberna e, através da neve, subiu correndo a encosta na direção do lixão. Enquanto corria, chegou a uma conclusão inevitável.

Silas Heap estava fugindo com Márcia Overstrand.

Tudo fazia sentido. Sarah muitas vezes tinha se queixado de como Silas tinha obsessão por Márcia. Desde que desistiu do Aprendizado com Alther Mella e que Márcia assumiu seu posto de Aprendiz, Silas observava seu espantoso progresso com uma mistura de horror e fascínio, sempre imaginando que poderia ter acontecido com *ele*. E, desde que ela se tornara Maga ExtraOrdinária dez anos antes, essa atitude no mínimo tinha se agravado.

Ele era totalmente obcecado pelo que Márcia fazia, era o que Sarah tinha dito.

Mas estava claro, refletia Sally, que agora tinha chegado à base da enorme pilha de lixo e estava a duras penas se esforçando para subir, estava claro que Sarah não era totalmente inocente. Qualquer um podia ver que Silas não era o pai da sua filhinha. Ela era tão diferente dos outros. E um dia, quando Sally tentou com muita delicadeza tocar no tema do pai de Jenna, Sarah tinha mudado rapidamente de assunto. Ah, era verdade, alguma coisa andava acontecendo com a família Heap havia anos. Mas nada daquilo era desculpa para o que Silas estava fazendo agora. Não era desculpa de jeito nenhum, pensava Sally, irritada, enquanto subia trôpega em direção ao topo do lixão.

Os vultos imundos tinham começado a descer e se encaminhavam para onde Sally estava. Sally acenou para eles, mas deram a impressão de não ter percebido sua presença. Pareciam distraídos e cambaleavam um pouco como se estivessem tontos. Agora que estavam mais perto, Sally pôde ver que tinha razão quanto à identidade deles.

– *Silas Heap!* – berrou Sally, furiosa.

Os cinco vultos levaram um susto tremendo e olharam espantados para Sally.

– *Shhh!* – murmuraram quatro vozes no tom mais alto que ousaram.

– Não vou me calar – protestou Sally. – O que você acha que está fazendo, Silas Heap? Deixando sua mulher por essa... *perua*. – Sally agitava o indicador cheio de censura em direção à Maga.

– *Perua?* – repetiu Márcia, sem fôlego.

– E levando essas pobres crianças com você – disse Sally a Silas. – *Como* teve coragem?

Silas veio se arrastando pelo lixo até Sally.

– Do que você está falando? – perguntou ele. – E quer fazer o favor de falar mais baixo!

– *Shh!* – disseram três vozes atrás dele.

Por fim, Sally se acalmou.

– Silas, não faça uma coisa dessas – murmurou, rouca. – Não deixe sua mulher adorável, sua família. Por favor.

– Não estou deixando ninguém – disse Silas, bestificado. – Quem lhe disse isso?

– Não está?

– *Não!*

– *Shhhhh!*

* * *

Levou a maior parte da longa descida aos trancos para Silas explicar a Sally todo o ocorrido. Seus olhos se arregalaram, e ela ficou boquiaberta enquanto Silas lhe contava o necessário para conseguir que ela passasse para seu lado, o que foi praticamente tudo. Ele percebia que não precisava apenas do silêncio da dona da taberna. Sua ajuda também poderia ser útil. Mas Márcia não tinha tanta certeza. Sally Mullin não era exatamente a primeira pessoa que ela teria escolhido para ajudar. A Maga ExtraOrdinária resolveu se intrometer e assumir o comando da situação.

– Certo – disse ela com autoridade quando chegaram ao chão firme aos pés do lixão –, acho que podemos esperar que o Caçador e sua Matilha sejam enviados atrás de nós a qualquer momento.

Uma centelha de medo passou pelo rosto de Silas. Já tinha ouvido falar no Caçador.

Márcia demonstrou calma e praticidade.

– Enchi a rampa de novo com lixo e empreguei uma **Fórmula de Trancar e Soldar** na porta de proteção contra ratos. Quer dizer que, com alguma sorte, ele vai pensar que ainda estamos presos lá dentro.

Nicko estremeceu com essa ideia.

– Mas isso não o atrasará muito – prosseguiu a Maga. – E então ele há de vir dar uma olhada... e fazer perguntas. – Olhou para Sally como se estivesse dizendo: *E vai ser a você que ele fará perguntas.*

Todos se calaram.

Sally retribuiu o olhar de Márcia firmemente. Sabia o que estava assumindo. Sabia que tudo aquilo representaria um problemão para ela, mas era uma amiga leal.

Ela ajudaria.

– Pois bem – disse Sally, com disposição. – Vamos precisar que vocês todos estejam bem longe quando eles chegarem aqui, não é mesmo?

Levou-os até o alojamento nos fundos da taberna, onde muitos viajantes exaustos conseguiam encontrar uma cama aconchegante para passar a noite, e roupa limpa também, caso precisassem. Àquela hora, o alojamento estava vazio. Sally mostrou onde guardava as roupas e lhes disse que apanhassem tudo o que fosse necessário. Seria uma noite longa e fria. Ela encheu com rapidez um balde de água quente para que eles pudessem se livrar da pior parte da sujeira da rampa e depois saiu apressada.

– Daqui a dez minutos, vejo vocês no cais. Podem levar meu barco.

Jenna e Nicko adoraram poder se livrar das roupas imundas, mas Menino 412 se recusou. Naquele dia, já tinha mudado de roupa o suficiente e estava determinado a não largar a que estava usando, mesmo que fosse só um pijama molhado e nojento.

Márcia acabou sendo forçada a usar nele uma **Fórmula de Limpeza**, seguida de uma **Fórmula de Troca de Roupa**, para conseguir vestir nele um pulôver e calças grossas de pescador, com um casaco de couro de carneiro além de um gorro vermelho vivo, que Silas conseguiu para ele.

A Maga ExtraOrdinária ficou irritada por precisar recorrer a encantamentos para o traje de Menino 412. Queria poupar energia para mais tarde, tinha uma sensação desagradável de que poderia precisar gastar toda a sua reseva para fazê-los chegar a um local seguro. Naturalmente, despendeu um pouquinho de energia na sua **Fórmula de Limpeza a Seco de Um Segundo**, que, em razão do estado repugnante de sua capa, tinha se prolongado numa **Fórmula de Limpeza a Seco de Um Minuto**, e mesmo assim não tinha se livrado de todas as manchas de molho de carne. Na opinião de Márcia, a capa de uma Maga ExtraOrdinária era mais do que uma simples capa. Era um afinadíssimo instrumento de **Magya** a ser tratado com respeito.

Daí a dez minutos, todos estavam lá embaixo, no cais.

Sally estava à sua espera, com seu barco à vela. Nicko olhou com aprovação para o barquinho verde. Adorava barcos. Na realidade, não havia nada que Nicko gostasse mais de fazer do que estar num barco sobre as águas; e aquele ali parecia ser um bom barco. Era largo e estável, firmava-se bem na água e tinha um par de velas vermelhas novas. O nome também era simpático: *Muriel*. Nicko estava gostando.

Márcia olhou para o barco, cheia de suspeita.

– E então, como é que a Muriel funciona? – perguntou a Sally.

– Ela veleja – intrometeu-se Nicko. – Veleja.

– Quem veleja? – perguntou Márcia, confusa.

– O *barco* – respondeu Nicko, paciente.

Sally estava ficando nervosa.

– É melhor vocês irem embora – disse ela olhando de relance para o lixão. – Pus alguns remos aí, para o caso de vocês precisarem. E comida. Pronto. Vou desamarrar a corda e ficar segurando enquanto vocês embarcam.

Jenna foi a primeira a embarcar, segurando Menino 412 pelo braço e o levando junto. Ele resistiu por um instante e então cedeu. Menino 412 estava ficando muito cansado.

Nicko embarcou em seguida, e então Silas empurrou uma Márcia levemente relutante para dentro do barco. Ela se sentou, meio insegura, junto ao leme e farejou o ar.

– Que cheiro horrível é esse? – resmungou.

– Peixe – disse Nicko perguntando-se se Márcia sabia velejar.

Silas pulou no barco com Maxie, e *Muriel* afundou um pouco mais na água.

– Agora vou empurrar vocês – disse Sally, ansiosa.

Ela jogou a corda para Nicko, que com destreza a apanhou e a guardou com cuidado na proa da embarcação.

Márcia agarrou o leme, com as velas panejando loucamente, e *Muriel* deu uma guinada desagradavelmente brusca para a esquerda.

– Quer que eu cuide do leme? – propôs Nicko.

– Cuidar do quê? Ah, essa alavanca aqui? Está bem, Nicko. Não quero me cansar. – A Maga ExtraOrdinária se enrolou mais na capa e, com toda a majestade que conseguiu reunir, foi se afastando desajeitada para um lado do barco.

Não estava feliz. Nunca tinha entrado num barco antes, e não tinha intenção de entrar em outro se conseguisse evitar. Para começar, não havia assentos decentes. Nada de tapete, nem almofadas, *nem teto*. Além disso, se fora do barco a quantidade de água era excessiva para seu gosto, ali dentro também havia um pouco de água demais. Será que isso queria dizer que o barco estava afundando? E o cheiro era inacreditável.

Maxie estava muito empolgado. Chegou a pisar nos maravilhosos sapatos de Márcia e a abanar o rabo no rosto dela ao mesmo tempo.

– Para a frente, cachorro maluco – disse Silas, empurrando Maxie para a proa, onde poderia expor ao vento seu longo focinho de cão de caça e farejar todos os cheiros da água. Silas então se espremeu ao lado de Márcia, para grande desconforto dela, enquanto Jenna e Menino 412 se acomodavam no outro lado do barco.

Nicko ia em pé, feliz, na popa, segurando firme a cana do leme, e cheio de confiança afastou o barquinho da margem do rio.

– Para onde vamos? – perguntou ele.

Márcia ainda estava preocupada demais com sua súbita proximidade com tamanho volume de água para responder.

– Para a casa de tia Zelda – disse Silas, que tinha discutido a situação com Sarah após a partida de Jenna pela manhã. – Vamos ficar com tia Zelda.

O vento inflou as velas de *Muriel*, que ganhou velocidade, dirigindo-se para a correnteza veloz no centro do rio. Márcia fechou os olhos e sentiu uma tontura. Ela se perguntava se era normal o barco se inclinar *tanto assim*.

– A Protetora no Brejal Marram? – perguntou Márcia, ainda com a voz enfraquecida.

– Ela mesma – respondeu Silas. – Lá estaremos em segurança. Agora ela mantém o chalé permanentemente **Encantado**, depois que ele foi invadido pelos pardinhos da Lama Movediça no último inverno. Ninguém vai conseguir nos encontrar.

– Perfeito – disse a Maga ExtraOrdinária. – Vamos para a casa de tia Zelda.

Silas ficou surpreso. Márcia tinha realmente concordado com ele, sem questionamento. Mas a verdade, pensou com um sorriso só para si, era que agora eles estavam todos no mesmo barco.

E assim o barquinho verde desapareceu noite adentro, deixando Sally a acenar cheia de coragem, um vulto distante lá atrás. Quando perdeu sua *Muriel* de vista, Sally continuou no cais, ouvindo o marulho da água nas pedras frias. De repente, ela se sentiu totalmente só. Deu meia-volta e começou a subir de novo pela margem coberta de neve, com o caminho iluminado pelo clarão amarelo que saía das janelas da sua taberna logo adiante. Alguns fregueses tinham os olhos voltados para a noite ali fora enquanto Sally voltava às pressas para o calor e o rumor de conversa da taberna. Mas eles pareciam não se dar conta do vulto pequeno que vinha com dificuldade pela neve e subia pela passarela.

Quando Sally abriu com um empurrão a porta do seu estabelecimento e entrou de mansinho no rebuliço aconchegante, seus fregueses mais habituais perceberam que ela estava diferente. E tinham razão. De modo nada comum para Sally, ela só tinha na cabeça um pensamento.

Quanto tempo o Caçador demoraria para chegar?

⊹⊹ 10 ⊹⊹
O Caçador

Levou exatamente oito minutos e vinte segundos para o Caçador e sua Matilha chegarem ao Lixão de Conveniência da Beira-Mar depois que Sally se despediu de Muriel no cais. Cada um desses quinhentos segundos, Sally tinha passado com um pavor crescente na boca do estômago.

Onde é que ela estava com a cabeça?!

Sally não tinha dito nada quando voltou à taberna, mas alguma coisa na sua atitude tinha feito a maioria dos fregueses acabar rápido de beber sua Springo, engolir de qualquer jeito os últimos farelos de bolo de cevada e sumir veloz noite adentro. Os únicos fregueses que lhe restavam eram os cinco Mercadores do Norte, que estavam na segunda rodada de Springo Especial e conversavam baixinho entre si, naquele seu sotaque cantado e tristonho. Até mesmo o Menino Lavador-de-Louça tinha desaparecido. A boca de Sally estava seca, as mãos trêmulas, e ela lutava contra um desejo avassalador de fugir. Calma, garota, dizia a si mesma. Aguente firme. Negue tudo. O Caçador não tem motivos para suspeitar de você. Se fugir agora, ele vai ter *certeza* de que você está envolvida. E o Caçador vai encontrá-la. Ele sempre encontra. Fique aí quietinha e procure se acalmar.

O segundo ponteiro do grande relógio da taberna continuava a tiquetaquear.

Tique... taque... tique... taque...

Quatrocentos e noventa e oito segundos... Quatrocentos e noventa e nove segundos... Quinhentos.

Um forte facho de luz passou varrendo o alto do lixão.

Sally correu para uma janela próxima e ficou olhando lá para fora, o coração retumbando. Estava vendo um enxame de vultos negros em movimento, com as silhuetas destacadas pela luz. O Caçador tinha trazido sua Matilha, exatamente como Márcia havia prevenido.

Sally olhava atenta, procurando descobrir o que eles estavam fazendo. A Matilha estava reunida em torno da porta de proteção contra ratos, que Márcia tinha fechado e deixado emperrada com a **Fórmula de Trancar e Soldar**. Para alívio de Sally, a Matilha parecia não estar com nenhuma pressa. Na verdade, a impressão era que eles estavam rindo entre si. Alguns gritos chegaram fracos à taberna. Sally se esforçou para escutar. O que ouviu a fez estremecer.

— ... Porcaria de Magos...
— ... Ratos presos na porta contra ratos...
— Não saiam daí, ha, ha, ha. Já estamos chegando para apanhar vocês...

Enquanto Sally observava, viu os vultos em torno da porta contra ratos se tornarem cada vez mais nervosos com a resistência que a porta apresentava a todos os seus esforços para abri-la. Isolado da Matilha, um vulto solitário assistia indócil, e esse Sally acertadamente supôs ser o Caçador.

De repente, o Caçador perdeu a paciência com os esforços para abrir a porta. Andou determinado até ela, arrancou um machado de um membro da Matilha e, cheio de raiva, atacou a porta. Fortes ruídos metálicos reverberaram até a taberna até que a porta contra ratos, totalmente inutilizada, foi jogada para um lado, e um integrante da Matilha foi enviado pela rampa adentro para escavar o lixo. Agora um facho de luz estava voltado diretamente para o interior da rampa, com a Matilha reunida em torno da saída. Sally via o faiscar das suas pistolas no clarão do facho de luz. Com o coração na mão, esperou eles descobrirem que sua presa tinha escapado.

Não demorou muito.

Uma criatura desgrenhada saiu da rampa e foi agarrada com brutalidade pelo Caçador que, Sally pôde ver, estava furioso. Sacudiu o homem com violência e o atirou para um lado, fazendo com que tombasse estatelado pela encosta do lixão. O Caçador se agachou e, sem acreditar, espiou para dentro da rampa de lixo vazia. Num gesto abrupto, determinou que o menor da Matilha entrasse na rampa. O escolhido se encolheu, relutante, mas foi forçado a entrar. E dois Guardas da Matilha, com suas pistolas, foram deixados ali na entrada.

O Caçador caminhou devagar até a beira do Lixão para se recompor depois de ter descoberto que sua presa o tinha enganado. A uma distância segura, ele era acompanhado pelo pequeno vulto de um menino.

O menino usava as vestes verdes rotineiras de um Aprendiz de Mago; mas, diferentemente de qualquer outro Aprendiz, em torno da cintura trazia uma faixa vermelha adornada com três estrelas negras. As estrelas de DomDaniel.

Mas naquele momento o Caçador não dava atenção à presença do Aprendiz de DomDaniel. Estava ali parado, em silêncio, um homem baixo, de constituição maciça, com o corte de cabelo à escovinha, típico da Guarda. Seu rosto era moreno e enrugado por todos os anos passados ao ar livre caçando e rastreando presas da espécie humana. Usava o traje costumeiro dos Caçadores: túnica e capa curta de um verde-escuro, com botas grossas de couro marrom. Na cintura, um cinto largo de couro, com uma faca na bainha e uma capanga.

O Caçador deu um sorriso sombrio: a boca, uma linha fina e determinada, com os cantos voltados para baixo; os olhos azuis, muito claros, semicerrados, numa fenda vigilante. Então era para ser uma Caçada? Muito bem, não havia neste mundo nada que ele apreciasse mais do que uma Caçada. Havia anos, ele vinha aos poucos galgando postos nas fileiras da Matilha de Caça, e, por fim, tinha atingido o objetivo. Era um Caçador, o melhor da Matilha, e este era o momento pelo qual tinha esperado. Aqui estava ele, caçando não apenas a Maga ExtraOrdinária mas também a Princesa, nada menos que a *Princesinha*. O Caçador estava empolgado com a expectativa de uma noite a ser lembrada: o Sinal, o Rastro, a Perseguição, a Aproximação e o Abate. Sem problema, pensou o Caçador, com o sorriso se alargando para mostrar os dentes pequenos e pontudos ao luar frio.

O Caçador voltou os pensamentos para a Caçada. Algo lhe dizia que os fugitivos tinham escapado da rampa de lixo; mas, como Caçador eficiente, ele precisava se certificar de que todas as possibilidades fossem cobertas. E o Guarda que tinha mandado lá para dentro recebeu instruções de acompanhar a rampa e verificar todas as saídas até a Torre dos Magos. O fato de que essa missão era provavelmente impossível não perturbava o Caçador. Um Guarda da Matilha era a patente mais baixa de todas, era um Sacrificável, e trataria de cumprir o dever ou morrer tentando. O Caçador tinha sido um Sacrificável no passado, mas não por muito tempo – disso ele tinha se encarregado. E agora, pensava ele com um tremor de empolgação, agora ele precisava encontrar o Rastro.

No entanto, o lixão fornecia poucas pistas, mesmo para o rastreador qualificado que ele era. O calor da decomposição do lixo tinha derretido a neve, e a constante movimentação do lixo por gaivotas e ratos já tinha removido qualquer traço de Rastro. Pois bem, pensou o Caçador. Como não há Rastro, é preciso procurar um Sinal.

O Caçador estava parado naquele ponto privilegiado no alto do Lixão, observando a cena enluarada com os olhos semicerrados. Atrás dele, erguiam-se as muralhas íngremes e escuras do Castelo, com as ameias nitidamente delineadas contra o céu frio, estrelado. À sua frente, estendia-se a paisagem ondulante dos campos férteis que margeavam o outro lado do rio, e ao longe no horizonte seus olhos avistaram o espinhaço agressivo das Montanhas Fronteiriças. O Caçador olhou longamente, com extrema atenção, para aquela paisagem coberta de neve, mas nada viu que fosse do seu interesse. Voltou então sua atenção para as imediações, abaixo dele. Contemplou a larga corrente do rio, com o olhar acompanhando a água ao fazer a curva e seguir veloz para sua direita, passando pela taberna empoleirada no cais flutuante, que boiava suavemente com a maré alta, o pequeno atracadouro, com seus barcos amarrados para a noite, continuando pelas águas do rio até elas desaparecerem de vista por trás da Rocha do Corvo, um afloramento pontiagudo que se elevava muito acima do rio.

O Caçador atento procurava ouvir sons que subissem da água, mas tudo o que ouvia era o silêncio que o manto de neve proporciona. Ele esquadrinhava a água em busca de pistas – talvez uma sombra abaixo do barranco das margens, uma ave espantada, uma pequena ondulação que denunciasse alguma presença – mas não conseguia ver nada. *Nada*. Tudo estava estranhamente imóvel e quieto: o rio escuro seguindo sinuoso em silêncio pela brilhante paisagem de neve iluminada pela lua cheia. Era, pensou o Caçador, uma noite perfeita para uma Caçada.

O Caçador permanecia ali, parado, tenso, esperando que o Sinal se revelasse a ele.

Vigiando e esperando...

Alguma coisa atraiu seu olhar. Um rosto branco na janela da taberna. Um rosto assustado, um rosto que *sabia*. O Caçador sorriu. Tinha conseguido seu Sinal. Tinha, mais uma vez, um Rastro a seguir.

⇝ 11 ⇜
O RASTRO

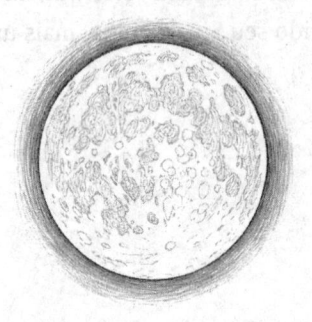

Sally viu que eles se aproximavam.
De um salto, afastou-se da janela, ajeitou as saias e organizou o pensamento. Vamos, menina, disse para si mesma. Você vai conseguir. É só usar sua cara de Taberneira Simpática, e eles não desconfiarão de nada. Sally foi se refugiar atrás do balcão e, pela primeiríssima vez durante o expediente, serviu-se um caneco de Springo Especial, tomando um bom gole.

Eca! Nunca tinha gostado daquilo mesmo. Muito rato morto no fundo do barril para o seu gosto.

Enquanto tomava outro gole de rato morto, uma luz fortíssima penetrou pelas janelas da taberna, passando pelos seus ocupantes. Rapidamente, ela brilhou nos olhos de Sally e depois, seguindo adiante, iluminou o rosto pálido dos Mercadores do Norte. Os Mercadores pararam de conversar e trocaram olhares preocupados.

Um instante depois, Sally ouviu o baque surdo de passos apressados subindo pela passarela. O cais flutuante balançou com a Matilha correndo por ali, e a taberna tremeu, os pratos e copos retinindo nervosos com o movimento. Sally guardou o caneco, empertigou-se e, com enorme dificuldade, forçou um sorriso de boas-vindas.

A porta foi aberta com violência.

O Caçador entrou a passos largos. Atrás dele, no facho da luz, Sally via a Matilha em forma ao longo do cais flutuante, com as pistolas preparadas para atirar.

– Boa-noite, senhor. Em que posso servi-lo? – disse Sally, com a voz trinando, nervosa.

O Caçador ouviu com satisfação o tremor na sua voz. Gostava quando as pessoas ficavam apavoradas.

Encaminhou-se devagar até o balcão, encostou nele e olhou fixamente para Sally.

– Você pode me passar algumas *informações*. Sei que as tem.

– É mesmo? – Sally procurou parecer educadamente interessada. Mas não foi isso o que o Caçador ouviu. Ele ouviu "assustada e procurando ganhar tempo".

Ótimo, pensou ele. Alguma coisa essa aí sabe.

– Estou em busca de um grupo pequeno e perigoso de terroristas – disse o Caçador, observando com cuidado o rosto de Sally. Sally lutou para manter seu ar de Taberneira Simpática, mas por uma fração de segundo ele se perdeu, e uma expressão brevíssima passou por suas feições: a surpresa.

– Surpresa por ouvir seus amigos descritos como terroristas, hein?

– Não – disse Sally, imediatamente. E então, ao se dar conta do que acabava de dizer, começou a gaguejar. – Não... não foi isso o que eu quis dizer...

Sally desistiu. O mal já tinha sido feito. Como foi acontecer com tanta facilidade? Eram os olhos dele, pensou Sally, aquelas fendas finas e brilhantes como duas luzes penetrantes a invadir seu cérebro. Como tinha sido idiota ao pensar que poderia enganar um Caçador! O coração de Sally batia com tanta força que ela teve certeza de que o Caçador conseguia ouvir as batidas.

O que naturalmente ele conseguia. Esse era um dos seus sons prediletos, o coração pulsante de uma presa encurralada. Ficou escutando por mais um momento delicioso.

– Você vai nos contar onde eles estão – disse ele, então.

– Não – murmurou Sally.

O Caçador pareceu não se perturbar com esse pequeno ato de rebeldia.

– Vai, sim – disse ele, em tom casual.

O Caçador se encostou no balcão.

– Bonito esse seu lugar aqui, Sally Mullin. Muito jeitoso. De madeira, não é? Já está aqui há um bom tempo, se bem me lembro. A esta altura, a madeira já deve estar bem seca mesmo. Dizem que queima muito bem.

– Não... – murmurou Sally.

– Bem, vou lhe dizer uma coisa então. É só você me dizer para onde seus amigos foram, e eu me esqueço de onde deixei meu isqueiro...

Sally não disse nada. Sua cabeça não parava, mas seus pensamentos não faziam sentido. Só conseguia pensar numa coisa: não tinha enchido de água os baldes para combate a incêndios depois que o Menino Lavador-de-Louça tinha posto fogo nos panos de prato.

– Muito bem – disse o Caçador. – Vou dizer aos rapazes para começarem a atear fogo. Quando eu sair, vou trancar as portas. Não quero que ninguém saia correndo e acabe se machucando, não é mesmo?

– *Você não pode...* – disse Sally, ofegante, percebendo que o Caçador não só estava prestes a incendiar sua amada taberna como também pretendia incendiar o estabelecimento com a proprietária ali dentro. Para não falar nos cinco Mercadores do Norte. Sally olhou para eles de relance. Estavam murmurando ansiosos uns com os outros.

O Caçador tinha dito o que tinha vindo dizer. Tudo estava correndo exatamente como ele previa, e agora era a hora de mostrar que estava falando sério. Virou-se de repente e foi andando na direção da porta.

Com uma raiva repentina, Sally tinha o olhar fixo nas costas dele. Que audácia a dele de entrar na *minha* taberna e apavorar *meus* fregueses! E depois sair todo arrogante para incinerar a todos nós! Esse homem, pensou Sally, não é mais do que um valentão. E ela não gostava de valentões.

Impetuosa como sempre, Sally saiu correndo do balcão.

– Espere! – gritou.

O Caçador sorriu. Estava funcionando. Sempre funcionava. Basta você se afastar e deixar que eles pensem um instante no assunto. Eles sempre acabam entendendo. O Caçador parou mas não se virou.

Um forte chute na perna dado pela resistente bota direita de Sally o apanhou de surpresa.

– Metido a valente – gritou Sally.

– Imbecil – retrucou ofegante o Caçador, segurando a perna.

– Você vai se arrepender disso, Sally Mullin.

Um Guarda-mor da Matilha apareceu.

– Algum problema, senhor? – perguntou.

O Caçador não gostou de ser visto mancando de modo tão pouco imponente.

– Não – respondeu com rispidez. – Tudo como planejado.

– Os homens reuniram os gravetos, senhor, e amontoaram por baixo da taberna conforme suas ordens. A lenha está seca e as pederneiras estão lançando faíscas, senhor.

– Muito bem – disse o Caçador, implacável.

– Com licença, senhor – disse uma voz com forte sotaque, atrás dele. Um dos Mercadores do Norte tinha deixado a mesa e se aproximado do Caçador.

– O que foi? – retrucou o Caçador, entre dentes, girando sobre uma perna para encarar o homem. O Mercador estava constrangido. Vestia a túnica vermelho-escura da Liga Hanseática, esfarrapada e enxovalhada. O cabelo louro desgrenhado estava

preso por uma faixa sebenta de couro, em volta da cabeça. E o rosto era de um branco lívido à luz forte do holofote
— Creio que temos a informação de que vocês precisam? — prosseguiu o Mercador. Sua voz estava lenta, procurando as palavras certas numa língua pouco conhecida, subindo no final como se estivesse fazendo uma pergunta.
— Será que têm? — respondeu o Caçador, com a dor na perna sumindo à medida que, finalmente, a Caçada retomava o Rastro.
Sally olhou horrorizada para o Mercador do Norte. Como ele *poderia* saber de alguma coisa? E então ela se deu conta. Ele devia tê-los visto pela janela.
O Mercador evitou o olhar de acusação de Sally. Parecia constrangido, mas estava óbvio que tinha entendido o suficiente das palavras do Caçador para também estar com medo.
— Achamos que as pessoas procuradas partiram? No barco? — disse o Mercador devagar.
— Barco. Que barco? — retrucou o Caçador, com rispidez, novamente no comando da situação.
— Não conhecemos seus barcos aqui. Um barquinho, de velas vermelhas? Uma família com um lobo.
— Um lobo. Ah, o vira-lata. — Intimidante, o Caçador se aproximou do Mercador e rosnou em voz baixa. — Para que lado? Subindo ou descendo o rio? Para as montanhas ou para o Porto? Pense bem, meu amigo, se você e seus companheiros não quiserem sentir calor nesta noite.
— Rio abaixo. Para o Porto — murmurou o Mercador, achando desagradável o hálito quente do Caçador.

– Certo – disse o Caçador, satisfeito. – Sugiro que você e seus amigos saiam agora enquanto podem.

Os outros quatro Mercadores se levantaram em silêncio e se aproximaram do quinto Mercador, cheios de culpa, evitando o olhar horrorizado de Sally. Apressados, eles escapuliram dali pela noite adentro, abandonando Sally à própria sorte.

O Caçador fez diante dela uma pequena reverência irônica.

– E boa-noite para a senhora também, madame – disse ele. – Obrigado pela hospitalidade. – O Caçador saiu, arrogante, batendo a porta da taberna atrás de si. – Cerrem a porta a pregos! – gritou, furioso. – E as janelas também. Não a deixem escapar!

O Caçador desceu determinado pela passarela.

– Um barco-bala de perseguição, já! – ordenou ao Mensageiro. – No cais. *Agora!*

O Caçador chegou à margem do rio e se voltou para apreciar o cerco à taberna de Sally Mullin. Por mais que quisesse ver as primeiras labaredas antes de partir, não parou. Precisava seguir o Rastro antes que esfriasse. Enquanto descia ao cais para esperar a chegada do barco-bala, estava com um sorriso de satisfação.

Ninguém tentava fazê-lo de bobo e saía impune.

Atrás do Caçador sorridente, vinha o Aprendiz, apressado. Estava um pouco ressentido por ter sido deixado do lado de fora da taberna, no frio, mas também estava muito empolgado. Segurava firme a capa bem enrolada e se abraçava na expectativa. Os olhos escuros brilhavam, e o rosto pálido estava ruborizado com o ar gelado da noite. Essa estava se tornando a Grande Aventura que seu Mestre tinha dito que seria. Era o início da Volta do Mestre. E ele estava participando porque sem ele nada aconteceria. Ele era o Conselheiro do Caçador. Era quem haveria de Supervisionar a Caçada. Eram dele os Poderes **Mágykos** que haveriam de Salvar o Dia. Quando teve esse pensamento, um leve tremor de dúvida passou pela cabeça do Aprendiz, mas ele o afastou. Sentiu-se tão importante que teve vontade de gritar. Dar pulos. Ou bater em alguém. Mas não podia. Era forçado a fazer o que seu Mestre mandava e acompanhar o Caçador com cuidado e em silêncio. Mas talvez pudesse bater na Princesinha quando a capturasse – só para dar-lhe uma lição.

– Pare de sonhar acordado e faça o favor de entrar no barco – disse o Caçador com rispidez. – Nos fundos, para não atrapalhar.

O Aprendiz obedeceu. Não queria admitir, mas o Caçador o assustava. Dirigiu-se com cuidado para a popa do barco e se espremeu no espaço diminuto diante dos pés dos remadores.

O Caçador olhou com aprovação para o barco-bala. Longo, estreito, liso e negro como a noite, ele tinha uma camada de verniz polido que lhe permitia deslizar pela água com a facilidade de uma lâmina de patins para o gelo. Impulsionado por dez remadores altamente treinados, ele conseguia ultrapassar qualquer embarcação na água.

Na proa, levava um holofote potente e um tripé resistente no qual era possível montar uma pistola. O Caçador entrou com cuidado na proa e sentou na prancha estreita por trás do tripé, no qual passou rapidamente a montar com esmero a pistola de prata dos Assassinos. Depois, apanhou uma bala de prata da capanga, examinou-a detidamente para se certificar de que era a que queria e a depositou numa pequena bandeja ao lado da pistola, pronta para uso. Por fim, o Caçador tirou cinco balas normais da caixa de munições do barco e as enfileirou ao lado da bala de prata. Estava pronto.

– Já! – disse ele.

O barco-bala se afastou do cais com um movimento suave e silencioso, procurou a correnteza veloz no meio do rio e sumiu noite adentro.

Mas não antes de o Caçador relancear um olhar para trás e ver a cena que esperava.

Uma cortina de fogo subia sinuosa na escuridão da noite.

A taberna de Sally Mullin estava em chamas.

✢ 12 ✢
MURIEL

Alguns quilômetros rio abaixo, *Muriel*, o barco a vela, voava com o vento, e Nicko estava completamente à vontade. Estava em pé, no comando do barquinho lotado, a conduzi-lo com destreza pelo canal que seguia pelo meio do rio sinuoso, ali onde a correnteza era mais veloz e mais funda. A maré de águas-vivas estava em vazante veloz e os levava junto enquanto o vento tinha aumentado o suficiente para encapelar um pouco a água e fazer *Muriel* quicar através das ondas.

A lua cheia já estava alta no céu e lançava uma forte luz prateada sobre o rio, iluminando seu caminho. O rio se alargava à medida que avançava na direção do mar. E quando os passageiros do barco olhavam ao longe, percebiam que as margens baixas, com árvores frondosas e um ou outro chalé isolado, pareciam cada vez mais distantes. Caiu um silêncio quando os passageiros começaram a se sentir desconfortavelmente pequenos em tamanha vastidão de água. E Márcia começou a sentir um enjoo terrível.

Jenna estava sentada no convés de madeira, encostada no casco, segurando firme um cabo para Nicko. O cabo estava amarrado à pequena vela triangular na proa que puxava e repuxava com o vento. E Jenna se empenhava ao máximo, procurando segurá-lo. Sentia rigidez e dormência nos dedos, mas não ousava largar o cabo. Nicko ficava muito mandão quando assumia o comando de um barco, pensou ela.

O vento estava frio; e, mesmo com o grosso pulôver, o casaco de couro de carneiro e o chapéu de lã que pinicava que Silas tinha encontrado para ela no guarda-roupa de Sally, Jenna tremia com o frio vindo da água.

Enrolado ao seu lado estava Menino 412. Quando Jenna o puxou para dentro do barco, ele decidiu que já não havia nada que pudesse fazer e desistiu de lutar contra os Magos e as crianças esquisitas. E, quando *Muriel* contornou a Rocha do Corvo e ele não pôde mais ver o Castelo, Menino 412 simplesmente se enrodilhou ao lado de Jenna e caiu num sono profundo. Agora que *Muriel* tinha chegado a águas mais agitadas, a cabeça dele batia no mastro com o movimento do barco, e Jenna delicadamente mudou Menino 412 de lugar, pousando a cabeça dele no seu colo. Olhou para seu rosto magro, encovado, quase escondido por baixo do gorro vermelho de feltro, e achou que Menino 412 parecia muito mais feliz dormindo do que quando estava acordado. E então seus pensamentos se voltaram para Sally.

Jenna adorava Sally. Gostava do seu jeito de falar sem parar e de fazer acontecerem as coisas. Quando ela entrava toda alegre em visita aos Heap, trazia junto toda a animação da vida no Castelo, e Jenna adorava tudo aquilo.

– Espero que Sally esteja bem – disse Jenna, baixinho, enquanto escutava os estalidos regulares e o silvo delicado e determinado do barquinho seguindo veloz pelas águas negras e brilhantes.

– Eu também, meu amorzinho – desejou Silas, pensativo.

Desde que o Castelo tinha desaparecido de vista, também Silas agora tinha tempo para pensar. E, depois de ter pensado em Sarah e nos meninos, com esperança de que tivessem chegado em seguran-ça à casa de Galen, na árvore, seus pensamentos também se voltaram para Sally e não eram nada tranquilos.

– Ela ficará bem – afirmou Márcia com a voz fraca. Estava mareada, e não estava gostando.

– Típico de você dizer isso, Márcia – retrucou Silas, irritado.

– Agora que é Maga ExtraOrdinária, você usa as pessoas e depois não se importa mais com elas. Você simplesmente não vive mais no mundo real, não é mesmo? Ao contrário de nós, Magos Ordinários. *Nós* sabemos como é enfrentar o perigo.

– *Muriel* está indo muito bem – disse Nicko, animado, tentando mudar de assunto. Ele não gostava quando Silas ficava irritado por causa dos Magos Ordinários. Nicko achava que ser um Mago Ordinário até que era bom. Não que fosse querer ser um (livros demais para ler e pouco tempo para velejar), mas achava que era uma profissão respeitável. E quem haveria de querer ser Mago *Extra*Ordinário? Preso naquela torre esquisita quase o tempo todo, sem conseguir ir a lugar nenhum sem que as pessoas o olhassem embasbacadas. Isso ele não ia querer ser nunca.

Márcia deu um suspiro.

– Imagino que o **Talismã de Segurança** de platina que tirei do meu cinto para dar a Sally possa lhe ser útil – disse ela devagar, com o olhar voltado intencionalmente para a margem distante.

– Você deu a Sally um dos **Talismãs** do seu cinto? – assombrou-se Silas. – Seu **Talismã de Segurança**? Não foi um pouco arriscado? Talvez você precise dele.

– O **Talismã de Segurança** existe para ser usado quando a Necessidade for Enorme. Sally vai se juntar a Sarah e Galen. Ele pode ser útil também para elas. Agora, cale-se. Acho que vou vomitar.

Fez-se um silêncio tenso.

– *Muriel* está indo mesmo muito bem, Nicko. Você sabe velejar – elogiou Silas, pouco tempo depois.

– Obrigado, papai – disse Nicko, com um largo sorriso, como sempre sorria quando um barco seguia bem. Nicko estava conduzindo *Muriel* com perícia pelas águas, compensando a puxada do leme em relação à força do vento nas velas, fazendo o barquinho cortar as ondas com facilidade.

"Aquilo lá é o Brejal Marram, papai?", perguntou Nicko daí a um tempo, apontando para a distante margem do rio à esquerda. Tinha percebido que a paisagem ao redor estava mudando. Muriel agora descia pelo centro do que era uma ampla vastidão de água; e ao longe Nicko conseguia enxergar um grande trecho de terras baixas e planas, salpicadas de neve e tremeluzindo ao luar.

Silas olhou fixamente por cima da água.

– Talvez fosse melhor você vir se aproximando desse lado um pouco, Nicko – sugeriu Silas agitando o braço mais ou menos na direção indicada por Nicko. – Assim vamos poder ficar de olho para ver o Valado Deppen. É por ele que precisamos entrar.

Silas queria se lembrar da entrada do Valado Deppen, o canal que levava ao Chalé da Protetora, onde morava tia Zelda. Fazia muito tempo que ele não a visitava, e os charcos todos eram muito parecidos para ele.

Nicko tinha acabado de mudar de curso, dirigindo-se para onde o braço de Silas mostrara quando um forte facho de luz cortou a escuridão atrás deles.

Era o holofote do barco-bala.

✢ 13 ✢
A Perseguição

Com exceção de Menino 412, que ainda estava dormindo, todos olhavam fixamente para a escuridão. Enquanto faziam isso, o holofote mais uma vez varreu o horizonte ao longe, iluminando a vastidão do rio e as margens baixas de cada lado. Ninguém tinha dúvida de quem se tratava.

– É o Caçador, não é, papai? – murmurou Jenna.

Silas sabia que Jenna estava certa, mas não confirmou.

– Bem, pode ser qualquer coisa, meu amorzinho. Um barco saindo para pescar... ou alguma coisa – acrescentou, sem convicção.

– É claro que é o Caçador. Num barco-bala para perseguição a alta velocidade, se não estou enganada – contradisse Márcia, que, de repente, tinha parado de se sentir mal.

Ela não percebia, mas não estava mais se sentindo mal porque *Muriel* tinha parado de quicar na água. Na verdade, *Muriel* tinha parado de fazer absolutamente tudo, a não ser ir lentamente à deriva sem nenhuma direção especial.

Márcia olhou para Nicko com ar de acusação.

– Adiante, Nicko. Por que você está parando?

– Não posso fazer nada. O vento parou de soprar – resmungou Nicko, preocupado. Tinha acabado de virar *Muriel* em direção ao Brejal Marram só para descobrir que não havia mais vento. *Muriel* perdeu toda a velocidade, e suas velas pendiam frouxas.

– Bem, não podemos ficar simplesmente aqui *sentados* – disse Márcia, que observava ansiosa a rápida aproximação do holofote. – Aquele barco-bala vai chegar aqui em questão de minutos.

– Será que você não consegue levantar um pouco de vento para nós? – perguntou Silas, nervoso, a Márcia. – Achava que você havia estudado **Controle dos Elementos** no Curso Avançado. Ou talvez nos tornar invisíveis? Vamos, Márcia. Faça *alguma coisa*.

– Não tenho como "levantar um pouco de vento", como você diz. Simplesmente não temos tempo para isso. E você *sabe* que a **Invisibilidade** é um encantamento pessoal. Não posso empregar a fórmula para mais ninguém.

O holofote voltou a vasculhar a extensão das águas. Cada vez maior, cada vez mais perto. E vindo na direção deles, veloz.

– Vamos precisar usar os remos – disse Nicko, que, na qualidade de capitão, resolveu assumir o comando. – Podemos remar até o brejal e nos esconder por lá. Vamos. *Rápido*.

Márcia, Silas e Jenna pegaram um remo cada um. Menino 412 acordou sobressaltado quando Jenna deixou sua cabeça bater no assoalho, na pressa de apanhar um remo. Ele olhou ao redor, entristecido. Por que ainda estava no barco com todos os magos? Para que eles o queriam?

Jenna enfiou na mão dele o remo que restava.

– Reme! – ordenou-lhe. – Com a maior rapidez que conseguir! – O tom da voz de Jenna fez o Menino 412 se lembrar do seu instrutor no exército. Pôs o remo na água e remou com a velocidade possível.

Devagar, infelizmente muito devagar, *Muriel* foi avançando na direção da segurança do Brejal Marram enquanto o holofote do barco-bala passava de um lado para outro por sobre a água, implacável na busca pela presa.

Jenna deu uma olhadinha para trás e, para seu horror, viu a silhueta negra do barco-bala. Era como um besouro comprido e repugnante, com cinco pares de pernas finas rasgando a água em silêncio à medida que os remadores, altamente treinados, se esforçavam ao máximo, levando o barco ao limite da sua velocidade, reduzindo rapidamente a distância que os separava dos ocupantes de *Muriel*, que remavam em desespero.

Sentado na proa estava o vulto inconfundível do Caçador, tenso e pronto para o bote. Jenna captou o olhar frio e calculista do Caçador e subitamente sentiu coragem suficiente para falar com a Maga ExtraOrdinária.

– Márcia – disse Jenna –, não vamos conseguir chegar aos brejos a tempo. Você *precisa* fazer alguma coisa. *Agora*.

Apesar de aparentar surpresa por alguém falar assim de modo tão direto com ela, Márcia aprovou. Fala de uma princesa de verdade, pensou.

– Muito bem – concordou Márcia. – Eu poderia tentar um Nevoeiro. Isso consigo fazer em cinquenta e três segundos. Se o frio e a umidade forem suficientes.

A tripulação de *Muriel* teve certeza de que não haveria problemas com a parte do frio e da umidade. Eles só esperavam que ainda lhes restassem cinquenta e três segundos.

– Todos parem de remar – ordenou Márcia. – Fiquem imóveis. E quietos. Muito quietos. – A tripulação de *Muriel* obedeceu e, no silêncio que se seguiu, ouviram um novo som ao longe. O ruído ritmado dos remos do barco-bala na água.

Márcia ficou em pé hesitante, desejando que o piso não se movimentasse tanto. Encostou-se então no mastro para se firmar, respirou fundo e abriu muito os braços, com a capa esvoaçando como um par de asas roxas.

– **Brumas Despertai!** – murmurou a Maga ExtraOrdinária, com a voz mais alta que ousou. – **Brumas Despertai e Refúgio Criai!**

Foi um belo encantamento. Jenna observava enquanto densas nuvens brancas se aglomeravam no céu enluarado, logo escondendo a lua e trazendo um frio profundo para o ar da noite. Na escuridão, tudo ficou numa imobilidade mortal, com os primeiros fiapos delicados de névoa começando a se erguer das águas negras até onde era possível enxergar. Os fiapos iam aumentando cada vez mais, formando espessas faixas de **Nevoeiro** à medida que a neblina dos brejos vinha ondulando por cima d'água para se juntar a eles. No centro exato, no olho do **Nevoeiro**, estava *Muriel*, tranquila e esperando paciente enquanto a névoa revolvia-se, girava e se engrossava em torno dela.

Logo *Muriel* foi encoberta por uma brancura profunda e espessa que gelou até os ossos de Jenna. Ao seu lado, ela percebeu Menino 412 começar a tremer muito. Ele ainda estava sob o efeito do tempo passado debaixo da neve.

– Cinquenta e três segundos exatos – murmurou a voz de Márcia do meio do **Nevoeiro**. – Nada mau.

– Shh! – fez Silas.

Um silêncio branco e total se abateu sobre o barquinho. Devagar, Jenna levantou a mão e a pôs diante dos olhos arregalados. Não enxergou nada além da brancura. Mas conseguia ouvir tudo.

Ouviu o ruído sincronizado dos dez remos afiadíssimos entrando na água e saindo de novo, entrando e saindo. Ouvia o sibilar da proa do barco-bala abrindo caminho pelo rio, e agora... agora o barco-bala estava tão perto que ela conseguia ouvir até mesmo a respiração forçada dos remadores.

– Parem! – retumbou a voz do Caçador em meio ao **Nevoeiro**. O ruído dos remos cessou, e o barco-bala acabou parando. Dentro do **Nevoeiro**, os ocupantes de *Muriel* prenderam a respiração, convencidos de que o barco-bala estava realmente muito perto. Talvez perto o suficiente para serem tocados se eles estendessem a mão. Ou perto o suficiente para o Caçador saltar para o espaço apinhado de *Muriel*...

Jenna sentia o tremor constante de Menino 412. Lentamente, ela estendeu o braço e o puxou mais para perto para tentar aquecê-lo. Menino 412 parecia tenso. Dava para Jenna perceber que ele estava prestando total atenção à voz do Caçador.

– Nós os apanhamos! – dizia o Caçador. – Este aqui é um Nevoeiro de feitiço, posso garantir. E o que a gente encontra no meio de um Nevoeiro de Feitiço? Uma maga enfeitiçadora. E seus cúmplices. – Seu risinho baixo, abafado e cheio de satisfação atravessou o Nevoeiro e fez Jenna estremecer. – Rendam-se... – A voz, desprovida de corpo, do Caçador envolveu *Muriel.* – A Rai... Princesa não precisa nos temer em nada. E nenhum outro de vocês. Só estamos preocupados com sua própria segurança e desejamos escoltá-los de volta ao Castelo antes que sofram algum acidente infeliz.

Jenna detestou a voz melosa do Caçador. Detestou não ter como fugir dela, detestou o fato de terem de ficar apenas sentados ali, a escutar suas mentiras suaves. Tinha vontade de gritar com ele. Dizer-lhe que *ela* estava no comando ali. Que *ela* não se dispunha a escutar suas ameaças. Que em breve *ele* se arrependeria.

E então Jenna sentiu que Menino 412 respirou fundo; e soube exatamente o que ele ia fazer.

Berrar.

Jenna tapou com força a boca de Menino 412. Ele lutou, tentando se livrar dela; mas ela lhe agarrou os braços com a outra mão e os prendeu grudados ao corpo. Jenna era muito ágil e musculosa para seu tamanho. Magro e fraco, Menino 412 não era páreo para ela.

Ele ficou furioso. Sua última oportunidade para se redimir tinha sido frustrada. Poderia ter voltado para o Exército Jovem como um herói, tendo com bravura impedido a tentativa de fuga dos magos. Em vez disso, estava com a mãozinha imunda da Princesa tapando sua boca, o que o estava deixando enjoado. E ela era mais forte que ele. Isso não estava certo. Ele era menino, e ela era só uma menina idiota. Com raiva, Menino 412 tentou espernear e chutou o casco produzindo um ruído surdo. No mesmo instante, Nicko se abateu sobre ele, prendendo-lhe as pernas e segurando-o com tanta força que ele ficou totalmente impossibilitado de se mexer ou de fazer qualquer barulho.

Mas o mal tinha sido feito. O Caçador estava carregando uma bala de prata na pistola. O chute de raiva de Menino 412 foi suficiente para que o Caçador identificasse exatamente onde eles estavam. Ele sorriu para si mesmo enquanto girava a pistola montada sobre o tripé direcionando-a para o meio do **Nevoeiro**. De fato, estava apontando direto para Jenna.

Márcia ouviu os estalidos metálicos da bala de prata sendo carregada, som que já tinha ouvido antes e que nunca tinha esquecido. Pensou rápido. Poderia aplicar um **Envolva e Proteja**, mas já compreendia o Caçador bem o suficiente para saber que ele apenas aguardaria vigilante até o encantamento se desfazer. A única solução, pensou ela, era uma **Projeção**. Só esperava ter energia que bastasse para mantê-la.

Márcia fechou os olhos e **Projetou**. Projetou uma imagem de *Muriel* com todos os seus ocupantes saindo do **Nevoeiro** a toda a velocidade. Como todas as **Projeções**, essa era uma imagem espelhada, mas sua esperança era que, na escuridão, e com *leiruM* já se afastando veloz, o Caçador não se desse conta.

— Senhor! — era o grito de um remador. — Estão tentando nos deixar para trás, senhor!

Os ruídos da preparação da pistola cessaram. O Caçador praguejou.

— Atrás deles, seus idiotas! — gritou para os remadores.

Aos poucos, o barco-bala foi se afastando do **Nevoeiro**.

— Mais rápido! — gritou o Caçador, furioso, sem conseguir suportar a visão da sua presa escapando dele pela *terceira* vez naquela noite.

No meio do **Nevoeiro**, Jenna e Nicko deram um largo sorriso.

Placar: ponto de vantagem para eles.

☩ 14 ☩
O VALADO DEPPEN

Márcia estava de mau humor. De péssimo humor.

Manter dois encantamentos em atividade ao mesmo tempo era difícil. Especialmente porque um deles, por ser uma **Projeção**, era uma forma **Invertida** de **Magya** e, ao contrário da maioria das fórmulas mágicas usadas por Márcia, ainda tinha ligações com as **Trevas** – o **Outro** lado, como a Maga ExtraOrdinária preferia dizer. Era preciso ser um mago corajoso e habilidoso para usar a **Magya Invertida** sem convidar o **Outro** a participar. Alther tinha sido um excelente professor, pois muitas fórmulas mágicas que tinha aprendido com DomDaniel na realidade incluíam a **Magya** das Trevas, e Alther tinha se tornado perito em bloquear esse acesso. Márcia tinha plena consciência de que, por todo o tempo em que estava usando a **Projeção**, o **Outro** pairava em torno deles, aguardando uma oportunidade de penetrar no encantamento. O que explicava o fato de Márcia sentir como se seu cérebro não tivesse espaço para mais nada; certamente para fazer o esforço de ser gentil não tinha.

– Pelo amor de Deus, Nicko, faça com que esse maldito barco se mexa – disse ela, irritada. Nicko ficou magoado. Não havia necessidade de falar com ele daquele jeito.

– Então alguém vai ter de remar – resmungou o garoto. – E ajudaria se eu pudesse enxergar a nossa rota.

Com algum esforço e um consequente aumento da irritabilidade, Márcia abriu um túnel através do **Nevoeiro**. Silas se manteve em silêncio. Sabia que a Maga estava precisando gastar uma quantidade enorme de energia e conhecimentos de **Magya**, e, a contragosto, sentia respeito por ela. De modo algum, Silas teria ousado tentar uma **Projeção**, muito menos mantendo um **Nevoeiro** compacto ao mesmo tempo. Tinha de reconhecer, ela era muito competente.

Silas deixou Márcia ocupada com sua **Magya** e começou a remar, conduzindo *Muriel* pelo espesso casulo branco do túnel no **Nevoeiro** enquanto Nicko cuidadosamente direcionava o barco para o belo céu estrelado lá no final do túnel. Logo ele sentiu que o fundo do barco raspava em areia grossa, e *Muriel* colidiu com uma grande moita de junco.

Tinham chegado à segurança do Brejal Marram.

Márcia deu um suspiro de alívio e deixou que o **Nevoeiro** se dispersasse. Todos relaxaram, menos Jenna. Ela, que não escapou ilesa da situação de ser a única menina numa família com seis meninos e acabou aprendendo uma coisa e outra, mantinha Menino 412 de bruços no convés com uma chave de braço.

– Pode soltar o menino, Jen – disse Nicko.

– Por quê? – quis saber Jenna.

– É só um menino bobo.

– Mas ele quase provocou a morte de todos nós. Nós salvamos a vida dele quando estava soterrado na neve, e ele nos traiu – retrucou Jenna, com raiva.

Menino 412 nada disse. Soterrado na neve? Salvaram sua vida? Tudo de que se lembrava era de ter adormecido do lado de fora da Torre dos Magos e depois ter acordado como prisioneiro nos aposentos de Márcia.

– Pode soltá-lo, Jenna – disse Silas. – Ele não compreende o que está acontecendo.

– Tudo bem – concordou Jenna e liberou Menino 412 com certa relutância. – Mas ainda acho que ele é um *desgraçado*.

Menino 412 foi se sentando devagar, esfregando o braço. Não gostou do jeito com que todos estavam olhando para ele. E não gostou de a menina Princesa tê-lo chamado de desgraçado, principalmente depois de ter sido tão simpática com ele antes. Ele foi se enroscar à maior distância possível de Jenna e procurou destrinchar mentalmente o que tinha acontecido. Não era fácil. Nada fazia sentido. Tentou se lembrar do que lhe haviam ensinado no Exército Jovem. Fatos. Só existem fatos. Fatos Bons. Fatos Ruins. Portanto:

Fato Um: Sequestrado: RUIM.
Fato Dois: Roubo do Uniforme: RUIM.
Fato Três: Empurrado na rampa do lixo: RUIM. Realmente RUIM.
Fato Quatro: Jogado no barco frio e fedorento: RUIM.
Fato Cinco: Não morto pelos Magos (por enquanto): BOM.
Fato Seis: Probabilidade de logo ser morto pelos Magos: RUIM.

Menino 412 somou os BONS e os RUINS. Como de costume, os RUINS superavam de longe os BONS, o que não o surpreendeu.

Nicko e Jenna desembarcaram de *Muriel* com dificuldade e escalaram a margem coberta de capim ao lado da pequena praia de areia na qual *Muriel* estava encalhada, com as velas bambas. Nicko queria um descanso da tarefa de comandar o barco. Levava muito a sério as responsabilidades e, enquanto estivesse de fato na *Muriel*, para ele, qualquer coisa que desse errado, era de algum modo por sua culpa. Jenna estava feliz de pisar de novo em terra firme, ou melhor, em terra ligeiramente úmida. A grama sobre a qual se sentou dava uma impressão de encharcada, fofa, como se estivesse crescendo numa grande esponja molhada, e estava coberta por uma finíssima camada de neve.

Com Jenna a uma distância segura, Menino 412 teve coragem de olhar para cima e o que viu fez arrepiar o cabelo na sua nuca. **Magya. Magya Poderosa.**

Menino 412 tinha os olhos fixos em Márcia. Apesar de mais ninguém parecer ter percebido, ele podia ver a aura de energia **Mágyka** ao seu redor. Ela refulgia com um roxo bruxuleante, que faiscava pela superfície da sua capa de Maga ExtraOrdinária e conferia ao cabelo escuro e crespo um brilho de um roxo profundo. Seus olhos verdes e brilhantes cintilavam enquanto ela contemplava o infinito, observando um filme mudo que só ela enxergava. Apesar da sua formação anti-Magos do Exército Jovem, Menino 412 descobriu que ficava petrificado diante de **Magya.**

Naturalmente, o filme ao qual Márcia assistia era *leiruM* e seus seis tripulantes, refletidos. Seguiam velozes na direção da larga foz do rio e estavam quase chegando ao mar aberto no Porto. Para assombro do Caçador, atingiam velocidades incríveis para um barquinho à vela. E, apesar de o barco-bala conseguir manter *leiruM* ao alcance da visão, ele estava tendo dificuldade em reduzir a distância o suficiente para o Caçador poder disparar sua bala de prata. Os dez remadores também estavam ficando cansados, e o Caçador estava totalmente rouco de gritar para que remassem mais rápido.

Obediente, o Aprendiz tinha permanecido sentado na popa do barco durante toda a Perseguição. Quanto mais furioso o Caçador ficava, menos o Aprendiz tinha coragem para dizer alguma coisa e mais ele se afundava no espaço diminuto junto dos pés suarentos do Remador Número Dez. Mas, com o passar do tempo, o Remador Número Dez começou a murmurar uns comentários grosseiros e interessantes sobre o Caçador, e o Aprendiz ganhou um pouco de coragem. Ele olhou por cima da água, contemplando *leiruM* a alta velocidade. Quanto mais ele olhava para *leiruM*, mais ele se dava conta de que alguma coisa estava errada.

Finalmente, o Aprendiz ganhou coragem e gritou para o Caçador.

– Sabia que o nome daquele barco está escrito de trás para a frente?

– Não queira se fazer de esperto *comigo*, menino.

A visão do Caçador era boa, mas talvez não tão boa quanto a de um menino de dez anos e meio, cujo *hobby* era colecionar e identificar formigas. Não tinha sido por nada que o Aprendiz tinha passado horas na Câmara Escura do Mestre, oculta nas lonjuras das Áridas Terras do Mal, a observar o rio. Ele sabia o nome e a história de todos os barcos que passavam por lá. Sabia que o barco que estavam perseguindo *antes* do **Nevoeiro** era *Muriel*, construído por Rupert Gringe e alugado para a pesca de arenque. Sabia também que *depois* do **Nevoeiro** o barco tinha passado a se chamar *leiruM*, e *leiruM* era uma imagem espelhada de "*Muriel*". E tinha sido Aprendiz de DomDaniel por tempo suficiente para saber exatamente o que isso significava.

leiruM era uma **Projeção**, uma **Aparição**, um **Fantasma** e uma **Ilusão**.

Felizmente para o Aprendiz, que estava a ponto de informar ao Caçador esse fato interessante, naquele exato momento lá no barco *Muriel* real, Maxie lambeu a mão de Márcia, com seu jeitão baboso e simpático de cão de caça aos lobos. A Maga ExtraOrdinária estremeceu com a baba morna do cachorro, perdeu a concentração por um segundo, e *leiruM* por um átimo desapareceu diante dos olhos do Caçador. Rapidamente o barco voltou a aparecer, mas era tarde demais. *leiruM* tinha se denunciado.

O Caçador deu um berro, furioso, e um forte soco na caixa de balas. Depois, berrou de novo, dessa vez de dor. Tinha quebrado o quinto metacarpiano. O dedo mindinho. E estava *doendo*. Afagando a mão, o Caçador gritou para os remadores.

– *Meia-volta, seus patetas!*

O barco-bala parou; os remadores inverteram os assentos e, exaustos, começaram a remar no sentido oposto. O Caçador se descobriu na popa do barco. O Aprendiz, para seu enorme prazer, estava agora na proa.

Mas o barco-bala já não era a máquina eficiente que tinha sido. Os remadores estavam se cansando rapidamente e não estavam nada satisfeitos com os insultos atirados contra eles por um camarada cada vez mais histérico, com pretensões a ser um assassino. O ritmo das remadas caiu, e o movimento ágil do barco-bala se tornou irregular e desconfortável.

O Caçador estava sentado na traseira do barco, carrancudo. Sabia que o Rastro tinha esfriado pela *quarta vez* naquela noite. A Caçada não estava nada boa.

Já o Aprendiz estava gostando da reviravolta. Estava sentado na parte baixa do que agora era a proa e, de modo bem parecido com o de Maxie, pôs o nariz para a frente, aproveitando a sensação do ar da noite que passava veloz por ele. Seu Mestre haveria de se orgulhar. Ele se imaginava de volta ao lado do Mestre, descrevendo *como* tinha detectado uma **Projeção** maligna e, com isso, resolvido uma situação complicada. Talvez esse sucesso fizesse seu Mestre deixar de ficar decepcionado com sua falta de talento para a **Magya**. Bem que tentava, pensou o Aprendiz, se esforçava mesmo, mas de algum modo nunca conseguia chegar lá. Onde quer que "lá" fosse.

Foi Jenna quem viu o temido holofote aparecendo numa curva distante.

– Eles estão voltando – gritou ela.

Márcia deu um pulo, perdeu totalmente a **Projeção**, e lá ao longe no Porto, *leiruM* e sua tripulação desapareceram para sempre, para grande espanto de um pescador solitário na muralha do ancoradouro.

– Precisamos esconder o barco – disse Nicko, levantando-se de um salto e correndo pela margem gramada, acompanhado por Jenna.

Silas empurrou Maxie para fora do barco e ordenou que fosse se deitar em algum canto. Depois ajudou Márcia a desembarcar, e Menino 412 veio de qualquer jeito atrás dela.

Márcia sentou na grama da margem do Valado Deppen, determinada a manter secos os sapatos de píton roxa por tanto tempo quanto fosse possível. Todos os outros, até mesmo Menino 412, para surpresa de Jenna, entraram na água rasa e começaram a empurrar *Muriel* da areia, para o barco poder voltar a flutuar.

Depois, Nicko apanhou uma corda e foi puxando o barco ao longo do Valado Deppen até virar uma curva e o barco ficar fora da visão de quem estivesse no rio. A maré estava vazante, e Muriel flutuava bem baixo no Valado, com o mastro curto escondido pelas margens cada vez mais altas.

O som do Caçador gritando com os remadores vinha chegando por cima da água, e Márcia levantou a cabeça acima do topo do Valado para ver o que estava acontecendo. Nunca tinha visto nada semelhante. O Caçador estava em pé, num equilíbrio precário, na traseira do barco-bala, agitando loucamente um braço no ar. Ele não parava de metralhar com insultos os remadores, que àquela altura já tinham perdido todo o sentido de ritmo e estavam deixando o barco-bala ziguezaguear pela água.

– Eu não deveria fazer uma coisa dessas. Realmente não deveria – disse Márcia. – É mesquinho, vingativo e deprecia o poder da **Magya**, mas *não me importo*.

Jenna, Nicko e Menino 412 correram para o alto do Valado para ver o que a Maga estava prestes a fazer. Enquanto olhavam, ela apontou o dedo para o Caçador, com um murmúrio.

– **Mergulhe!**

Por uma fração de segundo, o Caçador teve uma sensação estranha, como se estivesse por fazer alguma grande estupidez, que estava mesmo por fazer. Por alguma razão que não pôde entender, ele levantou os braços com elegância acima da cabeça e cuidadosamente apontou as mãos para a água. Depois curvou os joelhos lentamente e mergulhou do barco-bala com esmero, dando um perfeito salto mortal antes de cair com perícia na água gelada.

Com relutância e com uma lentidão bastante desnecessária, os remadores voltaram e ajudaram o Caçador arquejante a subir no barco.

– O senhor não deveria ter feito uma coisa dessas – disse o Remador Número Dez. – Não num tempo desses.

O Caçador não conseguiu responder. Os dentes rangiam tão alto que ele mal conseguia pensar, muito menos falar. Suas vestes molhadas estavam grudadas em seu corpo enquanto tremia sem parar no ar frio da noite. Desanimado, esquadrinhou os charcos para onde tinha certeza de que sua presa tinha fugido, mas não conseguiu ver sinal de ninguém. Caçador experiente como era, sabia que o melhor era não se aventurar pelo Brejal Marram a pé no meio da noite. Não tinha jeito: o Rastro estava mais uma vez perdido. Ele precisava voltar para o Castelo.

O barco-bala começou a viagem longa e fria até o Castelo, enquanto o Caçador se aninhava na popa, afagando o dedo quebrado e refletindo sobre o desastre da sua Caçada. E a desmoralização da sua reputação.

– Bem feito! – disse Márcia. – Homenzinho horrível!

– Não foi de todo uma atitude profissional – retumbou uma voz de lá do fundo do Valado –, mas perfeitamente compreensível, minha cara. Quando mais jovem, eu teria sentido a mesma tentação.

– Alther! – Márcia abafou um grito e enrubesceu um pouco.

15
MEIA-NOITE NA PRAIA

—Tio Alther! – gritou Jenna, feliz. Desceu do alto do barranco e foi se juntar a Alther, que estava ali em pé na praia, olhando intrigado para uma vara de pescar que estava nas suas mãos.

– Princesa! – exclamou Alther, radiante, dando-lhe um abraço espectral, que sempre causava em Jenna a impressão de que uma gostosa brisa de verão passava por ela. – Ora, ora – prosseguiu ele. – Eu costumava vir pescar neste lugar quando menino, e parece que trouxe também a vara de pescar. Tinha esperança de encontrar todos vocês aqui.

Jenna riu, sem conseguir acreditar que tio Alther um dia tinha sido menino.

– Tio Alther, você vem com a gente? – perguntou ela.

– É uma pena, querida, mas não posso. Você conhece as normas da fantasmidade:

*Um fantasma somente pode de novo pisar
Nos lugares onde, em vida, chegou a andar.*

E, infelizmente, quando menino, nunca fui além desta praia aqui. Eram peixes demais para pescar, sabe? Agora – disse Alther, mudando de assunto –, isso que estou vendo no fundo do barco é um cesto de piquenique?

Por baixo de um rolo de corda encharcada, estava o cesto de piquenique que Sally Mullin tinha preparado para eles. Silas o apanhou, levantando-o com esforço.

– Ai, minhas costas – gemeu ele. – O que ela pôs aqui dentro?
– Silas levantou a tampa. – Ah, está explicado – disse suspirando.
– Está lotado de bolo de cevada. Mesmo assim, serviu de lastro, não é?

– *Papai* – protestou Jenna. – Não seja cruel. De qualquer modo, a gente gosta de bolo de cevada, não é, Nicko?

Nicko fez uma careta, mas Menino 412 pareceu ficar esperançoso. *Comida.* Estava com tanta fome... Nem mesmo conseguia se lembrar da última coisa que tinha comido. Ah, sim, isso mesmo, um prato de mingau frio e encaroçado pouco antes da chamada das seis da manhã. Parecia que tinha sido em outra existência.

Silas foi tirando os outros itens bastante amassados que estavam por baixo do bolo de cevada. Uma caixa com isca, pederneira e gravetos secos, uma lata de água, chocolate, açúcar e leite. Ele começou a construir uma pequena fogueira e pendurou a lata de água acima dela para ferver; todos se aconchegavam em torno das chamas tremeluzentes, aquecendo as mãos geladas enquanto mastigavam as grossas fatias de bolo.

Até mesmo Márcia não deu atenção à conhecida tendência do bolo de cevada de grudar nos dentes e comeu quase uma fatia inteira. Menino 412 devorou sua parte e terminou todas as sobras dos outros. Deitou-se então de costas na areia úmida e ficou pensando se algum dia conseguiria voltar a se mexer. Sua impressão era a de que tinham derramado concreto dentro dele.

Jenna pôs a mão no bolso e tirou de lá Petroc Trelawney, que ficou muito parado e quieto na mão da menina. Afagou-o de leve, e Petroc lançou as quatro pernas atarracadas, balançando-as no ar, indefeso. Estava deitado de costas, como um besouro em apuros.

– Epa! Está de cabeça para baixo. – Jenna deu um risinho e o ajeitou. Petroc Trelawney abriu os olhos e piscou devagar.

Ela grudou uma migalha de bolo de cevada no polegar e a ofereceu à pedra de estimação.

Petroc Trelawney piscou de novo, deu uma boa examinada no bolo de cevada e então mordiscou a migalha de leve. Jenna ficou empolgadíssima.

– Ele comeu o bolo!

– É claro que comeria – disse Nicko. – Bolo de pedra para uma pedra de estimação. Perfeito.

Mas nem mesmo Petroc Trelawney conseguiu encarar mais do que uma migalha grande de bolo de cevada. Ele olhou ao redor por mais alguns instantes, depois fechou os olhos e voltou a adormecer no calor da mão de Jenna.

Logo a água na lata acima da fogueira estava fervendo. Silas derreteu quadrados do chocolate escuro ali dentro e acrescentou leite. Misturou bem, do jeito que gostava; e, quando estava a ponto de transbordar, juntou o açúcar e mexeu.

— O melhor chocolate quente de toda a minha vida — declarou Nicko. Ninguém discordou enquanto a lata passava de um para outro e seu conteúdo terminava rápido demais.

Enquanto todos comiam, Alther estava praticando sua técnica de lançamento da linha de pescar, de um jeito meio distraído. E, quando viu que tinham terminado, flutuou até a fogueira. Estava sério.

— Aconteceu uma coisa depois que vocês partiram — disse ele calmamente.

Silas sentiu um peso cair no fundo do estômago, e não era só o bolo de cevada. Era pavor.

— O que foi, Alther? — perguntou Silas com a terrível certeza de que ia ouvir a notícia da captura de Sarah e dos meninos.

Alther sabia o que Silas estava pensando.

— Não foi isso, Silas. Tudo bem com Sarah e os meninos. Mas a notícia é péssima. DomDaniel voltou para o Castelo.

— O quê? — arfou Márcia. — Ele não pode voltar. Eu sou a Maga ExtraOrdinária: o Amuleto está comigo. E eu deixei a Torre totalmente lotada de magos. Naquela torre há **Magya** suficiente para manter afastado esse velho que já era, para que ele continue enfurnado nas Áridas Terras do Mal, que são seu verdadeiro lugar. Tem certeza de que ele voltou, Alther? Que não se trata de alguma brincadeira que o Supremo Guardião, aquele rato nojento, está armando na minha ausência?

— Não é brincadeira, Márcia — disse Alther. — Eu mesmo o vi. Assim que *Muriel* contornou a Rocha do Corvo, ele se **materializou** no Pátio da Torre dos Magos. Tudo ali estalava com a **Magya das Trevas**. Um cheiro horrível. Todos os Magos entraram num pânico cego, correndo desnorteados para todos os lados, como um monte de formigas quando alguém pisa no formigueiro.

— É uma vergonha. O que eles estavam pensando? Não sei, a qualidade da média dos Magos Ordinários hoje em dia é de estarrecer — disse Márcia, olhando de relance na direção de Silas. — E nessa hora onde estava Endor? Ela devia ser minha substituta. Não me diga que Endor também entrou em pânico.

— Não. Não, ela não entrou. Saiu da Torre e o enfrentou. Ainda instalou uma **Tranca** nas portas de acesso à Torre.

— Ai, que bom! A Torre está a salvo. — Márcia deu um suspiro de alívio.

— Não, Márcia, não está. DomDaniel atingiu Endor com um **Raio**, e ela morreu. — Alther deu um nó especialmente complicado na linha de pescar. — Sinto muito.

— Morreu — murmurou Márcia.

— E então ele **Removeu** os Magos.

— Todos? Para onde?

— Todos foram arremessados em direção às Áridas Terras do Mal. Não havia nada que pudessem fazer. Imagino que ele os tenha enfiado numa das tocas que tem por lá.

– Ai, *Alther*.
– E então o Supremo Guardião, aquele homenzinho horrível, chegou com seu séquito, fazendo reverência, cheio de rapapés e praticamente *babando* diante do Mestre. E logo em seguida o vi acompanhando DomDaniel até a Torre dos Magos e subindo... bem, subindo até seus aposentos, Márcia.
– Meus aposentos? DomDaniel *nos meus aposentos?*
– Bem, talvez lhe agrade saber que ele não estava em estado de apreciá-los quando acabou chegando lá, já que precisaram subir a pé. Não restava **Magya** suficiente para manter a escadaria em funcionamento. Nem, por sinal, mais nada na Torre.
Márcia balançou a cabeça, sem conseguir acreditar.
– Nunca imaginei que DomDaniel pudesse fazer uma coisa dessas. *Nunca.*
– Nem eu, nem eu – disse Alther.
– Eu achava – disse a Maga ExtraOrdinária – que, se nós, os Magos, conseguíssemos ir levando até que a Princesa tivesse idade suficiente para assumir a Coroa, tudo correria bem. Só então poderíamos nos livrar daqueles Guardiões, do Exército Jovem e das **Trevas** arrepiantes que infestam o Castelo e tornam tão desgraçada a vida das pessoas.
– Era o que eu achava também – disse Alther –, mas acompanhei DomDaniel enquanto ele subia a escada, batendo papo com o Supremo Guardião, dizendo que não podia acreditar na sorte que teve. Não só você tinha saído do Castelo, mas tinha também levado junto o único obstáculo ao retorno dele.
– Obstáculo?

— Jenna.

Jenna olhou para Alther, assombrada.

— *Eu?* Um obstáculo? Por quê?

Alther ficou olhando fixamente para a fogueira, pensativo.

— Parece, Princesa, que de algum modo você impedia que o velho **Necromante** voltasse para o Castelo. Só por estar lá. E é muito provável que o mesmo valesse para sua mãe. Sempre me perguntei por que ele mandou o Assassino atrás da Rainha e não de mim.

Jenna teve um calafrio. De repente sentiu muito medo. Silas lhe deu um abraço protetor.

— Já chega, Alther. Não há necessidade de nos deixar totalmente apavorados. Para ser franco, acho que você simplesmente caiu no sono e teve um pesadelo. Você sabe que de vez em quando tem pesadelos mesmo. Os Guardiões não passam de um bando de valentões que qualquer Mago ExtraOrdinário razoável teria feito desaparecer muitos anos atrás.

— Não vou ficar sentada aqui sendo insultada desse jeito – explodiu Márcia. – Você não faz ideia das tentativas que fizemos para nos livrar deles. Não faz a menor ideia. Às vezes nos esforçamos ao máximo só para manter a Torre dos Magos em funcionamento. E sem ajuda sua, Silas Heap.

— Bem, não entendo o motivo para toda essa preocupação, Márcia. DomDaniel está *morto* – retrucou Silas.

— Não está, não – negou ela, baixinho.

— Não seja boba, Márcia – disse Silas, asperamente. – Alther o jogou do alto da Torre há quarenta anos.

Jenna e Nicko abafaram um grito de surpresa.
— É verdade, tio Alther? — perguntou Jenna.
— Não! — exclamou Alther, irritado. — Não o joguei. Ele se atirou.
— Bem, não importa — disse Silas, inflexível. — Seja como for, ele está morto.
— Não necessariamente... — disse Alther, em voz baixa, com os olhos fixos na fogueira. O fulgor das brasas lançava sombras bruxuleantes sobre todos, menos em Alther, que flutuava entristecido em meio a elas, tentando distraidamente desfazer o nó que acabara de dar na sua linha de pescar. As chamas se levantaram por um instante, iluminando o círculo de pessoas em torno da fogueira. De repente, Jenna falou:
— O que aconteceu mesmo no alto da Torre dos Magos com DomDaniel, tio Alther? — murmurou ela.
— É uma história um pouco assustadora, Princesa. Não quero que você se amedronte.
— Ora, vamos, pode nos contar — pediu Nicko. — Jen gosta de histórias assustadoras.
Jenna concordou sem muita convicção.
— Bem — disse Alther —, como para mim é muito difícil contar a história com minhas próprias palavras, vou contá-la como um dia eu a ouvi narrada em torno de uma fogueira, nas profundezas da Floresta. Era uma noite como esta, meia-noite com uma lua cheia bem alta no céu, e a história foi contada por uma Bruxa Mãe de Wendron, velha e sábia, para suas bruxas.
E assim, ao lado da fogueira, Alther Mella mudou de aspecto transformando-se numa mulher grande e aconchegante, vestida

de verde. Falando com o tranquilo sotaque arrastado da Floresta, começou.

– É aqui que a história começa: no alto de uma Pirâmide dourada que coroa uma alta Torre prateada. A Torre dos Magos rebrilha ao sol do início da manhã e é tão alta que a multidão reunida junto à sua base parece ser de formigas aos olhos do rapaz que, agarrando-se com os pés e as mãos, está subindo os lados escalonados da Pirâmide. O rapaz já olhou para as formigas lá embaixo uma vez e ficou enjoado com a sensação da altura vertiginosa. Agora ele mantém o olhar firme na figura mais adiante: um homem mais velho, mas de uma agilidade notável que, para sua enorme vantagem, não tem medo de altura. A capa roxa do homem mais velho esvoaça longe do corpo com o vento forte que sempre sopra em torno do cume da Torre. E, para a multidão lá embaixo, ele parece ser nada mais do que um morcego roxo a bater as asas enquanto vai se aproximando do pico da Pirâmide.

"Os espectadores lá embaixo estão se perguntando o que seu Mago ExtraOrdinário está fazendo. E será que aquele não é seu Aprendiz, que o está acompanhando, até mesmo perseguindo?

"O Aprendiz, Alther Mella, agora está com o Mestre, DomDaniel, ao seu alcance. DomDaniel atingiu o pináculo da Pirâmide, uma pequena plataforma quadrada de ouro trabalhado com os hieróglifos de prata que **Encantam** a Torre. DomDaniel está ali em pé, alto, com a pesada capa roxa tremulando às suas costas, o cinto de ouro e platina de Mago ExtraOrdinário refulgindo ao sol. Ele está desafiando o Aprendiz a se aproximar.

"Alther Mella sabe que não tem escolha. Num salto corajoso e apavorado, ele investe contra seu Mestre e o pega de surpresa. DomDaniel é derrubado, e o Aprendiz se lança sobre ele, agarrando o Amuleto Akhu, de ouro e lápis-lazúli, que o Mestre usa preso ao pescoço por uma grossa corrente de prata.

"Lá embaixo, no pátio da Torre dos Magos, as pessoas arfam, sem acreditar, enquanto contraem os olhos, para não se ofuscarem com o brilho da Pirâmide dourada, e observam o Aprendiz em luta contra o Mestre. Juntos, eles se equilibram na plataforma minúscula, rolando para lá e para cá enquanto o Mago ExtraOrdinário procura se livrar da força com que Alther Mella segura o Amuleto.

"DomDaniel fixa um olhar maléfico em Alther Mella, com os olhos verde-escuros faiscando de raiva. Os olhos verde-claros de Alther enfrentam, impassíveis, o olhar do Mestre; e o Aprendiz sente o Amuleto se afrouxar. Puxa com força, a corrente se parte em centenas de pedaços, e o Amuleto fica na sua mão.

"'Fique com ele', diz DomDaniel, entre dentes. 'Mas eu hei de voltar para apanhá-lo. Voltarei com o sétimo do sétimo.'

"Um grito ensurdecedor sobe da multidão lá embaixo quando ela vê seu Mago ExtraOrdinário se lançar do alto da Pirâmide, caindo da Torre. Sua capa se abre como um magnífico par de asas, mas não torna mais lenta sua longa queda até o chão.

"E então ele desaparece.

"No alto da Pirâmide, o Aprendiz está agarrado ao Amuleto Akhu, abalado com o que acaba de ver: seu Mestre entrar nas Profundezas.

"A multidão se reúne em torno da terra chamuscada que assinala o ponto em que DomDaniel atingiu o chão. Cada um teve uma visão diferente. Um diz que ele se transformou num morcego e foi embora voando. Outro viu um cavalo escuro surgir e sair dali galopando para entrar na Floresta. E ainda outro viu DomDaniel se transformar numa cobra e deslizar para baixo de uma pedra. Mas ninguém viu a verdade que Alther viu.

"Alther Mella vai descendo da Pirâmide, de olhos fechados, para não ter de olhar para baixo. Só abre os olhos depois de passar de gatinhas pela portinhola que dá para a segurança da Biblioteca, localizada no interior da Pirâmide dourada. E então, com pavor, ele vê o que aconteceu. Suas vestes simples de lã verde, de Aprendiz de Mago, estão transformadas numa pesada seda roxa. O cinto comum de couro que usa em volta da túnica se tornou muito pesado. Agora é feito de ouro, com as elaboradas incrustações de platina de runas e encantamentos que protegem e dão poder ao Mago ExtraOrdinário que Alther, para seu próprio espanto, se tornou.

"Alther contempla o Amuleto que segura na mão trêmula. É uma pequena pedra redonda de lápis-lazúli ultramar, raiada de dourado, na qual está entalhado um dragão encantado. A pedra parece pesada na palma da sua mão, engastada numa faixa de ouro unida no alto para formar uma alça. Dessa alça, está pendente um elo de prata quebrado, que se abriu quando Alther arrancou o Amuleto da sua corrente prateada.

"Depois de pensar um pouco, ele se curva e tira o cadarço de couro de uma das botas. Enfia-o no Amuleto e, como todos os

Magos ExtraOrdinários antes dele, pendura o Amuleto no pescoço. E então, com o cabelo castanho, comprido e leve, ainda desgrenhado da luta, o rosto descorado e ansioso, os olhos verdes arregalados de assombro, Alther faz o longo percurso de descida pela Torre para encarar a multidão murmurante à espera.

"Quando sai hesitante pelas enormes portas de prata maciça que protegem a entrada da Torre dos Magos, Alther é recebido com um grito abafado. Mas não se diz mais nada, pois não há como questionar a presença de um novo Mago ExtraOrdinário. Em meio a alguns resmungos discretos, a multidão se dispersa, se bem que uma voz se manifeste em alto e bom som.

"'Assim como você o conquistou, também o perderá.'

"Alther suspira. Sabe que é a verdade.

"Enquanto volta solitário para o interior da Torre, para começar o trabalho de desfazer as **Trevas** de DomDaniel, num pequeno aposento não tão distante dali um menino nasce numa família de Magos pobres.

"É o sétimo filho, e seu nome é Silas Heap."

Foi longo o silêncio em torno da fogueira enquanto Alther aos poucos retomava sua própria forma. Silas estremeceu. Nunca tinha ouvido a história contada daquele modo.

– É espantoso, Alther – disse, num murmúrio rouco. – Eu não fazia ideia. Como... como foi que a Bruxa Mãe sabia tanto?

– Ela estava olhando do meio da multidão – explicou Alther.

– E veio me ver mais tarde naquele mesmo dia para me dar os

parabéns por ter me tornado Mago ExtraOrdinário, e eu lhe contei meu lado da história. Se você quiser que a verdade seja conhecida, tudo o que precisa fazer é contar à Bruxa Mãe. Ela passará para todo o mundo. É claro que, se acreditarão ou não no que ela disser, é uma outra história.

Jenna estava muito pensativa.

— Mas, tio Alther, por que você estava perseguindo Dom-Daniel?

— Ah, uma boa pergunta. Isso eu não contei à Bruxa Mãe. Alguns assuntos das **Trevas** não deveriam ser tratados de modo leviano. Mas você precisa saber. Por isso, vou lhe contar. Veja só, naquela manhã, como em todas as manhãs, eu estava arrumando as coisas na Biblioteca da Pirâmide. Uma das tarefas de um Aprendiz é a de manter a Biblioteca organizada; e eu levava a sério meus deveres, mesmo que fossem para um Mestre *tão* desagradável. De qualquer modo, naquela manhã eu tinha encontrando um estranho **Encantamento** com a letra de DomDaniel escondido num livro. Eu já tinha visto um jogado em algum lugar antes, mas não tinha conseguido ler o que estava escrito. Agora, enquanto eu examinava aquele ali, uma ideia me ocorreu. Segurei o **Encantamento** diante do espelho e descobri que estava certo: o texto tinha sido escrito com a letra espelhada. Naquele instante, comecei a ter uma sensação negativa a respeito dele, porque soube que devia ser um **Encantamento Invertido**, que usava **Magya** proveniente do lado das **Trevas** — ou do **Outro** lado, como prefiro dizer, já que nem sempre é à **Magya das Trevas** que o **Outro** lado recorre. Fosse como fosse, eu precisava descobrir a verdade sobre

DomDaniel e o que ele estava fazendo. Por isso, decidi me arriscar a ler o **Encantamento**. Eu mal tinha começado quando aconteceu uma coisa horrível.

— O quê? — murmurou Jenna.

— Um **Espectro Apareceu** atrás de mim. Bem, pelo menos, eu o vi no espelho; mas, quando me voltei, ele não estava lá. Mesmo assim dava para sentir sua presença. Senti que ele pôs a mão no meu ombro, e depois eu o ouvi. Ouvi sua voz oca falando comigo. Ela me disse que minha hora tinha chegado. Que ele tinha vindo me apanhar como *combinado*.

Alther estremeceu com a lembrança e levou a mão ao ombro esquerdo, ao lugar que o Espectro tinha tocado. Ainda doía com o frio, como sempre havia sido desde aquela manhã distante.

Todos os outros estremeceram também e se aconchegaram mais em torno do fogo.

— Eu disse ao **Espectro** que não estava pronto. Ainda não. Vejam só, eu conhecia o suficiente sobre o **Outro** lado para saber que não se deve lhes negar nada. Mas que eles se dispõem a esperar. O tempo não significa nada para eles. Eles não têm mais nada a fazer *além* de esperar. O **Espectro** me disse que voltaria para me levar no dia seguinte e que seria bom eu estar pronto quando ele voltasse, e então desapareceu. Depois que ele se foi, eu me forcei a ler as palavras **Invertidas**, e vi que DomDaniel tinha me oferecido como parte de um acordo com o **Outro** lado, a ser recebido no momento em que eu lesse o **Encantamento**. E foi então que eu tive certeza de que ele estava mesmo usando **Magya Invertida**... a imagem espelhada da **Magya**, o tipo que consome as pessoas... e que eu tinha caído na sua armadilha.

A fogueira na praia começou a se apagar, e todos se aproximaram mais, aconchegando-se no clarão que ia sumindo enquanto Alther continuava sua história.

– De repente DomDaniel entrou e me viu lendo o **Encantamento**. E viu que eu ainda estava ali, que não tinha sido **Levado**. Percebeu que seu plano tinha sido descoberto e começou a correr. Subiu apressado pela escada da Biblioteca, como uma aranha, correu pelo alto das estantes e se espremeu para sair pela portinhola que dava para o lado de fora da Pirâmide. Ele ria de mim e me provocava a segui-lo se tivesse coragem. É que ele sabia que eu tinha pavor de altura. Mas não tive escolha a não ser ir atrás dele. E foi o que fiz.

Todos estavam calados. Até aquele instante, ninguém, nem mesmo Márcia, tinha ouvido toda a história do **Espectro**. Jenna rompeu o silêncio.

– Isso é horrível – disse ela, com um calafrio. – E o **Espectro** voltou para apanhar você, tio Alther?

– Não, Princesa. Com alguma ajuda, inventei uma **Fórmula Anti-Feitiço**. E depois disso ele perdeu todo o poder. – Alther ficou pensativo por um tempo, e em seguida prosseguiu. – Só quero que vocês todos saibam que não tenho orgulho do que fiz no alto da Torre dos Magos, mesmo que eu não tenha empurrado DomDaniel de lá de cima. Sabem? É terrível que um Aprendiz supere seu Mestre.

– Mas você teve de fazer aquilo, tio Alther. Não teve? – indagou Jenna.

– Tive – respondeu Alther tranquilamente. – E vamos ter de fazer mais uma vez.
– Vai ser nesta noite – anunciou Márcia. – Vou voltar lá e expulsar da Torre aquele homem terrível. Ele logo vai aprender a não mexer com a Maga ExtraOrdinária. – Levantou-se decidida e se enrolou na capa roxa, pronta para partir.
Alther deu um salto e pôs a mão de fantasma no braço dela.
– Não. Não, Márcia.
– Mas, Alther – protestou ela.
– Márcia, na Torre não restam Magos que possam protegê-la, e eu soube que você deu seu **Talismã de Segurança** a Sally Mullin. Eu lhe imploro que não volte para lá. É perigoso demais. Você precisa levar a Princesa a um local seguro. E precisa mantê-la a salvo. Eu volto para o Castelo, para fazer o que puder.
Márcia voltou a se sentar na areia úmida. Sabia que Alther estava com a razão. As últimas chamas da fogueira foram se apagando à medida que grandes flocos de neve começavam a cair e a escuridão se fechava em torno deles. Alther largou na areia sua vara de pescar espectral e subiu para pairar acima do Valado Deppen. Contemplou as terras alagadas que se estendiam até muito longe dali. Era uma paisagem tranquila ao luar, os vastos charcos com uma leve camada de neve, salpicados aqui e ali com pequenas ilhas, até onde ele conseguia enxergar.
– Canoas – lembrou-se Alther, planando de volta. – Quando eu era menino, era esse o meio de transporte do pessoal dos brejos. E é disso que vocês vão precisar também.
– Isso você pode fazer, Silas – disse Márcia, desanimada. – Estou cansada demais para me meter nessa história de barcos.

Silas se levantou.

– Vamos lá, Nicko – disse ele. – Vamos **Transmutar** *Muriel* em algumas canoas.

Muriel ainda flutuava, paciente, no Valado Deppen, logo depois da curva, fora da visão de quem estivesse no rio. Nicko sentiu tristeza por ver seu barco fiel desaparecer, mas ele conhecia as **Regras da Magya** e, portanto, sabia muito bem que, num encantamento, a matéria não pode ser criada nem destruída. Na realidade, *Muriel* não desapareceria, mas seria reorganizada num conjunto de canoas elegantes. Era essa a esperança de Nicko.

– Posso ficar com uma que seja veloz, Papai? – pediu Nicko enquanto Silas olhava fixamente para *Muriel*, tentando pensar numa fórmula adequada.

– "Veloz" não posso garantir, Nicko. Já vou ficar satisfeito se ela flutuar. Agora, deixe-me pensar. Suponho que uma canoa para cada um seria bom. Pronto. **Converta-se em Cinco!** Ai, droga.

Cinco *Muriels* pequenas demais balançavam na água diante deles.

– Papai – queixou-se Nicko –, não era para ser assim.

– Espere um pouco, Nicko. Estou pensando. É isso mesmo: **Reformar Canoa!**

– Papai!

Uma canoa enorme apareceu entalada nas margens do Valado.

– Agora, vamos usar um pouco de lógica – murmurou Silas consigo mesmo.

– Por que você não pede simplesmente cinco canoas, Papai? – sugeriu Nicko.

– Boa ideia, Nicko. Um dia, ainda vamos fazer de você um Mago. **Escolho Canoas, para Cinco, das Boas!**

O encantamento deu chabu antes de deslanchar, e Silas acabou ficando com só duas canoas e uma pilha tristonha de corda e madeira com a cor de *Muriel*.

– Só duas, Papai? – disse Nicko, decepcionado por não ter uma canoa só dele.

– E as duas vão ter de servir – decretou Silas. – Não se pode transformar a matéria mais do que três vezes sem que ela se fragilize.

Na verdade, Silas estava satisfeito por ter conseguido ao menos uma canoa.

Logo Jenna, Nicko e Menino 412 estavam sentados na canoa batizada por Nicko como *Muriel Um*, enquanto Silas e Márcia estavam apertados em *Muriel Dois*. Silas insistiu em sentar na frente porque conhecia o caminho. Fazia sentido.

Márcia bufou, duvidando do que ele dizia, mas estava cansada demais para briguinhas.

– Ande, Maxie – ordenou Silas ao cão de caça. – Vá se sentar com Nicko.

Mas Maxie tinha outras ideias. Seu objetivo na vida era estar junto do dono, e estar junto do dono era o que faria. Pulou para o colo de Silas, e a canoa se inclinou perigosamente.

– Será que você não consegue controlar esse animal? – perguntou Márcia, transtornada por se encontrar mais uma vez horrivelmente perto da água.

– É claro que consigo. Ele faz exatamente o que eu mando, não é, Maxie?

Nicko bufou, com deboche.

– Vá sentar lá atrás, Maxie – ordenou Silas ao cão de caça, em tom severo. Com ar abatido, Maxie pulou por cima de Márcia para a traseira da canoa e se acomodou atrás dela.

– Ele não vai sentar atrás de mim – disse Márcia.

– Bem, ao meu lado é que ele não pode ficar. Preciso me concentrar na rota – rebateu Silas.

– E já está mais do que na hora de vocês partirem – disse Alther, pairando ali ansioso. – Antes que comece a cair neve de verdade. Como eu queria poder ir com vocês.

Alther foi se afastando mais para o alto e ficou a observar a partida, todos remando ao longo do Valado Deppen, que agora estava mais uma vez se enchendo com a volta da maré que os levaria longe pelo Brejal Marram adentro. A canoa com Jenna, Nicko e Menino 412 ia na frente, seguida pela de Silas, Márcia e Maxie.

Maxie estava sentado muito empertigado atrás de Márcia, soprando na sua nuca o bafo de cachorro empolgado. Farejava os cheiros novos e úmidos das terras alagadas e procurava escutar os ruídos desordenados gerados por diversos animaizinhos que fugiam atabalhoadamente do caminho das canoas. De vez em quando, sua empolgação o dominava, e ele babava à vontade no cabelo de Márcia.

Logo, Jenna chegou a um canal estreito que saía do Valado. Ela parou.

– Devemos seguir por aqui, papai? – gritou para Silas, lá atrás.

Silas estava confuso. Não se lembrava de modo algum daquele trecho. Exatamente quando estava se perguntando se deveria responder sim ou não, seus pensamentos foram interrompidos por um grito agudo de Jenna.

Uma mão pegajosa, marrom da cor da lama, com dedos unidos por uma membrana e garras largas e negras, tinha se estendido da água e agarrado a extremidade da sua canoa.

16
O ATOLARDO

A mão marrom e pegajosa foi apalpando o lado da canoa, procurando se aproximar de Jenna e então agarrou seu remo. Jenna conseguiu arrancá-lo da mão da criatura e estava prestes a bater – *forte* – com ele naquela coisa pegajosa quando ouviu uma voz:

– Ei! Não há necessidade de nada disso.

Um ser semelhante a uma foca, coberto de um pelo castanho e escorregadio, veio à tona de modo que sua cabeça apenas emergiu acima da linha d'água. Dois olhos negros, brilhantes e redondos olhavam fixamente para Jenna, que ainda estava com o remo parado no ar.

— Preferia que você baixasse esse remo. Alguém pode acabar se machucando. E, então, por onde você andou? — perguntou a criatura, mal-humorada, numa voz grave e gorgolejante com o forte sotaque arrastado das regiões pantanosas. — Tô aqui esperan'o há horas. Aqui, congelando. Como *você* se sentiria? Parado num valado. Só esperan'o.

Tudo o que Jenna conseguiu dizer em resposta foi um pequeno gemido. Parecia que sua voz tinha parado de funcionar.

— O que foi, Jen? — perguntou Nicko, que estava sentado atrás de Menino 412, só para se certificar de que ele não fizesse alguma besteira, e por isso não estava vendo a criatura.

— Isso... isso aqui... — Jenna apontou para a criatura, que pareceu ficar magoada.

— Como assim, *isso*? — perguntou. — Está falando de mim? Está querendo dizer Atolardo?

— Atolardo? Não. Eu não disse isso — murmurou Jenna.

— Mas eu disse. Atolardo. Sou eu. Eu sou Atolardo. Atolardo, o Atolardo. Um bom nome, né?

— Lindo — disse Jenna educadamente.

— O que está acontecendo? — perguntou Silas, conseguindo alcançá-los. — Pare com isso, Maxie. Eu disse, pare!

Maxie tinha avistado o Atolardo e estava latindo feito louco. O Atolardo deu uma olhada em direção a Maxie e voltou a desaparecer debaixo d'água. Desde as tristemente famosas Caçadas aos Atolardos muitos anos antes, das quais os antepassados de Maxie tinham participado com tanta eficiência, o Atolardo do Brejal

Marram tinha se tornado uma criatura rara. Com excelente memória.

O Atolardo ressurgiu a uma distância segura.

— Vocês não vão trazer *isso* aí? — indagou ele, lançando um olhar de ódio na direção de Maxie. — Ela num disse nada sobre um *desses*.

— Estou ouvindo um Atolardo? — perguntou Silas.

— Está — respondeu o Atolardo.

— O Atolardo de Zelda?

— É.

— Foi ela quem o mandou nos encontrar?

— Foi.

— Ótimo — disse Silas com grande alívio. — Vamos atrás de você, então.

— Certo — concordou o Atolardo, e saiu nadando pelo Valado Deppen, para pegar a segunda saída.

A segunda saída era muito mais estreita do que o Valado Deppen e serpeava pelo seu trajeto até os confins dos brejos enluarados, cobertos de neve. A neve caía constante, e tudo estava quieto e imóvel, a não ser pelos gorgolejos e chape-chapes do Atolardo nadando adiante das canoas, de vez em quando levantando a cabeça da água escura para se certificar:

— Estão me seguin'o?

— Não sei que outra coisa ele imagina que a gente possa fazer — disse Jenna a Nicko enquanto remavam a canoa ao longo do valado cada vez mais estreito. — Não parece que se tenha algum outro lugar para ir.

Mas o Atolardo levava a sério seus deveres e não parou de fazer a mesma pergunta até chegarem a uma pequena lagoa no pântano, da qual saíam vários canais quase tomados pelo excesso de mato.

– Melhor esperar os outros – disse o Atolardo. – Num quero que se percam.

Jenna olhou para trás para ver a que distância Márcia e Silas estavam. Tinham ficado muito para trás, já que Silas era o único a remar. Márcia havia desistido e estava com as duas mãos unidas com firmeza no alto da cabeça. Atrás dela, o focinho comprido e pontudo de um cão de caça ao lobo da Abissínia observava altivo a cena diante dos seus olhos, deixando cair de vez em quando um fio comprido de baba brilhosa. Direto na cabeça de Márcia.

Quando Silas fez chegar a canoa à lagoa e largou, exausto, o remo, Márcia protestou:

– Não fico nem mais um segundo sentada na frente desse animal. Estou com o cabelo todo coberto de baba de cachorro. É um nojo. Vou saltar. Prefiro ir andando.

– Vossa Majestade não ia querer fazer uma coisa dessas. – Era a voz do Atolardo, que vinha da água, ao lado de Márcia, com os olhos negros e brilhantes piscando através do pelo castanho, encantado com o cinto de Maga ExtraOrdinária que refulgia ao luar. Apesar de ser uma criatura da lama dos brejos, o Atolardo adorava tudo que fosse colorido e brilhante. E nunca tinha visto nada tão colorido e brilhante quanto o cinto de ouro e platina de Márcia.

— Vossa Majestade não ia querer sair andan'o por aí – disse-lhe o Atolardo, respeitoso. – Ia começar a acompanhar o Fogo dos Brejos, e ele a levaria à Lama Movediça antes que se desse conta. Muitos já seguiram o Fogo dos Brejos, mas ninguém voltou.

Um rosnado forte vinha do fundo da garganta de Maxie. O pelo no seu cangote ficou eriçado; e, de repente, obedecendo a um instinto antigo e irresistível de cão de caça, Maxie saltou dentro da água para perseguir o Atolardo.

— Maxie! Maxie! Ai, seu cachorro *idiota* – berrou Silas.

A água na lagoa estava gelada. Maxie deu um ganido e voltou, desesperado, nadando cachorrinho para a canoa de Silas e Márcia.

— Para cá esse cachorro *não* volta – declarou Márcia, afastando-o com um empurrão.

— Márcia, ele vai morrer congelado – protestou Silas.

— *Não* me importo.

— Aqui, Maxie. Vamos, garoto – disse Nicko. Ele agarrou o lenço em volta do pescoço de Maxie e, com a ajuda de Jenna, içou-o para dentro da canoa. A canoa se inclinou perigosamente, mas Menino 412, que não tinha nenhuma vontade de acabar na água como Maxie, conseguiu estabilizá-la agarrando a raiz de uma árvore.

Maxie ficou um instante parado tremendo de frio e então fez o que qualquer cachorro molhado precisa fazer: se sacudiu.

— Maxie! – arfaram Nicko e Jenna.

Menino 412 não disse nada. Não gostava nem um pouco de cachorros. Os únicos que tinha conhecido eram os ferozes Cães de Guarda dos Guardiões. E, apesar de poder ver que Maxie não era nada parecido com eles, ele ainda esperava levar uma mordida a qualquer momento. E assim, quando Maxie se acomodou, deitou a cabeça no colo de Menino 412 e adormeceu; aquele foi só mais um momento muito ruim no pior dia de toda a vida de Menino 412. Mas Maxie estava feliz. Seu casaco de couro de carneiro era quentinho e confortável, e o cão de caça passou o resto da viagem num sonho em que estava em casa, enrodilhado diante da lareira com todos os outros Heap.

Mas o Atolardo tinha sumido.

– Atolardo? Onde é que você está, sr. Atolardo? – chamou Jenna delicadamente.

Não houve resposta. Só o profundo silêncio que chega aos brejos quando um manto de neve cobre os atoleiros e lamaçais, silencia seus gorgolejos e borbulhas e faz com que todas as criaturas pegajosas voltem para a imobilidade da lama.

– Agora nós perdemos aquele Atolardo simpático por causa desse seu animal idiota – reclamou Márcia com Silas grosseiramente. – Não sei por que você precisava trazer esse bicho.

Silas deu um suspiro. Compartilhar uma canoa com Márcia Overstrand não era uma coisa que ele um dia teria imaginado ser forçado a fazer. Mas, se num momento de loucura tivesse imaginado a situação, teria sido exatamente como estava acontecendo.

Silas esquadrinhava o horizonte na esperança de conseguir ver o Chalé da Protetora, onde tia Zelda morava. O chalé ficava na Ilha Draggen, uma das muitas ilhas nos brejos, que se tornavam ilhas de verdade apenas quando a região era inundada. Mas tudo o que conseguia ver era uma planície branca que se estendia em todas as direções. Para piorar a situação, percebeu que a névoa dos pântanos começava a se erguer e a flutuar acima da água. E sabia que, se a névoa chegasse, eles nunca iriam conseguir ver o Chalé da Protetora, por mais perto que estivessem dele.

Foi então que ele se lembrou de que o chalé era **Encantado**. O que queria dizer que ninguém conseguiria vê-lo, de qualquer maneira.

Se houve algum momento em que precisavam do Atolardo, era agora.

– Estou vendo uma luz! – disse Jenna de repente. – Deve ser tia Zelda vindo nos procurar. Olhem, lá para aquele lado!

Todos os olhos se voltaram para onde o dedo de Jenna apontava.

Uma luz bruxuleante estava saltando pelos brejos, como se pulasse de uma moita para outra.

– Está vindo na nossa direção – entusiasmou-se Jenna.

– Não está, não – disse Nicko. – Olhem só, ela está se afastando.

– Será que não devíamos ir lá ao encontro dela? – propôs Silas.

– Como você pode ter certeza de que é Zelda? – perguntou Márcia sem estar convencida. – Poderia ser qualquer um. Ou qualquer coisa.

Todos se calaram com a ideia de uma coisa com uma luz estar vindo na direção deles até que Silas falou.

– É Zelda. Olhem! Eu a estou vendo.

– Não está, não – disse Márcia. – É o Fogo dos Brejos, como aquele Atolardo inteligentíssimo disse.

— Márcia, eu conheço Zelda quando a vejo, e eu a estou vendo agora. Ela vem carregando uma luz. Está vindo de tão longe para nos encontrar, e nós estamos simplesmente parados aqui. Vou lá me encontrar com ela.

— Dizem que os tolos veem o que querem ver no Fogo dos Brejos — ironizou Márcia —, e você acaba de provar ser isso verdade, Silas.

Silas fez menção de saltar da canoa, e Márcia o agarrou pela capa.

— Sentado! — ordenou, como se estivesse falando com Maxie.

Mas ele conseguiu se desvencilhar, como que em sonho, atraído pela luz bruxuleante e pelo vulto de tia Zelda que aparecia e desaparecia através da névoa que aumentava. Às vezes, ela estava tão perto que parecia uma tortura, prestes a encontrar todos eles para levá-los a uma lareira aconchegante e uma cama macia; às vezes, sua imagem ia se apagando tristonha, com um convite para que a acompanhassem e permanecessem com ela. Silas já não conseguia se manter longe daquela luz. Ele saltou da canoa e partiu aos tropeções em direção ao clarão bruxuleante.

— Papai! — gritou Jenna. — Podemos ir também?

— Não podem, não — disse Márcia com firmeza. — E eu vou precisar trazer esse pateta de volta.

A Maga mal começava a respirar fundo para a **Fórmula do Bumerangue** quando Silas tropeçou e caiu de bruços no chão encharcado. Caído ali, sem fôlego, ele sentiu que o atoleiro por baixo dele começava a se mexer como se criaturas vivas estivessem se movimentando nas profundezas da lama. E, quando tentou se levantar, descobriu que não conseguia. Era como se estivesse grudado no chão. No seu atordoamento provocado pelo Fogo dos Brejos, Silas ficou confuso sem saber o motivo pelo qual lhe parecia impossível se mexer. Tentou levantar a cabeça para ver o que estava acontecendo, mas não conseguiu. Foi então que se deu conta da terrível verdade: *alguma coisa estava puxando seus cabelos*.

Silas levou as mãos à cabeça e, para seu horror, sentiu pequenos dedos ossudos nos cabelos se enrolando e se amarrando nos cachos desgrenhados para puxar, puxar com força para o atoleiro. Desesperado, lutava para se livrar; mas quanto mais se debatia, mais os dedos se emaranhavam nos seus cabelos. Lentamente e com firmeza, eles foram puxando-o para baixo até que a lama cobrisse seus olhos e, logo, logo, seu nariz.

Márcia via o que estava acontecendo, mas sabia que de nada adiantaria correr para ajudá-lo.

– Papai! – gritou Jenna, saltando da canoa. – Vou ajudar você, papai.

– Não! – disse Márcia. – Não. É assim que o Fogo dos Brejos funciona. O atoleiro vai arrastar você também.

– M-m-mas a gente não pode simplesmente ficar aqui olhando papai se *afogar* – gritou Jenna.

De repente, um vulto marrom atarracado saiu com esforço da água, subiu para a margem e, pulando com perícia de moita em moita, correu na direção de Silas.

– O que senhor está fazen'o na Lama Movediça? – perguntou o Atolardo, irritado.

– O quê? – murmurou Silas, cujas orelhas estavam cheias de lama e só conseguiam ouvir os gritos e uivos das criaturas por baixo dele no atoleiro. Os dedos ossudos continuaram a puxar e torcer, e ele estava começando a sentir a dor de talhos dolorosos dados por dentes afiadíssimos que tentavam mordiscar sua cabeça. Ele se debatia feito louco, mas cada movimento o puxava mais para o fundo da Lama e detonava mais um acesso de guinchos esganiçados.

Horrorizados, Jenna e Nicko viam Silas afundar aos poucos na Lama. Por que o Atolardo não fazia alguma coisa? Agora, antes que ele desaparecesse para sempre. De repente, Jenna não conseguiu mais aguentar e deu um salto para sair da canoa. Nicko fez menção de ir atrás dela. Menino 412, que tinha ouvido toda a história do Fogo dos Brejos do único sobrevivente de um pelotão de meninos do Exército Jovem que tinha se perdido na Lama Movediça alguns anos antes, agarrou Jenna e tentou puxá-la de volta para a canoa. Furiosa, ela se livrou dele.

A movimentação repentina chamou a atenção do Atolardo.

– *Fique onde está, mocinha* – disse ele, categórico. Menino 412 deu mais um puxão vigoroso no casaco de pelo de carneiro de Jenna, e ela caiu sentada na canoa com um baque. Maxie ganiu.

Os olhos negros e brilhantes do Atolardo estavam preocupados. Ele sabia exatamente a quem pertenciam os dedos que se contorciam e davam nós; e sabia que eram um problema sério.

– Pardinhos Malditos! – disse o Atolardo. – Figurinhas cruéis. Experimentem um pouco de Bafo de Atolardo, seus nojentos. – E se debruçou por cima de Silas, respirou muito fundo e soprou o ar sobre os dedos que repuxavam. De lá do fundo do atoleiro, Silas ouviu um guincho de fazer ranger os dentes, como se alguém estivesse arranhando unhas num quadro-negro. E então os dedos emaranhados foram escorregando dos seus cabelos, e o atoleiro se mexia à medida que ele sentia as criaturas ali embaixo se afastando.

Silas estava livre.

O Atolardo o ajudou a sentar no chão e esfregou seu rosto para tirar a lama dos olhos.

– Eu lhe disse que o Fogo dos Brejos levava à Lama Movediça. E levou, não levou? – disse o Atolardo em tom de censura.

Silas não disse nada. Ainda estava totalmente abalado pelo cheiro forte do Bafo de Atolardo que continuava nos seus cabelos.

– Agora, o senhor está bem – disse-lhe o Atolardo. – Mas foi por pouco. Não me importo de lhe dizer isso. Não precisava soprar num Pardinho desde que eles invadiram o chalé. Ah, o Bafo de Atolardo é uma coisa maravilhosa. Pode ser que algumas pessoas não gostem muito do cheiro, mas eu sempre digo a elas que sua opinião seria diferente se elas estivessem nas garras dos Pardinhos da Lama Movediça.

– Ah! É! Sem dúvida. Obrigado, Atolardo. Muito obrigado mesmo – murmurou Silas, ainda atordoado.

O Atolardo o conduziu com todo o cuidado de volta à canoa.

– Era melhor Vossa Majestade ir na frente – disse o Atolardo para Márcia. – Ele não tem nenhuma condição de levar um barco desses.

A Maga ExtraOrdinária ajudou-o a pôr Silas na canoa; e então o Atolardo deslizou para dentro d'água.

– Vou levar vocês até a casa da dona Zelda, mas tratem de manter esse animal longe de mim – disse ele, olhando com raiva para Maxie. – Esse rosnado dele me deu uma alergia daquelas. Agora estou todo coberto de caroços. Aqui, passe só a mão. – Ofereceu a barriga grande e redonda para Márcia apalpar.

– Muita gentileza sua, mas não, obrigada, não exatamente agora – disse Márcia baixinho.

– Fica para outra vez.

– Isso mesmo.

– Então, tudo certo. – O Atolardo nadou na direção de um pequeno canal que ninguém sequer tinha percebido. – Agora, estão me acompanhan'o? – perguntou ele, não pela última vez.

17
ALTHER SOZINHO

Enquanto o Atolardo e as canoas seguiam seu caminho longo e sinuoso através dos brejos, Alther acompanhava a rota costumeira de retorno ao Castelo de seu antigo barco, *Molly*.

Estava voando do jeito que adorava voar, baixo e rápido; e não demorou para ultrapassar o barco-bala. Uma cena triste. Dez remadores exaustos se esforçavam nos remos enquanto o barco voltava lentamente rio acima. Sentado na popa, ia o Caçador, encurvado, trêmulo, meditando em silêncio sobre seu destino; enquanto na proa, para extrema irritação do Caçador, o Aprendiz não sossegava, dando de vez em quando um chute na lateral do barco, de puro tédio, na tentativa de devolver a vida aos dedos dos pés.

Alther passou voando pelo barco sem ser visto, pois **Aparecia** só para quem ele queria aparecer, e prosseguiu viagem. Lá no alto, o céu limpo estava se encobrindo com pesadas nuvens de neve; e a lua tinha desaparecido, mergulhando na escuridão as margens nevadas do rio. À medida que Alther se aproximava do Castelo, gordos flocos começaram a descer preguiçosamente do céu; e, quando ele chegou à última curva do rio, que o faria contornar a Rocha do Corvo, o ar de repente ficou denso de tanta neve.

Desacelerou imediatamente, pois até mesmo um fantasma pode ter dificuldade para ver por onde está indo no meio de uma nevasca, e continuou seu voo na direção do Castelo com muito cuidado. Logo, através da cortina de neve branca, pôde ver as brasas ainda vermelhas, tudo o que restava da Cervejaria e Casa de Chá de Sally Mullin. A neve chiava e chispava ao cair no cais carbonizado. E, enquanto se detinha por um instante ali acima dos restos do maior orgulho da vida de Sally, Alther teve esperanças de que, em algum lugar no rio gelado, o Caçador sentisse bastante a nevasca.

Depois de voar por cima do Lixão, pela porta de proteção contra ratos, agora caída, e fazer a subida íngreme para galgar a muralha do Castelo, Alther ficou surpreso ao ver como o lugar estava tranquilo e silencioso. De algum modo, tinha imaginado que as convulsões daquela noite transparecessem, mas àquela altura já passava da meia-noite e um novo manto de neve cobria os pátios desertos e as velhas construções de pedra. Contornou o Palácio e se dirigiu pela larga avenida conhecida como Caminho dos Magos, que levava à Torre dos Magos. Começou a ficar nervoso. O que haveria de encontrar?

Deslizando pelo lado de fora da Torre, logo avistou lá no alto a pequena janela em forma de arco que estava procurando. Ele sumiu ao atravessar a janela e se descobriu em pé diante da porta da frente dos aposentos de Márcia, ou que tinham sido dela até algumas horas antes. Alther fez o que, para um fantasma, equivaleria a respirar fundo, e se tranquilizou. Depois, com grande cuidado, foi se **Decompondo** apenas o suficiente para passar através da madeira roxa e das grossas dobradiças de prata da porta maciça, **Recompondo**-se com perícia do outro lado. Perfeito. Estava novamente nos aposentos de Márcia.

Da mesma forma que o mago das **Trevas**, o **Necromante**, DomDaniel.

Ele estava dormindo no sofá de Márcia. Deitado de costas, enrolado nas vestes negras, com o chapéu preto, curto e cilíndrico puxado sobre os olhos, e a cabeça pousada nos travesseiros de Menino 412. Sua boca estava escancarada, e ele roncava alto. Não era bonito de se ver.

Alther olhava fixamente para DomDaniel, achando estranho ver seu antigo Mestre de novo no mesmo lugar em que tinham passado tantos anos juntos. Não se lembrava daqueles anos com carinho apesar de ter aprendido tudo, e muito mais do que desejaria aprender, sobre a **Magya**. DomDaniel tinha sido um Mago ExtraOrdinário arrogante e desagradável, totalmente indiferente ao Castelo e ao povo que precisava da sua ajuda, na busca exclusiva do poder supremo e da juventude eterna. Ou melhor, como demorou um pouco para acertar esse ponto, da eterna meia-idade.

O DomDaniel agora deitado, roncando diante de Alther, tinha, à primeira vista, exatamente o mesmo aspecto de todos aqueles anos atrás, de acordo com sua memória; mas, à medida que o examinava melhor, Alther percebeu que nem tudo estava igual. A pele do **Necromante** apresentava uma coloração cinzenta denunciadora de anos passados em subterrâneos, na companhia de **Trevas** e **Sombras**. Uma aura do **Outro** lado ainda estava grudada nele e impregnava o aposento com o cheiro de mofo, de frutas passadas e de terra molhada. Enquanto Alther olhava, um fio de baba foi aos poucos saindo pelo canto da boca de DomDaniel e descendo pelo seu queixo, de onde escorreu para sua capa negra.

Ao som dos roncos de DomDaniel, Alther examinou o aposento. Estava notavelmente inalterado, como se fosse provável que Márcia entrasse ali a qualquer instante, se sentasse e lhe contasse como tinha sido seu dia, o que sempre fazia. Foi então que percebeu a grande marca no lugar em que o **Raio** tinha atingido a Assassina. Um buraco chamuscado, com a forma da Assassina, marcava o querido tapete de seda de Márcia.

Quer dizer que tudo aquilo tinha acontecido mesmo, pensou.

O fantasma deslizou até a tampa da rampa do lixo, que ainda estava aberta, e espiou no negrume apavorante. Sentiu um calafrio e pensou em como devia ter sido terrível a viagem de todos eles. E então, como queria fazer alguma coisa, por pequena que fosse, cruzou o limiar entre o mundo dos espectros e o dos vivos. E **Fez** com que alguma coisa acontecesse.

Fechou a tampa com violência.

Bangue!

DomDaniel acordou sobressaltado. Sentou muito empertigado e ficou olhando ao redor, por alguns instantes se perguntando onde estava. Logo, com um pequeno suspiro de satisfação, ele se lembrou. Estava de volta ao seu lugar de direito. Estava novamente nos aposentos do Mago ExtraOrdinário. No alto da Torre. E ainda por cima com uma vingança. Olhou ao redor, esperando ver seu Aprendiz, que devia ter voltado horas atrás, finalmente com alguma notícia da morte da Princesa e daquela mulher medonha, Márcia Overstrand, para não mencionar um Heap ou dois de quebra. Quanto menos restassem deles, melhor, pensou. Estremeceu com o ar frio da noite e estalou os dedos, impaciente, para reacender o fogo. As chamas se levantaram e *puf*! Alther apagou o fogo. Depois, desviou a fumaça da chaminé provocando um acesso de tosse em DomDaniel.

O velho **Necromante** pode estar aqui, pensou Alther, feroz, e talvez não haja nada que eu possa fazer para mudar isso, mas ele não vai gostar nem um pouco de estar aqui. Não se eu puder dar um jeito.

Já era alta madrugada, muito depois de DomDaniel ter subido para ir dormir e enfrentado uma dificuldade considerável para adormecer porque os lençóis pareciam estar decididos a estrangulá-lo, quando o Aprendiz voltou. Estava branco de cansaço e frio; as vestes verdes, cobertas por uma camada de neve; e ele tremia enquanto o Guarda que o escoltara até a porta saía rapidamente deixando-o sozinho para enfrentar o Mestre.

DomDaniel estava de péssimo humor quando a porta se abriu para o Aprendiz entrar.

– Espero – disse ao menino trêmulo – que você tenha alguma notícia *interessante* para mim.

Alther pairava em torno do menino, que quase não conseguia falar de exaustão. Sentia pena – o fato de ser Aprendiz de DomDaniel não era culpa dele. Com um sopro, acendeu novamente o fogo, mantendo-o aceso. O menino viu as chamas subirem do braseiro e fez menção de se aproximar do calor.

– Aonde você está indo? – vociferou DomDaniel.

– Estou com fr-frio, senhor.

– Enquanto não me contar o que houve, você não vai chegar perto desse fogo. Eles foram *despachados*?

O menino parecia não saber o que dizer.

– Eu disse para ele que era uma **Projeção** – murmurou.

– Do que você está falando, garoto? O que era uma **Projeção**?

– O barco deles.

– Bem, parece que isso você conseguiu. O que é bastante simples. Mas eles foram despachados? *Morreram? Sim ou não?* – A voz de DomDaniel se elevou, exasperada. Ele já tinha adivinhado a resposta, mas precisava ouvi-la.

– Não – murmurou o menino, apavorado, com as vestes encharcadas pingando no chão à medida que a neve começava a derreter com o leve calor do fogo aceso por Alther.

DomDaniel lançou para o menino um olhar causticante.

— Você não passa de uma decepção. Eu arrumo para mim uma encrenca interminável para salvá-lo daquela desgraça que é sua família. Dou-lhe uma educação com a qual a maioria dos meninos só pode *sonhar*. E o que você faz? Age como um bobalhão! Eu simplesmente não entendo. Um menino como você deveria ter descoberto aquela gentalha num piscar de olhos. E tudo o que faz é voltar aqui com uma história sobre **Projeções** e... e ainda *molhar o chão todo*.

DomDaniel concluiu que, se ele estava acordado, não havia motivo para o Supremo Guardião não estar também. Quanto ao Caçador, estava *muito* interessado no que ele teria a dizer para se defender. Saiu a passos largos, batendo com violência a porta atrás de si, descendo ruidosamente a escadaria prateada, que permanecia parada, e passando pelos incontáveis andares vazios e cheios de ecos em razão do êxodo de todos os Magos Ordinários horas antes.

A Torre dos Magos estava fria e lúgubre com a ausência da **Magya**. Um vento frio gemia ao ser sugado para o alto como que por uma chaminé imensa, e portas batiam tristonhas nos aposentos vazios. Enquanto descia, e ficava totalmente zonzo com a espiral sem fim da escada, DomDaniel percebeu com aprovação todas as mudanças. Era assim que a Torre seria de agora em diante. Um lugar para a **Magya das Trevas**, levada a sério. Nada daqueles irritantes Magos Ordinários a se exibir com suas formulinhas de dar pena. Nunca mais incensos água com açúcar, nem barulhinhos felizes flutuando no ar. E, sem dúvida, nada de cores e luzes frívolas. Sua **Magya** seria usada para fins mais importantes. Só que ele talvez consertasse a escada.

DomDaniel finalmente chegou ao saguão escuro e silencioso. As portas de prata da entrada da Torre estavam abertas, desanimadas. A neve soprada pelo vento cobria o piso imóvel que era agora de pedra cinzenta sem graça. Ele passou decidido pelas portas e atravessou o pátio.

Enquanto seguia furioso pela neve, avançando pelo Caminho dos Magos até o Palácio, começou a lamentar o fato de não ter pensado em mudar de roupa, tirando o pijama e os chinelos antes de sair impetuoso. Quando chegou ao Portão do Palácio, meio encharcado e com uma aparência que não causava grande impressão, o Guarda do Palácio que estava ali sozinho se recusou a deixá-lo passar.

DomDaniel derrubou o Guarda com um **Raio** e entrou. Logo, logo, o Supremo Guardião foi tirado da cama na segunda noite seguida.

Lá na Torre, o Aprendiz tinha cambaleado até o sofá e caído num sono frio e infeliz. Alther sentiu pena dele e manteve o fogo aceso. Enquanto o menino dormia, o fantasma também aproveitou a oportunidade para **Causar** mais algumas mudanças. Ele afrouxou o pesado dossel acima da cama de modo que ficasse pendurado por um fio. Tirou os pavios de todas as velas. Acrescentou um tom de verde sujo à água dos aquários e instalou na cozinha uma família numerosa de baratas agressivas. Por baixo do assoalho, pôs um rato irritadiço e soltou todos os encaixes das poltronas mais confortáveis. E então, para completar, trocou o chapéu negro, cilíndrico e rígido, de DomDaniel, que estava em cima da cama, abandonado, por outro só um pouquinho maior.

Quando raiou o dia, Alther deixou o Aprendiz dormindo e se dirigiu para a Floresta, onde seguiu pelo caminho que um dia tinha percorrido com Silas numa visita a Sarah e Galen muitos anos antes.

✤ 18 ✤
O Chalé da Protetora

Foi o silêncio que acordou Jenna no Chalé da Protetora na manhã do dia seguinte. Depois de dez anos acordando todos os dias com os ruídos animados dos Emaranhados, para não mencionar o tumulto e confusão dos seis meninos da família Heap, o silêncio era ensurdecedor. Abriu os olhos e, por um instante, achou que ainda estava sonhando. Onde estava? Por que não estava em casa no armário? Por que só Jo-Jo e Nicko estavam aqui? Onde estavam todos os outros irmãos?

E então ela se lembrou.

Sentou, sem fazer barulho para não acordar os meninos que estavam deitados ao seu lado, junto das brasas incandescentes da lareira no andar de baixo do chalé de tia Zelda. Ela se enrolou melhor na colcha porque, apesar do fogo, o ar no chalé carregava uma friagem úmida. Depois, hesitante, levou a mão à cabeça.

Então era verdade. O diadema de ouro ainda estava no lugar. Ela ainda era a Princesa. Não foi só pelo dia do seu aniversário.

Durante todo o dia anterior, Jenna teve aquela sensação de irrealidade que sempre a dominava no dia do aniversário. Uma sensação de que o dia de algum modo pertencia a outro mundo, outra época; e que nada que acontecesse no seu aniversário era de verdade. Essa sensação a tinha ajudado a enfrentar os acontecimentos espantosos do seu décimo aniversário, uma sensação de que, não importava o que acontecesse, tudo voltaria ao normal no dia seguinte. Ou seja, nada fazia realmente diferença.

Mas nada voltou ao normal. E realmente fazia diferença.

Abraçou-se para manter o calor e refletiu sobre o assunto. Ela era uma *Princesa*.

Jenna e sua melhor amiga, Bo, tinham muitas vezes conversado sobre o fato de que as duas eram realmente Princesas, irmãs perdidas havia muito tempo, separadas na hora do nascimento, a quem o destino tinha reunido para dividir uma carteira na Turma 6 da Terceira Escola do Lado Leste. Jenna tinha quase acreditado nisso. De certo modo, parecia fazer tanto sentido. Mas, quando ia à casa de Bo para brincar, não via como ela poderia realmente pertencer a outra família. Bo era tão parecida com a mãe, pensava Jenna, com o cabelo de um ruivo vivo e uma enorme quantidade de sardas, que *tinha* de ser sua filha. Mas a reação de Bo tinha sido ferina quando Jenna ressaltou esses pontos. E ela nunca mais tocou nesse assunto.

Mesmo assim, nada disso a impedia de se perguntar por que era tão diferente da sua própria mãe. E do pai. E dos irmãos também. Por que ela era a única de cabelo escuro? Por que não tinha olhos verdes? Tinha uma vontade desesperada de que seus olhos ficassem verdes. Na realidade, até o dia anterior, ela ainda tinha esperanças de que isso acontecesse.

Ansiava pela emoção de ouvir Sarah lhe dizer o que a ouvia dizer a todos os meninos: "Sabe, *acho* que seus olhos estão começando a esverdear. Estou vendo decididamente um toque de verde neles hoje." E depois: "Você está crescendo *rápido*. Seus olhos estão quase tão verdes quanto os do seu pai."

Mas, quando pedia uma explicação sobre seus olhos e sobre o motivo pelo qual ainda não estavam verdes como os dos irmãos, Sarah se limitava a dizer: "Mas você é nossa *queridinha*, Jenna. Você é diferente. Seus olhos são lindos."

Essa resposta não a enganava. Ela sabia que as meninas podiam ter olhos verdes de Magos também. Bastava olhar para Miranda Bott mais adiante no corredor, cujo avô era dono do brechó de capas de Mago. Miranda tinha olhos verdes, e era só seu avô que era Mago. Então por que ela não tinha?

Ao pensar em Sarah, se sentiu abalada. Perguntou a si mesma quando a veria de novo. Chegou mesmo a se perguntar se Sarah ainda ia querer ser sua mãe, agora que tudo estava mudado.

Jenna se sacudiu e tentou não ser boba. Ela se levantou, mantendo-se enrolada na colcha, e pisou com cuidado para passar pelos dois meninos adormecidos. Parou para olhar para

Menino 412 e se perguntou por que teria pensado que ele era Jo-Jo. Deve ter sido uma ilusão de ótica, concluiu.

O interior do chalé ainda estava escuro a não ser pela luz mortiça da lareira, mas Jenna já estava acostumada à penumbra e começou a andar por ali, arrastando a colcha pelo chão e aos poucos fazendo o reconhecimento do novo ambiente.

O chalé não era grande. No andar de baixo, havia apenas um cômodo. De um lado, uma enorme lareira, com uma pilha de achas ainda ardendo suavemente no piso de pedra quente. Nicko e Menino 412 dormiam um sono profundo no tapete diante do fogo, cada um enrolado numa colcha de retalhos de tia Zelda. No meio do aposento, subia uma escada estreita com um armário por baixo. Na porta firmemente fechada, as palavras POÇÕES INSTÁVEIS E VENENOS ESPECÍFICOS estavam escritas em letras douradas numa caligrafia elegante. Ela olhou para a escada estreita que levava a um quarto espaçoso e escuro, onde tia Zelda, Márcia e Silas ainda estavam dormindo. Além de Maxie, é claro, cujos roncos e fungadas chegavam aos seus ouvidos. Ou seriam roncos de Silas e fungadas de Maxie? Quando o dono e o cão estavam dormindo, eram extraordinariamente parecidos os ruídos feitos por ambos.

No andar inferior, o pé-direito era baixo, e o teto exibia as vigas rústicas com que o chalé tinha sido construído. Todo tipo de coisa estava pendurada nessas vigas: remos, chapéus, sacos de conchas, pás, enxadas, sacos de batatas, sapatos, vassouras, feixes de junco, nós de salgueiro e, naturalmente, centenas de molhos das ervas que tia Zelda cultivava ou comprava na Feira de **Magya**, que se realizava todos os anos no Porto. Como Feiticeira Branca, tia Zelda usava ervas para talismãs e poções bem como para remédios, e seria muita sorte conseguir dizer a ela alguma coisa sobre uma erva que já não soubesse.

Jenna olhou em volta, adorando a sensação de ser a única acordada, livre para perambular por algum tempo sem ser perturbada. Enquanto andava, ela pensou como era estranho estar num chalé com quatro paredes todas só dele, que não estavam grudadas às paredes da casa de mais ninguém. Era tão diferente do alvoroço dos Emaranhados, mas já se sentia em casa. Prosseguiu com sua exploração, percebendo as poltronas velhas mas confortáveis, a mesa bem lustrada que não dava a impressão de que fosse tombar e morrer a qualquer instante e, o mais espantoso, o piso de pedra recém-varrido, que estava *vazio*. Não havia *nada* no chão além de alguns tapetes gastos e, junto à porta, um par de botas da tia Zelda.

Deu uma espiada na pequena cozinha anexa, com a pia espaçosa, algumas panelas e frigideiras limpas e bem arrumadas, uma mesinha, mas estava frio demais para ficar ali. Foi então até a outra ponta da sala, onde prateleiras de vidros e potes de poções forravam as paredes, fazendo com que ela se lembrasse de casa. Havia alguns que reconheceu e se lembrou de Sarah ter usado. **Cremes de Rã, Mistura Maravilhosa** e **Infusão Básica** eram nomes familiares aos seus ouvidos. E então, exatamente como em casa, em torno de uma pequena escrivaninha coberta com pilhas perfeitas de canetas, papéis e cadernos, havia pilhas instáveis de livros de **Magya**, que alcançavam o teto. Eram tantos que cobriam quase uma parede inteira, mas diferentemente do que acontecia em casa, eles não cobriam também o chão.

A luz do amanhecer começava a se insinuar pelas janelas cobertas de gelo, e Jenna resolveu dar uma olhada lá fora. Foi na ponta dos pés até a grande porta de madeira e bem devagar começou a puxar a enorme tranca, bem lubrificada. Abriu então a porta com cuidado, esperando que ela não rangesse. Não rangeu porque tia Zelda, como todas as bruxas, era muito exigente com relação a portas. Uma porta ruidosa na casa de uma Feiticeira Branca era um mau sinal, um sinal de **Magya** extraviada e encantamentos mal fundamentados.

Saiu em silêncio e sentou na soleira, toda enrolada na colcha, com a respiração quente se transformando em nuvens brancas no ar gelado do amanhecer. A névoa dos brejos estava pesada e baixa. Ela se agarrava ao chão e formava espirais acima da superfície da água e em torno de uma pequena ponte de madeira, sobre um canal largo, a caminho do pântano do outro lado. A água estava transbordando sobre as margens do canal, que era conhecido como o Fosso, e cercava toda a ilha de tia Zelda, cumprindo a função de um fosso de verdade. A água era escura e tão lisa que dava a impressão de uma pele fina estar esticada na sua superfície. Mesmo assim, enquanto olhava para a água, Jenna podia ver que lentamente ela estava subindo pelas margens para se espalhar pela ilha.

Durante anos, Jenna tinha observado as idas e vindas das marés e sabia que a maré naquela manhã era a de águas-vivas, depois da lua cheia na noite anterior. Sabia também que a maré começaria a vazar, exatamente como acontecia no rio que ela via da sua janelinha em casa, até baixar tanto quanto tinha subido, deixando a lama e a areia para que as aves marinhas nelas fincassem os bicos longos e encurvados.

O disco branco e pálido do sol de inverno foi surgindo devagar através do espesso manto da névoa; e em torno de Jenna o silêncio começou a se alterar com os sons matinais dos bichos que começavam a se movimentar. Um ruído alvoroçado e cacarejante a fez dar um pulo de surpresa e olhar na direção de onde vinha. Para seu espanto, viu a forma de um barco de pesca que avultava através da névoa.

Para ela, que tinha visto mais coisas novas e estranhas nas últimas vinte e quatro horas do que jamais tinha sonhado ser possível, um barco de pesca tripulado por galinhas não causava tanta surpresa quanto poderia. Ficou ali sentada na soleira esperando que o barco passasse. Depois de alguns minutos, como o barco parecia não ter se mexido, imaginou se estaria encalhado na ilha. Depois de mais alguns minutos, quando a névoa tinha se desfeito um pouco mais, ela se deu conta do que era: o barco de pesca era um galinheiro. Descendo com passos delicados pela prancha de desembarque, vinha uma dúzia de galinhas, decididas a começar o trabalho do dia. Espiar e ciscar, ciscar e espiar.

Nem sempre as coisas são o que parecem, pensou ela.

Um grito fino e esganiçado de ave atravessou a névoa, e da água vieram alguns chapes abafados que davam a impressão de pertencer a animais pequenos e, esperava ela, peludos. Passou pela sua cabeça que pudessem ter sido de cobras d'água ou enguias, mas decidiu não pensar nisso. Encostou-se no umbral da porta e respirou o ar puro, levemente salgado, dos brejos. Era perfeito. Paz e tranquilidade.

– Buuu! – fez Nicko. – Te peguei, Jen!

– Nicko, como você é barulhento. Shhh!

Nicko se acomodou na soleira ao lado de Jenna e pegou parte da colcha para também se enrolar nela.

– Por favor – disse-lhe Jenna.

– O quê?

– Por favor, Jenna, podemos dividir a colcha? Sim, Nicko, podemos. Ah, muito obrigado, Jenna, é muita gentileza sua. Não há de quê, Nicko.

– Certo, então, não há mesmo de quê. – Nicko abriu um sorriso. – E imagino que eu deva fazer uma mesura agora que você ficou toda Poderosa.

– Meninos não fazem mesuras – disse ela, rindo. – Você tem de fazer uma reverência.

Nicko se pôs em pé de um salto e, tirando um chapéu imaginário da cabeça com um largo movimento do braço, fez uma reverência exagerada. Jenna aplaudiu.

– Muito bem. Isso você pode fazer todos os dias de manhã. – Ela riu mais uma vez.

– Obrigado, Vossa Majestade – agradeceu Nicko, sério, enfiando o chapéu imaginário de volta na cabeça.

– Queria saber aonde o Atolardo se meteu – disse Jenna, meio sonolenta.

Nicko bocejou.

– Vai ver que está no fundo de alguma poça de lama por aí. Duvido que esteja todo aconchegado numa cama.

– Ele ia detestar, não é mesmo? Limpo e seco demais.

– Bem – disse Nicko –, vou dormir de novo. Preciso de mais de duas horas de sono, mesmo que você não precise. – Ele se desenrolou da colcha e voltou lá para dentro, para a sua, que estava toda embolada numa pilha junto da lareira. Jenna se deu conta de que ela também ainda estava cansada. As pálpebras estavam começando a formigar, sinal de que não tinha dormido o suficiente, e estava começando a sentir frio. Levantou-se então, enrolando-se melhor na colcha, voltou sem ruído para a penumbra do chalé e com o maior cuidado fechou a porta atrás de si.

☩ 19 ☩
TIA ZELDA

—Bom-dia para todos! – disse bem alto a voz animada de tia Zelda para o amontoado de cobertas e seus ocupantes junto da lareira.

Menino 412 acordou em pânico, imaginou que teria de sair correndo da cama do Exército Jovem e entrar em forma do lado de fora para a chamada em trinta segundos exatos. Sem entender nada, ficou olhando para tia Zelda, que não era nada parecida com seu costumeiro torturador matinal, o Cadete-Chefe, de cabeça raspada, que tinha um prazer enorme em jogar baldes de água gelada em qualquer um que não pulasse da cama imediatamente. Da última vez que isso lhe havia acontecido, ele foi obrigado a dormir numa cama molhada e fria por dias até que ela secasse. De um salto, ficou em pé, com um ar aterrorizado, mas relaxou um pouco ao perceber que tia Zelda não estava mesmo com um balde de água gelada na mão. O que ela trazia era uma bandeja carregada de canecas de leite quente e uma enorme pilha de torradas quentes amanteigadas.

– Ora, ora, rapazinho – disse tia Zelda –, não temos nenhuma pressa. Volte a se aconchegar aí e tome seu leite enquanto está quente. – Ela ofereceu uma caneca e a maior torrada a Menino 412, que, aos seus olhos, parecia estar precisando engordar.

Ele voltou a se sentar, enrolou-se na colcha e, com um pouco de desconfiança, bebeu o leite e comeu a torrada. Entre os goles de leite e os bocados de torrada, olhava de relance ao redor, com os olhos cinza-escuros arregalados de apreensão.

Tia Zelda foi se instalar numa velha poltrona ao lado da lareira e lançou algumas achas sobre as brasas. Logo o fogo estava forte, e ela ficou ali, satisfeita, aquecendo as mãos junto às chamas. Menino 412 olhava para tia Zelda sempre que achava que ela não perceberia. É claro que percebia, mas estava acostumada a cuidar de criaturas assustadas e feridas; e via que ele não era em nada diferente da variedade de animais dos charcos que ela costumava ajudar a se recuperar. Na realidade, ele a fazia se lembrar especialmente de um coelhinho muito apavorado que ela havia salvado das garras de um lince dos pântanos não fazia muito tempo. O lince vinha atormentando o coelho havia horas, roendo suas orelhas e o jogando de um lado para outro, sentindo prazer com o terror paralisante do coelho antes de decidir quebrar seu pescoço. Quando, num entusiasmo excessivo, o lince atirou o animal apavorado no caminho de tia Zelda, ela agarrou o coelho e o enfiou na bolsa grande que sempre levava quando saía. Voltou então direto para casa, deixando o lince a perambular horas a fio em busca da presa perdida.

Aquele coelho tinha passado dias sentado junto do fogo, olhando para ela exatamente do mesmo jeito que Menino 412 estava agora, refletiu tia Zelda enquanto se ocupava com o fogo, tomando cuidado para não assustá-lo olhando demais para ele. O coelho tinha se recuperado, e ela sabia que Menino 412 também haveria de se recuperar.

Os olhares disfarçados de Menino 412 iam absorvendo o cabelo grisalho e crespo de tia Zelda, as bochechas rosadas, o sorriso natural e os brilhantes olhos azuis da bruxa simpática. Ele precisou de uma grande quantidade de olhadas para compreender o enorme vestido de retalhos, que tornava difícil dizer com exatidão a forma que seu corpo poderia ter, principalmente quando estava sentada. A impressão que teve do vestido era que tia Zelda tinha entrado numa enorme tenda feita de retalhos e, naquele instante, tinha enfiado a cabeça para fora para ver o que estava acontecendo. Com essa ideia, um rápido sorriso quase surgiu no canto da sua boca.

Tia Zelda percebeu a sombra desse sorriso e ficou satisfeita. Nunca na vida tinha visto uma criança de aspecto tão atormentado e apavorado; e se afligiu pensando no que poderia tê-lo feito ficar assim. Já tinha ouvido falar do Exército Jovem nas eventuais visitas que fazia ao Porto, mas no fundo nunca acreditou naquelas histórias terríveis. Sem dúvida era impossível que alguém tratasse crianças desse jeito. Mas agora ela começava a se perguntar se aquelas histórias não eram mais verdadeiras do que havia se dado conta.

Tia Zelda sorriu para Menino 412. E então, com um gemido simpático, ela se levantou com esforço da poltrona e foi, sem pressa, buscar mais leite quente.

Enquanto ela não estava ali, Nicko e Jenna acordaram. Menino 412 olhou assustado para eles e se afastou um pouco, lembrando-se muito bem da chave de braço da noite anterior. Mas Jenna só lhe deu um sorriso sonolento.

– Dormiu bem? – perguntou ela.

Ele fez que sim e ficou olhando para a caneca de leite quase vazia.

Nicko se sentou, resmungou um "oi" na direção de Jenna e Menino 412, pegou uma torrada e ficou surpreso com a fome que estava sentindo. Tia Zelda chegou de novo junto à lareira trazendo um jarro de leite quente.

– Nicko! – exclamou, sorrindo. – Bem, você mudou um pouco desde a última vez que o vi, sem a menor dúvida. Na época você era só um nenenzinho. Naquele tempo, eu costumava visitar sua mãe e seu pai nos Emaranhados. Bons tempos.

Deu um suspiro e lhe passou o leite quente.

– E nossa Jenna! – Tia Zelda deu um largo sorriso para ela. – Sempre tive vontade de ir conhecer você, mas tudo ficou muito difícil depois... bem, depois de você nascer. Mas Silas compensou o tempo perdido e me contou tudo sobre você.

Jenna deu um sorriso tímido, feliz por tia Zelda ter dito "nossa". Aceitou a caneca de leite quente que ela lhe ofereceu e ficou ali sentada, sonolenta, olhando para o fogo.

Um silêncio de contentamento tomou conta da casa por um tempo, rompido apenas pelo som de Silas e Maxie ainda roncando no andar de cima e pela mastigação de torradas na sala. Jenna, que estava encostada na parede ao lado da lareira, achou que estava ouvindo uns miados distantes, vindo de dentro da parede; mas como era óbvio que isso era impossível, concluiu que deviam vir do lado de fora e deixou para lá. Mas os miados continuaram. Foram ficando cada vez mais altos e, pensou Jenna, mais irritados. Ela grudou o ouvido na parede e ouviu os sons característicos de um gato furioso.

– Tem um gato na parede... – informou Jenna.

– Pode continuar – disse Nicko. – Essa eu não conheço.

– Não é piada. Tem um gato na parede. Estou ouvindo.

Tia Zelda teve um sobressalto.

– Ai, ai. Eu me esqueci totalmente de Bert! Jenna, minha querida, daria para você abrir a porta de Bert para ela, por favor? – Jenna pareceu não entender.

Tia Zelda indicou uma portinha de madeira instalada na parte inferior da parede ao lado de Jenna. Jenna deu uns puxõezinhos na porta. Ela se abriu com violência, e dali saiu gingando uma pata zangada.

– Peço perdão, Bert, querida – disse tia Zelda. – Estava esperando há muito tempo?

Bert passou bamboleando por cima do amontoado de cobertas e se sentou diante do fogo. Estava irritada. Com determinação, virou as costas para tia Zelda e eriçou as penas. Tia Zelda se inclinou e a afagou.

– Apresento-lhes minha gata, Bert.

Três pares de olhos desnorteados se voltaram para tia Zelda. Nicko começou a engasgar com o leite que estava tomando. Menino 412 pareceu decepcionado. Estava começando a gostar de tia Zelda, e agora descobria que ela era maluca como todos os outros.

– Mas Bert é uma pata – disse Jenna. Sua ideia era que alguém tinha de dizer a verdade, e era melhor dizer logo de cara antes que todos entrassem no jogo de "vamos-fingir-que-a-pata-é-uma-gata-só-para-não-contrariar-tia-Zelda".

– Ah, é mesmo. Bem, está claro que ela é uma pata neste instante. Na verdade, ela está sendo pata já há algum tempo, não é, Bert?

Bert deu um pequeno miado.

– Vejam só, patos podem voar e nadar, o que é uma enorme vantagem nos brejos. E ainda não encontrei um gato que goste de molhar os pés; e Bert não era exceção. Por isso, ela resolveu se transformar em pata e poder aproveitar a água. E você gosta, não é, Bert?

Não houve resposta. Como a gata que ela realmente era, Bert tinha adormecido diante do fogo.

Jenna, meio hesitante, afagou as penas da pata, querendo saber se seriam como pelo de gato, mas elas eram macias, lisas e totalmente iguais a penas de pato.

– Oi, Bert – murmurou Jenna.

Nicko e Menino 412 nada disseram. Nenhum dos dois estava pensando em começar a falar com um pato.

– Coitadinha da Bert – disse tia Zelda. – Muitas vezes ela fica presa do lado de fora. Mas, desde que os Pardinhos da Lama Movediça conseguiram entrar aqui pelo túnel da gata, sempre tento manter a porta do túnel **Trancada por Sortilégio**. Vocês não fazem ideia do meu choque quando desci naquele dia de manhã e encontrei a casa fervilhando com essas criaturinhas nojentas. Era como um mar de lama, subindo pelas paredes, enfiando os dedos compridos e ossudos em tudo e olhando para mim com aqueles olhinhos vermelhos. Eles comeram tudo o que puderam e sujaram tudo o que não puderam comer. E então, é claro, assim que me viram, todos eles começaram aquela gritaria esganiçada. – Tia Zelda estremeceu. – Fiquei com os nervos à flor da pele por semanas. Se não tivesse sido pelo Atolardo, não sei o que eu teria feito. Passei semanas tirando a lama dos livros, para não falar em ter de preparar de novo todas as minhas poções. Falando em lama, alguém gostaria de dar um mergulho na nascente de água quente?

Pouco mais tarde, Jenna e Nicko estavam se sentindo muito mais limpos depois que tia Zelda lhes mostrou onde borbulhava a fonte de água quente na casinha de banho no quintal. Menino 412 tinha se recusado a ter qualquer contato com ela, e permaneceu enroscado diante da lareira, com o gorro vermelho enfiado até as orelhas e ainda enrolado no casaco de marinheiro de couro de carneiro. Ele tinha a impressão de que o frio do dia anterior ainda estava fundo nos seus ossos e achava que nunca mais se sentiria aquecido. Tia Zelda deixou que ele ficasse diante da lareira um pouco; mas, quando Jenna e Nicko resolveram sair para explorar a ilha, ela o forçou a sair com eles.

– Pronto, aqui – disse tia Zelda, entregando a Nicko uma lanterna. O jovem Mago lançou-lhe um olhar de interrogação. Para que eles precisariam de uma lanterna ao meio-dia?

"Haar", disse tia Zelda.

– Ha, o quê? – perguntou Nicko.

– Haar. Por causa do haar, a névoa dos brejos salgados que chega do mar. Olhem, ela está nos cercando hoje. – Ela fez um gesto largo ao redor. – Num dia limpo, dá para ver o Porto daqui onde nós estamos. O haar está baixo hoje, e nós estamos a uma altura suficiente para enxergar acima dele, mas se ele subir, vai nos cobrir também. Então vocês precisarão da lanterna.

Nicko pegou então a lanterna; e, cercados pelo haar, que parecia um manto ondulante jogado sobre os brejos mais abaixo, eles partiram para explorar a ilha enquanto tia Zelda, Silas e Márcia conversavam animados, sentados diante da lareira.

Jenna ia na frente, seguida de perto por Nicko, enquanto Menino 412 ficava para trás, tremendo de frio de vez em quando e desejando estar de novo junto ao fogo. A neve tinha derretido no clima mais úmido e menos frio dos brejos, e o chão estava molhado e fofo. Jenna seguiu por um caminho que os levou até as margens do Fosso. A maré tinha recuado, e a água praticamente tinha desaparecido, deixando para trás a lama, que estava coberta por centenas de pegadas de aves e alguns rastros em zigue-zague de cobras-d'água.

A ilha Draggen tinha cerca de quinhentos metros de extensão e dava a impressão de que alguém tinha cortado um enorme ovo verde ao meio ao comprido e o tinha deixado cair no meio do brejo. Uma trilha contornava a ilha inteira ao longo da margem do Fosso, e Jenna seguiu por ela, respirando o ar frio e salgado que chegava com o haar. Ela gostava de ter o haar a cercá-los. Ele a fazia, afinal, se sentir segura – ninguém poderia encontrá-los agora.

Além das galinhas que moravam no barco, vistas por Jenna e Nicko mais cedo, eles encontraram uma cabra presa a uma corda no meio de um trecho de capim alto. Também encontraram uma colônia de coelhos que ocupava uma encosta cheia de tocas, a qual tia Zelda tinha isolado com uma cerca para impedir os coelhos de invadir seu canteiro de repolhos de inverno.

O caminho batido os levou para além das tocas, através de uma quantidade de repolhos, e foi descendo sinuoso até um trecho de lama, com o capim de um verde estranhamente vivo.

– Acha que aí dentro pode ter algum Pardinho? – murmurou Jenna para Nicko, recuando um pouco.

Umas bolhas subiram à superfície da lama, e ouviu-se um barulho alto de sucção, como se alguém estivesse tentando puxar de dentro do atoleiro uma bota presa no fundo. Jenna deu um salto para trás, alarmada, com o borbulhar e arquejar da lama.

– Não vai ter se eu tiver alguma coisa a ver com isso, não vai ter. – A cara larga e marrom do Atolardo chegou até a superfície. Piscou para tirar a lama dos olhos negros e redondos e os encarou com um olhar lacrimejante. – Dia – disse ele devagar.

– Bom-dia, sr. Atolardo – respondeu Jenna.

– Só Atolardo já serve, obrigado.

– É aqui que você mora? Espero que não o estejamos perturbando – disse Jenna, educadamente.

– Bem, na verdade, você está me perturbando, sim. É que eu durmo de dia, certo? – O Atolardo piscou de novo e começou a afundar de volta na lama. – Mas vocês não tinham como saber isso. Só não falem nos Pardinhos porque isso me acorda, certo? Só ouvir o nome deles já me deixa totalmente acordado.

– Desculpe – disse Jenna. – Nós vamos embora para deixar você em paz.

– Isso mesmo – concordou, antes de voltar a desaparecer na lama.

Jenna, Nicko e Menino 412 subiram de novo a trilha na ponta dos pés.

– Ele ficou zangado, não ficou? – perguntou Jenna.

– Não – disse Nicko. – Acho que ele é sempre assim. Ele está bem.

– Espero que sim – disse Jenna.

Continuaram a contornar a ilha até chegar ao lado rombudo do "ovo" verde. Ali havia um amplo monte gramado, com alguns arbustos redondos pequenos e espinhentos espalhados. Eles foram atravessando a elevação e pararam um pouco, observando os turbilhões do haar abaixo deles.

Jenna e Nicko tinham andado em silêncio para não voltar a acordar o Atolardo; mas, quando pararam no alto da elevação, Jenna perguntou:

– Você não está sentindo uma sensação esquisita debaixo dos pés?

– Agora que você tocou no assunto, minhas botas *estão* me incomodando – disse Nicko. – Acho que ainda estão molhadas.

– Não. Estou falando do chão aqui por baixo. Ele dá uma impressão de...

– Oco – sugeriu Nicko.

– É, é isso mesmo. Oco. – Jenna bateu forte com o pé no chão. Até que era bastante firme, mas havia alguma coisa nele que dava uma sensação diferente.

– Deve ser por causa de todas aquelas tocas de coelhos – disse Nicko.

Foram descendo do pequeno monte e se encaminharam para um grande lago de patos com uma casinhola dessas aves ao lado, de madeira. Alguns patos perceberam sua chegada e começaram a vir bamboleando pelo capim na esperança de que os meninos tivessem trazido pão para eles.

– Ei, onde ele se meteu? – disse Jenna, de repente, procurando Menino 412 por ali.

– Vai ver que voltou para o chalé – disse Nicko. – Acho que ele não gosta muito da nossa companhia.

— Acho que não gosta, não, mas será que não deveríamos procurar por ele? Quer dizer, ele pode ter caído no cantinho do Atolardo, no valado, ou um *Pardinho* pode tê-lo apanhado.
— Shhhhh. Você vai acordar o Atolardo de novo.
— Bem, um Pardinho *pode* tê-lo apanhado mesmo. Devíamos tentar ver se o encontramos.
— Suponho — disse Nicko, lá com suas dúvidas — que tia Zelda vá ficar amolada se o perdermos.
— Bem, e eu também — revelou Jenna.
— Você não *gosta* dele, gosta? — perguntou Nicko. — Não depois que o idiota quase fez com que nos matassem?
— Não era a intenção dele — defendeu-o Jenna. — Agora consigo perceber. Ele estava tão apavorado quanto nós. E pense só, é provável que ele tenha passado a vida inteira no Exército Jovem, sem nunca ter uma mãe nem um pai. Não é como nós. Quer dizer, como você — disse Jenna, corrigindo-se rapidamente depois.
— Você teve mãe e pai. Ainda tem. Boboca — disse Nicko. — Tá bem, vamos procurar o menino se é isso o que você quer.

Jenna olhou em volta e se perguntou por onde começar. Percebeu que não conseguia mais ver o chalé. Na verdade, não conseguia ver praticamente nada a não ser Nicko, e isso só porque a lanterna dele emitia um fraco clarão vermelho.

O haar tinha subido.

✠ 20 ✠
MENINO 412

Menino 412 tinha caído num buraco. Não pretendia cair, nem fazia a menor ideia de como tinha acontecido, mas lá estava ele no fundo de um buraco.

Pouco antes de cair ali, tinha ficado decididamente farto de andar de um lado para outro com a menina-Princesa e o menino-Mago. Eles pareciam não querer sua companhia, e ele estava aborrecido e com frio. Por isso, resolveu voltar de mansinho para o chalé na esperança de ter a atenção de tia Zelda só para si por um tempo.

Foi quando o haar chegou.

Se não prestasse para mais nada, pelo menos o treinamento no Exército Jovem o tinha preparado para alguma coisa desse tipo. Muitas vezes, no meio de uma noite de nevoeiro, os meninos do seu pelotão eram levados pela Floresta adentro, sendo deixados lá para descobrir o caminho de volta. Nem todos conseguiam, é claro. Sempre havia um desafortunado que caía presa de um carcaju faminto ou que era deixado para trás numa armadilha preparada por uma das Bruxas de Wendron, mas Menino 412 tinha sorte e sabia como se manter em silêncio e se movimentar rápido através do nevoeiro da noite. E assim, silencioso como o próprio haar, começou a percorrer o caminho de volta ao chalé. A certa altura, chegou a passar tão perto de Nicko e Jenna que eles poderiam ter estendido as mãos e tocado nele, mas esgueirou-se dali sem nenhum ruído, apreciando a liberdade e a sensação de independência.

Depois de algum tempo, chegou ao amplo monte gramado na extremidade da ilha. Isso o confundiu porque ele tinha certeza de já ter passado por ali e de que, àquela altura, já deveria ter quase alcançado o chalé. Será que aquele era outro monte gramado? Talvez houvesse um também na outra ponta da ilha. Ele começou a se perguntar se estava perdido. Chegou a pensar que seria possível andar sem parar em círculos em torno da ilha sem nunca chegar ao chalé. Distraído com os pensamentos, perdeu o pé de apoio e caiu de cabeça num arbusto pequeno e desagradavelmente espinhento. E foi aí que aconteceu. Num instante, o arbusto estava ali, e no seguinte Menino 412 tinha caído através dele para a escuridão.

Seu grito de surpresa se perdeu no ar espesso e úmido do haar, e ele aterrissou de costas no chão com um baque surdo. Sem fôlego, ficou ali deitado imóvel por um momento, tentando descobrir se tinha quebrado algum osso. Não, pensou, enquanto se sentava bem devagar. Não estava sentindo nenhuma dor forte demais. Que sorte! Tinha caído no que dava a impressão de ser areia, o que amorteceu a queda. Levantou-se e de imediato bateu com a cabeça numa pedra baixa acima dele. Isso doeu *de verdade.*

Com uma mão no alto da cabeça, ele esticou a outra e tentou apalpar o buraco pelo qual tinha caído, mas a rocha se inclinava lisa para o alto, sem dar nenhuma pista, nenhum apoio para mãos ou pés. Nada além da rocha lisa como a seda, fria como o gelo.

A escuridão também era total. Nem uma fresta deixava passar luz lá de cima. E, por mais que olhasse para a escuridão na esperança de que seus olhos se acostumassem a ela, eles não se acostumavam. Era como se tivesse ficado cego.

Menino 412 se deixou cair de quatro e começou a apalpar ao redor, na areia do chão. Teve uma ideia maluca de que talvez conseguisse cavar um caminho para sair; mas, à medida que seus dedos foram esgaravatando a areia, ele logo deu com um piso de pedra lisa, tão lisa e fria que se perguntou se não seria mármore. Tinha visto mármore algumas vezes quando estava de guarda no Palácio, mas não conseguia imaginar como poderia haver mármore ali no Brejal Marram, naquele fim de mundo.

Sentou-se na areia e, nervoso, começou a passar as mãos por ela, tentando pensar no que fazer. Estava se perguntando se sua sorte tinha de fato acabado quando seus dedos roçaram em alguma coisa metálica. De início, animou-se – talvez aquilo fosse o que ele estava procurando, uma fechadura escondida ou uma maçaneta secreta – mas, quando seus dedos se fecharam em torno do objeto de metal, ele se decepcionou. O que tinha encontrado não era mais do que um anel. Pegou o anel, abrigou-o na palma da mão e ficou olhando para ele, apesar de não conseguir enxergar nada naquele negrume total.

– Como eu queria ter uma luz – murmurou consigo mesmo, tentando ver o anel e mantendo os olhos abertos ao máximo, como se fizesse diferença. O anel estava ali na palma da sua mão e, depois de séculos jogado sozinho num lugar escuro e frio debaixo da terra, aos poucos ele se aqueceu na pequena mão humana que o segurava pela primeira vez desde que tinha sido perdido tanto tempo atrás.

Sentado ali com o anel, Menino 412 começou a relaxar. Percebeu que não estava com medo do escuro, que se sentia em perfeita segurança, na verdade mais seguro do que tinha se sentido fazia anos. Estava a quilômetros de distância dos seus torturadores no Exército Jovem, e sabia que eles nunca conseguiriam encontrá-lo ali. Ele deu um sorriso e se recostou na parede. Haveria de descobrir uma saída, disso tinha certeza.

Resolveu ver se o anel servia. Era grande demais para qualquer um dos seus dedos muito magros; por isso o enfiou no indicador da mão direita, seu maior dedo. Girou o anel no dedo, apreciando a quentura, até mesmo um calor intenso, que emanava dele. Logo se deu conta de uma sensação estranha. O anel, que dava a impressão de ter adquirido vida, estava se ajustando ao seu indicador. Agora servia perfeitamente. Não só isso, mas estava produzindo um leve clarão dourado.

Ele olhou, deliciado, para o anel, vendo pela primeira vez o objeto encontrado. Não era parecido com nenhum anel que já tivesse visto. Enroscado no seu dedo estava um dragão dourado, com a cauda presa na boca. Os olhos de um verde-esmeralda cintilavam para ele, e ele teve a sensação estranhíssima de estar sendo observado pelo dragão em pessoa. Empolgado, levantou-se, mantendo a mão direita estendida à sua frente, com seu próprio anel, seu anel de dragão, que agora lançava um forte clarão como se fosse uma lanterna.

Olhou ao redor, em meio à luz dourada do anel. Percebeu que estava no final de um túnel. À sua frente, descendo cada vez mais fundo, havia um corredor estreito, de paredes altas, aberto com esmero na rocha. Erguendo a mão bem acima da cabeça, olhou para o alto, para a escuridão pela qual tinha caído, mas não viu nenhuma possibilidade de sair dali escalando. Relutante, concluiu que a única coisa a ser feita era seguir pelo túnel, na esperança de que o levasse a alguma outra saída.

E assim, segurando o anel à sua frente, Menino 412 começou a andar. O piso de areia do túnel seguia em descida constante. Fazia curvas e virava para um lado e para outro, levando-o a paredes fechadas e às vezes fazendo-o andar em círculos, até perder totalmente a noção de direção e quase ficar tonto de confusão. Era como se a pessoa que construiu o túnel tivesse a intenção de confundi-lo. E estava conseguindo.

E foi por esse motivo, calculou, que ele caiu pela escada.

Aos pés da escada, recuperou o fôlego. Estava tudo bem, disse a si mesmo. Não tinha sido uma grande queda. Mas estava faltando uma coisa: *seu anel tinha sumido*. Pela primeira vez desde que estava no túnel, ele sentiu pavor. O anel não lhe tinha dado só luz. Tinha sido uma companhia para ele. Além disso, percebeu quando começou a tremer de frio, o anel o tinha mantido aquecido. Olhou ao redor, com os olhos arregalados naquele negrume total, buscando desesperadamente pelo leve clarão dourado.

Não conseguia ver nada a não ser a escuridão. *Nada*. Sentiu-se desconsolado. Tão desconsolado como quando seu melhor amigo, Menino 409, caiu do barco num ataque noturno, e eles não tiveram permissão de parar para salvá-lo. Pôs então a cabeça nas mãos. Sentiu vontade de desistir.

Foi então que ouviu a música.

Um som suave, fino, belo veio se aproximando dele, como se o chamasse. De quatro no chão, porque não queria cair em mais nenhuma escada naquela hora, o menino foi avançando devagar na direção do som, tateando o piso frio de mármore enquanto seguia. Foi engatinhando sempre na direção do som, e a música foi ficando mais baixa e menos urgente, até que de repente se tornou estranhamente abafada, e ele se deu conta de que sua mão estava por cima do anel.

Tinha encontrado o anel. Ou melhor, o anel o tinha encontrado. Com um sorriso de felicidade, enfiou o anel de dragão no dedo, e a escuridão ao seu redor foi se iluminando.

Daí em diante foi fácil. O anel o conduziu pelo túnel, que agora estava mais largo e reto, com paredes de mármore branco ricamente decoradas com centenas de imagens simples em tons vivos de azul, amarelo e vermelho. Menino 412 prestou pouca atenção às pinturas. Àquela altura, tudo o que ele realmente queria fazer era descobrir um jeito de sair dali. Por isso, continuou em frente até encontrar o que tinha esperado encontrar, uma escada que afinal o levasse para cima. Com uma sensação de alívio, subiu os degraus e se descobriu seguindo por uma rampa íngreme de areia, que logo terminou.

Por fim, à luz do anel, viu sua saída. Uma velha escada de mão estava encostada numa parede; e logo acima havia um alçapão de madeira. Subiu a escada, estendeu a mão e deu um empurrão no alçapão. Para seu alívio, ele se mexeu. Com um empurrão um pouco mais forte, o alçapão se abriu, e ele espiou lá fora. Ainda estava escuro, mas uma diferença no ar o fez perceber que agora estava acima do nível do chão. E, enquanto esperava, procurando se orientar, percebeu uma estreita faixa de luz junto do piso. Deu um suspiro de alívio. Sabia onde estava. Estava no armário de Poções Instáveis e Venenos Específicos de tia Zelda. Sem fazer ruído, conseguiu passar através do alçapão, fechou-o e pôs de novo no lugar o tapete que o cobria. Depois, hesitante, abriu a porta do armário e espiou para ver se havia alguém por ali.

Na cozinha, tia Zelda estava preparando uma nova poção. No momento em que o menino chegou de mansinho pela porta, ela olhou de relance para o alto mas, parecendo estar distraída com seu trabalho, não disse nada. Menino 412 passou sem ser notado e se encaminhou para a lareira. De repente, estava exausto. Tirou o anel de dragão e o guardou em segurança no bolso que tinha descoberto por dentro do gorro vermelho. Depois deitou ao lado de Bert no tapete diante da lareira e caiu num sono profundo.

Dormiu tão profundamente que não ouviu Márcia descer e Ordenar que a pilha mais alta e mais instável de livros de Magya de tia Zelda se levantasse. Sem nenhuma dúvida, ele não ouviu o roçar baixinho de um livro grande e muito antigo, *A extinção das trevas*, puxando-se sozinho de baixo da pilha oscilante e se lançando em voo até a poltrona mais confortável junto ao fogo. Também não ouviu o farfalhar das páginas quando o livro obediente se abriu e encontrou a página exata que Márcia queria ver.

Menino 412 nem mesmo ouviu o grito que Márcia deu quando, a caminho da poltrona, quase pisou nele, recuou e acabou pisando em Bert. Mas, no sono profundo, teve um sonho estranho sobre um bando de patos e gatos furiosos que o perseguiam por um túnel afora e depois o carregavam para o céu para ensiná-lo a voar.

Lá longe, no sonho, Menino 412 sorriu. Estava livre.

⊹ 21 ⊹
Rattus Rattus

—Cmo você conseguiu voltar tão rápido? – perguntou Jenna a Menino 412.

Nicko e Jenna levaram a tarde inteira para descobrir o caminho de volta ao chalé no meio do haar. Enquanto Nicko tinha passado o tempo que estavam perdidos tentando decidir quais eram os dez melhores barcos que já conhecia e depois, quando a fome foi crescendo, imaginando qual seria seu jantar preferido, Jenna passou a maior parte do tempo se preocupando com o que tinha acontecido com Menino 412 e decidindo que seria muito mais simpática com ele de agora em diante. Quer dizer, se ele não tivesse caído no Fosso e morrido afogado.

Por isso, quando chegou finalmente ao chalé, toda molhada e com frio, com o haar ainda grudado na roupa, e encontrou

Menino 412 sentado todo espevitado no sofá ao lado de tia Zelda, quase parecendo satisfeito consigo mesmo, ela não se sentiu nem de longe tão irritada quanto Nicko. Este só resmungou e foi direto tomar um banho na fonte de água quente. Jenna deixou tia Zelda esfregar seu cabelo até secar e então, sentando-se ao lado de Menino 412, lhe fez a pergunta: "Como você conseguiu voltar tão rápido?"

Menino 412 olhou para ela, acanhado, mas não disse nada. Jenna tentou outra vez.

– Tive medo de você ter caído no Fosso. – Ele pareceu um pouco surpreso com isso. Não esperava que a menina-Princesa se importasse com a possibilidade de ele cair no Fosso ou não, ou mesmo num buraco, por sinal.

"Que bom que você chegou aqui em segurança", insistiu Jenna. "Eu e Nicko levamos séculos. Não paramos de nos perder." Menino 412 sorriu. Quase teve vontade de contar a Jenna o que tinha acontecido com ele e lhe mostrar o anel; mas, por ter passado anos precisando guardar as coisas só para si, tinha aprendido a ter cuidado. A única pessoa com quem tinha chegado a trocar segredos tinha sido Menino 409; e, apesar de Jenna ter alguma coisa boa que o fazia lembrar dele, ela era uma Princesa; e pior, era uma *menina*. Por isso, ele não disse nada.

Jenna percebeu o sorriso e ficou feliz. Estava prestes a tentar mais uma pergunta quando, numa voz que fez chocalhar os vidros de poções, tia Zelda deu um berro.

– Rato Mensageiro!

Márcia, que tinha se apossado da escrivaninha de tia Zelda na outra extremidade da sala, se levantou depressa e, para surpresa de Jenna, a agarrou pela mão e a puxou do sofá.

– Ei! – protestou Jenna. Márcia não lhe deu atenção. Começou a subir a escada, arrastando-a. No meio da subida, deram com Silas e Maxie, que desciam correndo para ver o Rato Mensageiro.

– Esse cachorro não deveria ter permissão de subir ao andar de cima – reclamou a Maga ExtraOrdinária enquanto tentava passar espremida por Maxie sem ganhar nenhuma marca de baba de cachorro na sua capa.

Maxie, empolgado, deu uma lambida em sua mão e correu atrás de Silas, pisando com uma das patas enormes bem forte no pé de Márcia. Maxie prestava pouquíssima atenção na Maga. Não se dava ao trabalho de sair da frente dela ou de fazer caso do que ela dizia porque, na sua visão de mundo canina, Silas era o Chefe da Matilha, e Márcia estava exatamente no último lugar.

Felizmente para Márcia, esses detalhes mais refinados da vida interior de Maxie tinham lhe passado despercebidos, e ela simplesmente avançou a passos largos escada acima, carregava Jenna para fora do alcance da visão do Rato Mensageiro.

– Pa-para que você fez uma coisa dessas? – perguntou Jenna recuperando o fôlego quando as duas chegaram ao quarto do sótão.

– O Rato Mensageiro – respondeu a Maga ExtraOrdinária, um pouco ofegante. – Nós não sabemos que tipo de rato ele é. Talvez não seja um Rato Confidencial Credenciado.

– Um rato o quê? – perguntou Jenna sem entender.

– Bem – murmurou Márcia, sentando na cama estreita de tia Zelda, que estava coberta com uma variedade de colchas de retalhos, resultantes de muitas noites solitárias junto à lareira. Ela deu um tapinha ao seu lado na cama, e Jenna também se sentou. – Você tem conhecimento dos Ratos Mensageiros? – indagou discretamente.

– Acho que sim – disse Jenna, hesitante. – Mas lá em casa nós nunca recebemos um que fosse. Nunca. Eu achava que era preciso ser muito importante mesmo para receber um Rato Mensageiro.

– Não, qualquer um pode receber um. Ou enviar.

– Vai ver que foi Mamãe quem mandou – disse Jenna, com a voz esperançosa.

– Pode ser que sim e pode ser que não. Precisamos saber se é um Rato Confidencial antes de podermos confiar nele. Um Rato Confidencial sempre dirá a verdade e guardará todos os segredos em todas as ocasiões. Além disso, o serviço é caríssimo.

Entristecida, Jenna concluiu que, sendo assim, Sarah jamais poderia ter enviado o rato.

– Por isso vamos ter de aguardar para ver – disse Márcia. – E, enquanto isso, você e eu vamos esperar aqui em cima só para a eventualidade de ele ser um rato espião, mandado aqui para ver onde a Maga ExtraOrdinária está escondendo a Princesa.

Jenna fez que sim devagar. Aquela palavra de novo. Princesa. Ainda lhe causava surpresa. Não conseguia acreditar que era isso o que ela era de verdade. Mas ficou sentada em silêncio ao lado de Márcia, olhando ao redor do quarto no sótão.

O cômodo parecia espantosamente grande e arejado. Tinha um teto inclinado, no qual estava instalada uma pequena janela com vista para os charcos cobertos de neve que se estendiam ao longe. Vigas enormes, resistentes, sustentavam o telhado. Delas pendia uma variedade do que pareciam ser grandes tendas feitas de retalhos, até Jenna se dar conta de que deviam ser os vestidos de tia Zelda. No quarto havia três camas. Pelas colchas de retalhos, Jenna adivinhou que estavam sentadas na cama de tia Zelda, e que a cama enfiada num nicho junto da escada e coberta de pelo de cachorro provavelmente pertencia a Silas. No canto distante, havia uma cama espaçosa, embutida na parede. Ela fez Jenna se lembrar da sua própria cama no armário, em casa, e lhe causou uma crise de saudade. Calculou que fosse de Márcia, porque ao lado da cama estava seu livro, *A Extinção das Trevas*, uma bela caneta de ônix e uma pilha de velino da melhor qualidade coberta com símbolos e sinais **Mágykos**.

Márcia acompanhou seu olhar.

– Vamos, pode experimentar minha caneta. Vai gostar. Ela escreve em qualquer cor que se peça se estiver com disposição. – Enquanto Jenna lá em cima tentava usar a caneta, que estava sendo voluntariosa, insistindo em escrever uma letra sim, uma letra não, num verde medonho, Silas lá embaixo tentava conter um Maxie cheio de entusiasmo, que já tinha avistado o Rato Mensageiro.

– Nicko – chamou Silas, desnorteado, ao ver o filho, que ainda não estava totalmente seco, chegar da fonte quente. – Por favor, segure Maxie e o mantenha longe do rato, certo? – Nicko e Maxie saltaram juntos para cima do sofá; e com igual velocidade, Menino 412 se escafedeu.

– Agora, onde está o tal rato? – perguntou Silas.

Um grande rato marrom estava sentado do lado de fora da janela, batendo com delicadeza na vidraça. Tia Zelda abriu a janela, e o rato saltou para dentro, examinando a sala com olhos espertos, inteligentes.

– **Desembuche, Rato!** – ordenou Silas, na língua da **Magya**.

O rato olhou para ele, impaciente.

– **Fale, Rato!**

O rato cruzou os braços e esperou, lançando para Silas um olhar fulminante.

– Humm, sinto muito. Faz séculos desde a última vez que recebi um Rato Mensageiro – disse Silas se desculpando. – Ah, é isso mesmo... **Fale, Rattus Rattus!**

– Na mosca – disse o rato com um suspiro. – Demorou mas conseguiu chegar lá. – Ele se empertigou e prosseguiu. – Antes de mais nada, preciso fazer uma pergunta. Existe alguém aqui que responda pelo nome de Silas Heap? – O rato olhava direto para Silas.

– Sim, sou eu – respondeu Silas.

– Foi o que pensei – disse o rato. – Combina com a descrição. – Ele deu um pequeno pigarro, com ar de importância, ficou bem em pé, com as patas dianteiras unidas nas costas. – Estou aqui para entregar uma mensagem para Silas Heap. A mensagem foi enviada hoje às oito da manhã por Sarah Heap, residente na casa de Galen. Início da mensagem:

Olá, Silas, meu amor. E Jenna, minha bonequinha, e Nicko, meu anjo.

Enviei o rato para a casa de Zelda na esperança de que ele os encontre bem e em segurança. Sally nos contou que o Caçador estava atrás de vocês, e não consegui dormir a noite inteira, pensando nisso. Esse homem tem uma reputação tão terrível! Quando amanheceu, eu já estava totalmente desnorteada, convencida de que vocês todos tinham sido apanhados (embora Galen me tivesse dito que sabia que vocês estavam a salvo), mas o querido Alther veio nos visitar assim que clareou e nos deu a notícia maravilhosa de que tinham escapado. Ele disse tê-los visto pela última vez quando partiram pelo Brejal Marram adentro. E sentiu vontade de ir junto com vocês.

Silas, aconteceu uma coisa. Simon desapareceu quando vínhamos para cá. Estávamos no caminho da beira-rio que leva à região da Floresta onde Galen mora, quando me dei conta de que ele tinha sumido. Simplesmente não sei o que pode ter acontecido com ele. Não vimos nenhum Guarda, e ninguém viu nem ouviu Simon ir embora. Silas, estou com tanto medo de que ele tenha caído numa armadilha daquelas bruxas horríveis. Vamos sair hoje para procurar por ele.

Os Guardas incendiaram a taberna de Sally, e foi por muito pouco que ela conseguiu escapar. Ela não sabe ao certo como conseguiu, mas chegou aqui sã e salva hoje de manhã e pediu que eu dissesse a Márcia que está muito grata pelo **Talismã de Segurança** *que ela lhe deu. Na verdade,* *todos nós estamos gratos. Foi muita generosidade da parte dela.*

Silas, por favor, envie o rato de volta com notícias suas. Estamos com todos vocês em pensamento e no coração.

Sua amada Sarah

— Fim da Mensagem.

Exausto, o rato se deixou cair no peitoril da janela.

— Eu seria capaz de matar por uma xícara de chá – disse ele.

Silas estava muito agitado.

— Vou precisar voltar – disse ele – para procurar o Simon. Quem sabe o que pode ter acontecido?

Tia Zelda tentou acalmá-lo. Trouxe duas canecas de chá quente e doce, e deu uma para o rato e a outra para Silas. De uma virada só, o rato acabou seu chá, enquanto Silas ficou ali sentado, tristonho, a acariciar sua caneca.

— Simon é durão, de verdade, Papai – disse Nicko. – Ele está bem. Imagino que tenha só se perdido. A esta altura já está com Mamãe.

Silas não se convenceu.

Tia Zelda concluiu que a única coisa sensata a fazer era jantar. Os jantares de tia Zelda geralmente afastavam a mente das pessoas dos seus problemas. Ela era uma cozinheira hospitaleira que gostava de ter o maior número possível de pessoas em torno da mesa; e, embora seus convidados sempre apreciassem a conversa, a comida podia ser um desafio maior. A descrição mais frequente era "interessante", como em "Esse assado de pão e repolho ficou muito... interessante, Zelda. Eu mesma nunca teria tido essa ideia" ou "Bem, devo dizer que geleia de morango é um molho tão... interessante para enguias fatiadas".

Puseram Silas para trabalhar, arrumando a mesa, para que não pensasse nas preocupações, e o Rato Mensageiro foi convidado para jantar.

Tia Zelda serviu um assado de rã e coelho com folhas recozidas de nabo, seguido de delícia de cerejas e espinafre. Menino 412 devorou tudo com enorme entusiasmo, já que era uma maravilha em comparação com a comida do Exército Jovem, e até repetiu duas vezes, para grande prazer de tia Zelda. Até então ninguém nunca lhe tinha pedido para repetir sua comida, imagine repetir duas vezes.

Nicko ficou feliz por Menino 412 comer tanto, porque com isso tia Zelda não percebia os pedaços de rã encaroçada que ele tinha enfileirado e escondido por baixo da faca. Ou então, se percebeu, ela não se incomodou muito. Nicko também conseguiu dar a Maxie a orelha de coelho inteira que encontrou no prato, para grande alívio seu e satisfação do cachorro.

Márcia tinha justificado sua ausência e a de Jenna do jantar por conta da presença do Rato Mensageiro. Silas achou o pretexto fraco, suspeitando que ela em segredo estivesse fazendo alguns encantamentos de alta culinária lá em cima.

Apesar da ausência de Márcia, ou talvez por causa dela, o jantar foi bastante agradável. O Rato Mensageiro era um convidado simpático. Silas não tinha se dado ao trabalho de desfazer a ordem

Fale, Rattus Rattus, e assim o rato falante discursava sobre qualquer tópico que agradasse a sua imaginação, que ia desde o problema com ratos jovens hoje em dia, até o escândalo da salsicha de rato na cantina dos Guardas, que tinha abalado toda a comunidade dos ratos, para não falar nos próprios Guardas.

Com a refeição se encerrando, tia Zelda perguntou a Silas se ele ia enviar o Rato Mensageiro de volta a Sarah naquela mesma noite.

O rato pareceu ficar apreensivo. Apesar de ser um rato grande e, como gostava de dizer a todo o mundo, "poder cuidar de mim mesmo", o Brejal Marram à noite não era seu lugar predileto. As ventosas de uma grande Ninfa das Águas podiam significar o fim para um rato; e nem os Pardinhos nem os Atolardos eram os companheiros de sua preferência. Os Pardinhos arrastavam um rato para o meio da Lama só por diversão; e um Atolardo faminto prepararia com prazer um ensopado de rato para seus filhotes, que eram, na opinião do Rato Mensageiro, vorazes como a peste.

(É claro que o Atolardo não tinha se reunido a eles para o jantar. Ele nunca participava da refeição. Preferia comer os sanduíches de repolho cozido que tia Zelda fazia para ele, no conforto do seu próprio cantinho na lama. Ele mesmo não comia rato fazia muito tempo. O gosto não era lá essas coisas, e os ossinhos sempre ficavam presos entre os dentes.)

– Eu estava pensando – disse Silas devagar – que talvez fosse melhor mandar o rato de volta de manhã. Ele fez uma longa viagem e deve dormir um pouco.

O rato pareceu satisfeito.

— Corretíssimo, senhor. Muito prudente — opinou o roedor. — Muitas mensagens são perdidas por falta de um bom descanso. E de um bom jantar. E, Madame, permita-me lhe dizer que esse foi um jantar excepcionalmente... interessante. — Ele inclinou a cabeça na direção de tia Zelda.

— Foi um prazer — respondeu tia Zelda sorrindo.

— *E esse rato é um Rato Confidencial?* — perguntou a pimenteira, com a voz de Márcia, fazendo todos darem um pulo.

— Bem que você podia avisar com um pouco de antecedência antes de lançar a voz por aí — queixou-se Silas. — Eu quase engasguei com minha delícia de espinafre.

— *Bem, ele é ou não é?* — insistiu a pimenteira.

— Você é? — perguntou Silas ao rato, que estava com o olhar fixo na pimenteira e pelo menos dessa vez parecia não saber o que dizer. — Você é um Rato Confidencial ou não?

— Sou — disse o rato, hesitando entre responder a Silas ou à pimenteira. Resolveu-se pela pimenteira. — Sou mesmo, senhorita Pimenteira. Sou um Rato Confidencial Credenciado para Longas Distâncias. A seu dispor.

— Ótimo. Vou descer.

Márcia desceu a escada de dois em dois degraus e atravessou a sala a passos decididos, com o livro na mão, as vestes de seda ondulando pelo chão e fazendo voar uma pilha de potes de poções. Jenna vinha correndo atrás, ansiosa por afinal ver um Rato Mensageiro em pessoa.

– Aqui é tão pequeno – reclamou Márcia, espanando irritada, da sua capa, as melhores Misturas Brilhantes multicoloridas de tia Zelda. – Realmente eu não sei como você dá conta, Zelda.

– Eu dava conta muito bem até você chegar – resmungou tia Zelda, entre dentes, quando Márcia sentou à mesa ao lado do Rato Mensageiro. O rato empalideceu por baixo do pelo marrom. Nunca, em seus sonhos mais enlouquecidos, tinha pensado em conhecer a Maga ExtraOrdinária. Ele fez uma profunda reverência, tão profunda que perdeu o equilíbrio e caiu no que tinha sobrado da delícia de cereja e espinafre.

– Silas, quero que *você* volte com o rato – declarou Márcia.

– O quê? *Agora?*

– Não estou autorizado a levar passageiros, Vossa Excelência – dirigiu-se o rato, hesitante, a Márcia. – Na realidade, Vossa Alteza Suprema, e isso eu digo com o máximo respeito...

– **Pare de Falar, Rattus Rattus** – ordenou a Maga rispidamente.

O Rato Mensageiro abriu e fechou a boca em silêncio durante mais algumas palavras até perceber que não estava saindo nada. Ele se sentou, lambendo relutante a delícia de cereja e espinafre das patas, e esperou. Não tinha escolha a não ser esperar, pois um Rato Mensageiro só pode ir embora com uma resposta ou uma recusa em responder. E até aquele momento ele não tinha recebido nem uma nem outra. Portanto, como o verdadeiro profissional que era, ficou ali sentado pacientemente e, com tristeza, se lembrou das palavras que sua mulher lhe dirigiu naquela manhã quando ele lhe disse que ia cumprir uma missão para um Mago.

– Stanley – dissera a mulher, Dawnie, agitando um dedo na sua direção –, se eu fosse você, não ia querer ter nada a ver com esses Magos. Está lembrado do marido de Elli, que acabou enfeitiçado por aquela Maga pequena e gorda, lá em cima na Torre, ficando preso no seu caldeirão? Ele só voltou depois de duas semanas; e, quando voltou, estava num estado terrível. Não vá, Stanley. Por favor.

Mas Stanley, em segredo, tinha se sentido lisonjeado com o pedido da Agência de Ratos para realizar essa tarefa externa, especialmente para um Mago, e também gostou de ser uma missão diferente da anterior. A última semana ele havia passado levando mensagens entre duas irmãs que estavam discutindo. As mensagens tinham se tornado cada vez mais curtas e nitidamente mais grosseiras até que o trabalho do dia anterior tinha consistido apenas em correr de uma irmã para a outra sem dizer absolutamente nada, porque cada uma queria comunicar à outra que não estava mais falando com ela. Sentiu um alívio enorme quando, horrorizada com a conta monstruosa que tinha recebido de repente da Agência de Ratos, a mãe das moças cancelou o serviço.

E assim Stanley informou à sua mulher, com total satisfação, que, se precisavam dele, ele devia ir.

– Afinal de contas, sou um dos poucos Ratos Confidenciais de Longas Distâncias no Castelo.

– E um dos mais tolos – retrucou a mulher.

E assim Stanley estava agora sentado em cima da mesa, em meio às sobras do jantar mais estranho que já tinha comido na vida, enquanto escutava a Maga ExtraOrdinária com seu mau humor surpreendente dizer ao Mago Ordinário o que fazer. Márcia deixou o livro cair na mesa com um baque, chocalhando os pratos.

— Estive folheando *A Extinção das Trevas* de Zelda. Como eu queria ter um exemplar lá na Torre dos Magos. É uma obra inestimável. — A Maga deu um tapinha de aprovação no livro, mas ele a compreendeu mal. De repente, deixou a mesa e voou de volta para seu lugar na pilha de livros de tia Zelda, para grande irritação de Márcia.

— Silas — disse ela —, quero que vá apanhar com Sally meu **Talismã de Segurança**. Precisamos dele aqui.

— Está bem — disse Silas.

— Você *precisa* ir, Silas — insistiu Márcia. — Nossa segurança pode depender dele. Sem ele, tenho menos poder do que eu pensava.

— Certo, certo. *Tudo bem*, Márcia — concordou Silas impaciente, absorto na preocupação com Simon.

— Na realidade, como Maga ExtraOrdinária, eu lhe estou ordenando que vá — persistiu Márcia.

— Sim! Márcia, eu disse que *sim*. Eu *vou*. Eu iria de qualquer modo — exasperou-se Silas. — Simon desapareceu. Vou procurar por ele.

— Ótimo — disse Márcia, prestando, como sempre, pouca atenção ao que Silas estava dizendo. — Agora, onde está o rato?

O rato, ainda sem conseguir falar, ergueu uma pata.

— Sua mensagem é este Mago, devolvido ao remetente. Está me entendendo?

Stanley fez que sim, sem segurança. Queria dizer à Maga ExtraOrdinária que isso era contra o regulamento da Agência de Ratos. Eles não trabalhavam com encomendas, humanas ou não. Deu um suspiro. Como sua mulher tinha razão!

– Você transportará este Mago devidamente e em segurança por meios adequados no endereço do remetente. Entendido?

Stanley fez que sim, descontente. Meios adequados? Supôs que isso quisesse dizer que Silas não ia ser capaz de nadar no rio. Nem de pegar carona na bagagem de um mascate em trânsito. Ótimo.

Silas veio em seu auxílio.

– Obrigado, Márcia, mas não preciso ser despachado como se fosse uma encomenda. Vou levar uma canoa, e o rato pode vir comigo e me mostrar o caminho.

– Está bem – concordou ela –, mas quero confirmação do serviço. **Fale, Rattus Rattus**.

– Pois não – disse o rato, com a voz fraca. – Serviço confirmado.

Silas e o Rato Mensageiro partiram cedo na manhã do dia seguinte, pouco depois do amanhecer, levando a canoa *Muriel Um*. O haar tinha desaparecido durante a noite, e o sol de inverno lançava longas sombras sobre o brejal à luz cinzenta do início da manhã.

Jenna, Nicko e Maxie tinham se levantado cedo para se despedir de Silas e lhe passar recados para Sarah e os meninos. Fazia muito frio, e a respiração pairava em torno deles em nuvens brancas. Silas se enrolou bem na capa pesada de lã azul e cobriu a cabeça com o capuz, enquanto o Rato Mensageiro, em pé ao seu lado, tremia um pouco, não totalmente de frio.

O rato ouvia uns barulhos horríveis de engasgo, vindos de Maxie ali atrás dele, já que Nicko segurava com força o lenço no pescoço do cão de caça. E, como se isso não bastasse, ele acabava de avistar o Atolardo.

– Ah, Atolardo. – Sorriu tia Zelda. – Muito obrigada, Atolardo querido, por continuar acordado. Trouxe alguns sanduíches para ajudar a manter suas forças. Vou pôr aqui na canoa. Tem também para você, Silas, e para o rato.

– Ah. Que bom, obrigado, Zelda. Posso saber exatamente de que tipo são esses sanduíches?

– Do melhor repolho cozido.

– Ah. Que bom, muita... gentileza sua. – Silas ficou feliz por ter escondido um pouco de pão e queijo na manga.

O Atolardo estava boiando irritado no Fosso e não se sentiu totalmente apaziguado com a menção a sanduíches de repolho. Não gostava de sair à luz do dia, mesmo no meio do inverno. Seus olhos fracos de Atolardo doíam, e o sol queimava suas orelhas se ele não tivesse cuidado.

O Rato Mensageiro estava sentado infeliz na margem do Fosso, encurralado entre o hálito do cachorro atrás dele e o Bafo de Atolardo à sua frente.

– Pronto – disse Silas ao rato. – Trate de embarcar. Imagino que queira sentar na frente. É o que Maxie sempre prefere.

— *Não* sou cachorro — disse Stanley, torcendo o nariz — e *não* viajo com Atolardos.

— Esse Atolardo é de confiança — garantiu-lhe tia Zelda.

— Ainda está por nascer um Atolardo de confiança — murmurou Stanley. Ao ver de relance Márcia saindo do chalé para se despedir de Silas, ele não disse mais nada. Só pulou rápido para dentro da canoa e foi se esconder debaixo do assento.

— Tenha cuidado, papai — disse Jenna, com um abraço apertado.

Também Nicko abraçou Silas.

— Encontre Simon, papai. E não se esqueça de ficar junto da margem do rio se a maré for contrária. A maré é sempre mais veloz no meio do rio.

— Não vou me esquecer. — Silas deu um sorriso. — Vocês dois, tratem de cuidar um do outro. E de Maxie.

— Tchau, Papai!

Maxie gemeu e ganiu quando viu, para seu desespero, que Silas realmente *ia* embora sem ele.

— Tchau! — Silas acenou enquanto guiava a canoa pelo Fosso atrás da conhecida pergunta do Atolardo: "Estão me acompanhan'o?" Jenna e Nicko ficaram olhando a canoa percorrer vagarosa as valas sinuosas e sair para a vastidão do Brejal Marram até não conseguirem mais distinguir o capuz azul de Silas.

— Espero que tudo corra bem com papai — disse Jenna discretamente. — Ele não é muito bom para encontrar os lugares.

— O Rato Mensageiro vai se assegurar de que ele chegue — disse Nicko. — Ele sabe que terá de se explicar com Márcia se não cumprir a missão.

Sentado na canoa, nas lonjuras do Brejal Marram, o Rato Mensageiro observava a primeira encomenda que tinha precisado entregar na vida. Tinha decidido não mencionar isso para Dawnie, nem para os ratos na Agência de Ratos. Tudo aquilo, pensava ele com um suspiro, era extremamente irregular.

Depois de um tempo, à medida que Silas os levava sem pressa e de modo um pouco desordenado pelos canais contorcidos do brejo, Stanley começou a ver que aquele não era um modo de viajar assim tão desagradável. Afinal de contas, ele iria de carona até o destino final. E tudo o que precisava fazer era ficar ali sentado, contar algumas histórias e aproveitar o passeio enquanto Silas se encarregava de todo o trabalho.

E, quando Silas se despediu do Atolardo no final do Valado Deppen e começou a remar rio acima a caminho da Floresta, foi exatamente isso o que o Rato Mensageiro fez.

22
MAGYA

Naquela noite, o vento leste chegou soprando pelo brejo. Tia Zelda fechou a veneziana e **Trancou por Sortilégio** a porta do túnel da gata, verificando antes se Bert estava a salvo, dentro de casa. Depois, percorreu o chalé, acendendo as lâmpadas e pondo velas de proteção contra tempestade junto das janelas para manter o vento lá fora. Estava ansiosa por um pouco de tranquilidade para trabalhar na escrivaninha, atualizando sua lista de poções.

Mas Márcia havia chegado lá primeiro. Estava folheando alguns pequenos livros de **Magya**, fazendo muitas anotações. De vez em quando, experimentava uma fórmula rápida para ver se ainda funcionava, e então podia ocorrer um pequeno barulho de estalo acompanhado de um sopro de fumaça de cheiro estranho. Tia Zelda também não estava gostando de ver o que Márcia tinha feito com a escrivaninha. Ela tinha dado pés de pato ao móvel para fazer com que parasse de balançar, além de braços para ajudar a organizar os papéis.

– Quando você tiver terminado mesmo, Márcia, eu gostaria de ter minha escrivaninha de volta – disse tia Zelda, irritada.

– Ela é toda sua, Zelda – respondeu Márcia animadamente. Apanhou um pequeno livro quadrado e o levou para junto da lareira deixando uma pilha de sujeira na escrivaninha. Tia Zelda varreu a sujeira para o chão antes que os braços conseguissem agarrá-la e se sentou com um suspiro.

Márcia foi se juntar a Jenna, Nicko e Menino 412 diante do fogo. Sentou ao lado deles e abriu o livro, cujo título Jenna pôde ver:

Encantamentos de Segurança e Talismãs contra o Mal
Para Uso de Iniciantes
e dos Simples de Espírito

Compilados e Certificados pela Liga de Garantia dos Magos

– *Simples de Espírito?* – disse Jenna. – Um pouco grosseiro, não é mesmo?

– Não ligue para isso – aconselhou Márcia. – Ele é muito antiquado. Mas os velhos costumam ser os melhores. Bons e simples, antes de todo Mago tentar pôr seu nome nos encantamentos só por ter trabalhado algum tempo com eles, justo quando costumam surgir os problemas. Eu me lembro de ter encontrado um dia o que me pareceu uma **Fórmula de Busca** bem fácil. Da última edição, com um monte de **Talismãs** novinhos, sem uso, o que suponho que deveria ter me servido de aviso. Quando a usei para **Buscar** meu sapatos de píton, ela **Buscou** a maldita píton junto. Não é exatamente o que uma pessoa quer ver logo de manhã cedo.

Márcia folheava o livro entretida.

– Em algum lugar aqui tem uma versão fácil de **Tornar-se Invisível**. Ontem eu encontrei... Ah, pronto, aqui está.

Jenna espiou por cima do ombro de Márcia para a página amarelada que a Maga segurava aberta. Como em todos os livros de **Magya**, cada página tinha uma fórmula ou sortilégio diferente, e nos livros mais velhos eles eram meticulosamente escritos a mão em tintas de várias cores estranhas. Abaixo de cada fórmula, a página era dobrada de volta para cima, formando um bolso no qual eram colocados os **Talismãs**. O Talismã continha a gravação **Mágyka** da fórmula. Com frequência era um pedaço de pergaminho, mas poderia ser qualquer coisa. Márcia tinha visto **Feitiços** escritos em pedaços de seda, madeira, conchas e até mesmo em torradas, se bem que este último suporte não tivesse funcionado direito, porque camundongos tinham roído o final.

Era assim, portanto, que um livro de **Magya** funcionava: o primeiro Mago, o que criou a fórmula, escrevia as palavras e instruções naquilo que estivesse à mão. Era melhor anotar tudo logo, já que é de conhecimento geral que os Magos são criaturas esquecidas; e também porque a **Magya** começa a sumir se não for capturada rapidamente. Era, portanto, possível que, se o Mago estivesse no meio da refeição da manhã quando imaginasse a fórmula, ele ou ela talvez usasse simplesmente um pedaço de torrada (preferivelmente sem manteiga). Esse era o **Talismã**. A quantidade de **Talismãs** preparados dependeria de quantas vezes o Mago escrevesse a fórmula. Ou de quantas torradas tivessem sido feitas para a refeição da manhã.

Quando tivesse acumulado fórmulas em quantidade suficiente, o Mago ou Maga geralmente as encadernava num livro por questão de segurança; apesar de muitos livros de **Magya** serem compilações de textos de livros mais velhos que tinham se desintegrado e foram reunidos em formatos variáveis. Um livro completo de **Magya** com todos os seus **Talismãs** ainda nos bolsos era um tesouro raro. Era muito mais comum encontrar um livro praticamente vazio, com apenas um ou dois dos **Talismãs** menos populares ainda no lugar.

Alguns Magos faziam apenas um ou dois **Talismãs** para seus encantamentos mais complicados; e esses eram muito difíceis de encontrar, apesar de a maioria dos **Talismãs** poder ser encontrada na Biblioteca da Pirâmide lá na Torre dos Magos. Mais do que de qualquer outra coisa, Márcia sentia falta da sua biblioteca na Torre, mas tinha ficado surpresa e muito satisfeita com a coleção de livros de **Magya** de tia Zelda.

– Pegue – disse a Maga ExtraOrdinária, passando o livro para Jenna. – Por que você não tira um **Talismã**?

Jenna apanhou o livro pequeno e surpreendentemente pesado. Ele estava aberto numa página encardida e muito manuseada, escrita numa tinta roxa desbotada, com letras grandes e bem-feitas, fáceis de ler.

O texto dizia o seguinte:

Tornar-se Invisível
uma Fórmula valorizada e respeitada
para todos os que desejarem
(por Motivos que digam respeito à sua própria
Proteção ou à de outros)
passar despercebidos
por aqueles que possam lhes causar
algum Mal

Jenna leu as palavras com uma sensação de apreensão, sem querer pensar em quem poderia lhe causar mal, e então apalpou o bolso de papel grosso que continha os **Talismãs**. Ali dentro estava algo que parecia ser um monte de fichas lisas. Seus dedos se fecharam em torno de uma das fichas e tiraram do bolso uma pequena peça oval de ébano polido.

– Excelente – disse Márcia, em tom de aprovação. – Negra como a noite. Perfeita. Você consegue enxergar as palavras no **Talismã**? – Jenna forçou os olhos tentando ver o que estava escrito na lasca de ébano. As palavras eram diminutas, escritas numa caligrafia antiquada, numa tinta dourada desbotada. Márcia tirou de dentro do cinto uma grande lupa, que abriu e passou para Jenna.

– Veja se isso ajuda – disse a Maga.

Jenna passou devagar a lupa por cima das letras douradas e, quando elas saltaram diante dos seus olhos, leu em voz alta:

> Que eu possa desaparecer no Ar
> Que não saiba onde estou quem estiver contra mim
> Que, sem me ver, quem me Procura passe por mim
> Que dos seus Olhos nenhum Mal possa me alcançar.

– Bom e simples – disse Márcia. – Não é difícil demais para lembrar se as coisas se complicarem. Algumas fórmulas são muito boas; mas, quando se tenta lembrar delas numa crise, não é tão fácil assim. Agora você precisa **Gravar** a fórmula.

– Fazer o quê? – perguntou Jenna.

– Segure o **Talismã** bem junto de você e diga as palavras da fórmula enquanto o segura. Você precisa se lembrar das palavras exatas. E, à medida que as for dizendo, você deverá imaginar o encantamento acontecendo de verdade. Essa é a parte realmente importante.

Não foi tão fácil quanto Jenna imaginou, principalmente com Nicko e Menino 412 observando tudo. Quando conseguia se lembrar direito das palavras, ela se esquecia de imaginar a parte de **Desaparecer no Ar**; e, se pensasse demais em **Desaparecer no Ar**, ela se esquecia das palavras.

– Mais uma tentativa – propôs Márcia, como incentivo, depois que Jenna, para sua própria exasperação, conseguiu acertar tudo menos uma palavrinha. – Todo o mundo acha que as fórmulas são fáceis, mas não são. Você está quase chegando lá.

Jenna respirou fundo.

— Parem de olhar para mim — disse ela a Nicko e a Menino 412.

Os dois abriram um sorriso e voltaram diretamente o olhar para Bert, que se mexeu constrangida no sono. Ela sempre sabia quando alguém estava olhando para ela.

Por isso, Nicko e Menino 412 não viram o primeiro **Desaparecimento** de Jenna.

Márcia bateu palmas.

— Você conseguiu! — exclamou.

— Consegui? Mesmo? — A voz de Jenna vinha do meio do nada.

— Ei, Jen, onde é que você está? — perguntou Nicko, rindo.

Márcia olhou para o relógio.

— Agora, não se esqueça. Da primeira vez que se experimenta um encantamento, ele não demora muito. Você vai **Reaparecer** dentro de um minuto mais ou menos. A partir daí, deverá durar tanto quanto você quiser.

Menino 412 assistiu ao vulto apagado de Jenna se **Materializar** devagar, surgindo das sombras bruxuleantes das velas de tia Zelda. Ficou olhando boquiaberto. Ele queria fazer aquilo.

— Nicko — disse Márcia —, sua vez.

Menino 412 se irritou consigo mesmo. O que o tinha feito pensar que Maga ExtraOrdinária *o* chamaria? Estava claro que não ia chamar. Ele não fazia parte daquele mundo. Era só um Sacrificável do Exército Jovem.

— Já tenho minha fórmula para **Desaparecer**, obrigado — respondeu Nicko. — Não quero confundir as duas.

Nicko tinha uma abordagem prática em relação à **Magya**. Não tinha intenção de se tornar Mago, apesar de pertencer a uma família de Magos e de ter aprendido **Magya Básica**. Não via necessidade de ter mais de uma fórmula para cada tipo de encantamento. Por que entulhar o cérebro com tudo aquilo? Ele calculava já ter na cabeça todos os encantamentos de que poderia vir a precisar um dia. Preferia ocupar o espaço do cérebro com coisas úteis como horários de marés e disposição das velas num barco.

– Muito bem – disse Márcia, que sabia ser melhor não tentar forçar Nicko a fazer nada fora do seu interesse –, mas procure se lembrar de que só os que estiverem dentro da mesma **Invisibilidade** poderão se ver mutuamente. Se você estiver numa diferente, Nicko, estará invisível para qualquer outro que esteja usando um encantamento diferente, mesmo que eles também estejam **Invisíveis**. Certo?

Nicko fez que sim, meio distraído. No fundo não entendia por que isso tinha importância.

– Então, agora – Márcia se voltou para Menino 412 –, chegou a sua vez.

Menino 412 ficou vermelho, com os olhos fixos nos pés. *A Maga o tinha chamado*. O que ele mais queria era experimentar o encantamento, mas detestava o jeito de todos olharem para ele. E tinha certeza de que pareceria idiota se tentasse.

– Você deveria mesmo experimentar – insistiu Márcia. – Quero que todos vocês sejam capazes de fazer isso.

Menino 412 levantou os olhos, surpreso. Ela estava querendo dizer que ele era tão importante quanto as outras duas crianças? As crianças que *faziam parte* daquele mundo?

— É claro que ele vai tentar. — Veio a voz de tia Zelda da outra ponta da sala.

Menino 412 se levantou constrangido. Márcia tirou outro **Talismã** do bolso no livro e lhe entregou.

— Agora **Grave** a fórmula — disse ela.

Menino 412 segurou o **Talismã**. Jenna e Nicko olharam para ele, curiosos para ver o que faria agora que tinha chegado sua vez.

— Diga as palavras — sugeriu Márcia, delicada. Menino 412 não disse nada, mas as palavras do encantamento giravam em disparada na sua cabeça e o enchiam com um zumbido estranho. Por baixo do gorro vermelho, os pelos curtos na sua nuca se arrepiaram. Estava sentindo a **Magya** formigando na sua mão.

— Ele sumiu! — disse Jenna, pasma.

Nicko deu um pequeno assobio de admiração.

— Esse aí não perde tempo, hein?

Menino 412 ficou irritado. Não havia necessidade de zombar dele. E por que a Maga estava olhando para ele com uma expressão tão estranha? Será que tinha feito alguma coisa errada?

— Volte agora — disse Márcia, com a voz muito baixa. Alguma coisa na voz dela o fez ficar um pouco assustado. O que tinha acontecido?

E então teve uma ideia espantosa. Com muito cuidado, passou por cima de Bert, ao lado de Jenna, sem tocá-la, e seguiu para o meio da sala. Ninguém viu sua movimentação. Todos ainda olhavam fixamente para o lugar em que ele antes estava parado.

Uma empolgação tomou conta de Menino 412. Tinha conseguido. Ele conseguia fazer **Magya**. Conseguia **Desaparecer no Ar**! Ninguém o estava enxergando. Ele estava *livre*!

Entusiasmado, deu um pulinho. Ninguém percebeu. Pôs os braços para o alto e os agitou acima da cabeça. Ninguém viu. Pôs os polegares nas orelhas e balançou os dedos. Ninguém viu. E então, sem ruído, foi saltitando apagar uma vela de proteção contra tempestades, tropeçou num tapete e caiu no chão com estrondo.

– Pronto, *aí* está você – disse Márcia, irritada.

E lá estava ele, sentado no chão, com a mão no joelho contundido, **Aparecendo** lentamente para a plateia impressionada.

– Você é *bom* nisso – disse Jenna. – Como conseguiu com tanta facilidade?

Ele balançou a cabeça. Não tinha a menor ideia de como tinha feito aquilo. Simplesmente aconteceu. Mas a sensação era maravilhosa.

Márcia estava estranha. Menino 412 achou que ficaria satisfeita com ele, mas a impressão que ela dava era de qualquer outra coisa menos satisfação.

– Não se deve **Gravar** um encantamento tão rápido. Pode ser perigoso. Podia ter acontecido de você não conseguir voltar direito.

O que Márcia não lhe disse foi que ela nunca tinha visto um principiante dominar um encantamento com tanta rapidez. Isso a abalou. E ficou ainda mais abalada quando ele lhe devolveu o **Talismã** e ela sentiu uma vibração de **Magya**, como um estalido de eletricidade estática, saltar da mão dele.

– Não – disse ela devolvendo-lhe a ficha –, você fica com o **Talismã**. E Jenna também. É melhor que os principiantes fiquem com os **Talismãs** das fórmulas que possam querer usar.

Menino 412 guardou o **Talismã** no bolso da calça. Estava se sentindo confuso. Sua cabeça ainda girava com a empolgação da **Magya**, e ele sabia que tinha feito o encantamento com perfeição. Então por que Márcia estava irritada? O que ele tinha feito de errado? Vai ver que o Exército Jovem estava certo. Podia ser que a Maga ExtraOrdinária fosse realmente maluca. O que era mesmo que eles cantavam todos os dias de manhã no Exército Jovem antes de sair para montar guarda diante da Torre dos Magos e espiar as idas e vindas de todos os Magos, especialmente da Maga ExtraOrdinária?

Doida varrida,
Asquerosa como um RATO,
Façam dela picadinho,
Deem para o GATO!

Mas o versinho já não o fazia rir, e não parecia ter muito a ver com Márcia. Na realidade, quanto mais pensava no Exército Jovem, mais se dava conta da verdade.

O *Exército Jovem* é que era coisa de doido.

Márcia era a **Magya**.

✣ 23 ✣
ASAS

Naquela noite, o vento leste se transformou num vendaval. Fez chocalhar as venezianas, sacudiu as portas e perturbou o chalé inteiro. De vez em quando, uma forte rajada de vento uivava em torno do chalé, soprando a fumaça de volta para baixo pela chaminé e fazendo com que os três ocupantes das colchas diante da lareira tossissem, engasgados.

No andar de cima, Maxie tinha se recusado a sair da cama do dono e roncava mais alto do que nunca, para enorme irritação de Márcia e tia Zelda. Nem uma nem a outra conseguiam dormir.

Tia Zelda se levantou silenciosamente e foi espiar pela janela, como sempre fazia em noites de tempestade desde que seu irmão mais novo, Theo, um Metamorfoseador como o irmão mais velho, Benjamin Heap, tinha decidido que estava farto de levar a vida abaixo das nuvens. Theo queria alçar voo, atravessando as nuvens, para ficar para sempre ao sol. Num dia de inverno, ele tinha vindo se despedir da irmã, e ao amanhecer do dia seguinte ela se sentou à margem do Fosso e assistiu enquanto ele se **Metamorfoseava** pela última vez na forma de sua escolha, a de uma procelária. A última imagem que tia Zelda guardava de Theo foi a da ave poderosa se dirigindo para o mar por sobre o Brejal Marram. Enquanto assistia à sua partida, ela soube que seria improvável um dia voltar a ver o irmão, pois as procelárias passam a vida sobrevoando os oceanos e raramente voltam à terra firme, a menos que uma tempestade as sopre para a terra. Tia Zelda deu um suspiro e voltou na ponta dos pés para a cama.

Márcia tinha coberto a cabeça com o travesseiro num esforço para abafar os roncos do cachorro e o uivo agudo do vento que vinha veloz pelos brejos e, ao deparar com o chalé no caminho, tentava atravessá-lo com violência para sair do outro lado. Mas não era só o barulho o que a mantinha acordada. Havia mais uma coisa ocupando sua mente. Algo que tinha visto naquela noite lhe tinha dado alguma esperança para o futuro. Um futuro de volta ao Castelo, livre da **Magya das Trevas**. Ela estava ali deitada, desperta, planejando seu próximo movimento.

Lá embaixo, Menino 412 não conseguia dormir de modo algum. Desde que tinha feito o encantamento, estava se sentindo esquisito, como se um enxame de abelhas estivesse zumbindo dentro da sua cabeça. Imaginava serem pequenas partículas de

Magya deixadas para trás pelo encantamento, girando sem parar. Ele se perguntava por que Jenna, que estava dormindo a sono solto naquele momento, não estava acordada. Por que a cabeça dela não estava zumbindo também? Pôs o anel no dedo, e o clarão dourado iluminou a sala, dando lhe uma ideia. Devia ser o anel. Era por isso que sua cabeça estava zumbindo, e era por esse motivo que ele tinha conseguido fazer o encantamento com tanta facilidade. Havia encontrado um anel **Mágyko**.

Menino 412 começou a pensar no que tinha acontecido depois do encantamento. Ficara sentado com Jenna folheando o livro de fórmulas até Márcia perceber e mandar que o guardassem, dizendo que não queria saber de mais brincadeiras e ponto final. E então, mais tarde, quando não havia mais ninguém por perto, ela o tinha posto contra a parede e dito que queria conversar com ele no dia seguinte. Só com ele. Para seu modo de pensar, isso só podia significar encrenca.

Ele se sentiu triste. Não conseguia pensar com clareza e decidiu fazer uma lista. A Lista de Fatos do Exército Jovem. Sempre tinha funcionado antes.

> *Fato nº Um. Nenhuma chamada de madrugada: BOM.*
> *Fato nº Dois. Comida muito melhor: BOM.*
> *Fato nº Três. Tia Zelda legal: BOM.*
> *Fato nº Quatro. Menina-Princesa simpática: BOM.*
> *Fato nº Cinco. Estar com o anel **Mágyko**: BOM.*
> *Fato nº Seis. Maga ExtraOrdinária zangada: RUIM.*

Ficou surpreso. Em toda a sua vida nunca os BONS aconteciam em número maior que os RUINS. Mas, de algum modo, isso tornava aquele único RUIM ainda pior. Porque, pela primeira vez, sentia que tinha alguma coisa a perder. Acabou caindo num sono inquieto e acordou cedo com o amanhecer.

De manhã, o vento leste tinha parado de soprar, e havia um ar de expectativa geral no chalé.

Tia Zelda saiu cedinho para verificar as procelárias trazidas do mar depois da noite de vendaval. Não havia nenhuma, como ela calculava, apesar de sempre ter esperança de que não fosse assim.

Márcia esperava Silas retornar com seu **Talismã de Segurança**.

Jenna e Nicko esperavam uma mensagem de Silas.

Maxie esperava a refeição da manhã.

Menino 412 esperava encrenca.

– Não vai querer sua porção de mingau? – perguntou-lhe tia Zelda durante a refeição. – Ontem você comeu duas porções, e hoje mal chegou a tocar nelas.

Ele balançou negativamente a cabeça.

– Você está meio pálido – disse tia Zelda, preocupada. – Está se sentindo bem?

Fez que sim, apesar de não estar.

Depois da refeição, enquanto o menino estava dobrando sua colcha com perfeição, como sempre tinha dobrado seus cobertores no Exército todas as manhãs da sua vida, Jenna lhe perguntou se queria sair em *Muriel Dois* com ela e Nicko para ficar de olho no retorno do Rato Mensageiro. Ele fez que não. Jenna não ficou surpresa. Sabia que Menino 412 não gostava de barcos.

– Então nos vemos mais tarde – gritou ela, animada, enquanto saía correndo para ir se juntar a Nicko na canoa.

Ficou olhando Nicko conduzir a canoa ao longo do Fosso e pelos brejos afora. Naquela manhã, o brejal parecia desolado e frio, como se o vento leste da noite o tivesse escalavrado. Estava feliz por permanecer no chalé junto ao calor gostoso do fogo.

– Ah, cá está você – disse Márcia atrás dele. Menino 412 deu um salto. – Precisamos ter uma conversinha.

Ele sentiu um peso no coração. Bem, acabou-se, pensou. Ela vai me mandar embora. De volta para o Exército Jovem. Deveria ter percebido que tudo estava bom demais para durar.

Márcia percebeu como o menino de repente tinha ficado pálido.

– Tudo bem com você? – quis saber ela. – Será que foi a torta de mocotó de ontem à noite? Achei que estava um pouco indigesta. Também não consegui dormir bem, especialmente com aquele terrível vento leste. E, falando de vento, não entendo por que aquele cachorro nojento não pode dormir em outro lugar.

Menino 412 sorriu. Pelo menos estava feliz por Maxie dormir no andar de cima.

– Achei que você podia querer me mostrar a ilha – continuou Márcia. – Calculo que já saiba se orientar por aí.

Menino 412 olhou alarmado para Márcia. Do que ela suspeitava? Será que sabia que ele tinha encontrado o túnel?

– Não fique tão preocupado – disse a Maga, com um sorriso. – Vamos, por que você não me mostra o cantinho do Atolardo? Nunca vi onde um Atolardo mora.

Deixando de mau grado o aconchego do chalé para trás, partiu com Márcia na direção do cantinho do Atolardo.

Juntos formavam uma dupla estranha: Menino 412, ex-Sacrificável do Exército Jovem, um vulto pequeno e franzino, mesmo no volumoso casaco de couro de carneiro e nas calças largas de marinheiro, com a bainha enrolada, se tornava instantaneamente visível pelo gorro vermelho vivo, que até o momento tinha se recusado a tirar, até mesmo para tia Zelda. Muito mais alta que ele, Márcia Overstrand, Maga ExtraOrdinária, ia caminhando a passos largos, acelerados. Para não ficar para trás, ele precisava de vez em quando correr um pouquinho. O cinto de ouro e platina de Márcia refulgia à luz fraca do sol de inverno, e suas vestes roxas de seda e pele ondulavam pesadas, suntuosas, atrás dela.

Logo chegaram ao cantinho do Atolardo.

– É isso *aqui*? – perguntou Márcia, um pouco escandalizada com a possibilidade de qualquer criatura viver num lugar tão frio e enlameado.

Menino 412 fez que sim, orgulhoso por poder mostrar a Márcia alguma coisa que ela ainda não sabia.

– Ora, ora – disse a Maga. – Vivendo e aprendendo. E ontem – disse, encarando-o nos olhos, antes que ele pudesse desviar o olhar. – Ontem, eu aprendi uma coisa também. Uma coisa muito interessante.

Ele mudou de um pé para o outro, constrangido, e olhou para longe. Não estava gostando do tom da conversa.

– Eu descobri – prosseguiu Márcia em voz baixa – que você tem um dom natural para a **Magya**. Aquele encantamento, você fez com tanta facilidade, como se tivesse estudado **Magya** anos a fio. Mas você nunca esteve perto de um encantamento na vida, não é mesmo?

Menino 412 balançou negativamente a cabeça e olhou para os pés. Ainda tinha a impressão de que tinha feito alguma coisa errada.

– Certo – disse Márcia. – Era o que eu imaginava. Suponho que você faça parte do Exército Jovem desde o quê? Os dois anos e meio de idade? É geralmente com essa idade que eles apanham os meninos.

Não fazia a menor ideia de há quanto tempo já estava no Exército Jovem. Não conseguia se lembrar de nenhuma outra coisa na vida. Por isso, imaginava que Márcia estivesse com a razão. Fez que sim mais uma vez.

– Bem, todos nós sabemos que o Exército Jovem é o último lugar onde alguém poderia entrar em contato com a **Magya**. E mesmo assim, de algum modo, você tem sua própria energia **Mágyka**. Ela me deu um belo choque quando você me entregou o **Talismã** ontem à noite.

Márcia tirou um objeto pequeno e brilhante de um bolso no cinto e o pôs na mão de Menino 412. Ele olhou e viu um minúsculo par de asas prateadas, aninhado na palma encardida da mão. As asas tremeluziam ao sol e deram-lhe a impressão de que poderiam sair voando a qualquer instante. Ele olhou mais de perto e viu umas letras muito pequenas incrustadas em ouro em cada asa. Sabia o que isso significava. Estava segurando um **Talismã**, mas dessa vez não era um simples pedaço de madeira: era uma joia belíssima.

– Alguns **Talismãs** para a alta **Magya** podem ser muito bonitos – informou Márcia. – Nem todos são pedaços de torrada amolecida. Eu me lembro de quando Alther me mostrou esse aí pela primeira vez. Achei que era um dos **Talismãs** mais simples e mais belos que eu já tinha visto. E continuo achando.

Menino 412 ficou olhando para as asas. Numa linda asa de prata estavam as palavras SAIA VOANDO; e na outra, COMIGO.

Saia Voando Comigo, disse Menino 412 só para si, adorando o jeito com que as palavras ressoavam dentro da sua cabeça. E então...

Ele não teve como impedir.

Na realidade, não sabia que estava fazendo aquilo.

Só disse as palavras para si, seu sonho de voar entrou na sua cabeça e...

– Eu sabia que você conseguiria! – exclamou Márcia, entusiasmada. – Eu simplesmente *sabia*!

O menino se perguntou o que ela queria dizer. Até se dar conta de que parecia que ele tinha a mesma altura de Márcia. Ou mesmo que era ainda mais alto – de fato ele estava flutuando no ar acima dela. Olhou para baixo, surpreso, esperando que a Maga o repreendesse, como tinha feito na noite anterior, que o mandasse parar de brincadeira e descer *imediatamente*; mas, para seu alívio, ela estava com um enorme sorriso no rosto, e os olhos verdes faiscavam de empolgação.

– É espantoso! – Márcia protegia os olhos contra o sol da manhã enquanto se esforçava para assistir ao passeio aéreo de Menino 412, que flutuava acima do cantinho do Atolardo. – Isso é **Magya** avançada. É o que se precisa esperar anos para fazer. Simplesmente não consigo acreditar.

O que provavelmente foi a frase errada a dizer, porque ele também não acreditou. Não de verdade.

Voou lama para todos os lados quando ele caiu no meio do cantinho do Atolardo.

– Ai! Será que um pobre Atolardo não pode ter paz? – Um par de olhos, como botões pretos, surgiu da lama piscando, com indignação e censura.

– Aaah... – arquejou o menino, procurando se manter na superfície, agarrado ao Atolardo.

– Passei ontem o dia inteiro 'cordado – queixou-se o Atolardo enquanto puxava o menino que tossia e espirrava até a margem do lamaçal. – Fui daqui até o rio, com o sol nos olhos, o rato choramingan'o nos ouvidos. – Empurrou o menino para cima da margem. – E tudo o que desejo é um pouco de sono no dia seguinte. Num quero visitas. Só dormir. Dá para entender? Você está bem, garoto?

Menino 412 fez que sim, ainda espirrando e tossindo.

Márcia tinha se ajoelhado e estava limpando seu rosto com um lenço de seda roxa bastante delicado. O Atolardo míope ficou embasbacado.

– Ah, dia, Vossa Majestade – cumprimentou o Atolardo, respeitoso. – Num vi a senhora aí.

– Bom-dia, Atolardo. Sinto muito se o perturbamos. Muito obrigada pela sua ajuda. Agora vamos embora e deixamos você em paz.

– De nada. Fo' um prazer.

Com isso, o Atolardo mergulhou até o fundo do lamaçal, não deixando mais do que algumas bolhas na superfície.

Márcia e Menino 412 voltaram devagar para o chalé. Ela resolveu ignorar o fato de ele estar coberto de lama da cabeça aos pés. Havia uma coisa que ela precisava lhe perguntar. Estava decidida e não queria esperar.

– Eu queria saber se você aceitaria ser meu Aprendiz.

Ele parou de chofre e olhou espantado para Márcia, com o branco dos olhos realçado no rosto coberto de lama. O que era mesmo que ela estava dizendo?

– Você seria meu primeiro Aprendiz. Nunca encontrei ninguém que fosse adequado.

Menino 412 simplesmente olhava para Márcia sem acreditar.

– O que quero dizer é que – tentava explicar Márcia – nunca encontrei ninguém com o menor brilho **Mágyko** até agora, mas você o tem. Não sei por que você o tem, nem como o adquiriu, mas você o tem. E, com o seu poder e o meu unidos, acho que podemos dispersar as **Trevas**, o **Outro** lado. Talvez para sempre. O que me diz? Quer ser meu Aprendiz?

Menino 412 estava apalermado. Como seria possível ele ajudar Márcia, a Maga ExtraOrdinária? Ela estava completamente errada. Ele era uma fraude. Não era ele que era **Mágyko**, mas, sim, o anel do dragão. Por mais que desejasse dizer sim, não podia.

Balançou negativamente a cabeça.

– Não? – Márcia ficou escandalizada. – Você quer dizer não?

Ele fez que sim, lentamente.

– Não... – Pelo menos dessa vez, Márcia não sabia o que dizer. Nunca lhe havia ocorrido que ele fosse recusar sua oferta. Ninguém jamais rejeitava a oportunidade de ser Aprendiz do Mago ExtraOrdinário. Com exceção daquele idiota do Silas, é claro.

– Você se dá conta do que está dizendo? – perguntou ela.

Ele não respondeu. Estava se sentindo um desgraçado. Mais uma vez tinha conseguido meter os pés pelas mãos.

– Estou lhe pedindo que pense nisso – disse Márcia numa voz mais suave. Tinha percebido como o menino estava apavorado. – É uma decisão importante para nós dois, e para o Castelo. Espero que mude de ideia.

Menino 412 não via como *poderia* mudar de ideia. Estendeu o **Talismã** para Márcia receber de volta. Ele refulgia limpo e brilhante no meio da mão enlameada.

Dessa vez, foi Márcia quem recusou.

– Ele é uma prova da minha oferta para você, e minha oferta ainda está de pé. Alther me deu esse **Talismã** quando me convidou para ser sua Aprendiz. É claro que aceitei de imediato, mas consigo entender que para você é diferente. Você precisa de tempo para pensar nisso. Gostaria que você ficasse com o **Talismã** enquanto pensa melhor. – E então Márcia decidiu mudar de assunto. – Agora – disse ela, animada – você é bom em pegar insetos?

O menino era muito bom em pegar insetos. Tinha tido uma quantidade de insetos de estimação ao longo dos anos. Lucas, que era um lucano, Centy, uma centopeia, e Lacry, uma lacrainha das maiores, tinham sido seus prediletos, mas também teve uma grande aranha preta com patas peludas que tinha o nome de Joe de Sete Pernas. Joe de Sete Pernas morava num buraco na parede acima da sua cama. Isso só até ele suspeitar de Joe ter comido Lacry, e provavelmente toda a família de Lacry também. Depois disso, Joe se descobriu morando debaixo da cama do Cadete-Chefe, que tinha pavor de aranhas.

Márcia ficou muito satisfeita com a contagem final dos insetos capturados. Cinquenta e sete insetos variados era uma boa quantidade; e era mais ou menos o máximo que Menino 412 conseguia carregar.

– Assim que estivermos em casa, vamos tirar do armário os **Potes de Conserva** e, num piscar de olhos, pôr essas criaturas neles – disse Márcia.

Menino 412 engoliu em seco. Então era para isso que eles serviriam: geleia de inseto.

Enquanto acompanhava a Maga de volta ao chalé, ele esperava que o leve formigamento que vinha subindo pelo seu braço não fosse causado por nada com um monte de pernas.

✦ 24 ✦
INSETOS ESCUDEIROS

Um cheiro realmente horrível de rato cozido e peixe podre vinha saindo do chalé enquanto Jenna e Nicko remavam de volta, pelo Fosso, na canoa *Muriel Dois* depois de um longo dia nos brejos sem nenhum sinal do Rato Mensageiro.

– Será que o rato chegou antes da gente e tia Zelda está preparando o bicho para o jantar? – Nicko riu enquanto amarravam a canoa e se perguntavam se seria prudente correr o risco de entrar no chalé.

– Ai, Nicko, não diga uma coisa dessas. Eu gostei do Rato Mensageiro. Tomara que papai o mande de volta logo.

Com as mãos tapando com firmeza o nariz, Jenna e Nicko seguiram pelo caminho até o chalé. Com certo receio, Jenna abriu a porta.

– Eca!

Ali dentro o cheiro era ainda pior. Aos poderosos aromas de rato cozido e peixe podre, acrescentava-se um nítido toque de cocô velho de gato.

– Entrem, meus queridos. Estamos só cozinhando. – A voz de tia Zelda veio da cozinha, de onde, agora Jenna percebia, o cheiro horroroso emanava.

Se isso fosse o jantar, pensou Nicko, ele preferia comer as próprias meias.

– Chegaram bem a tempo – animou-se tia Zelda.

– Ah, que maravilha – disse Nicko perguntando-se se ainda restava a tia Zelda algum olfato ou se uma infinidade de anos cozinhando repolho não teria acabado com ele.

Relutantes, Jenna e Nicko se aproximaram da cozinha sem saber que tipo de prato poderia cheirar tão mal.

Para sua surpresa e alívio, não era o jantar. Nem mesmo era tia Zelda cozinhando. Era Menino 412.

Ele estava muito esquisito. Usava um conjunto de tricô multicolorido, grande demais para ele, composto de um pulôver largo feito de retalhos e um short muito frouxo. Mas o gorro vermelho estava firmemente enfiado na cabeça e secava devagar levantando vapor no calor da cozinha, enquanto o resto das roupas secava diante da lareira.

Tia Zelda tinha por fim vencido a batalha do banho, graças exclusivamente ao fato de Menino 412 se sentir tão mal quando chegou de volta, coberto pela lama negra e grudenta do cantinho do Atolardo, que ficou realmente feliz de sumir na cabana de banho e se deixar ficar de molho para se livrar daquela sujeira toda. Mas se recusou a tirar o gorro vermelho. Essa batalha, tia Zelda tinha perdido. Mesmo assim, ela gostou de finalmente conseguir que as roupas fossem lavadas e achou que ele estava um amor no velho conjunto de tricô que Silas usava quando era pequeno. Menino 412 achou que estava parecendo um bobalhão e evitou olhar para Jenna quando ela entrou.

Estava muito concentrado em mexer o grude fedorento, ainda sem acreditar totalmente que tia Zelda *não* estava fazendo geleia de inseto, especialmente porque ela estava sentada à mesa da cozinha com uma pilha de potes de geleia vazios à sua frente. Desatarraxava as tampas e passava os potes para Márcia, que estava sentada do outro lado da mesa, tirando **Talismãs** de um livro de encantamentos, muito grosso, com o título:

Conservas de Insetos Escudeiros
500 Talismãs
Com a Garantia de Todos Serem Idênticos e 100% Eficazes
Ideal para o Mago Moderno que se Preocupa com a Segurança

– Venham sentar – chamou tia Zelda, abrindo espaço à mesa para eles. – Estamos preparando **Potes de Conserva**. Márcia está com os **Talismãs**, e vocês podem ficar com os insetos se quiserem.

Jenna e Nicko sentaram à mesa, tendo o cuidado de só respirar pela boca. O cheiro vinha da panela de grude verde-esmeralda que Menino 412 mexia devagar com enorme concentração e cuidado.

– Pronto. Cá estão os insetos. – Tia Zelda empurrou uma grande tigela para o lado de Jenna e Nicko. Jenna espiou lá dentro. A tigela estava fervilhando com insetos de todos os formatos e tamanhos possíveis.

– Eca. – Jenna teve um calafrio. Não gostava de forma alguma de nada que subisse nela. Nicko também não estava exatamente satisfeito. Desde o dia em que Edd e Erik deixaram uma centopeia cair pelo seu pescoço, quando era pequeno, ele evitava tudo o que se arrastava ou fugia atabalhoadamente.

Mas tia Zelda fez que não percebeu.

– Bobagem, não passam de criaturinhas com um monte de pernas. Além disso, eles têm muito mais medo de vocês do que vocês deles. Agora, primeiro Márcia passa o **Talismã** por todos nós. Cada um de nós segura o **Talismã** para que o inseto nos **Grave** e nos reconheça quando for liberado. Depois ela põe o **Talismã** num pote. Então, vocês dois podem acrescentar um inseto e passar o pote para... bem... para Menino 412. Ele enche o pote com a Conserva, e eu fecho bem firme as tampas. Desse jeito, num instante teremos terminado.

E foi o que fizeram, só que Jenna acabou fechando as tampas dos potes depois que o primeiro inseto subiu correndo pelo seu braço e só saiu dali porque ela começou a pular sem parar e a gritar.

Foi um alívio quando chegaram ao último pote. Tia Zelda abriu a tampa e passou o pote para Márcia, que virou a página do livro de encantamentos e tirou mais um pequeno **Talismã** em forma de escudo. Passou o **Talismã** a todos para que cada um o segurasse por um instante, depois o deixou cair no pote de geléia e o entregou a Nicko, que não estava ansioso para chegar àquele último. No fundo da tigela o último inseto procurava se esconder: uma grande centopéia vermelha, igualzinha à que tinha descido pelo seu pescoço muitos anos atrás. Ela corria frenética, girando sem parar na tigela, em busca de algum lugar para se esconder. Se ela não tivesse feito Nicko tremer tanto, ele poderia até ter sentido pena dela, mas a única coisa em que ele conseguia pensar era que precisava *apanhá*-la. Márcia esperava com o **Talismã** já no pote. Menino 412 estava imóvel com a última concha da **Conserva** repugnante, e todos *aguardavam*.

Nicko respirou fundo, fechou os olhos e enfiou a mão na tigela. A centopéia viu que ele se aproximava e correu para o outro lado. Nicko apalpou toda a volta da tigela, mas a centopéia era rápida demais para ele. Ela tentou escapar para lá e para cá, até que avistou o abrigo da manga pendente de Nicko e correu para lá.

– Você conseguiu! – festejou Márcia. – Ela está na sua manga. Rápido, para o pote. – Sem coragem para olhar, Nicko balançou feito louco a manga acima do pote, que acabou tombando. O **Talismã** atravessou a mesa, de raspão, caiu no chão e **Desapareceu**.

– Droga – xingou Márcia. – Eles são um pouco instáveis. – Pescou mais um **Talismã** no livro e o deixou cair depressa no pote, se esquecendo de **Gravá**-lo.

– Depressa, vamos com isso – irritou-se Márcia. – A **Conserva** está se esgotando rápido. *Vamos*.

Estendeu a mão e, com habilidade, removeu a centopéia da manga de Nicko direto para o pote. Ali, Menino 412 a cobriu prontamente com a **Conserva** verde e grudenta. Jenna apertou bem a tampa, depositou o pote na mesa com um floreio, e todos ficaram olhando a transformação do último **Pote de Conserva**.

A centopéia estava jogada no **Pote de Conserva**, em estado de choque. Antes ela estava dormindo debaixo da sua pedra preferida quando Uma Coisa Enorme de Cabeça Vermelha tirou a pedra do lugar e a lançou para o Espaço. O pior ainda estava por vir: a centopéia, que era uma criatura solitária, foi jogada numa pilha de insetos barulhentos, sujos e decididamente *grosseiros* que a empurraram, lhe deram encontrões e até tentaram *morder suas pernas*. A centopéia não gostava que nada mexesse com suas pernas. Tinha muitas pernas, sim, e cada uma delas precisava ser mantida em perfeito estado de funcionamento. Em caso contrário, a centopéia enfrentaria problemas. Uma perna cambaia e pronto: ela poderia ficar para sempre correndo em círculos. Por isso tinha se recolhido ao fundo da pilha de insetos da ralé e lá ficou, aborrecida, até de repente perceber que todos os insetos tinham sumido e que ela *não tinha onde se esconder*. Toda centopéia sabe que não ter onde se esconder significa o fim do mundo, e agora aquela centopéia sabia que essa era a pura verdade porque, como comprovação, cá estava ela, flutuando numa gosma verde enquanto alguma coisa horrível estava lhe acontecendo. Estava *perdendo as pernas*, uma a uma.

Não só isso, mas seu corpo longo e esguio estava se encurtando e engordando; e ela agora estava com a forma de um triângulo atarracado com uma cabecinha pontuda. Nas costas, recebeu um par reforçado de asas verdes blindadas, e sua frente foi coberta por pesadas escamas verdes. E, como se isso não bastasse, a centopeia agora tinha só quatro pernas. Quatro pernas verdes e grossas. Se é que era possível chamar aquilo de perna. Sem dúvida não era o que a centopeia chamaria de perna. Eram duas no alto e duas na parte baixa. As duas do alto eram mais curtas do que as duas de baixo. Na ponta de cada uma, havia cinco coisas pontudas, que a centopeia podia mexer para lá e para cá; e uma das pernas do alto estava segurando uma pequena vara de metal afiada. As duas pernas de baixo tinham na ponta uma coisa verde grande e achatada, e de cada uma delas saíam mais cinco coisinhas verdes e pontudas. Era um desastre total. Como alguém poderia sobreviver com só quatro pernas terminadas em pedacinhos pontudos? Que tipo de criatura era *essa*?

Apesar de a centopeia não saber, esse tipo de criatura era um Inseto Escudeiro.

A ex-centopeia, agora um Inseto Escudeiro completo, estava ali suspensa na espessa **Conserva** verde. O inseto se movimentava devagar, como se estivesse experimentando seu novo formato. Sua expressão era de surpresa enquanto olhava para o mundo lá fora através da névoa verde, à espera do momento em que seria liberado.

– O perfeito Inseto Escudeiro – comunicou Márcia, com orgulho, segurando o pote de geleia diante da luz e admirando a ex-centopeia. – Esse é o melhor que nós fizemos. Parabéns a todos.

Logo, os cinquenta e sete potes de geleia estavam enfileirados ao longo do peitoril das janelas, como guardas do chalé. Proporcionavam uma imagem sinistra, com seus ocupantes de um verde esmeralda flutuando em sonho no grude verde, aproveitando para dormir até que alguém abrisse a tampa dos potes e os soltasse. Quando Jenna perguntou a Márcia o que acontecia quando se abria a tampa, ela lhe disse que o Inseto Escudeiro saía de um salto e defendia a pessoa até morrer ou até você conseguir apanhá-lo para guardá-lo de volta no pote, o que não costumava acontecer. Um Inseto Escudeiro libertado não tinha a menor intenção de voltar para dentro de um pote.

Enquanto tia Zelda e Márcia arrumavam as panelas, Jenna ficou sentada junto à porta, escutando o barulho da cozinha. Com o crepúsculo, ela viu cinquenta e sete pequenas manchas de luz verde refletidas no piso de pedra clara, e viu em cada uma delas uma pequena sombra que se movimentava lentamente, à espera da chegada da hora da sua liberdade.

⚜ 25 ⚜
A Bruxa de Wendron

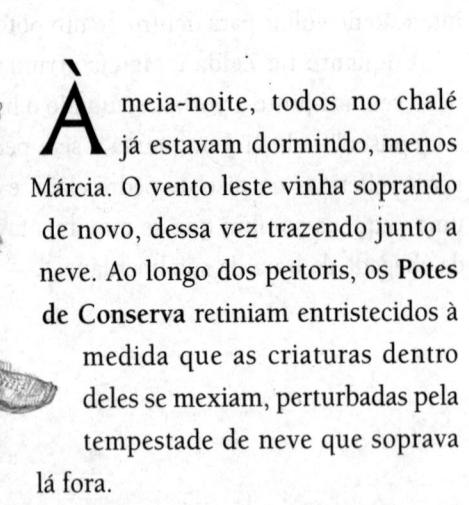

À meia-noite, todos no chalé já estavam dormindo, menos Márcia. O vento leste vinha soprando de novo, dessa vez trazendo junto a neve. Ao longo dos peitoris, os **Potes de Conserva** retiniam entristecidos à medida que as criaturas dentro deles se mexiam, perturbadas pela tempestade de neve que soprava lá fora.

Márcia estava sentada à mesa de tia Zelda com uma pequena vela tremeluzente, para não acordar quem estava dormindo junto à lareira. Estava com a atenção concentrada no seu livro, *A Extinção das Trevas*.

Lá fora, boiando logo abaixo da superfície do Fosso para se proteger da neve, o Atolardo mantinha sua solitária vigília noturna.

Longe dali, na Floresta, Silas também mantinha uma solitária vigília noturna, no meio da neve que caía forte o suficiente para conseguir descer atravessando o emaranhado dos galhos nus das árvores. Ele estava em pé, tremendo um pouco, debaixo de um olmo alto e resistente, aguardando a chegada de Morwenna Mould.

Ela e Silas já se conheciam havia muito tempo. Silas era um jovem Aprendiz em missão noturna para Alther na Floresta quando ouviu o som horripilante dos latidos de uma matilha de carcajus. Ele sabia o que aquilo significava: tinham encontrado a presa daquela noite e estavam fechando o cerco para matá-la. Silas sentiu pena do pobre animal. Sabia muito bem como era apavorante estar cercado por uma roda de olhos amarelos e faiscantes de carcajus. Aquilo já lhe tinha acontecido, e ele nunca haveria de se esquecer mas, por ser um Mago, teve sorte. Fez um rápido **Congelamento** e foi embora correndo.

Naquela noite da missão, porém, Silas ouviu uma voz fraca dentro da cabeça. *Socorro...*

Tinha aprendido com Alther a prestar atenção a esse tipo de coisa; e foi assim que seguiu para onde a voz o guiava e se descobriu do lado de fora de uma roda de carcajus. Dentro da roda, estava uma jovem bruxa. Imóvel.

De início, acreditou que a jovem bruxa estava simplesmente paralisada de medo. Em pé, no meio da roda, com os olhos arregalados de pavor, o cabelo desgrenhado por ter corrido pela Floresta tentando fugir da matilha de carcajus, ela segurava firme junto ao corpo a pesada capa negra.

Silas levou algum tempo para se dar conta de que, no seu pânico, a jovem bruxa tinha **Congelado** a si mesma, em vez dos carcajus, deixando para a matilha o jantar mais fácil desde o último exercício noturno do tipo tudo ou nada do Exército Jovem. Enquanto ele olhava, os carcajus começaram a se aproximar para o ataque final. Deliberadamente devagar, apreciando a perspectiva de uma boa refeição, eles cercaram a jovem bruxa, sempre se aproximando mais. Silas esperou até que todos os carcajus estivessem dentro do seu campo visual e então rapidamente **Congelou** a matilha inteira. Sem saber como **Desfazer** o encantamento de uma bruxa, pegou no colo a jovem, que por sorte era uma das menores e mais leves Bruxas de Wendron, e a levou para um local seguro. Esperou então com ela a noite inteira até que o **Congelamento** passasse.

Morwenna Mould jamais se esqueceu do que Silas tinha feito por ela. Daquele momento em diante, sempre que se aventurava a entrar na Floresta, ele sabia que tinha as Bruxas de Wendron ao seu lado. Sabia também que Morwenna Mould estaria à disposição para ajudá-lo caso precisasse. Bastava ele esperar próximo a sua árvore à meia-noite. E, depois de todos aqueles anos, era isso o que ele estava fazendo.

– Ora, ora, acho que é meu querido e valente Mago. Silas Heap, o que o traz aqui justamente nesta noite, a da Véspera do Solstício de Inverno? – Veio da escuridão uma voz baixa, que pronunciava as palavras com um leve sotaque arrastado da Floresta, como o farfalhar das folhas nas árvores.

— Morwenna, é você? — perguntou Silas, um pouco alvoroçado, dando um pulo e olhando ao redor.

— Claro que sou eu — disse ela surgindo do meio da escuridão da noite, cercada por uma lufada de flocos de neve. Sua capa negra de pele estava com uma fina camada de neve, do mesmo modo que o cabelo escuro e comprido, preso pela tradicional faixa de couro verde das Bruxas de Wendron. Os olhos azuis e brilhantes chispavam no escuro como os olhos de todas as bruxas. Eles estiveram observando Silas ali em pé debaixo do olmo já havia algum tempo antes que Morwenna decidisse que era seguro aparecer.

— Olá, Morwenna — cumprimentou Silas, de repente acanhado. — Você não mudou nada. — Na verdade, Morwenna tinha mudado muito. Agora ela estava bem mais corpulenta do que na última vez que a tinha visto. Sem dúvida ele já não conseguiria apanhá-la no colo para tirá-la de uma roda de carcajus famintos.

— Nem você, Silas Heap. Vejo que ainda tem seu cabelo maluco da cor de palha e esses maravilhosos olhos verde-escuros. Em que posso ajudá-lo? Esperei muito tempo para retribuir seu favor. Uma Bruxa de Wendron nunca esquece.

Silas estava se sentindo muito nervoso. Não tinha certeza do motivo, mas era alguma coisa relacionada ao fato de Morwenna se aproximar demais dele. Só esperava ter agido certo ao procurar um encontro com ela.

– É, bem... Você se lembra do meu filho mais velho, Simon?

– Bem, Silas, eu me lembro de que você tinha um filhinho chamado Simon. Você me contou tudo sobre ele enquanto meu **Congelamento** passava. Ele estava tendo problemas com os dentes, eu me lembro. E não deixava você dormir direito. Como estão os dentes dele agora?

– Os dentes? Ah, vão muito bem, ao que eu saiba. Ele agora está com dezoito anos, Morwenna. E há duas noites desapareceu na Floresta.

– Ah. Isso não é bom. Existem **Coisas** à solta na Floresta agora. **Coisas** que saíram do Castelo. **Coisas** que não vimos antes. Não é bom para um rapaz estar por aí no meio delas. Nem para um Mago, Silas Heap. – Morwenna pôs a mão no braço de Silas. Ele deu um pulo. – Nós, bruxas, somos *sensitivas*, Silas – disse Morwenna, baixando a voz para um sussurro rouco.

Em resposta, ele não conseguiu dar mais do que um pequeno gemido. Morwenna era mesmo irresistível. Tinha se esquecido de como uma verdadeira Bruxa de Wendron adulta era de fato **Poderosa**.

– Sabemos que **Trevas** terríveis se instalaram no centro do Castelo. Nada menos que na Torre dos Magos. Elas podem ter **Apanhado** seu rapaz.

– Minha esperança era que você pudesse ter visto meu menino – disse Silas, desconsolado.

– Não vi – respondeu Morwenna. – Mas vou ficar alerta. Se o encontrar, prometo fazer ele voltar para você em segurança. Pode contar comigo.

– Obrigado, Morwenna – disse Silas, com gratidão.

– Não é nada, Silas, em comparação com o que você fez por mim. Estou muito grata por estar aqui para ajudar você. Se eu for capaz.

– Se... se você tiver qualquer notícia, pode nos encontrar na casa da árvore de Galen. Estou lá com Sarah e os meninos.

– Você tem *outros* meninos?

– É, tenho. Mais cinco. Ao todo foram sete, mas...

– Sete. Uma dádiva. Um sétimo filho do sétimo filho. **Mágyko** de verdade.

– ...ele morreu.

– Ah. Sinto muito, Silas. Uma perda terrível. Para todos nós. Bem que ele nos seria útil agora.

– Seria.

– Vou deixá-lo agora, Silas. Estenderei nossa proteção à casa da árvore e a todos os que se encontram nela, talvez tenha algum valor contra essa invasão das **Trevas**. E amanhã, todos na casa estão convidados para se juntar a nós no Banquete do Solstício de Inverno.

Silas ficou comovido.

– Obrigado, Morwenna. Muita gentileza sua.

– Até a próxima, Silas. Desejo-lhe boa viagem e um ótimo Dia de Festejos amanhã. – Com isso, a Bruxa de Wendron voltou a sumir na Floresta, deixando Silas parado sozinho aos pés do olmo majestoso.

– Adeus, Morwenna – murmurou ele para a escuridão e saiu apressado pela neve, voltando à casa da árvore onde Sarah e Galen esperavam para ouvir o que tinha acontecido.

Na manhã do dia seguinte, Silas já tinha concluído que Morwenna estava com a razão. Simon devia ter sido **Apanhado** e levado para o Castelo. Alguma coisa lhe dizia que Simon estava lá.

Sarah não estava convencida.

– Não entendo por que você dá tanta atenção a essa *bruxa*, Silas. Não me parece que ela tenha algum conhecimento concreto. Imagine se Simon estiver na Floresta, e *você* acabar sendo **Apanhado**. E então?

Mas Silas não se deixou influenciar. **Trocou** as vestes pela túnica cinzenta, curta e com capuz, típica de um trabalhador. Despediu-se de Sarah e dos meninos e desceu da casa da árvore. O aroma dos pratos sendo preparados para o Banquete do Solstício de Inverno das Bruxas de Wendron quase o persuadiu a ficar, mas partiu resoluto em busca de Simon.

– Silas! – gritou Sally no momento em que ele chegava ao chão da Floresta. – Pegue!

Ela jogou o **Talismã de Segurança** que Márcia lhe tinha dado, e Silas o apanhou.

– Obrigado, Sally.

Sarah ficou olhando enquanto Silas puxava o capuz para baixo por sobre os olhos e partia pela Floresta na direção do Castelo, lançando para trás suas palavras de despedida:

– Não se preocupe. Vou voltar logo. Com Simon.

Mas ela se preocupou.

E ele não voltou.

✦ 26 ✦
BANQUETE DO SOLSTÍCIO DE INVERNO

—Não, obrigada, Galen. Não vou ao Banquete do Solstício de Inverno dessas bruxas. Nós, Magos, não celebramos a data – disse Sarah a Galen depois de Silas ter partido naquela manhã.

— Pois bem, eu vou – disse Galen – e acho que todos nós deveríamos ir. Não se recusa um convite de uma Bruxa de Wendron sem um bom motivo, Sarah. É uma honra ser convidado. Na realidade, não posso imaginar como Silas conseguiu um convite para todos nós.

– Hum. – Foi a única resposta de Sarah.

No entanto, à medida que a tarde ia passando e o aroma delicioso de carcaju assado se infiltrava por toda a Floresta até a casa da árvore, os meninos foram ficando muito irrequietos. Galen comia só legumes, raízes e nozes, o que era, como Erik salientou em voz alta depois da primeira refeição ali, exatamente o que eles davam para os coelhos em casa.

A neve caía forte através das árvores quando Galen abriu o alçapão da casa da árvore. Usando um engenhoso sistema de roldanas que ela mesma criara, fez descer a longa escada de madeira até estar apoiada no manto de neve que agora cobria o chão. A casa da árvore propriamente dita era construída numa série de plataformas estendidas por três carvalhos muito velhos e fazia parte desses carvalhos desde que eles tinham atingido sua plena altura, muitos séculos atrás. Uma quantidade desordenada de cabanas tinha sido instalada sobre as plataformas ao longo dos anos. Todas estavam cobertas de hera e se fundiam tão bem com as árvores que eram invisíveis do chão da Floresta.

Sam, Edd e Erik e Jo-Jo estavam ocupando a cabana de hóspedes no alto da árvore do meio e tinham sua própria corda para descer à Floresta. Enquanto os meninos brigavam para decidir quem desceria em primeiro lugar, Galen, Sarah e Sally fizeram uma saída mais sossegada pela escada principal.

Galen tinha se arrumado especialmente para o Banquete do Solstício de Inverno. Tinha sido convidada para um havia muitos anos, depois de curar o filho de uma bruxa, e sabia que era uma ocasião e tanto. Galen era uma mulher pequena, um pouco enrugada pelos anos de vida ao ar livre na Floresta. Tinha o cabelo ruivo e rebelde cortado bem curto, risonhos olhos castanhos e em geral usava um traje verde: uma túnica curta e simples, calças de malha e uma capa. Mas hoje estava com seu vestido de Banquete do Solstício de Inverno.

– Uau, Galen, você se esmerou – disse Sarah com um ligeiro ar de desaprovação. – Eu não conhecia essa roupa. É... um vestido e tanto.

Galen não saía muito; mas, quando saía, se arrumava de verdade. Seu vestido dava a impressão de ter sido feito de centenas de folhas multicoloridas, costuradas juntas, com uma faixa de um verde brilhante na cintura.

– Ah, obrigada. Fui eu mesma que fiz.
– Foi o que imaginei – disse Sarah.

Sally Mullin empurrou de volta a escada pelo alçapão, e o grupo partiu pela Floresta, seguindo o aroma delicioso de carcaju assado.

Galen os conduziu por trilhas da Floresta cobertas com uma espessa camada de neve recém-caída, riscada com rastros de animais de todos os tamanhos e formatos. Depois de uma caminhada longa e difícil por um labirinto de trilhas, valas e ravinas, chegaram a um lugar que no passado tinha sido uma pedreira de ardósia para o Castelo. Agora era ali que se realizavam as Assembleias das Bruxas de Wendron.

Trinta e nove bruxas, todas usando seus mantos vermelhos do Banquete do Solstício de Inverno, estavam reunidas em torno de uma fogueira que rugia lá embaixo no meio da pedreira. O chão estava coberto com ramagens recém-cortadas salpicadas pela neve que caía delicada em torno delas, em sua maior parte derretendo e chiando com o calor do fogo. Era inebriante o cheiro de comida bem temperada: espetos de carcajus giravam sobre as brasas; coelhos estavam sendo ensopados em caldeirões borbulhantes; e esquilos, assados em fornos subterrâneos. Uma mesa comprida estava repleta de pratos salgados e doces. As Bruxas tinham negociado com os Mercadores do Norte para obter essas delícias e as tinham guardado para aquele dia, o mais importante do ano. Os meninos arregalaram os olhos, espantados. Em toda a vida, nunca tinham visto tanta comida num único lugar. Até mesmo Sarah foi forçada a admitir para si mesma que estava impressionada.

Morwenna Mould os avistou ali parados hesitantes à entrada da pedreira. Endireitou sobre o corpo o manto de pele vermelho e foi majestosa cumprimentá-los.

– Sejam todos bem-vindos. Por favor, juntem-se a nós.

As bruxas reunidas abriram respeitosamente espaço para que Morwenna, a Bruxa Mãe, escoltasse seus convidados, um pouco intimidados, aos melhores lugares junto ao fogo.

– Estou tão feliz por finalmente conhecer você, Sarah – disse Morwenna sorrindo. – Parece até que eu já a conhecia. Silas me falou tanto de você na noite em que me salvou.

– Falou? – perguntou Sarah.

– Falou, sim. Passou a noite inteira falando de você e do bebê.

– É mesmo?

Morwenna pôs o braço em torno do ombro de Sarah.

– Todas nós estamos procurando por seu filho. Tenho certeza de que tudo vai dar certo no final. E também com seus outros três que estão afastados agora. Tudo vai dar certo para eles também.

– Meus outros três? – perguntou Sarah.

– Seus outros três filhos.

Sarah fez uma conta apressada. Às vezes, nem mesmo ela conseguia se lembrar de quantos eles eram.

– Dois – corrigiu ela –, meus outros dois.

O Banquete do Solstício de Inverno avançou pela noite adentro, e, depois de uma boa quantidade de Cerveja de Bruxa, Sarah se esqueceu completamente da sua preocupação com Simon e Silas. Infelizmente, na manhã do dia seguinte, a preocupação voltou, acompanhada de uma terrível dor de cabeça.

Já o dia do Solstício de Inverno de Silas foi muito mais discreto.

Ele seguiu pela trilha da beira-rio que margeava a borda da Floresta e depois circundava as muralhas do Castelo; e, impulsionado por frias lufadas de neve, se encaminhou para o Portão Norte. Queria chegar a território conhecido antes de decidir o que fazer. Silas puxou para a frente o capuz cinza até cobrir os olhos verdes de Mago, respirou fundo e atravessou a ponte levadiça coberta de neve, que levava ao Portão Norte.

Gringe estava de serviço no portão, e estava de mau humor. Naquele momento, as coisas não andavam muito bem na sua casa, e ele tinha passado a manhã inteira refletindo sobre seus problemas domésticos.

— Ei, você — resmungou Gringe, batendo os pés na neve gelada —, trate de ir andando. Está atrasado para a limpeza compulsória das ruas.

Silas passou apressado.

— Não com toda essa pressa! — rosnou Gringe. — Está devendo uma moedinha.

Silas remexeu no bolso e encontrou uma moedinha, grudenta por causa da delícia de cereja e espinafre que ele tinha enfiado no bolso para não ter de comer. Gringe pegou a moedinha e a cheirou com suspeita, depois a esfregou no gibão e a pôs de lado. À sra. Gringe cabia a agradável tarefa de lavar todo e qualquer dinheiro grudento a cada noite. Por isso, Gringe acrescentou a moeda à pilha da mulher e deixou Silas passar.

— Ei, será que não te conheço de algum lugar? — gritou Gringe enquanto Silas passava rápido.

Silas sacudiu a cabeça negativamente.

— Da dança folclórica?

Silas de novo sacudiu a cabeça negativamente e continuou andando.

— Da aula de alaúde?

— Não! — Silas escapuliu para as sombras e sumiu por um beco.

— Eu conheço ele, *sim* — murmurou Gringe consigo mesmo. — E ele num é trabalhador coisa nenhuma. Não com olhos verdes brilhando como duas lagartas num balde de carvão. — Gringe pensou algum tempo. — Ei, aquele é Silas Heap! Que corage vir para cá. Mas eu vou acabar com ele logo, logo.

Não demorou muito para Gringe encontrar um Guarda que passava por ali; e logo o Supremo Guardião era informado do retorno de Silas ao Castelo. Mas, por mais que tentasse, não conseguiu encontrá-lo. O **Talismã de Segurança** de Márcia estava cumprindo bem sua missão.

Enquanto isso, Silas tinha fugido às pressas pelos velhos Emaranhados adentro, grato por se livrar ao mesmo tempo de Gringe e da neve. Ele sabia aonde queria ir. Não tinha certeza do motivo, mas queria ver sua velha casa mais uma vez. Seguia ligeiro pelos conhecidos corredores escuros. Estava feliz com o disfarce, pois ninguém prestava atenção a um operário subalterno, mas não tinha se dado conta de como essa gente era tratada com pouco respeito. Ninguém abriu espaço para ele passar. As pessoas o empurravam do caminho, deixavam que portas batessem com violência bem no seu nariz, e duas vezes alguém lhe disse com grosseria que devia estar lá fora limpando as ruas. Silas pensou que talvez ser apenas um Mago Ordinário não fosse assim tão ruim.

A porta do aposento da família Heap estava aberta, desanimada. Ela pareceu não reconhecer Silas quando ele entrou na ponta dos pés no aposento em que tinha passado a maior parte dos últimos vinte e cinco anos da sua vida. Sentou-se na cadeira preferida entre as que tinha feito em casa e observou o cômodo com tristeza, ensimesmado. Parecia estranhamente pequeno agora que estava vazio de filhos, barulho e de Sarah comandando as idas e vindas diárias. Também parecia vergonhosamente sujo, até mesmo para Silas, que nunca tinha se importado com uma sujeirinha aqui ou ali.

– Moravam num depósito de lixo, não é? Magos imundos. Eu mesmo nunca tive tempo para essa gente – disse uma voz grosseira. Silas deu meia-volta e viu um homem troncudo parado no portal. Atrás dele, viu um grande carrinho de mão de madeira no corredor.

"Achei que não iam mandar ninguém para ajudar. Bom que mandaram. Sozinho eu ia levar o dia inteiro. Certo, o carrinho está aqui fora. Tudo vai para o lixão. Os livros de **Magya** são para queimar. Entendeu?"

– *O quê?*

– Meu Deus, me mandaram um abobalhado. Aqui. Lixo, Carrinho. Lixão. Não estamos falando exatamente de Alquimia. Agora me passa aí essa pilha de madeira onde você se aboletou. E ao trabalho!

Silas se levantou da cadeira como se estivesse num sonho e a entregou ao homem da remoção, que a apanhou e a atirou no carrinho. A cadeira caiu destroçada no fundo do carrinho. Em pouco tempo, ela estava por baixo de uma enorme pilha dos bens acumulados ao longo da vida da família Heap, e o carrinho estava praticamente transbordando.

– Certo – disse o homem da remoção. – Vou levar isso aqui para o lixão antes que feche enquanto você põe os livros de **Magya** aqui fora. Os bombeiros vão recolhê-los amanhã quando fizerem a ronda.

Ele entregou a Silas uma vassoura grande.

– Vou deixar você varrer toda essa nojeira de pelo de cachorro e sei-lá-mais-o-quê. Depois pode ir para casa. Você parece meio esgotado. Não está acostumado a dar duro, hein? – O homem da remoção abafou um risinho e deu um tapa nas costas de Silas, o que era para ser um jeito simpático. Silas tossiu e sorriu desanimado.

— Não se esqueça dos livros de **Magya**. — Foi a recomendação de despedida do homem enquanto empurrava o carrinho oscilante pelo corredor em seu trajeto até o Lixão de Conveniência da Beira-Rio.

Atordoado, Silas varreu o equivalente a vinte e cinco anos de poeira, pelo de cachorro e sujeira, formando uma pilha benfeita. Depois olhou pesaroso para seus livros de **Magya**.

— Posso lhe dar uma mãozinha se quiser — disse a voz de Alther bem ao seu lado. O fantasma pôs um braço em torno dos ombros de Silas.

— Ah. Oi, Alther — disse Silas, entristecido. — Que dia!

— É, nada bom. Sinto muito, Silas.

— Tudo... acabado — murmurou Silas —, e agora os livros também. Tínhamos alguns muito bons. Uma porção de **Talismãs** raros... tudo vai ser incinerado.

— Não necessariamente — disse Alther. — Eles caberiam direitinho dentro do seu quarto no teto. Vou ajudar você com a **Fórmula de Transporte**, se quiser.

Silas se animou um pouquinho.

— É só você me lembrar como é, Alther, e eu mesmo faço. Tenho certeza de que consigo.

O **Transporte** de Silas funcionou bem. Os livros se enfileiraram organizadamente, o alçapão se abriu sozinho, e os livros passaram voando por ele, um a um, para se empilhar no antigo quarto de dormir de Silas e Sarah. Dois ou três dos mais recalcitrantes saíram pela porta e já estavam no meio do corredor quando Silas conseguiu **Chamá**-los de volta. E, no final do encantamento, todos os livros de **Magya** estavam em segurança no forro, e Silas tinha até mesmo **Disfarçado** o alçapão. Agora ninguém jamais poderia adivinhar o que havia ali.

E assim Silas saiu pela última vez do cômodo vazio e cheio de ecos e seguiu pelo Corredor 223. Alther ia flutuando ao seu lado.

– Venha se sentar conosco um pouco – sugeriu Alther – lá na Taberninha Secreta.

– Onde?

– Eu mesmo só a descobri recentemente. Foi um dos Antigos que me mostrou. É uma velha taberna dentro das muralhas do Castelo. Foi tapada com tijolos há muitos anos por uma das Rainhas que não aprovava a cerveja. Parece que qualquer fantasma pode entrar desde que em vida tenha andado pelas muralhas do Castelo... e quem não andou? Por isso, está apinhada de gente. O ambiente é ótimo. Pode ser que consiga animar você.

– Não sei se estou mesmo com vontade. Obrigado de qualquer maneira, Alther. Não foi lá que emparedaram a freira?

– Ah, a irmã Bernadette? É muito divertida. Adora um caneco de cerveja. É a alma da festa, por assim dizer. Seja como for, tenho notícias sobre Simon que acho que você deveria saber.

– Simon! Ele está bem? Onde está?

– Está aqui, Silas. No Castelo. Vamos até a Taberninha Secreta. Tem uma pessoa com quem você precisa falar.

Vinha um zunzum da Taberninha Secreta.

* * *

Alther conduziu Silas a um monte de pedras empilhadas de qualquer jeito, encostado na muralha do Castelo logo depois do Portão Norte. Ele lhe mostrou uma pequena fresta na muralha, escondida por trás de uma pilha de entulho, e Silas mal conseguiu passar por ali, mesmo se espremendo. Uma vez do outro lado, ele se descobriu em outro mundo.

A Taberninha Secreta era um estabelecimento antigo construído dentro da espessa muralha do Castelo. Quando Márcia pegou o atalho para chegar ao Lado Norte alguns dias antes, parte do seu percurso a fez passar por cima do teto da taberna, mas ela não se deu conta da grande variedade de fantasmas que conversavam para passar os séculos, logo abaixo dos seus pés.

Os olhos de Silas, recém-apartados do brilho ofuscante da neve, levaram alguns minutos para se adaptarem ao clarão mortiço das lâmpadas bruxuleantes ao longo das paredes. Mas, quando conseguiu, ele se deu conta da mais espantosa assembleia de fantasmas. Eles estavam reunidos em torno de longas mesas de cavalete, parados em pequenos grupos perto da lareira espectral ou apenas sentados em contemplação solitária num canto tranquilo. Havia um grande contingente de Magos ExtraOrdinários, com as vestes e capas roxas que abrangiam os diferentes estilos da moda pelos séculos afora. Cavaleiros em armadura completa, pajens em librés extravagantes, mulheres com touca de freira, jovens Rainhas com opulentos vestidos de seda e Rainhas mais velhas, de preto, todos apreciando a companhia uns dos outros.

Alther conduziu Silas através da multidão. Silas se esforçou ao máximo para não atravessar nenhum deles, mas uma ou duas vezes sentiu uma brisa gelada por ter passado através de um fantasma. Ninguém parecia se importar – alguns o cumprimentavam com simpatia, e outros estavam absortos demais em alguma conversa interminável para perceber sua presença. E Silas teve a impressão de que qualquer amigo de Alther era bem-vindo na Taberninha Secreta.

O taberneiro fantasma havia muito tempo tinha desistido de ficar pairando junto dos barris de cerveja, pois os fantasmas ficavam todos segurando o mesmo caneco recebido quando chegaram ali, e alguns já duravam muitos séculos. Alther cumprimentou, animado, o taberneiro, que estava totalmente entretido numa conversa com três Magos ExtraOrdinários e um velho vagabundo que, havia muito tempo, tinha adormecido debaixo de uma mesa sem nunca ter voltado a acordar. Então encaminhou Silas para um canto tranquilo onde uma criatura gorducha com hábito de freira estava sentada à espera deles.

– Posso lhe apresentar a irmã Bernadette? – perguntou Alther.
– Irmã Bernadette, este é Silas Heap, de quem já lhe falei. É o pai do rapaz. – Apesar do sorriso radiante da freira, Silas teve um pressentimento.

A freira de rosto redondo voltou os olhos cintilantes para Silas e falou, numa voz suave, cantada:
– Um rapaz e tanto, esse seu filho, não é? Ele sabe o que quer e não tem medo de sair em busca da realização de seu desejo.
– Bem, suponho que sim. Sem dúvida, ele quer ser Mago, isso eu sei. Quer ser Aprendiz, mas, é claro, do jeito que as coisas andam agora...
– Ah, não é uma época nada boa para ser um Mago jovem e cheio de esperanças – concordou a freira –, mas não foi por essa razão que ele voltou ao Castelo, sabe?

— Quer dizer que ele *voltou*. Ai, que alívio. Achei que ele tinha sido capturado. Ou... ou *morto*.

Alther pôs a mão no ombro de Silas.

— Infelizmente, Silas, ele foi capturado ontem. Irmã Bernadette estava lá. Ela lhe contará tudo.

Silas enfiou a cabeça nas mãos e gemeu.

— Como? — perguntou ele. — O que aconteceu?

— Bem — disse a freira —, parece que o jovem Simon tinha uma namorada.

— Tinha?

— Tinha mesmo. Ela se chama Lucy Gringe.

— Não a filha de Gringe, o Guarda-portão? Ai, *não*.

— Tenho certeza de que ela é uma boa moça, Silas — censurou-o a irmã Bernadette.

— Bem, espero que ela não seja nem um pouco parecida com o pai, é só o que posso dizer. *Lucy Gringe*. Ai, que tristeza.

— Pois bem, Silas, parece que Simon voltou sozinho para o Castelo por um motivo premente. Ele e Lucy tinham um compromisso secreto na capela. Iam se casar. Tudo tão romântico. — A freira sorriu, com ar sonhador.

— Eles se *casaram*? Não *acredito*. Agora sou parente por afinidade daquele Gringe medonho. — Silas estava mais branco do que alguns dos ocupantes da taberna.

— Não, Silas, você não se tornou parente de ninguém — disse a irmã Bernadette com desaprovação. — Não se tornou, porque, infelizmente, o jovem Simon e Lucy acabaram não se casando.

— *Infelizmente?*

– Gringe descobriu e mandou avisar aos Guardas do Palácio. De modo algum ele queria a filha casada com um Heap, da mesma forma que você não queria que Simon se casasse com uma Gringe. Os Guardas invadiram a capela, mandaram a mocinha transtornada para casa e levaram Simon. – A freira deu um suspiro. – Quanta crueldade, quanta crueldade.

– Para onde o levaram? – perguntou Silas em voz baixa.

– Pois é, Silas – disse irmã Bernadette, com sua voz suave. – Eu estava na capela para o casamento. Adoro casamentos. E o Guarda que estava segurando Simon passou direto através de mim. Foi assim que eu soube o que ele estava pensando naquele exato instante. Ele estava pensando que devia levar seu filho para o Tribunal. Nada menos do que à presença do Supremo Guardião. Sinto muito por ter de lhe contar tudo isso, Silas. – A freira pôs a mão espectral no braço de Silas. Foi um toque carinhoso, mas que representou pouco conforto para ele.

Era essa a notícia que ele temia. Simon estava nas mãos do Supremo Guardião. Como conseguiria dar essa notícia terrível a Sarah? Silas passou o resto do dia na Taberninha Secreta esperando enquanto Alther despachava todos os fantasmas possíveis para o Tribunal para procurar Simon e descobrir o que estava acontecendo com ele.

Nenhum deles teve sorte. Era como se Simon tivesse desaparecido.

⊹⊹ 27 ⊹⊹
A Viagem de Stanley

No dia da Festa do Solstício de Inverno, Stanley foi acordado pela mulher. Tinha chegado uma mensagem urgente da Agência de Ratos.

– Não entendo por que eles não lhe podem dar um dia de folga, pelo menos hoje – queixou-se a mulher. – Para você, Stanley, é só trabalho, trabalho, trabalho. Precisamos de férias.

– Dawnie, querida – disse Stanley, com paciência –, se eu não trabalhar, não vamos ter férias. É só isso. Eles disseram para que queriam que eu fosse lá?

– Não perguntei. – Dawnie deu de ombros, aborrecida. – Calculo que sejam aqueles Magos inúteis, de novo.

– Não são tão maus assim. Até mesmo a Maga ExtraOr... ops!

– Ah, foi com ela que você esteve?

– Não.

– Foi, sim. Você não pode esconder nada de mim, mesmo que seja um Rato Confidencial. Bem, deixe-me lhe dar um conselho, Stanley.

– Só um?

– Não se envolva com Magos, Stanley. Eles só causam problemas. Confie em mim, eu sei. A última dessa mulher, Márcia, você sabe o que ela fez? Ela roubou a única filha de uma família de Magos pobres e fugiu com a menina. Ninguém sabe por que motivo. E agora o resto da família... Como é que era o nome deles? Ah, isso mesmo, Heap. Bem, todos eles simplesmente saíram para procurar a menina. É claro que a única coisa boa é que agora temos um novo ExtraOrdinário, mas também se sabe que ele já está assoberbado só em arrumar a bagunça que a última deixou. Por isso, por um tempo, ninguém vai vê-lo. E não é terrível a situação de todos aqueles pobres ratos sem-teto?

– Que pobres ratos sem-teto? – quis saber Stanley, cansado, louco para ir até a Agência de Ratos e ver qual seria sua próxima missão.

– Todos os que moravam na Casa de Chá e Cervejaria de Sally Mullin. Sabe a noite em que o novo Mago ExtraOrdinário assumiu? Pois bem, Sally Mullin deixou uma porção daquele seu medonho bolo de cevada no forno muito além da conta e com isso incendiou todo o estabelecimento. São trinta famílias de ratos desabrigadas agora. O que é terrível, com esse tempo.

– É terrível, sim. Bem, agora tenho de ir, querida. Nos vemos quando eu voltar. – Stanley seguiu apressado para a Agência de Ratos.

A Agência de Ratos estava situada no alto da Torre de Atalaia do Portão Leste. Stanley seguiu pelo caminho mais curto, correndo pelo alto da muralha do Castelo, por cima da Taberninha Secreta, que nem mesmo ele sabia existir. O rato chegou rápido à Torre de Atalaia e seguiu às pressas por dentro de um grande cano de escoamento que subia pela lateral da Torre. Logo chegou ao topo, pulou para o parapeito e bateu na porta de uma pequena cabana identificada com as seguintes palavras:

AGÊNCIA OFICIAL DE RATOS
ACESSO EXCLUSIVO PARA RATOS MENSAGEIROS
ATENDIMENTO AO CLIENTE NO TÉRREO
JUNTO ÀS LIXEIRAS

– Entre! – gritou uma voz que Stanley não reconheceu. Stanley entrou na ponta dos pés. Não estava gostando nem um pouco do som daquela voz.

Também não gostou muito da cara do rato dono daquela voz. Um rato grande e preto, desconhecido dele, estava sentado atrás da mesa de mensagens. O rabo comprido e cor-de-rosa, enrolado por cima da mesa, se agitava impaciente enquanto Stanley estudava seu novo chefe.

– Você é o Confidencial que mandei chamar? – rosnou o rato preto.

– Sou eu – disse Stanley, um pouco inseguro.

– Sou eu, *senhor*, é como você deve falar – disse o rato preto.

– Ah! – exclamou Stanley, surpreso.

– Ah, *senhor* – corrigiu o rato preto. – Bem, Rato 101...

– Rato 101?

– Rato 101, *senhor*. Exijo respeito por aqui, Rato 101, e pretendo obtê-lo. Comecemos pelos números. Cada Rato Mensageiro deverá ser conhecido exclusivamente pelo número. Um rato numerado é um rato eficiente lá onde eu nasci.

– E *onde* você nasceu? – Stanley se arriscou a perguntar.

– *Senhor!* Não é da sua conta – rosnou o rato preto. – Agora, tenho uma missão para você, 101. – O rato preto pescou uma folha de papel da cesta que tinha içado do Atendimento a Clientes lá embaixo. Era uma ordem de serviço de mensagem, e Stanley percebeu que estava escrita em papel timbrado do Palácio dos Guardiões. E estava assinada nada menos do que pelo Supremo Guardião.

Mas, por algum motivo que Stanley não compreendeu, a verdadeira mensagem que ele deveria transmitir não era do Supremo Guardião, mas de Silas Heap. E deveria ser entregue a Márcia Overstrand.

– Droga – disse Stanley, desanimado. Mais uma viagem pelo Brejal Marram adentro, procurando evitar a Píton do Brejo, não era o que ele tinha esperado.

– Droga, *senhor* – corrigiu o rato preto. – A aceitação desta tarefa não é opcional – disse com aspereza. – E mais um último detalhe, Rato 101. Sua qualificação de Confidencial está anulada.

– *Como?* Você não pode fazer isso!

— *Senhor*. O *senhor* não pode fazer isso, *senhor*. Posso, sim. Na realidade, já fiz. – O rato preto deixou um sorrisinho de satisfação passar ligeiro pelos bigodes.

— Mas eu prestei todos os exames. E acabei de passar pelo curso de Confidencialidade Avançada. E fui o primeiro...

— *E fui o primeiro, senhor*. Que pena. Qualificação de Confidencial revogada. Ponto final. Está dispensado!

— Mas... mas... – balbuciou Stanley.

— Agora se mande daqui – ordenou o rato preto agitando o rabo com raiva.

Stanley se mandou.

Lá embaixo, ele apresentou a papelada no Atendimento ao Cliente, como de costume. O Rato do Atendimento examinou a folha da mensagem e mostrou com a pata rombuda o nome de Márcia.

— Quer dizer que você sabe onde encontrar essa aí? – indagou.

— Claro que sim – disse Stanley.

— Ótimo. É isso o que gostamos de ouvir – comentou o rato.

— Esquisito – murmurou Stanley consigo mesmo. Não estava gostando muito da nova equipe da Agência de Ratos e ficou se perguntando o que teria acontecido com os antigos ratos simpáticos que costumavam trabalhar ali.

Foi uma viagem longa e perigosa a que Stanley fez naquele dia da Festa do Solstício de Inverno.

Primeiro, pegou carona numa pequena barca que levava madeira até o Porto. Infelizmente para ele, o patrão da barca seguia a política de manter o gato de bordo magro e malvado. E malvado ele era, sem a menor dúvida. Stanley passou a viagem tentando desesperadamente evitar o gato, que era um bicho enorme, de laranja, com grandes presas amarelas e um bafo horroroso. Sua sorte se esgotou pouco antes de chegaram ao Valado Deppen quando foi encurralado pelo gato e por um marinheiro troncudo que usava como arma uma tábua de bom tamanho. Com isso, ele foi forçado a saltar da barca antes da chegada.

A água do rio estava gelada, e a maré corria veloz carregando Stanley rio abaixo enquanto ele lutava para manter a cabeça acima da água no curso da maré. Foi só quando chegou ao Porto que finalmente conseguiu, a duras penas, alcançar a terra firme no cais.

Ficou ali jogado no degrau mais baixo da escada do cais, parecendo não ser mais do que um pedaço de pelo molhado. Estava exausto demais para dar mais um passo que fosse. Vozes passavam lá no alto da muralha do cais.

– Ah, mamãe, olha! Tem um rato morto naquela escada. Posso levar para casa para deixar fervendo até ficar só o esqueleto?

– Não, Petúnia, não pode.

– Mas eu não tenho esqueleto de rato, Mamãe.

– Nem vai ter. Vamos. – Stanley pensou com seus botões que não teria se importado com um banho gostoso numa panela de água fervente, se Petúnia o tivesse levado para casa. Pelo menos, teria se aquecido um pouco.

Quando, por fim, conseguiu ficar nas quatro patas para subir a escada, se arrastando, ele soube que precisava se aquecer e encontrar comida antes de poder continuar viagem. Foi assim que seguiu seu faro até uma padaria e entrou de mansinho. Lá dentro ficou tremendo ao lado dos fornos, recuperando o calor aos poucos. Um berro da mulher do padeiro e uma pesada vassourada acabaram fazendo com que se mandasse dali, mas não sem antes ter comido a maior parte de uma rosca de geleia e dado umas mordiscadas em pelo menos três pães e numa torta de creme.

Sentindo-se revigorado, Stanley passou a procurar uma carona até o Brejal Marram. Não era nada fácil. Apesar de a maioria das pessoas no Porto não celebrar o dia do Solstício de Inverno, muitos dos moradores tinham aproveitado o feriado como uma desculpa para comer um belo almoço e dormir a maior parte da tarde. O Porto estava quase deserto. O vento norte, que estava trazendo lufadas de neve, mantinha fora das ruas qualquer um que não precisasse estar ali, e Stanley começou a se perguntar se encontraria alguém tão tonto a ponto de seguir viagem lá para o Brejal.

Foi quando ele encontrou Jack Maluco e sua carroça puxada por um burro.

Jack Maluco morava num casebre nos limites do Brejal Marram. Vivia de cortar palha para o telhado das casas do Porto. Acabava de fazer sua última entrega do dia e estava a caminho de casa quando viu Stanley à toa perto de umas latas de lixo, tremendo com o vento gelado. Jack Maluco ficou todo animado. Adorava ratos e ansiava pelo dia em que alguém lhe mandaria uma mensagem por um Rato Mensageiro. Só que não era tanto pela mensagem que ele realmente ansiava; mas, sim, pelo rato.

Jack Maluco parou a carroça perto das lixeiras.

– Ei, Ratinho, quer carona? Essa carroça quentinha 'tá in'o até a beira do Brejal.

Stanley achou que estava ouvindo coisas. É uma ilusão, Stanley, disse a si mesmo em tom grave. Pare com isso.

Jack Maluco olhou lá do alto da carroça e deu seu melhor sorriso desdentado para o rato.

– Bem, garoto, num faz cerimônia. Pode subir.

Stanley hesitou só por um instante antes de subir na carroça.

– Vem sentar aqui comigo, Ratinho – disse Jack Maluco, com um risinho de satisfação. – Pronto. Agora trata de te enrolar nesse cobertor. Vai ser bom para proteger o pelo desse frio do inverno, vai, sim.

Enrolou Stanley muito bem num cobertor que cheirava fortemente a burro e atiçou o animal à frente de sua carroça. O burro pôs as orelhas compridas para trás e partiu a passos pesados, em meio às lufadas de neve, pelo percurso que conhecia tão bem, de volta pela estrada de aterro em direção ao casebre que dividia com Jack Maluco. Quando lá chegaram, Stanley já se sentia aquecido de novo e muito agradecido a Jack.

– Pronto. Finalmente em casa – disse Jack, todo animado, enquanto tirava os arreios do burro e levava o animal para dentro do casebre. Stanley ficou na carroça relutando em sair do calor do cobertor, mas sabendo que devia. – 'Cê é bem-vin'o. Pode entrar e ficar aqui um pouco – ofereceu Jack Maluco. – Gosto de ter um rato por aqui. Alegra um pouco as coisa. Faz compan'ia. 'Tá me entenden'o?

Com grande pesar, Stanley balançou negativamente a cabeça. Tinha uma mensagem a entregar e era um verdadeiro profissional, mesmo que tivessem retirado sua qualificação de Confidencial.

– Ah, bem, imagino que 'cê é um deles. – Nesse ponto, Jack Maluco baixou a voz e olhou ao redor como se quisesse se certificar de que ninguém estava escutando. – Calculo que 'cê é um daqueles Ratos Mensageiros. Sei que a maioria das pessoas não acredita neles, mas eu acredito. Muito prazer. – Jack Maluco se ajoelhou e ofereceu a Stanley a mão para ele apertar, e Stanley não conseguiu deixar de oferecer a Jack Maluco a pata para retribuir o cumprimento. Jack Maluco a segurou. – 'Cê é, né? 'Cê é um Rato Mensageiro – murmurou.

Stanley fez que sim. Quando se deu conta, Jack Maluco estava apertando sua pata direita com uma força incrível, tinha jogado o cobertor do burro por cima dele, embrulhando-o tão bem que Stanley nem mesmo conseguia tentar se debater, e o estava levando para dentro do casebre.

Houve um forte ruído metálico, e Stanley foi jogado numa gaiola que estava à espera. A porta foi bem fechada, com cadeado. Jack Maluco deu um risinho, guardou a chave no bolso e se recostou observando o prisioneiro com prazer.

Stanley sacudia as barras da gaiola, furioso. Mais furioso consigo mesmo do que com Jack Maluco. Como *podia* ter sido tão idiota? Como podia ter se esquecido da sua formação? Um Rato Mensageiro sempre viaja sem ser reconhecido. Um Rato Mensageiro nunca se apresenta a estranhos.

— Ai, Ratinho, como a gente vai se diverti junto — disse Jack Maluco. — Só 'ocê e eu, Ratinho. Vamo sair pra cortá palha junto. E, se 'ocê se comportar, vamo ao circo, quando ele chegá à cidade, pra vê os palhaços. Adoro os palhaços, Ratinho. Vamo levá uma vida gostosa junto. Vamo, sim. Ah, vamo. — Deu um risinho de satisfação e foi buscar duas maçãs murchas de um saco pendurado no teto. Uma maçã, levou para o burro e então abriu o canivete e cortou com cuidado a segunda ao meio, dando a metade maior para Stanley, que se recusou a tocar nela.

— Logo, logo 'cê vai comer ela, Ratinho — disse Jack Maluco, com a boca cheia, respingando caldo de maçã por cima de Stanley. — 'Cê num vai ter mais nenhuma comida enquanto a neve continuar. E isso vai demorar. O vento mudou para o norte. Está chegan'o agora o Grande Gelo. É sempre por volta da Festa do Solstício de Inverno. Certo como ovos é ovos. E ratos é ratos.

Jack Maluco riu consigo mesmo dessa piada. Enrolou-se no cobertor com cheiro de burro, que tinha sido a maldição de Stanley, e caiu em sono profundo.

Stanley chutou as barras da gaiola e se perguntou o quanto teria de emagrecer para conseguir sair se espremendo entre elas.

Deu um suspiro. Teria de emagrecer muito, mas muito mesmo.

⊬ 28 ⊬
O Grande Gelo

As sobras do Banquete de Solstício de Inverno – repolho ensopado, cabeças de enguia no vapor e cebolas picantes – estavam ali abandonadas sobre a mesa enquanto tia Zelda tentava insuflar alguma vida no fogo que ia se apagando no Chalé da Protetora. A parte interna das janelas estava ficando opaca com o gelo, e a temperatura no chalé caía vertiginosamente, mas mesmo assim tia Zelda não conseguia acender a lareira. Bert deixou de lado o orgulho e se aconchegou a Maxie para se manter quentinha. Todos os outros estavam ali sentados, envoltos em suas colchas, com os olhos fixos no fogo em dificuldades.

– Por que você não me deixa dar uma tentada com esse fogo, Zelda? – perguntou Márcia, irritada. – Não vejo motivo para ficar aqui sentada, congelando, quando tudo o que preciso fazer é isso. – Márcia estalou os dedos, e labaredas surgiram na lareira.

— Você sabe que não concordo com **Interferências** com os elementos, Márcia — disse tia Zelda, severa. — Vocês, Magos, não têm nenhum respeito pela Mãe Natureza.

— Não quando a Mãe Natureza está transformando meus pés em blocos de gelo — resmungou Márcia.

— Bem, se você usasse botas mais razoáveis, como eu uso, em vez de ficar se exibindo com essas coisinhas roxas feitas de cobra, seus pés não teriam problemas — alfinetou tia Zelda.

Márcia não lhe deu atenção. Ficou ali sentada aquecendo os pés roxos de pele de cobra junto ao fogo forte e percebeu com alguma satisfação que tia Zelda não tinha feito nenhuma tentativa de fazer o fogo voltar aos estertores da Mãe Natureza.

Lá fora, o Vento Norte uivava lúgubre. As leves nevascas de mais cedo tinham ficado mais pesadas, e agora o vento trazia junto, aos turbilhões, uma forte tempestade que soprava sobre o Brejal Marram e começava a cobrir a terra com altos montes de neve acumulada. À medida que a noite passava e que o fogo produzido por Márcia, afinal, começava a aquecer todos eles, o ruído do vento foi sendo abafado pelos montes de neve que iam se empilhando lá fora. Logo, o interior do chalé foi dominado por um silêncio suave, nevado. O fogo queimava com firmeza na lareira; e, um a um, todos seguiram o exemplo de Maxie e adormeceram.

Depois de ter conseguido enterrar o chalé na neve até a altura do telhado, o Grande Gelo continuou viagem. Seguiu por sobre os brejos, cobrindo a água salobra com uma grossa camada branca de gelo, congelando os atoleiros e lodaçais e fazendo com que os animais dos pântanos se enfurnassem nas profundezas das águas para fugir do gelo. Seguiu rio acima e se estendeu pelas terras das duas margens, soterrando estábulos, chalés e um carneiro ou outro.

À meia-noite, chegou ao Castelo, onde tudo estava preparado.

Durante o mês anterior à vinda do Grande Gelo, os moradores do Castelo armazenaram comida, se arriscaram a entrar na Floresta para trazer toda a lenha que conseguissem carregar e passaram um bom tempo tricotando e tecendo cobertores. Era nessa época do ano que os Mercadores do Norte costumavam chegar, trazendo seus sortimentos de tecidos de lã pesada, grossas peles de animais do Ártico e peixe salgado, sem deixar de lado os alimentos picantes que as Bruxas de Wendron adoravam. Os Mercadores do Norte tinham um instinto misterioso que lhes indicava a época do Grande Gelo, chegando sempre um mês antes do seu início e partindo bem a tempo de evitar sua primeira manifestação. Os cinco Mercadores que estavam sentados na taberna de Sally Mullin na noite do incêndio tinham sido os últimos a partir, por isso ninguém no Castelo ficou surpreso com a chegada do Grande Gelo. Na realidade, a opinião geral era a de que ele estava um pouco atrasado, embora na realidade os últimos Mercadores do Norte tivessem partido um pouco mais cedo do que imaginavam em decorrência de circunstâncias imprevistas.

Silas, como sempre, tinha se esquecido da chegada do Grande Gelo e se descobriu ilhado na Taberninha Secreta depois que um monte enorme de neve acumulada bloqueou a entrada. Como não tinha mesmo nenhum outro lugar aonde ir, se acomodou e resolveu tirar o melhor partido da situação enquanto Alther e alguns dos Antigos se dedicavam à tarefa de tentar descobrir onde Simon estava.

O rato preto na Agência de Ratos, que estava aguardando o retorno de Stanley, descobriu que estava ilhado no alto da Torre de Atalaia do Portão Leste, totalmente recoberta de gelo. O cano de escoamento tinha ficado cheio da água de um cano estourado, e congelou rapidamente, impedindo sua saída. Os ratos no Atendimento ao Cliente no térreo deixaram que ele se virasse sozinho e foram para casa.

O Supremo Guardião também estava aguardando a volta de Stanley. Ele não só queria obter informações do rato – exatamente onde Márcia Overstrand se encontrava –, mas também estava ansioso à espera do resultado da mensagem que o rato deveria entregar. Só que nada acontecia. Desde o dia em que o rato foi enviado, um pelotão de Guardas do Palácio totalmente armados foi posicionado no Portão do Palácio, batendo forte com os pés enregelados, com os olhos fixos na nevasca, esperando pelo **Aparecimento** da Maga ExtraOrdinária. Mas Márcia não voltou.

O Grande Gelo se instalou. O Supremo Guardião, que tinha passado muitas horas se vangloriando com DomDaniel sobre a brilhante ideia de desqualificar a confidencialidade do Rato Mensageiro e enviá-lo com uma falsa mensagem para Márcia, agora se esforçava ao máximo para evitar o Mestre. Passava todo o tempo que podia no Lavatório Feminino. O Supremo Guardião não era supersticioso, mas também não era tolo. Não tinha lhe escapado o fato de que todos os planos discutidos enquanto ele estava no Lavatório Feminino costumavam dar certo, apesar de ele não fazer ideia do motivo. Ele também apreciava o aconchego do pequeno fogão à lenha, mas o principal era que aproveitava a oportunidade de *se esconder para espreitar*. Adorava espreitar. Quando pequeno, tinha sido um desses meninos sempre escondidos pelos cantos escutando a conversa dos outros. Consequentemente, era comum ele conseguir poder sobre alguém e não tinha medo de usá-lo em benefício próprio. O hábito tinha sido muito útil durante sua subida de postos na Guarda do Palácio e tinha desempenhado um papel importante para sua indicação como Supremo Guardião.

E assim, durante o Grande Gelo, ele se entocou no lavatório, acendeu o fogão e espreitou com prazer, escondido por trás da porta de aparência inocente, com suas letras douradas desbotadas, escutando as conversas dos que passavam por ali. Era um prazer enorme ver o sangue lhes fugir do rosto quando ele pulava diante deles e os confrontava com qualquer comentário insultuoso que tivessem acabado de fazer a seu respeito. Era ainda maior o prazer de chamar a Guarda e fazer com que fossem imediatamente jogados no calabouço, principalmente se as vítimas se dessem o trabalho de implorar um pouco. O Supremo Guardião gostava que implorassem um pouco. Até agora, já tinha mandado prender e jogar no calabouço vinte e seis pessoas por fazerem comentários grosseiros sobre ele. Nem uma vez lhe passou pela cabeça se perguntar por que motivo ainda não tinha ouvido nada agradável a seu respeito.

Mas o projeto mais interessante de que se ocupava o Supremo Guardião era Simon Heap. Simon tinha sido trazido direto da capela para o Lavatório Feminino, sendo ali acorrentado a um cano. Por ser Simon irmão de criação de Jenna, o Supremo Guardião calculou que ele soubesse aonde a menina tinha ido e ansiava por conseguir convencê-lo a lhe revelar o lugar.

Como o Grande Gelo se instalou e nem o Rato Mensageiro nem Márcia voltaram para o Castelo, Simon ficou ali no Lavatório Feminino, abatido, sofrendo constantes interrogatórios sobre o paradeiro de Jenna. De início, estava apavorado demais para falar, mas o Supremo Guardião era um homem hábil e tratou de conquistar a confiança do rapaz. Sempre que tinha um momento de folga, o homenzinho desagradável entrava arrogante no lavatório e começava a se queixar do dia entediante com Simon, que escutava com educação, assustado demais para falar. Com o passar do tempo, ele ganhou coragem para arriscar alguns comentários, e o Supremo Guardião pareceu encantado de obter uma reação do rapaz. Começou então a lhe trazer mais comes e bebes. Com isso, Simon se descontraiu um pouco; e não demorou para que se descobrisse contando ao Supremo Guardião seu desejo secreto de se tornar o próximo Mago ExtraOrdinário, bem como sua decepção com a fuga de Márcia. Disse ao Supremo Guardião não ser aquele o tipo de atitude que ele próprio teria tomado.

O Supremo Guardião escutou com aprovação. Cá estava afinal um Heap com a cabeça no lugar. E, quando lhe ofereceu a possibilidade de se tornar Aprendiz do novo Mago ExtraOrdinário "tendo em vista que – e eu sei que isso ficará entre nós, meu rapaz

–, o Aprendiz atual está se revelando extremamente insatisfatório, apesar da grande esperança que pusemos nele", Simon Heap começou a vislumbrar um novo futuro para si mesmo. Um futuro no qual ele seria respeitado e poderia usar seu talento **Mágyko**, sem ser tratado apenas como "um daqueles Heap desgraçados". Foi assim que, numa noite bem tarde, depois que o Supremo Guardião se sentou com simpatia ao seu lado e lhe ofereceu uma bebida quente, Simon Heap lhe contou o que ele queria saber: Márcia e Jenna tinham ido para o chalé de tia Zelda no Brejal Marram.

– E *exatamente* onde é que fica esse chalé, garoto? – perguntou o Supremo Guardião com um sorriso matreiro.

Simon teve de confessar que não sabia *exatamente* onde ficava o lugar.

Num ataque de raiva, o Supremo Guardião saiu dali furioso e foi visitar o Caçador, que escutou em silêncio enquanto ele vociferava contra a estupidez de todos os Heap em geral e de Simon Heap em particular.

– Quer dizer, Gerald – (Pois era esse o nome do Caçador. Era um detalhe que ele preferia manter na surdina, mas para sua irritação o Supremo Guardião usava "Gerald" em todas as oportunidades possíveis.) – , *quer dizer* – prosseguiu o Supremo Guardião indignado enquanto andava de um lado para o outro no quarto precariamente mobiliado do Caçador no quartel, agitando os braços dramaticamente –, como é possível uma pessoa não saber exatamente onde mora sua tia? Gerald, como é que ele consegue visitar a tia se não sabe exatamente onde ela mora?

O Supremo Guardião visitava, por uma questão de dever, todas as suas inúmeras tias. Em sua maioria, bem que elas desejavam que o sobrinho não soubesse *exatamente* onde elas moravam. Mas, para o Caçador, as informações fornecidas por Simon eram suficientes. Assim que o Supremo Guardião saiu, começou a trabalhar com seus mapas e cartas detalhadas do Brejal Marram e, em pouco tempo, tinha identificado a provável localização do chalé de tia Zelda. Mais uma vez, estava pronto para a Perseguição.

E assim, com certa ansiedade, o Caçador foi ver DomDaniel.

DomDaniel estava no alto da Torre dos Magos, se esquivando das suas obrigações durante a passagem do Grande Gelo, resgatando os velhos livros de **Necromancia** que Alther tinha trancado num armário e dando ordens aos seus dois auxiliares de biblioteca, dois Magogs baixinhos e extremamente cruéis. DomDaniel tinha encontrado os Magogs depois que saltou da Torre. Normalmente eles viviam muito abaixo do solo e, por isso, eram muito parecidos com enormes cobras-de-vidro com o acréscimo de braços compridos e sem ossos. Eles não tinham pernas mas avançavam pelo chão numa trilha gosmenta, com um movimento de lagarta, e eram surpreendentemente velozes quando queriam. Não tinham cabelo, eram de um branco amarelado e pareciam não ter olhos. Na realidade tinham um pequeno olho, que também era branco amarelado. Esse único olho ficava imediatamente acima das únicas feições do seu rosto, que eram dois orifícios redondos e brilhantes, onde deveria haver um nariz, e a fenda da boca. A gosma que eles expeliam era asquerosamente grudenta e malcheirosa, apesar de o próprio DomDaniel achar que ela era bastante agradável.

Cada Magog teria provavelmente medido um metro e vinte de altura se fosse esticado em linha reta, apesar de esse ser um desafio que ninguém jamais tivesse tentado. Havia melhores formas de preencher os dias, como, por exemplo, arranhando as unhas num quadro-negro ou comendo um balde inteiro de ovas de rã. Ninguém jamais tocou num Magog a menos que fosse por engano. Sua gosma era tão repugnante que o simples fato de relembrar seu cheiro bastava para embrulhar o estômago de muita gente. Eles nasciam no subsolo a partir de larvas deixadas em animais em hibernação, como porcos-espinhos e arganazes, que não faziam ideia do que lhes acontecia. Evitavam os cágados já que conseguir sair da carapaça seria tarefa difícil para os jovens Magogs. Assim que os primeiros raios do sol da primavera aquecessem a terra, as larvas eclodiriam, consumiriam o que restasse do animal e se enfurnariam ainda mais no chão até encontrar uma câmara de Magogs. DomDaniel tinha centenas de câmaras de Magogs nas Áridas Terras do Mal e sempre dispôs de um suprimento constante. Eles davam ótimos Guardas. Sua mordida provocava na maioria das pessoas uma rápida septicemia, que as liquidava em algumas horas. E um arranhão da garra de um Magog ficava tão infeccionado que não sarava nunca. Mas sua principal arma de intimidação era a aparência: a cabeça inchada, de um branco amarelado, aparentemente cega, e a pequena mandíbula em constante movimento, com suas fileiras de dentes amarelos pontiagudos, eram medonhas e mantinham afastada a maioria das pessoas.

Os Magogs tinham chegado pouco antes do Grande Gelo. Tinham apavorado o Aprendiz, o que proporcionou a DomDaniel alguma diversão e uma desculpa para deixar o garoto tremendo lá fora no patamar enquanto tentava mais uma vez aprender a Tabuada de Multiplicar por Treze.

Também no Caçador, os Magogs provocaram algum impacto. Quando chegou ao alto da escadaria em caracol e passou pelo Aprendiz no patamar, ignorando deliberadamente o garoto, o Caçador escorregou no rastro de gosma de Magog que levava ao apartamento de DomDaniel. Recuperou o equilíbrio a tempo, mas não sem antes ouvir o risinho de zombaria do Aprendiz.

Em pouco tempo, o Aprendiz tinha mais motivo para zombaria porque finalmente DomDaniel estava gritando com outra pessoa que não era ele. Ouviu deliciado a voz furiosa do Mestre, que se infiltrava perfeitamente pela pesada porta roxa.

– Não, não, *não*! – gritava DomDaniel. – Você deve achar que estou *louco de pedra* se pensa que vou deixar você partir mais uma vez numa Caçada sozinho. Você é um *bobalhão* cheio de si. E, se eu conseguisse qualquer outro para cumprir a missão, pode acreditar em mim, eu o convocaria. Você vai esperar até *eu* lhe dizer quando ir. E nessa hora você ainda irá sob *minha supervisão*. Não me interrompa! Não! Não quero escutar. Agora *suma* daqui, ou prefere a *ajuda* de um dos meus Magogs?

O Aprendiz ficou olhando quando a porta roxa se abriu com violência e o Caçador saiu rápido, escorregando na gosma e descendo ruidosamente a escada à maior velocidade possível. Depois disso, o Aprendiz quase conseguiu aprender sua Tabuada de Treze. Bem, pelo menos conseguiu chegar a 13 vezes 7, seu melhor desempenho até então.

Alther, ocupado misturando os pares de meias de DomDaniel, ouviu tudo. Apagou o fogo com um sopro e acompanhou o Caçador na saída da Torre, onde **Causou** uma enorme queda da neve acumulada no alto do Grande Arco, exatamente quando o Caçador passava ali embaixo. Passaram-se horas até que alguém se desse o trabalho de cavar para livrá-lo da neve, mas isso quase não serviu de consolo para Alther. As coisas não pareciam bem paradas.

Embrenhadas na Floresta congelada, as Bruxas de Wendron dispuseram armadilhas na esperança de apanhar um carcaju incauto ou dois que as ajudassem a enfrentar os tempos magros que estavam por vir. Depois, elas se retiraram para a caverna comunitária de inverno na pedreira de ardósia, onde se abrigaram nos trajes de pele, contando histórias umas para as outras enquanto mantinham o fogo aceso noite e dia.

As ocupantes da casa da árvore se reuniam em torno do fogão à lenha na cabana central, atacando com regularidade o estoque de nozes e frutinhas de Galen. Sally Mullin, toda enrolada num monte de peles de carcaju, se lamuriava baixinho pela perda da taberna enquanto não parava de comer, por pura compulsão, uma enorme pilha de avelãs. Sarah e Galen mantinham o fogão aceso e conversavam sobre ervas e poções durante os longos dias gelados.

Os quatro meninos da família Heap armaram um acampamento contra a neve no chão da Floresta, a certa distância da casa da árvore, e passaram a levar uma vida em estado selvagem. Apanhavam esquilos com armadilhas e assavam os bichos e qualquer outro animal que encontrassem, para grande desagrado de Galen, que, no entanto, não dizia nada. A atividade mantinha os garotos ocupados e fora da casa da árvore, além de preservar seu estoque de alimentos para o inverno, que estava sendo rapidamente devorado pelas mordidinhas de Sally Mullin. Sarah visitava os filhos todos os dias e, apesar de no começo ficar preocupada com eles lá fora na Floresta por sua própria conta, ficou impressionada com a rede de iglus que eles construíram e percebeu que algumas das Bruxas de Wendron mais jovens tinham se habituado a lhes fazer visitinhas trazendo pequenos presentes de comes e bebes. Logo, tornou-se raro Sarah encontrar os meninos sem, no mínimo, duas ou três jovens bruxas ajudando-os a preparar uma refeição ou simplesmente sentadas em volta da fogueira rindo e contando piadas. Para Sarah foi uma surpresa ver como os filhos tinham mudado com a necessidade de se virar sozinhos. Todos pareciam mais adultos, até mesmo o mais novo, Jo-Jo, que tinha apenas treze anos. Com o passar do tempo, ela começou a se sentir meio intrusa no acampamento dos filhos, mas continuou a visitá-los todos os dias, em parte para manter alguma vigilância sobre eles e em parte porque tinha descoberto que gostava muito de esquilo assado.

✠ 29 ✠
PÍTONS E RATOS

Na manhã seguinte à chegada do Grande Gelo, Nicko abriu a porta da frente do chalé para se deparar com uma muralha de neve. Pôs mãos à obra com a pá de carvão de tia Zelda e cavou um túnel de mais ou menos dois metros de comprimento através da neve até o forte sol de inverno. Jenna e Menino 412 saíram pelo túnel, piscando os olhos por causa do sol.

– Está tão claro – disse Jenna, protegendo os olhos da neve que, com uma camada cintilante de gelo, rebrilhava a ponto de quase causar dor.

O Grande Gelo tinha transformado o chalé num iglu gigantesco. Os charcos que o cercavam tinham se tornado uma vasta paisagem ártica, com todas as suas características alteradas pelos montes da neve acumulada pelo vento e com as longas sombras lançadas pelo sol baixo de inverno. Maxie completou o quadro, saindo aos saltos e rolando na neve até parecer um urso-polar animado demais.

Jenna e Menino 412 ajudaram Nicko a cavar um caminho até o Fosso congelado. Depois, saquearam o grande estoque de vassouras de tia Zelda e começaram a tarefa de varrer a neve do gelo para poder patinar por todo o circuito do Fosso. Foi Jenna quem começou enquanto os dois meninos jogavam bolas de neve um no outro. Menino 412 revelou-se bom de mira, e Nicko acabou ficando muito parecido com Maxie.

O gelo já estava com uma espessura de uns quinze centímetros, liso e escorregadio como vidro. Uma infinidade de bolhinhas minúsculas estava suspensa na água congelada, dando ao gelo uma aparência ligeiramente nublada; mas ainda transparente o suficiente para permitir ver os fios congelados do capim preso dentro dele, bem como o que havia por baixo. E o que havia por baixo dos pés de Jenna quando ela deu a primeira varrida na neve eram os dois olhos amarelos, parados sem piscar, de uma cobra gigante, a olhar direto para ela.

– Aaaai! – berrou Jenna.

– O que foi, Jen? – perguntou Nicko.

– Olhos. *Olhos de uma cobra*. Tem uma cobra enorme por baixo do gelo.

Menino 412 e Nicko se aproximaram.

— Uau. É mesmo *enorme* — concordou Nicko.

Jenna se ajoelhou e varreu um pouco mais de neve dali.

— Olha — disse ela —, olha o rabo dela. Bem do lado da cabeça. Deve dar a volta no Fosso inteiro.

— Impossível — discordou Nicko.

— Só pode ser isso.

— Imagino que possa ser mais de uma.

— Bem, só tem um jeito de descobrir. — Jenna apanhou a vassoura e começou a varrer. — Vamos, comecem — ordenou aos meninos. Nicko e Menino 412 apanharam relutantes as vassouras e começaram a trabalhar.

Antes do final da tarde, eles tinham descoberto que na realidade havia apenas uma cobra.

— Ela deve ter mais de um quilômetro e meio de comprimento — disse Jenna quando finalmente chegaram de volta ao lugar onde tinham começado. A Píton do Brejo olhava para eles malhumorada através do gelo. Não lhe agradava ser observada, principalmente por *comida*. Apesar de preferir cabras e linces, a cobra considerava comida qualquer coisa que tivesse pernas; e, de vez em quando, ingeria um viajante esporádico se ele fosse tão descuidado a ponto de cair numa vala e se debater demais. Mas em geral ela evitava os bípedes. Considerava seus numerosos trajes indigestos e tinha especial aversão a botas.

O Grande Gelo estabeleceu-se. Tia Zelda se acomodou para esperar que ele passasse, como fazia todos os anos, e informou à impaciente Márcia que agora não havia a menor possibilidade de Silas voltar com seu **Talismã de Segurança**. O Brejal Marram estava totalmente isolado. A Maga ExtraOrdinária simplesmente teria de esperar pelo Grande Degelo como todos os demais.

Mas o Grande Degelo não dava sinal de chegar. Todas as noites, o vento norte trazia mais uma nevasca uivante, acumulando montes cada vez mais altos.

A temperatura caiu ainda mais, e o gelo expulsou o Atolardo do seu cantinho de lama. Ele se recolheu então à cabana de banho com a fonte quente, onde ficou cochilando satisfeito no vapor.

A Píton do Brejo continuava presa no Fosso. Sobrevivia comendo quaisquer peixes e enguias incautas que estivessem ao seu alcance e sonhava com o dia em que estaria livre para devorar quantas cabras conseguisse aguentar.

Nicko e Jenna saíam para patinar no gelo e, de início, se contentavam em dar voltas no Fosso congelado para irritar a Píton do Brejo; mas, passado algum tempo, começaram a se aventurar pela paisagem branca do brejo. Passavam horas correndo pelas valas congeladas, ouvindo os estalos do gelo abaixo deles e, às vezes, o uivo tristonho do vento com a ameaça de trazer ainda mais uma nevasca. Jenna percebeu que todos os sons das criaturas do brejo tinham sumido. Não se ouvia mais o farfalhar aflito dos ratões-do-banhado, nem os marulhinhos das cobras d'água. Os Pardinhos da Lama Movediça estavam congelados muito abaixo do solo, sem dar um berro sequer entre eles, enquanto as Ninfas das Águas dormiam profundamente, com as ventosas grudadas na parte inferior do gelo, à espera do degelo.

Semanas longas e tranquilas transcorreram no Chalé da Protetora, e ainda assim a neve soprava vinda do norte. Enquanto Jenna e Nicko passavam horas patinando e deslizando no gelo no circuito do Fosso, Menino 412 não saía de dentro de casa. Ele ainda se sentia enregelado se ficasse ao ar livre mesmo por pouco tempo. Era como se alguma pequena parte dele ainda não tivesse se reaquecido desde aquela vez em que ficou soterrado na neve do lado de fora da Torre dos Magos. Às vezes, Jenna se sentava com ele junto à lareira. Gostava de Menino 412, apesar de não saber por que motivo, já que ele nunca falava com ela. Isso ela não considerava uma afronta pessoal porque sabia que ele não tinha dito uma palavra que fosse para ninguém desde sua chegada ao chalé. Com ele o principal assunto de Jenna era Petroc Trelawney, a quem tinha se afeiçoado.

Algumas tardes, Jenna se sentava no sofá ao seu lado enquanto ele a observava tirar o seixo de estimação do bolso. Ela costumava se sentar junto do fogo com Petroc, porque ele fazia com que ela se lembrasse de Silas. Havia alguma coisa no simples ato de segurar a pedra que lhe dava a certeza de que Silas voltaria em segurança.

— Aqui, pode segurar o Petroc — oferecia ela, pondo o seixo liso e cinzento na mão encardida do menino.

Petroc Trelawney gostava de Menino 412. Gostava dele porque ele costumava ser ligeiramente grudento e ter cheiro de comida. Lançava seus quatro tocos de perna, abria os olhos e lambia sua mão. Humm, pensava ele, nada mau. Sentia o gosto nítido de enguia, e não é que havia um toque de repolho que permanecia como um vestígio sutil? Petroc Trelawney gostava de enguia e costumava dar mais uma lambida na palma da mão de Menino 412. Sua língua era seca e levemente áspera, como a de um gato diminuto, e o menino ria. Sentia cócegas.

– Ele gosta de você – afirmava Jenna com um sorriso. – Nunca lambeu minha mão.

Em muitos dias, Menino 412 simplesmente se sentava junto ao fogo, devorando o estoque de livros de tia Zelda, mergulhando num mundo totalmente novo. Antes de chegar ao Chalé da Protetora, nunca tinha lido um livro. Tinha aprendido a ler no Exército Jovem mas só recebia autorização para ler longas listas de Inimigos, Ordens do Dia e Planos de Combate. Agora, porém, tia Zelda o mantinha bem provido com uma feliz combinação de histórias de aventuras e livros de **Magya**, que ele absorvia como uma esponja. Foi num desses dias, já passadas quase seis semanas do início do Grande Gelo, quando Jenna e Nicko decidiram ver se conseguiriam cobrir patinando toda a distância até o Porto, que Menino 412 percebeu uma coisa.

Ele já sabia que todos os dias de manhã, por algum motivo, tia Zelda acendia duas lanternas e entrava no armário de poções debaixo da escada e desaparecia por um tempo. A princípio, não deu a isso a maior importância. Afinal de contas, era escuro dentro do armário de poções e tia Zelda tinha muitas poções de que cuidar. Ele sabia que as poções que precisavam ser mantidas no escuro eram as mais instáveis e exigiam atenção constante. Exatamente no dia anterior, tia Zelda tinha passado horas filtrando um **Antídoto Amazonense** turvo, que tinha ficado encaroçado por causa do frio. Mas, naquela manhã em particular, Menino 412 percebia como tudo estava em silêncio no armário de poções. E ele sabia que tia Zelda não costumava ser uma pessoa silenciosa. Sempre que ela passava pelos **Potes de Conserva**, eles chocalhavam e saltavam. E, quando ela estava na cozinha, as panelas e frigideiras batiam ruidosamente umas nas outras. Por isso, se perguntava como tia Zelda conseguia manter tanto silêncio no pequeno recinto do armário de poções. E por que ela precisava de *duas* lanternas?

Menino 412 largou o livro e foi pé ante pé até a porta do armário de poções, que estava estranhamente em silêncio, tendo em vista que ele continha tia Zelda em grande proximidade com centenas de frasquinhos potencialmente tilintantes. Ele bateu na porta com hesitação. Não houve resposta. Escutou de novo. Silêncio. Sabia que na realidade deveria simplesmente voltar para seu livro, mas de algum modo *Taumaturgia e Sortilégio: que diferença faz?* não era tão interessante quanto o que tia Zelda estava aprontando. Por isso, ele empurrou a porta para abri-la e dar uma espiada lá dentro.

O armário de poções estava vazio.

Por um instante, teve algum medo de que fosse uma brincadeira e tia Zelda desse um pulo para lhe dar um susto, mas logo percebeu que decididamente ela não estava ali. E então viu qual o motivo. O alçapão estava aberto, e subia até ele o cheiro úmido de mofo daquele túnel de que se lembrava tão bem. Ele ficou ali parado à porta, sem saber o que fazer. Passou pela sua cabeça que tia Zelda pudesse ter caído pelo alçapão por engano e que precisasse de ajuda, mas logo se deu conta de que, se ela *tivesse* caído, teria ficado entalada, já que sua circunferência parecia muito maior do que o alçapão.

Enquanto imaginava como ela tinha conseguido se espremer para passar pelo alçapão, viu o clarão amarelo mortiço de uma lanterna entrando pelo espaço aberto no chão. Logo ouviu os passos pesados das botas práticas de tia Zelda, vindos pelo piso de areia do túnel, e sua respiração ofegante enquanto ela subia a ladeira íngreme para chegar à escada de madeira. Quando tia Zelda começou o esforço de subir a escada, ele fechou em silêncio a porta do armário e voltou às pressas para seu lugar junto da lareira.

Passaram-se uns bons minutos até que uma tia Zelda ofegante pusesse a cabeça para fora do armário de poções, com um ar meio suspeito, e visse Menino 412 lendo *Taumaturgia e Sortilégio: que diferença faz?* com enorme interesse.

Antes de tia Zelda ter tempo para voltar a sumir dentro do armário, a porta da frente se abriu com violência. Nicko apareceu com Jenna logo atrás. Os dois largaram no chão os patins, exibindo o que parecia ser um rato morto.

– Olhem o que encontramos – disse Jenna.

Menino 412 fez uma careta. Não gostava de ratos. Tinha sido forçado a viver com uma quantidade enorme deles para apreciar sua companhia.

— Deixem do lado de fora — disse tia Zelda. — Dá azar trazer alguma coisa morta para dentro de casa a menos que seja para comer. E não tenho vontade de comer *isso* aí.

— Ele não está morto, tia Zelda — disse Jenna. — Olhe. — Ela estendeu a tira de pelo castanho para tia Zelda examinar, e ela deu uma cutucada no rato, desconfiada.

— Nós o encontramos do lado de fora daquele casebre — explicou Jenna. — Sabe qual, aquele não muito longe do Porto, no final dos brejos? Tem um homem lá que mora com um burro. E um monte de ratos mortos em gaiolas. Nós olhamos pela janela. Era horrível. E então ele acordou e nos viu. Por isso Nicko e eu fugimos correndo e vimos esse rato. Acho que ele tinha acabado de escapar. Então eu o apanhei e o guardei no meu casaco e saímos correndo. Bem, saímos patinando. E o velho saiu aos berros porque nós apanhamos o rato dele. Mas ele não conseguiu nos alcançar, não é, Nicko?

— Não — disse Nicko, homem de poucas palavras.

— Seja como for, acho que é o Rato Mensageiro, com uma mensagem do papai — disse Jenna.

— *Impossível* — disse tia Zelda. — Aquele Rato Mensageiro era gordo.

O rato nas mãos de Jenna soltou um guincho fraco em protesto.

— E este aqui — prosseguiu tia Zelda, cutucando o rato na altura das costelas — é magro como uma tábua. Bem, acho melhor trazerem-no para dentro, qualquer que seja o tipo do rato.

E foi assim que Stanley finalmente chegou ao seu destino, quase seis semanas depois de ter sido enviado pela Agência de Ratos. Como todos os bons Ratos Mensageiros, ele tinha se revelado à altura do lema da Agência de Ratos: *Nada* consegue parar um Rato Mensageiro.

Mas Stanley não estava forte o suficiente para transmitir a mensagem. Ficou deitado, enfraquecido, numa almofada diante do fogo enquanto Jenna o alimentava com purê de enguias. O rato nunca tinha sido um grande apreciador de enguias, menos ainda em purê, mas depois de seis semanas numa gaiola só bebendo água e sem comer nada, até mesmo purê de enguias tinha um sabor maravilhoso. E ficar deitado numa almofada diante da lareira em lugar de tremendo no fundo da gaiola imunda era ainda mais maravilhoso. Mesmo que Bert de vez em quando lhe desse uma bicada ou outra quando ninguém estava olhando.

Por insistência de Jenna, Márcia recorreu à ordem **Fale, Rattus Rattus**, mas Stanley não disse palavra enquanto continuava ali debilitado, jogado na almofada.

– Ainda não estou convencida de que seja o Rato Mensageiro – disse a Maga ExtraOrdinária alguns dias depois da chegada de Stanley, sem que ele ainda tivesse falado. – Aquele Rato Mensageiro não fazia outra coisa a não ser falar, se me lembro bem. E um monte de baboseira na maior parte.

Stanley deu sua melhor franzida de cenho para Márcia, mas ela não percebeu.

– É ele, Márcia – garantiu Jenna. – Sou boa para reconhecer ratos porque já tive um monte deles. Este aqui é decididamente o Rato Mensageiro que veio antes.

E assim todos aguardavam nervosos que Stanley se recuperasse o suficiente para **Falar** e transmitir a tão esperada mensagem de Silas. Foi um período de ansiedade. O rato apresentou uma febre e começou a delirar, murmurando palavras sem nexo por horas a fio e quase levando Márcia à loucura. Tia Zelda preparou grandes quantidades de infusão de casca de salgueiro que Jenna, cheia de paciência, administrava ao rato com um pequeno conta-gotas. Depois de uma semana longa e aflita, a febre por fim cedeu.

Quase no final de uma tarde, quando tia Zelda estava trancada no armário de poções (tinha se habituado a trancar a porta depois do dia em que Menino 412 espiou lá dentro) e Márcia estava calculando alguns encantamentos matemáticos à escrivaninha de tia Zelda, Stanley deu uma tossida e se sentou. Maxie latiu e Bert chiou de surpresa, mas o Rato Mensageiro não lhes deu atenção.

Tinha uma mensagem a entregar.

⇸ 30 ⇷
MENSAGEM PARA MÁRCIA

Logo uma plateia ansiosa estava reunida ao redor de Stanley. Ele saiu com dificuldade da almofada, ficou em pé e respirou fundo.

– Primeiramente devo fazer uma pergunta – disse ele, com a voz trêmula. – Alguém aqui presente responde pelo nome de Márcia Overstrand?

– Você sabe que sim – respondeu a Maga, impaciente.

– Mesmo assim preciso perguntar, Vossa Excelência. Faz parte do procedimento – explicou o Rato Mensageiro. E prosseguiu: – Estou aqui para transmitir uma mensagem para Márcia Overstrand, ex-Maga ExtraOrdinária...

– *O quê?* – irritou-se Márcia, boquiaberta. – Ex? O que esse rato idiota quer dizer com *ex*-Maga ExtraOrdinária?

— Acalme-se, Márcia — recomendou tia Zelda. — Espere para ver o que ele tem a comunicar.

Stanley continuou.

— A mensagem é enviada às sete horas da manhã... — O rato fez uma pausa para calcular exatamente havia quantos dias a mensagem tinha sido enviada. Como bom profissional que era, tinha mantido um registro do período em que esteve na gaiola, por meio de um risco arranhado numa barra para cada dia. Sabia que tinha ficado preso 39 dias com Jack Maluco, mas não fazia a menor ideia de quantos dias tinha passado em delírio diante da lareira no Chalé da Protetora. — ... bem... há muito tempo, por procuração, de parte de um determinado Silas Heap, residente no Castelo...

— O que quer dizer procuração? — perguntou Nicko.

Stanley bateu o pé no chão, irritado. Não gostava de interrupções, principalmente quando a mensagem estava tão velha que ele receava não conseguir se lembrar dela. Tossiu, impaciente.

— Início da mensagem:

Querida Márcia,

Espero que você esteja bem. Estou bem e me encontro no Castelo. Eu lhe seria muito grato se você viesse me encontrar diante do Palácio assim que possível. Ocorreu um desdobramento. Estarei no Portão do Palácio à meia-noite, todas as noites, até você chegar.

Na expectativa de vê-la,
Com meus melhores votos,
Silas Heap

— Fim da Mensagem.

Stanley voltou a sentar na almofada e deu um suspiro de alívio. Missão cumprida. Podia ter demorado para entregar a mensagem mais do que qualquer outro Rato Mensageiro na história, mas tinha conseguido. Ele se permitiu um pequeno sorriso, apesar de ainda estar em serviço.

Fez-se silêncio por um instante, e então Márcia explodiu.

— Típico, simplesmente *típico*! Silas nem mesmo faz um esforço para voltar antes do Grande Gelo e depois, quando finalmente consegue mandar uma mensagem, nem se dá o trabalho de mencionar meu **Talismã de Segurança**. Eu desisto. Deveria ter ido eu mesma.

— Mas e Simon? — perguntou Jenna, ansiosa. — E por que papai não mandou uma mensagem também para *nós*?

— De qualquer modo, não parece muito com o jeito do papai — resmungou Nicko.

— Não, mesmo — concordou Márcia. — Estava gentil demais.

— Bem, imagino que tenha sido *mesmo* por procuração — disse tia Zelda, insegura.

— O que quer dizer procuração? — perguntou Nicko mais uma vez.

— Significa um substituto. Alguma outra pessoa entregou a mensagem à Agência de Ratos. Silas devia estar impedido de ir até lá. O que era de se esperar, imagino. Eu me pergunto quem terá sido seu procurador.

Stanley não disse nada, apesar de saber perfeitamente bem que o procurador era o Supremo Guardião. Mesmo tendo deixado de ser um Rato Confidencial, ele ainda devia obedecer ao código de conduta da Agência de Ratos. E isso significava que todas as conversas no interior da Agência de Ratos eram cobertas pelo Sigilo Máximo. No entanto, o Rato Mensageiro se sentia constrangido. Esses Magos o tinham resgatado, cuidado dele e provavelmente salvado sua vida. Ele se mexeu um pouco, olhando para o chão. Alguma coisa estava acontecendo, pensou, e daquilo ele não queria fazer parte. Toda essa mensagem tinha sido um pesadelo do início ao fim.

Márcia foi até a escrivaninha e fechou o livro com violência.

– Como Silas teve a audácia de deixar de lado um assunto tão importante quanto meu **Talismã de Segurança**? – perguntou, furiosa. – Ele não sabe que todo o sentido da existência de um Mago Ordinário é servir ao Mago ExtraOrdinário? Não vou tolerar essa atitude insubordinada nem mais um *instante*. Pretendo descobrir onde ele está e lhe dizer o que penso dele.

– Márcia, isso é prudente? – perguntou tia Zelda discretamente.

– Ainda sou a Maga ExtraOrdinária e me recuso a permanecer afastada – declarou, decidida.

– Bem, sugiro que você consulte o travesseiro – aconselhou tia Zelda, sensata. – Tudo parece melhor de manhã.

Mais tarde naquela noite, Menino 412 estava deitado à luz bruxuleante do fogo, escutando as fungadas de Nicko e a respiração regular de Jenna. Tinha sido despertado pelos roncos fortes de Maxie, que ressoavam através do teto. Supostamente o cachorro devia dormir ali embaixo com eles, mas ainda subia de mansinho para se deitar na cama de Silas quando achava que sairia impune. Na realidade, quando ele começava a roncar ali embaixo, Menino 412 costumava lhe dar um empurrão e o encaminhar lá para cima. Naquela noite, porém, Menino 412 percebeu que estava ouvindo alguma coisa diferente dos roncos de um cão de caça a lobos com problemas de respiração.

Estalidos das tábuas do assoalho lá em cima... passos sorrateiros na escada... o rangido do antepenúltimo degrau que rangia sempre... Quem seria? *O que* seria? Todas as histórias de fantasmas que ele tinha ouvido na vida voltaram à sua cabeça quando ele ouviu o roçar quase silencioso de uma capa passando pelo piso de pedra e soube que quem quer que fosse, ou *o que quer que fosse*, tinha entrado na sala.

Menino 412 foi se sentando bem devagar, com o coração disparado, olhando assustado pela escuridão adentro. Um vulto escuro estava se aproximando furtivo do livro deixado por Márcia na escrivaninha. A criatura apanhou o livro e o enfiou por dentro da capa. Então ela viu na penumbra o branco dos olhos de Menino 412 fixos nela.

– Sou eu – murmurou Márcia. Ela acenou para que ele se aproximasse dela. Ele saiu em silêncio de debaixo da sua colcha e atravessou o piso de pedra para ver o que ela queria. – Não entendo como se pode esperar que alguém durma no mesmo quarto que aquele animal – murmurou Márcia, irritada. Menino 412 deu um sorriso tímido. Não contou que tinha sido ele que empurrou Maxie escada acima para começo de conversa.

"Vou **Retornar** hoje", disse Márcia. "Vou usar os **Minutos da Meia-Noite**, só para me garantir. Você deve sempre se lembrar disso, os minutos de cada lado da meia-noite são o melhor momento para se **Viajar** com segurança. Especialmente se houver alguém por aí que possa lhe desejar algum mal. O que eu suspeito que haja. Vou direto para o Portão do Palácio para dar um jeito nesse Silas Heap. Bem, que horas são?"

Tirou o relógio do cinto.

– Dois minutos para a meia-noite. Logo estarei de volta. Você pode contar para Zelda. – Olhou para Menino 412 e se lembrou de que ele não tinha pronunciado uma palavra desde quando informou seu posto e número na Torre dos Magos. – Ah, bem, não faz mal se você não contar. Ela vai adivinhar aonde fui.

De repente ele pensou numa coisa importante. Remexeu no bolso do pulôver e tirou dali o **Talismã** que a Maga lhe tinha dado quando o convidou para ser seu Aprendiz. Pôs o minúsculo par de asas de prata na palma da mão e olhou para elas com um pouco de arrependimento. Elas rebrilhavam em prata e ouro no fulgor **Mágyko** que estava começando a envolver Márcia. Menino 412 se dispôs a devolver o **Talismã** a ela – achava que não devia ficar mais com ele já que não havia a menor possibilidade de um dia ele vir a ser seu Aprendiz –, mas Márcia balançou negativamente a cabeça e se ajoelhou ao lado do menino.

– Não – murmurou ela. – Ainda tenho esperança de que você mude de ideia e resolva ser meu Aprendiz. Pense nisso durante minha ausência. Agora, falta um minuto para a meia-noite. Afaste-se.

O ar em torno de Márcia se esfriou, e um forte tremor de **Magya** a envolveu, enchendo o ar com uma carga elétrica. Menino 412 recuou para junto da lareira, um pouco assustado mas também fascinado. Ela fechou os olhos e começou a murmurar alguma coisa comprida e complicada numa língua nunca ouvida por ele antes. E, enquanto observava, Menino 412 viu surgir a mesma névoa **Mágyka** que tinha visto pela primeira vez quando estava sentado em *Muriel* no Valado Deppen. De repente, Márcia jogou a capa sobre si mesma de tal modo que ficou toda coberta da cabeça aos pés. Quando fez isso, o roxo da névoa **Mágyka** e o roxo da capa se fundiram. Ouviu-se um forte chiado, como o de água caindo sobre algum metal quente, e a Maga ExtraOrdinária desapareceu, deixando nada mais que uma leve sombra que se demorou ali alguns instantes.

No Portão do Palácio, à meia-noite e vinte, um pelotão de Guardas estava de plantão, exatamente como tinha estado durante as últimas cinquenta noites de um frio implacável. Os Guardas estavam enregelados e esperavam mais uma noite longa e monótona, sem fazer nada a não ser bater com força os pés e não contrariar o Supremo Guardião, que tinha uma estranha ideia de que a ex-Maga ExtraOrdinária iria aparecer exatamente ali. Assim, do nada. É claro que ela não tinha aparecido; e os Guardas não calculavam que fosse aparecer. Ainda assim todas as noites ele os mandava para lá para esperar enquanto seus dedos dos pés se transformavam em cubos de gelo.

Por isso, quando uma leve sombra roxa começou a surgir no meio deles, nenhum dos Guardas acreditou de verdade no que estava acontecendo.

– É *ela* – murmurou um deles, meio receoso da **Magya** que, de repente, turbilhonava no ar e lançava descargas elétricas incômodas através dos capacetes pretos de metal. Os Guardas desembainharam as espadas e ficaram observando enquanto a sombra enevoada se solidificava numa figura alta, envolta na capa roxa de Maga ExtraOrdinária.

Márcia Overstrand tinha aparecido bem no meio da armadilha do Supremo Guardião. Foi apanhada de surpresa e, sem seu **Talismã de Segurança** e sem a proteção dos **Minutos da Meia-Noite** – pois estava vinte minutos atrasada –, ela não conseguiu impedir o Capitão da Guarda de lhe arrancar do pescoço o Amuleto Akhu.

Daí a dez minutos, Márcia estava jogada no chão do Calabouço Número Um, que era um poço fundo e escuro enterrado nas fundações do Castelo. Ficou ali atordoada, presa no centro de um **Turbilhão de Sombras e Vultos** que DomDaniel, com enorme prazer, tinha preparado para ela. Aquela foi a pior noite da sua vida. Estava caída indefesa numa poça imunda, pousada numa pilha de ossos dos ocupantes anteriores do calabouço, atormentada pelos gemidos e berros das **Sombras e Vultos** que giravam em torno dela e esgotavam seus poderes **Mágykos**. Foi só na manhã do dia seguinte – quando, por sorte, um fantasma Antigo se perdeu e por acaso passou pela parede do Calabouço Número Um –

que alguém além de DomDaniel e do Supremo Guardião soube onde ela estava.

O Antigo levou Alther até ela, mas não havia nada que ele pudesse fazer além de sentar ao seu lado, tentando incentivá-la a continuar viva. Alther precisou recorrer a todos os seus poderes de persuasão porque ela estava em desespero. Num acesso de raiva contra Silas, ela sabia que tinha posto a perder tudo o que Alther tinha defendido quando depôs DomDaniel. Pois mais uma vez DomDaniel estava com o Amuleto Akhu pendurado no pescoço roliço; e era ele, não Márcia Overstrand, quem agora era de verdade o Mago ExtraOrdinário.

✣ 31 ✣
O RETORNO DO RATO

Tia Zelda não tinha relógio de bolso nem de parede. Relógios nunca funcionavam direito no Chalé da Protetora. Havia **Perturbação** demais no subsolo. Infelizmente, esse foi um fato que tia Zelda nunca se deu o trabalho de mencionar para Márcia, tendo em vista que ela mesma não se preocupava muito com a hora exata do dia. Quando queria saber a hora, contentava-se em olhar no relógio de sol, na esperança de que houvesse sol, mas sua preocupação maior era com a passagem das fases da lua.

No dia em que o Rato Mensageiro foi salvo, tia Zelda levou Jenna para dar uma volta na ilha depois que escureceu. A camada de neve estava mais alta do que nunca e apresentava uma cobertura de gelo quebradiço tão forte que Jenna conseguia correr com leveza por cima, apesar de tia Zelda, com as botas pesadas, afundar direto os pés. Elas tinham andado até a ponta da ilha, afastando-se das luzes do chalé, e tia Zelda apontou para a escuridão do céu noturno, com suas centenas de milhares de estrelas brilhantes, mais do que Jenna tinha visto em toda a vida.

– Hoje – disse tia Zelda – é a Noite Sem Lua.

Jenna estremeceu. Não do frio, mas de uma sensação estranha que teve ali, em pé, no meio de tamanha vastidão de estrelas e negrume.

– Hoje, por mais que você se esforce, não conseguirá ver a lua – disse tia Zelda. – Ninguém na terra verá a lua hoje. Não é uma noite para ninguém se arriscar a sair pelos brejos; e se todos os espíritos e criaturas dos brejos não estivessem congelados debaixo da terra, o que nos dá segurança, a esta hora já estaríamos **Trancados por Sortilégio** no chalé. Mas achei que você gostaria de ver as estrelas sem a claridade da lua. Sua mãe sempre gostou de apreciar as estrelas.

Jenna engoliu em seco.

– Minha *mãe*? Quer dizer, minha mãe de quando eu *nasci*?

– É – respondeu tia Zelda. – Estou falando da Rainha. Ela adorava as estrelas. Achei que você também adorasse.

– Eu adoro – murmurou Jenna. – Eu sempre contava estrelas da janela da minha casa quando não conseguia dormir. Mas... como você conheceu minha mãe?

– Eu via sua mãe todos os anos – disse tia Zelda. – Até que ela... bem, até que tudo mudou. E a mãe dela, sua querida avó, eu também a via todos os anos.

Mãe, avó... Jenna começou a se dar conta de que tinha uma família inteira sobre a qual não sabia nada. Mas, de algum modo, tia Zelda sabia.

– Tia Zelda – disse Jenna devagar, ousando por fim fazer uma pergunta que a atormentava desde o dia em que tinha descoberto quem ela era na realidade.

– Hum? – Tia Zelda estava com o olhar perdido nos brejos.

– E meu pai?

– Seu pai? Ah, ele era das Terras Distantes. Foi embora antes que você nascesse.

– Foi embora?

– Ele tinha um barco. Partiu em busca de não sei bem o quê – respondeu tia Zelda, sem entrar em detalhes. – Ele chegou de volta ao Porto pouco depois do seu nascimento, com um navio lotado de tesouros para você e para sua mãe, ao que me disseram. Mas quando lhe deram a notícia terrível, ele zarpou com a maré seguinte.

– Qual... qual era o nome dele? – perguntou Jenna.

– Não faço ideia – disse tia Zelda, que, assim como a maior parte da população, tinha prestado pouca atenção à identidade do consorte da Rainha. A Sucessão era de mãe para filha, deixando os homens da família livres para levar a vida como bem entendessem.

Alguma coisa na voz de tia Zelda chamou a atenção de Jenna, e ela desviou o olhar das estrelas para ela. Sufocou um grito de espanto. Até aquele momento, não tinha realmente percebido os olhos de tia Zelda, mas agora o azul forte e penetrante dos olhos da Feiticeira Branca pareciam cortar a noite, brilhando pela escuridão afora, olhando atentamente para os brejos.

— Certo — disse tia Zelda, de repente. — Hora de voltar para dentro de casa.

— Mas...

— Eu lhe conto mais no verão. Era nessa época, no dia do Solstício de Verão, que elas vinham. Vou levar você lá também.

— Aonde? — perguntou Jenna. — Vai me levar aonde?

— Vamos! — ordenou tia Zelda. — Não estou gostando nem um pouco daquele vulto lá para aquele lado...

Agarrou a mão de Jenna e voltou correndo com ela pela neve afora. Lá para as bandas dos brejos, um voraz Lince do Pântano parou de espreitar e deu meia-volta. Estava fraco demais para começar uma perseguição. Se tivesse sido alguns dias antes, poderia ter feito uma bela refeição que lhe daria forças até o inverno passar. Mas agora o Lince voltava, com o rabo entre as pernas, para sua toca na neve, onde ficou mastigando enfraquecido seu último camundongo congelado.

Depois da Noite Sem Lua, a primeira lasca finíssima da lua nova surgiu no céu. Cada noite ela crescia um pouco mais. Agora que a neve tinha parado de cair, o céu estava limpo. Todas as noites, Jenna observava a lua da janela, enquanto os **Insetos Escudeiros** se mexiam como em sonho nos **Potes de Conserva**, à espera do seu momento de liberdade.

— Não pare de vigiar — recomendou-lhe tia Zelda. — À medida que a lua vai crescendo, ela atrai as coisas que estão no chão. E o chalé atrai as pessoas que desejam vir para cá. A atração é mais forte na lua cheia, que foi quando você chegou.

Mas quando um quarto da lua estava visível, Márcia foi embora.

– Como assim Márcia foi embora? – perguntou Jenna a tia Zelda na manhã em que descobriram sua ausência. – Eu achava que as coisas voltavam quando a lua estava crescendo, não que fossem embora.

Tia Zelda ficou um pouco aborrecida com a pergunta de Jenna. Estava amolada com Márcia por ir embora tão de repente e também não gostava que questionassem suas teorias sobre a lua.

– Às vezes – disse tia Zelda, com ar de mistério –, as coisas precisam partir para poder retornar. – Com passos pesados, ela seguiu para o armário de poções, onde entrou, trancando bem a porta atrás de si.

Nicko olhou solidário para Jenna e lhe mostrou o par de patins.

– Vamos ver quem chega primeiro no Atoleiro Grande? – propôs ele, com um largo sorriso.

– O último a chegar lá é um rato morto – disse Jenna rindo.

Stanley acordou sobressaltado ao ouvir as palavras "rato morto" e abriu os olhos a tempo de os ver apanhar os patins e desaparecer para passarem o dia inteiro fora.

Quando chegou a lua cheia, e Márcia ainda não tinha voltado, todos ficaram muito preocupados.

– Eu disse a Márcia para pensar melhor – comentou tia Zelda –, mas, ai, não, *ela* precisa ficar toda alvoroçada por causa de Silas e simplesmente se levantar e ir no meio da noite. Desde então, nem uma palavra. É realmente péssimo. Posso entender Silas não ter conseguido voltar, com o Grande Gelo e tudo o mais, mas Márcia, não.

– Pode ser que ela volte hoje de noite – arriscou Jenna –, já que é lua cheia.

– Pode ser que sim – disse tia Zelda – ou pode ser que não.

É claro que Márcia não voltou naquela noite. Ela a passou como tinha passado as dez últimas noites, no meio do **Turbilhão de Sombras e Vultos,** deitada sem forças na poça de água imunda no fundo do Calabouço Número Um. Sentado ao seu lado estava Alther Mella, recorrendo a toda a **Magya** espectral que lhe era possível para ajudar a manter sua ex-aprendiz viva. Era raro que as pessoas sobrevivessem à queda no Calabouço Número Um. E, quando sobreviviam, não duravam muito pois logo afundavam na água imunda, indo se juntar aos ossos que ficavam imediatamente abaixo da superfície. Sem Alther, não há dúvida de que Márcia teria esse mesmo destino.

Naquela noite, a noite da lua cheia, quando o sol se pôs e a lua nasceu no céu, Jenna e tia Zelda se enrolaram em algumas colchas e ficaram de vigília junto à janela, à espera de Márcia. Jenna logo adormeceu, mas tia Zelda se manteve alerta a noite inteira até que o nascer do sol e o desaparecimento da lua cheia extinguiram qualquer leve esperança que ela pudesse ter quanto ao retorno de Márcia.

No dia seguinte, o Rato Mensageiro decidiu que estava com forças suficientes para partir. Havia um limite para a quantidade de purê de enguia que até mesmo um rato podia tolerar, e Stanley achava que tinha mais do que chegado a ele.

No entanto, antes de poder partir, precisava ser encarregado de transmitir outra mensagem ou ser liberado sem mensagem alguma. Por isso, naquela manhã, ele deu um pigarro de cortesia antes de falar.

– Peço a licença de todos. – Todos se voltaram para o rato. Ele tinha se mantido muito quieto enquanto se recuperava, e eles não estavam acostumados a ouvir sua voz. – Já está na hora de eu voltar à Agência de Ratos. Já estou meio atrasado. Mas preciso perguntar se vocês desejam que eu leve alguma mensagem.

– Papai! – disse Jenna. – Leva uma para papai!

– E quem poderia ser papai? – perguntou o rato. – E onde ele pode ser encontrado?

– Não sabemos – disse tia Zelda bruscamente. – Não há nenhuma mensagem, muito obrigada, senhor Rato Mensageiro. Considere-se dispensado.

Stanley fez uma reverência enormemente aliviado.

– Obrigado, senhora – disse ele. – E, bem, obrigado pela sua bondade. Sou muito grato a todos vocês.

Todos ficaram olhando o rato sair correndo, deixando atrás de si o rastro de pequenas pegadas e do rabo riscando a neve.

– Queria ter mandado uma mensagem – disse Jenna, pesarosa.

— Foi melhor não ter mandado — comentou tia Zelda. — Alguma coisa não está muito certa nesse rato. Ele está diferente do que era na outra vez.

— Bem, ele chegou muito mais magro — salientou Nicko.

— Humm — murmurou tia Zelda. — Alguma coisa está acontecendo. Dá para eu sentir.

Stanley fez uma boa viagem de volta ao Castelo. Foi só quando chegou à Agência de Ratos que as coisas começaram a desandar. Ele subiu em disparada pelo cano de escoamento recém-descongelado e bateu à porta da Agência de Ratos.

— Entre! — rosnou o rato preto, que mal acabava de voltar ao serviço depois de ser resgatado tardiamente do congelamento da Agência de Ratos.

Stanley foi entrando receoso, com plena consciência de que precisaria dar algumas explicações.

— *Você!* — vociferou o rato preto. — Finalmente. Como teve a coragem de me fazer de palhaço? Tem noção de quanto tempo esteve ausente?

— Bem... dois meses — murmurou Stanley. Tinha infelizmente uma perfeita noção do tempo que passara ausente e começava a se perguntar o que Dawnie teria a dizer a respeito.

— Bem... *dois meses, senhor!* — berrou o rato preto, furioso, batendo com o rabo na mesa. — Você faz ideia de como me fez parecer *idiota*?

Stanley não disse nada, achando que pelo menos algo de positivo tinha resultado daquela viagem medonha.

— Você vai pagar por isso — berrou o rato preto. — Vou me certificar pessoalmente de que você nunca mais consiga trabalho enquanto eu estiver no comando aqui.

— Mas...

— Mas, *senhor*! — esbravejou o rato preto. — O que eu lhe disse? Trate de me chamar de senhor!

Stanley ficou calado. Havia muitos nomes que ele podia imaginar para chamar o rato preto, mas "senhor" não era um deles. De repente, se deu conta de alguma coisa atrás de si. Deu meia-volta e se descobriu olhando para o par de ratos mais musculosos que já tinha visto. Estavam ali em pé, ameaçadores, na entrada da Agência de Ratos, impedindo a entrada da luz e também eliminando toda e qualquer oportunidade de Stanley tentar fugir correndo, algo que ele sentia uma vontade avassaladora de fazer.

Já o rato preto ficou satisfeito de ver os dois.

— Ah, que bom. Os rapazes chegaram. Podem levá-lo daqui, rapazes.

— Para onde? — guinchou Stanley. — Para onde vão me levar?

— Para... onde... vão... me... levar... *senhor*? — disse o rato preto com os dentes semicerrados. — Ao procurador que enviou essa mensagem originalmente. Ele quer saber *com exatidão* onde você encontrou a destinatária. E, como você não é mais um Rato Confidencial, é claro que será obrigado a contar.

"Levem-no ao Supremo Guardião."

32
O GRANDE DEGELO

No dia seguinte à partida do Rato Mensageiro, teve início o Grande Degelo. Ele começou pelo Brejal Marram, cujo clima era sempre um pouco mais quente que o de qualquer outro lugar, e depois foi se espalhando rio acima pela Floresta até entrar no Castelo. Foi um enorme alívio para todos lá, pois os víveres já estavam escasseando em razão dos saques feitos pelo Exército de Guardiões aos armazéns de provisões para o inverno, para fornecer a DomDaniel os ingredientes para seus frequentes banquetes.

O Grande Degelo também foi um alívio para um determinado Rato Mensageiro que tremia entristecido numa armadilha para ratos por baixo do piso do Lavatório Feminino. Stanley tinha sido deixado ali em razão de sua recusa em divulgar a localização do chalé de tia Zelda. Ele não tinha como saber que o Caçador já tinha calculado o local com sucesso a partir das informações passadas por Simon Heap ao Supremo Guardião; nem calculava que ninguém tinha a menor intenção de libertá-lo, se bem que já tivesse experiência de vida suficiente para fazer essa suposição. O Rato Mensageiro conseguia se manter como podia: comia o que conseguia apanhar, principalmente aranhas e baratas; lambia o que gotejava do cano em degelo; e se descobriu pensando quase com carinho no Jack Maluco. Dawnie, enquanto isso, tinha desistido dele, fora morar com a irmã.

O Brejal Marram estava agora inundado pela água do rápido degelo da neve. Logo o verde do capim começou a aparecer, e o chão se tornou pesado e molhado. O gelo no Fosso e nas valas foi o último a derreter. Mas, à medida que começou a sentir a temperatura subir, a Píton do Brejo começou a se movimentar, agitando o rabo com impaciência e flexionando suas centenas de vértebras enrijecidas. Todos no chalé esperavam receosos pela hora em que a cobra gigantesca se libertaria. Ninguém sabia ao certo a fome que ela estaria sentindo, ou a raiva. Para garantir que Maxie ficasse dentro de casa, Nicko amarrou o cão de caça aos lobos à perna da mesa com uma corda grossa. Tinha certeza de que carne fresca de cachorro seria o primeiro item no cardápio da Píton do Brejo assim que se soltasse da prisão no gelo.

Aconteceu na terceira tarde do Grande Degelo. De repente, ouviu-se um estalo ruidoso, e o gelo acima da cabeça fortíssima se estilhaçou voando em pedacinhos para todos os lados. A cobra se empinou, e Jenna, a única ali por perto, foi se esconder atrás do barco das galinhas. A Píton do Brejo olhou de relance em sua direção mas não se interessou por mastigar aquelas botas pesadas. Sentindo bastante dor, ela preferiu contornar devagar o Fosso até encontrar uma saída. Foi então que se deparou com um pequeno inconveniente: estava entalada. Presa num círculo. Sempre que tentava fazer uma curva na outra direção, nada funcionava. Tudo o que conseguia fazer era dar voltas e mais voltas no Fosso, nadando. Cada vez que tentava sair para a vala que a levaria ao brejo, seus músculos se recusavam a funcionar.

A cobra foi forçada a ficar ali no Fosso dias a fio, abocanhando peixes e olhando com ódio para qualquer um que se aproximasse. O que ninguém fez, depois que ela lançou a língua comprida e bifurcada contra Menino 412, atirando-o longe. Por fim, um dia de manhã, o sol de início de primavera surgiu e aqueceu a cobra o suficiente para que seus músculos enrijecidos relaxassem. Gemendo um pouco, como um portão enferrujado, ela partiu nadando, em busca de algumas cabras, e lentamente, ao longo dos dias seguintes, *quase* conseguiu se endireitar. Mas não por completo. Até o final dos seus dias, a Píton do Brejo apresentou uma tendência a nadar para a direita.

Quando o Grande Degelo chegou ao Castelo, DomDaniel levou seus dois Magogs rio acima até o Riacho da Desolação, onde, na calada da noite, os três subiram por uma prancha estreita toda embolorada e embarcaram no seu navio das Trevas, o *Vingança*. Ali esperaram alguns dias até a forte maré de águas-vivas necessária para que a embarcação flutuasse e DomDaniel a tirasse do riacho.

Na manhã do Grande Degelo, o Supremo Guardião convocou uma reunião do Conselho de Guardiões, sem se dar conta de que, no dia anterior, tinha se esquecido de trancar a porta do Lavatório Feminino. Simon não estava mais acorrentado a um cano, pois o Supremo Guardião tinha passado a vê-lo mais como companhia do que como refém; e ele ficava ali sentado, esperando pacientemente pela costumeira visita no meio da manhã. Gostava de ouvir os mexericos sobre as exigências absurdas e os acessos de raiva de DomDaniel; e ficava decepcionado quando o Supremo Guardião não aparecia na hora normal. Ele não tinha como saber que o Supremo Guardião havia recentemente se entediado de sua companhia e estava naquele instante tramando com prazer o que DomDaniel chamava de "Operação de Compostagem", que incluía a eliminação não só de Jenna mas de toda a família Heap, Simon inclusive.

Depois de algum tempo, mais por não ter o que fazer do que por algum desejo de escapar, Simon tentou abrir a porta. Ficou pasmo quando ela se abriu e ele se descobriu olhando espantado para o corredor vazio. Deu um salto para trás voltando para o lavatório e, em pânico, bateu a porta com violência. O que deveria fazer? Deveria fugir? *Queria* fugir?

Ele se encostou na porta e pensou bem. O único motivo para ficar ali era a oferta nebulosa do Supremo Guardião de que poderia se tornar Aprendiz de DomDaniel. Mas a oferta não tinha sido repetida. E, naquele mês e meio passado no Lavatório Feminino, Simon Heap tinha aprendido muito a respeito do Supremo Guardião. Em primeiro lugar, estava a necessidade de desconfiar de qualquer coisa que ele dissesse. Em segundo, vinha a necessidade de cuidar de quem era mais importante. E, de agora em diante, na vida de Simon Heap, a pessoa mais importante era decididamente Simon Heap.

Abriu a porta novamente. O corredor ainda estava deserto. Ele tomou a decisão e saiu do lavatório a passos largos.

Silas perambulava tristonho pelo Caminho dos Magos, olhando para o alto, para as janelas encardidas acima das lojas e escritórios ao longo do Caminho, perguntando-se se Simon não estaria detido em algum lugar nos recantos escuros por trás delas. Um pelotão de Guardas passou em marcha acelerada, e ele se encolheu num portal, agarrado ao **Talismã de Segurança** de Márcia, na esperança de que ele ainda funcionasse.

– Psiu – sussurrou Alther.

– O quê? – Silas deu um pulo de surpresa. Nos últimos dias não tinha visto Alther com frequência já que o fantasma estava passando a maior parte do tempo com Márcia no Calabouço Número Um.

– E Márcia, como está hoje? – murmurou Silas.

– Já esteve melhor – disse Alther, melancólico.

– Eu realmente acho que deveríamos informar Zelda – opinou Silas.

– Aceite meu conselho, Silas, e não chegue *perto* daquela Agência de Ratos. Ela está agora sob o comando dos ratos que DomDaniel trouxe das Áridas Terras do Mal. Um bando de valentões cruéis. Não se preocupe agora. Vou pensar num jeito. Tem de haver um meio de tirar Márcia de lá.

Silas ficou desanimado. Sentia mais falta de Márcia do que gostaria de admitir.

– Anime-se, Silas – disse Alther. – Tem uma pessoa esperando por você na taberna. Quando estava voltando da visita a Márcia, eu o encontrei andando a esmo em volta do Tribunal. Fiz com que saísse pelo túnel. Melhor você se apressar antes que ele mude de ideia e vá embora de novo. Escorregadio, esse seu Simon.

– *Simon!* – Silas deu um largo sorriso. – Alther, por que não disse nada antes? Tudo bem com ele?

– *Parece* bem – respondeu Alther, tenso.

Simon já estava há duas semanas de volta ao aconchego de sua família, quando, na véspera da lua cheia, tia Zelda estava parada na soleira da porta do chalé, **Escutando** alguma coisa ao longe.

– Meninos, meninos, agora não – pediu ela a Nicko e Menino 412, entretidos num duelo com cabos de vassoura. – Preciso me concentrar.

Eles interromperam a luta enquanto tia Zelda ficava totalmente imóvel, com um olhar distante.

– Alguém está vindo para cá – disse ela, depois de alguns minutos. – Vou mandar o Atolardo olhar.

— Finalmente! — disse Jenna. — Eu me pergunto se é Papai ou Márcia. Será que Simon está com eles? Ou Mamãe? Vai ver que vem *todo o mundo*!

Maxie veio se aproximando de Jenna aos saltos, agitando o rabo feito louco. Às vezes ele parecia entender exatamente o que Jenna dizia. A não ser quando era alguma coisa do tipo: "Hora do banho, Maxie!" ou "Chega de biscoitos, Maxie!"

— Quieto, Maxie — ordenou tia Zelda, afagando as orelhas sedosas do cachorro. — O problema é eu estar com a sensação de que não é ninguém que eu conheça.

— Ah — disse Jenna —, mas que outra pessoa sabe que estamos aqui?

— Não sei — respondeu tia Zelda. — Mas quem quer que seja, sei que já estão nos brejos agora. Acabaram de chegar. Dá para eu sentir. Maxie, *deitado*. Muito bem. Agora, onde é que se meteu esse Atolardo?

Tia Zelda deu um assovio lancinante. A figura castanha atarracada escalou a margem do Fosso e veio bamboleando pelo caminho do chalé.

— Precisava ser tão alto? — queixou-se ele, esfregando as pequenas orelhas redondas. — Parece que me atravessa de um lado ao outro. — Ele cumprimentou Jenna. — Noite, senhorita.

— Olá, Atolardo. — Jenna deu um sorriso. Ele sempre a fazia sorrir.

— Atolardo — disse tia Zelda —, alguém está vindo para cá pelos brejos. Talvez mais de uma pessoa. Não tenho certeza. Você pode só dar uma saidinha e descobrir quem é?

– Sem problema. Estava mesmo com vontade de nadar. Não demoro – disse o Atolardo. Jenna ficou olhando enquanto ele descia gingando até o Fosso e desaparecia na água quase sem fazer ruído.

– Enquanto esperamos o Atolardo, devíamos aprontar os **Potes de Conserva** – disse tia Zelda. – Só por precaução.

– Mas Papai disse que você **Encantou** o chalé depois do ataque dos Pardinhos – disse Jenna. – Isso não quer dizer que estamos em segurança?

– Só contra Pardinhos – disse tia Zelda –, e mesmo essa proteção já deve estar se esgotando. Seja como for, quem quer que esteja vindo pelo brejo me dá a impressão de ser bem maior do que um Pardinho.

Tia Zelda foi buscar o livro de encantamentos das *Conservas de Insetos Escudeiros*.

Jenna olhou para os **Potes de Conserva**, que ainda estavam enfileirados nos peitoris. Dentro da espessa goma verde, os Insetos Escudeiros aguardavam. Em sua maioria, dormiam, mas alguns aos poucos estavam se movimentando como se soubessem que poderiam ser necessários. Contra quem?, perguntou-se Jenna. Ou contra *o quê*?

– Pronto – disse tia Zelda ao aparecer com o livro de encantamentos, deixando-o cair com um baque na mesa. Ela o abriu na primeira página e tirou um pequeno martelo de prata, que entregou a Jenna.

– Isso mesmo, este é o **Acionador** – disse ela a Jenna. – Se você passar por todos eles dando uma batidinha com isso aqui na tampa de cada Pote, eles ficarão **A postos**.

Jenna pegou o martelo de prata e seguiu pelas fileiras de **Potes**, batendo de leve em cada tampa. Quando batia, o ocupante de cada **Pote** despertava e ficava em posição de sentido. Em pouco tempo, um exército de cinquenta e seis Insetos Escudeiros aguardava para ser libertado. Jenna chegou ao último **Pote**, que continha a ex-centopeia, e deu uma pancadinha na tampa com o martelo de prata. Para sua surpresa, a tampa voou longe, e o Inseto Escudeiro se lançou para fora respingando goma verde para todos os lados, antes de pousar no braço de Jenna.

Jenna deu um berro.

O Inseto Escudeiro libertado se agachou em seu antebraço, com a espada em riste. Ela ficou ali petrificada, calculando que o inseto fosse se virar para atacá-la, esquecida de que a única missão do inseto era defender sua Libertadora dos inimigos. Inimigos, que ele estava se empenhando em encontrar.

As escamas verdes blindadas do Escudeiro se movimentavam harmoniosamente enquanto ele se mexia, avaliando o ambiente. Seu grosso braço direito segurava uma afiadíssima espada resplandecente à luz das velas; e suas pernas curtas e vigorosas não paravam de se mexer inquietas à medida que ele passava o peso de um pé para o outro enquanto aquilatava os inimigos em potencial.

Mas os inimigos em potencial eram decepcionantes.

Havia uma grande tenda de retalhos com olhos azuis brilhantes fixos no inseto.

– É só você pôr a mão por cima do inseto – murmurou a tenda para a Libertadora. – Ele vai se enroscar como uma bola. Depois, podemos tentar devolvê-lo para dentro do **Pote**.

A Libertadora olhou para a espadinha afiada que o inseto agitava de um lado para outro e hesitou.

— Pode deixar que eu faço, se você preferir — disse a tenda, aproximando-se. O inseto deu meia-volta, ameaçador, e a tenda parou de repente, perguntando-se o que poderia estar dando errado. Todos eles tinham **Gravado** todos os insetos, não tinham? Ele deveria se dar conta de que nenhum deles era o inimigo. Mas esse inseto não percebia nada disso. Estava ali à espreita no braço de Jenna, continuando sua busca.

Agora ele via o que estava procurando. Dois jovens guerreiros, portando hastes de lanças, prontos para o ataque. E um deles estava usando um *gorro vermelho*. De uma vida anterior distante e indefinida, o Inseto Escudeiro se lembrou daquele gorro vermelho. Ele tinha lhe causado algum mal. O inseto não sabia ao certo qual teria sido esse mal, mas isso não fazia diferença.

Tinha avistado o inimigo.

Com um guincho medonho, o inseto saltou do braço de Jenna, batendo as asas pesadas, e partiu voando com um forte ruído metálico. Ele seguia em direção a Menino 412 como um minúsculo míssil teleguiado, segurando a espada no alto, acima da sua cabeça. Berrava, com a boca escancarada mostrando fileiras de pequenos dentes verdes pontudos.

— Bata nele — berrou tia Zelda. — Rápido, dê-lhe uma paulada na cabeça!

Menino 412 tentou um golpe enlouquecido com seu cabo de vassoura contra o inseto que avançava, mas não acertou. Nicko mirou bem, mas o inseto conseguiu se desviar no último instante, gritando e brandindo a espada contra Menino 412. Este olhava para o inseto sem acreditar, mas estava terrivelmente atento para sua espada pontiaguda.

— Fique parado — orientou tia Zelda num murmúrio rouco. — Não importa o que faça, não se mexa.

Menino 412 ficou olhando horrorizado, quando o inseto pousou no seu ombro e avançou decidido na direção do seu pescoço, segurando a espada como se fosse uma adaga.

Jenna deu um salto adiante.

— Não! — gritou ela. O inseto se voltou para sua Libertadora. Não compreendia o que Jenna dizia; mas, quando ela fechou a mão por cima dele, o inseto embainhou a espada e se enrolou obediente, na forma de uma bola. Menino 412 caiu sentado no chão com um baque.

Tia Zelda estava pronta com o **Pote** vazio, e Jenna tentou enfiar nele o Inseto Escudeiro todo enroscado. Mas ele não queria entrar. Primeiro, um braço ficou para fora. Depois, o outro. Jenna dobrou os dois braços para dentro, só para descobrir que um pezão verde tinha conseguido sair do pote. Ela apertava e empurrava, mas o Inseto Escudeiro se debatia e lutava com todas as forças para não voltar para dentro do **Pote**.

Jenna sentiu medo de que ele de repente se enfurecesse e usasse a espada; mas, mesmo desesperado para se manter fora do **Pote**, ele nunca desembainhou a espada. A segurança da sua Libertadora era sua preocupação primordial. E como a Libertadora poderia estar em segurança se o protetor estivesse preso dentro do **Pote**?

— Você vai ter de deixar esse inseto livre — disse tia Zelda com um suspiro. — Nunca soube de ninguém que conseguisse pôr um deles de volta. Às vezes acho que eles dão mais trabalho do que seria razoável. Mas Márcia insistiu tanto. Como sempre.

— E o que vai acontecer com Menino 412? — perguntou Jenna. — Se ficar fora do **Pote**, o inseto não vai continuar atacando?

— Não agora que você o tirou de cima do menino. Agora tudo deve dar certo.

Menino 412 não pareceu muito satisfeito. "Deve dar certo" não era bem o que ele queria ouvir. "Vai decididamente dar certo" era mais o que tinha em mente.

O Inseto Escudeiro se acomodou no ombro de Jenna. Por alguns minutos, encarou todos com ar de suspeita. Mas, cada vez que fazia menção de se mexer, Jenna o cobria com a mão, e logo o inseto se aquietou.

Até que *alguma coisa* começou a arranhar a porta.

Todos ficaram petrificados.

Lá fora, *alguma coisa* estava riscando a porta com as garras.

Rrrrikt... rrrrakt... rrrikt.

Maxie gemeu.

O Inseto Escudeiro se levantou e desembainhou a espada. Dessa vez Jenna não o impediu. Ele ficou ali parado no seu ombro, pronto para saltar.

— Vá ver se é amigo, Bert — disse tia Zelda calmamente. A pata foi bamboleando até a porta, inclinou a cabeça para um lado, escutou com atenção e deu um pequeno miado.

– É um amigo – disse tia Zelda. – Deve ser o Atolardo. Mas não sei por que está arranhando desse jeito.

Tia Zelda abriu a porta e começou a gritar.

– Atolardo! Ai, Atolardo!

O Atolardo jazia na soleira ensanguentado.

Tia Zelda se ajoelhou junto dele, e todos se acotovelaram em volta.

– Atolardo, Atolardo, querido. O que houve?

O Atolardo não disse nada. Estava de olhos fechados, com o pelo sem brilho, emplastrado de sangue. Foi caindo até o chão, tendo usado as últimas forças para conseguir chegar ao chalé.

– Ai, Atolardo... abra os olhos, Atolardo... – gritou tia Zelda sem obter resposta. – Depressa. Alguém me ajude a levantá-lo.

Nicko veio rápido e ajudou tia Zelda a pôr o Atolardo sentado, mas ele era uma criatura pesada e escorregadia. Foi necessário que todos ajudassem para conseguir levá-lo para dentro. Carregaram o Atolardo para a cozinha, procurando não dar atenção ao rastro de sangue que pingava no chão à medida que passavam, e o deitaram na mesa.

Tia Zelda pôs a mão no peito do Atolardo.

– Ele ainda está respirando – disse ela –, mas quase não dá para perceber. E o coração está tremelicando como o de um passarinho. Está muito fraco. – Ela sufocou um soluço. Depois se sacudiu e entrou decidida em ação. – Jenna, converse com ele enquanto vou apanhar a caixa de remédios. Não pare de falar com ele e faça com que ele saiba que estamos aqui. Não deixe que ele se entregue. Nicko, vá apanhar água quente do caldeirão.

Menino 412 foi ajudar tia Zelda com a caixa de remédios enquanto Jenna segurava as patas molhadas e enlameadas do Atolardo, falando com ele em voz baixa, com a esperança de que sua voz parecesse mais calma do que estava.

– Atolardo, vai dar tudo certo, Atolardo. Você logo vai melhorar. Vai, sim. Está me ouvindo, Atolardo? Atolardo? Aperte minha mão se conseguir me ouvir.

A mão de Jenna sentiu um movimento levíssimo dos dedos palmados do Atolardo.

– Isso mesmo, Atolardo. Ainda estamos aqui. Você vai ficar bom. Você vai...

Tia Zelda e Menino 412 voltaram trazendo um grande baú de madeira, que deixaram no chão. Nicko pôs uma tigela de água quente na mesa.

– Pronto – disse tia Zelda. – Obrigada a todos vocês. Agora eu gostaria que vocês me deixassem com o Atolardo para eu poder cuidar dele. Vão fazer companhia a Bert e Maxie.

Mas eles não queriam deixar o Atolardo.

– Andem! *Vão andando!* – insistiu tia Zelda.

Jenna soltou com relutância a pata molenga do Atolardo. E então saiu da cozinha atrás de Nicko e Menino 412. A porta foi fechada com firmeza depois que eles passaram.

Jenna, Nicko e Menino 412 se sentaram abatidos no chão diante da lareira. Nicko se aconchegou a Maxie. Jenna e Menino 412 ficaram só olhando para o fogo, mergulhados nos próprios pensamentos.

Menino 412 estava pensando no seu anel **Mágyko**. Se entregasse o anel a tia Zelda, pensou, talvez ele conseguisse curar o Atolardo. Mas, se ele lhe desse mesmo o anel, ela haveria de querer saber onde ele o tinha encontrado. E alguma coisa lhe dizia que, se tia Zelda soubesse onde ele o tinha encontrado, ficaria furiosa. De verdade. E talvez até o mandasse embora. Fosse como fosse, era roubo, não era? Ele tinha roubado o anel. O anel não lhe pertencia. Mas poderia salvar o Atolardo...

Quanto mais pensava no assunto, mais sabia o que tinha de fazer. Tinha de deixar que tia Zelda ficasse com o anel do dragão.

– Tia Zelda disse para a gente não atrapalhar – disse Jenna quando Menino 412 se levantou e foi se encaminhando para a porta fechada da cozinha.

Ele não lhe deu a menor atenção.

– *Não faça isso* – ordenou Jenna dando um salto para impedi-lo. Mas, naquele momento, a porta da cozinha se abriu.

Tia Zelda apareceu. Seu rosto estava branco e tenso; e seu avental estava todo sujo de sangue.

– O Atolardo levou um tiro – disse ela.

✢ 33 ✢
VIGIAR E ESPERAR

A bala estava em cima da mesa da cozinha. Uma pequena bala de chumbo com um tufo de pelo de Atolardo ainda grudado nela parecia ameaçadora ali no meio da mesa recém-lavada de tia Zelda.

O Atolardo, deitado em silêncio numa banheira metálica no chão, parecia pequeno demais, magro demais e inusitadamente limpo para ser o Atolardo que todos eles conheciam e amavam. Um curativo largo feito com um lençol rasgado estava enrolado em torno do meio do seu corpo, mas uma mancha vermelha já estava se espalhando pela brancura do pano.

Seus olhos se entreabriram ligeiramente quando Jenna, Nicko e Menino 412 entraram na cozinha sem ruído.

– Ele precisa ser umedecido com uma esponja de água morna com a maior frequência possível – disse tia Zelda. – Não podemos deixar que seque demais. Mas não molhem o ferimento da bala. E ele precisa ser mantido limpo. Nada de lama por no mínimo uns três dias. Pus umas folhas de milefólio por baixo do curativo, e estou só fazendo um chá de casca de salgueiro para ele. Vai fazer a dor passar.

– Mas ele vai ficar bom? – perguntou Jenna.

– Vai, vai ficar bom, sim. – Tia Zelda se permitiu um sorrisinho tenso enquanto mexia a casca de salgueiro numa grande panela de cobre.

– E a bala? Quer dizer, quem faria uma coisa dessas? – Jenna via que seus olhos eram atraídos para a bala de chumbo preto, uma intrusa inconveniente e ameaçadora que levantava muitas perguntas desagradáveis.

– Não sei – respondeu tia Zelda em voz baixa. – Perguntei ao Atolardo, mas ele não está em condições de falar. Acho que devíamos ficar de vigia hoje de noite.

Foi assim que, enquanto tia Zelda cuidava do Atolardo, Jenna, Nicko e Menino 412 foram lá para fora levando os **Potes de Conserva**.

Assim que se encontraram no ar frio da noite, o treinamento de Menino 412 no Exército Jovem assumiu o comando. Ele percorreu a vizinhança em busca de um lugar que lhes proporcionasse uma boa visão de todos os acessos à ilha mas que ao mesmo tempo lhes fornecesse algum tipo de esconderijo. Logo descobriu o que procurava. O barco das galinhas.

Foi uma boa escolha. Durante a noite, as galinhas ficavam em segurança, fechadas no porão do barco, deixando o convés livre.

Menino 412 subiu se agarrando com as mãos e os pés e se agachou por trás da decrépita casa do leme. Acenou então para que Jenna e Nicko se juntassem a ele. Os dois subiram no cercado das galinhas e lhe passaram os **Potes de Conserva**. Depois foram ficar com ele na casa do leme.

O céu estava nublado, e, na maior parte do tempo, a lua estava escondida, mas, de vez em quando, ela aparecia e lançava uma límpida luz branca por sobre os brejos, permitindo boa visibilidade num raio de alguns quilômetros. Menino 412 lançava seu olhar experiente pela paisagem, verificando se havia algum movimento e sinais que denunciassem perturbação, exatamente como tinha aprendido a fazer com o medonho Subcaçador, Capanga. Ele ainda se lembrava de Capanga com um tremor. Era um homem extremamente alto, uma das razões pelas quais não tinha conseguido chegar ao posto de Caçador... Era simplesmente visível demais. Havia também muitos outros motivos, como por exemplo seu gênio imprevisível; seu hábito de estalar os dedos quando ficava tenso, o que muitas vezes denunciava sua presença exatamente quando ele chegava à presa; e sua aversão ao excesso de banhos, que também tinha significado a salvação de vítimas com um bom olfato, desde que o vento estivesse soprando na direção certa. Mas a principal razão para Capanga nunca ter chegado ao posto de Caçador estava relacionada ao simples fato de que ninguém gostava dele.

Menino 412 também não gostava mas tinha aprendido muito com ele, uma vez que se acostumou ao gênio explosivo, ao cheiro e aos estalos. E uma das lições de que se lembrava era a de *vigiar e esperar.* Era isso que Capanga costumava repetir sem parar, até a lição ficar grudada na cabeça de Menino 412 como uma melodia irritante. Vigiar e esperar, vigiar e esperar, *vigiar e esperar, menino.*

A teoria era que, se quem estivesse vigiando *esperasse* tempo suficiente, a presa sem dúvida acabaria por se revelar. Podia ser apenas o leve movimento de um pequeno ramo, o farfalhar momentâneo de folhas pisadas ou a súbita perturbação de um pequeno animal ou pássaro, mas o sinal sem dúvida haveria de vir. Tudo o que o vigia precisava fazer era *esperar* por ele. E então, é claro, reconhecer o sinal quando viesse. Essa era a parte mais difícil, e a parte na qual Menino 412 nem sempre era bom. Mas, dessa vez, pensou ele, dessa vez, sem o bafo repugnante do Capanga respirando ali na sua nuca, ele conseguiria. Tinha certeza de que sim.

Fazia frio ali em cima na casa do leme, mas os meninos encontraram uma pilha de sacos velhos, se enrolaram neles e se acomodaram para esperar. E vigiar. E *esperar.*

Apesar de tudo estar parado e tranquilo nos brejos, as nuvens no céu passavam correndo diante da lua, num momento escondendo-a e mergulhando a paisagem na escuridão; no momento seguinte, afastando-se e permitindo que o luar se derramasse sobre as terras baixas. Foi num desses momentos, quando o luar de repente iluminou a rede entrecruzada de valas de escoamento que riscava o Brejal Marram, que Menino 412 viu alguma coisa. Ou achou que viu. Empolgado, ele agarrou Nicko e apontou na direção de onde acreditava ter visto alguma coisa, mas, bem naquele instante, as nuvens voltaram a encobrir a lua. Por isso, agachados na casa do leme, eles continuaram a esperar. E vigiar... e esperar um pouco mais.

Pareceu demorar séculos para a nuvem longa e fina deixar a lua para trás, e, enquanto esperavam, Jenna soube que a última coisa que queria ver era alguém, ou algo, avançando pelo brejo. Desejou que quem quer que tivesse atirado no Atolardo de repente tivesse se lembrado de ter deixado uma chaleira no fogo aceso e resolvido voltar para tirá-la de lá antes que a casa se incendiasse. Mas ela soube que isso não tinha acontecido porque, subitamente, a lua surgiu, saindo de trás da nuvem, e Menino 412 estava de novo apontando para alguma coisa.

De início, Jenna não conseguia ver absolutamente nada. A planície inundada se estendia ali abaixo enquanto ela espiava de dentro da velha casa do leme, como um pescador esquadrinhando o mar em busca de algum sinal de um cardume. Foi então que viu um vulto longo e negro avançando devagar e num ritmo constante por uma das valas de escoamento mais distantes.

– É uma canoa... – murmurou Nicko.

– Será que é Papai? – disse Jenna, ficando mais animada.

– Não – murmurou Nicko –, são duas pessoas. Talvez três. Não dá para ter certeza.

– Vou contar para tia Zelda – disse Jenna. Ela se levantou para ir, mas Menino 412 pôs a mão no seu braço para impedi-la.

– O que foi? – perguntou Jenna, baixinho.

Menino 412 fez que não e levou um dedo aos lábios.

– Acho que ele acha que você poderia fazer algum ruído e denunciar nossa presença – sussurrou Nicko. – O som se propaga muito bem nos brejos à noite.

– Bem, eu preferia que ele dissesse – retrucou Jenna, irritada.

E assim ela permaneceu na casa do leme e assistiu ao avanço constante da canoa, que escolhia infalível o caminho pelo labirinto de valas, deixando de lado todas as outras ilhas, vindo direto para a deles. À medida que ela se aproximava, Jenna percebeu que os vultos de algum modo lhe pareciam horrivelmente conhecidos. O maior na proa da canoa tinha a aparência concentrada de um tigre espreitando a presa. Por um instante, Jenna sentiu pena da presa até se dar conta, com um sobressalto, de quem era a presa.

Era *ela*.

O vulto era o Caçador. E tinha vindo atrás *dela*.

✥ 34 ✥
EMBOSCADA

Com a aproximação da canoa, os vigias no barco das galinhas puderam ver com nitidez o Caçador e seus acompanhantes. O Caçador estava sentado na frente da canoa, remando com vigor, e atrás dele estava o Aprendiz. E atrás do Aprendiz estava uma... **Coisa**. A **Coisa**, agachada sobre a canoa, olhava ao redor do brejo e de vez em quando agarrava um morcego ou inseto que passasse. O Aprendiz estava encolhido de medo à frente da **Coisa**, mas o Caçador parecia nada perceber. Tinha assuntos mais importantes com que se ocupar.

Jenna estremeceu quando viu a **Coisa**, que quase lhe deu mais medo do que o Caçador, que, pelo menos, era humano, se bem que mortífero. Mas o que exatamente era a criatura agachada na popa da canoa? Para se acalmar, ela tirou o Inseto Escudeiro do ombro, onde ele estava pousado tranquilamente, e o segurou com cuidado na palma da mão enquanto apontava para a canoa que se aproximava com seu trio sinistro.

– Inimigos – murmurou ela. O Inseto Escudeiro compreendeu. Acompanhou o dedo de Jenna, que tremia levemente, e fixou os olhos verdes e penetrantes, que tinham perfeita visão noturna, nos vultos na canoa.

O Inseto Escudeiro estava feliz.

Tinha um inimigo.

Tinha uma espada.

Em breve a espada iria encontrar o inimigo.

A vida era simples quando se era um Inseto Escudeiro.

Os meninos libertaram os outros Insetos Escudeiros, abrindo, uma a uma, as tampas dos **Potes de Conserva**. À medida que iam tirando cada tampa, um Inseto Escudeiro saía de um salto, respingando gosma verde para todos os lados, com a espada em riste. Para cada inseto, Nicko ou Menino 412 mostrava a canoa que se aproximava veloz. Logo cinquenta e seis Insetos Escudeiros estavam enfileirados, agachados como molas em espiral na amurada do barco das galinhas. O de número cinquenta e sete permaneceu no ombro de Jenna, em rigorosa lealdade a sua Libertadora.

E agora tudo o que os que estavam no barco das galinhas tinham a fazer era esperar. E vigiar. E foi isso o que fizeram, com o coração batendo ensurdecedor nos ouvidos. Ficaram olhando o Caçador e o Aprendiz se transformarem de vultos sombrios nas figuras temidas que eles tinham visto meses antes na foz do Valado Deppen, e os dois tinham a mesma aparência cruel e perigosa daquela época.

Mas a **Coisa** continuava como um vulto sombrio.

A canoa tinha chegado a uma vala estreita que passaria pela saída para o Fosso. Todos os três vigias prenderam a respiração enquanto esperavam que ela chegasse à saída. Pode ser, pensou Jenna, agarrando-se a uma esperança infundada, pode ser que o **Encantamento** esteja funcionando melhor do que tia Zelda imagina, e que o Caçador não consiga ver o chalé.

A canoa fez a curva para entrar no Fosso. Infelizmente, o Caçador estava vendo o chalé bem até demais.

Mentalmente, ele repassou os três passos do Plano:

> *PRIMEIRO PASSO: Capturar a Princesinha. Fazer prisioneira e instalar na canoa sob a guarda do Magog. Atirar só se for necessário. Caso contrário, retornar a DomDaniel, que desejava "fazer o serviço em pessoa" desta vez.*
>
> *SEGUNDO PASSO: Matar gentalha, ou seja, a bruxa, o menino Mago. E o cachorro.*
>
> *TERCEIRO PASSO: Um pouquinho de iniciativa privada. Capturar o desertor do Exército Jovem.*
>
> *Devolver ao Exército Jovem. Receber recompensa.*

Satisfeito com o plano, o Caçador remava sem ruído ao longo do Fosso, dirigindo-se ao cais flutuante.

Menino 412 viu que ele se aproximava e fez um gesto para que Jenna e Nicko não se mexessem. Sabia que qualquer movimento os denunciaria. Em sua cabeça, eles agora tinham avançado da etapa de *Vigiar e Esperar* para a da *Emboscada*. E na *Emboscada*, lembrava-se de Capanga lhe ter ensinado, respirando direto na sua nuca, *A imobilidade é tudo.*
Até o *Instante da Ação.*

Os cinquenta e seis Insetos Escudeiros, enfileirados ao longo da amurada, compreendiam exatamente o que Menino 412 estava fazendo. Uma boa parte da **Fórmula de Encantamento** com a qual foram criados tinha na realidade sido retirada do manual de treinamento do Exército Jovem. Menino 412 e os Insetos Escudeiros estavam agindo como um só ser.

O Caçador, o Aprendiz e o Magog não se davam conta de que em muito pouco tempo fariam parte de um *Instante da Ação*. O Caçador já tinha atracado a canoa ao cais flutuante e estava ocupado tentando tirar o Aprendiz de dentro dela sem fazer ruído e sem que o menino caísse na água. Normalmente, o Caçador não teria dado a mínima importância se o Aprendiz tivesse caído na água. Na realidade, ele até poderia ter lhe dado um empurrão disfarçado, se não fosse pelo fato de que sua queda geraria um ruído alto com o baque na água e sem dúvida um monte de gritos de protesto para completar. Por isso, prometendo a si mesmo que aproveitaria a oportunidade para empurrar aquele fulaninho irritante na primeira água gelada que encontrasse, o Caçador tinha saído em silêncio da canoa e depois puxado o Aprendiz para o cais flutuante.

O Magog deslizou para o fundo da pequena embarcação, puxou o capuz preto para tapar seu olho de cobra-de-vidro, perturbado pelo luar forte, e permaneceu calado. O que acontecesse na ilha não era da sua conta. Ele estava ali para se encarregar da custódia da Princesa e para agir como guarda contra as criaturas do brejo durante a longa viagem. Tinha cumprido sua missão extraordinariamente bem, com exceção de um incidente inconveniente que tinha decorrido de um erro do Aprendiz, e de mais ninguém. Mas nenhum espectro do Brejo e nenhum Pardinho tinham tido a audácia de se aproximar da canoa com o Magog empoleirado nela. E a gosma que ele expelia tinha coberto o casco da canoa fazendo com que todas as ventosas das Ninfas das Águas se desgrudassem, ao mesmo tempo que lhes causava desagradáveis queimaduras.

Até o momento, o Caçador estava satisfeito com a Caçada. Ele sorriu seu sorriso costumeiro, que nunca chegava aos olhos. Afinal, estavam ali no esconderijo da Feiticeira Branca, depois do esforço tremendo de atravessar o brejo remando e daquele confronto desnecessário com algum animal idiota dos pântanos que não parava de atrapalhar seu avanço. O sorriso do Caçador foi se apagando com a lembrança do encontro com o Atolardo. Ele não aprovava o desperdício de balas. Nunca se sabe quando se vai precisar de mais uma. Segurou a pistola e, devagar e com muita atenção, carregou nela uma bala de prata.

Jenna viu a pistola de prata rebrilhar ao luar. Viu os cinquenta e seis Insetos Escudeiros enfileirados prontos para entrar em ação e decidiu manter seu próprio inseto ao seu lado. Para qualquer eventualidade. Cobriu então o inseto com a mão para acalmá-lo. Obediente, ele embainhou a espada e se enroscou como uma bola. Jenna o enfiou no bolso. Se o Caçador trazia uma pistola, ela traria um inseto.

Com o Aprendiz seguindo de perto os passos do Caçador, como tinha sido instruído a fazer, os dois subiram em silêncio pelo pequeno caminho que levava ao chalé, passando pelo barco das galinhas. Quando chegaram lá, o Caçador parou. Tinha ouvido uma coisa. Os batimentos de corações humanos. Três corações humanos em batimentos aceleradíssimos. Ele ergueu a pistola...

Aaaiiiiiiiii!!

O berro de cinquenta e seis Insetos Escudeiros é um berro terrível. Ele desloca os três ossinhos minúsculos no interior do ouvido e gera uma incrível sensação de pânico. Quem tem conhecimento de Insetos Escudeiros faz a única coisa que pode fazer: enfia os dedos nos ouvidos com a esperança de conseguir controlar o pânico. Foi o que o Caçador fez: ficou totalmente imóvel, enfiou os dedos nos ouvidos; e, se sentiu a menor vibração de pânico, ela não o perturbou por mais do que um instante.

É claro que o Aprendiz nada sabia a respeito de Insetos Escudeiros. Por isso, fez o que faria qualquer pessoa que se deparasse com um enxame de pequenas criaturas verdes voando em sua direção, brandindo espadas afiadas como bisturis e guinchando tão alto que os ouvidos pareciam prestes a estourar. Ele correu. Mais rápido do que nunca, o Aprendiz disparou rumo ao Fosso na esperança de conseguir entrar na canoa e remar para algum local seguro.

O Caçador sabia que, se tiver escolha, um Inseto Escudeiro sempre vai perseguir um inimigo em movimento, deixando de lado um que esteja parado, que foi exatamente o que aconteceu. Para sua enorme satisfação, todos os cinquenta e seis Insetos Escudeiros concluíram que o inimigo era o Aprendiz e o perseguiram estridentes até o Fosso, onde o garoto apavorado se atirou na água gelada para escapar ao enxame verde e ruidoso.

Os intrépidos Insetos Escudeiros se lançaram no Fosso atrás do Aprendiz, fazendo o que tinham de fazer, seguir o inimigo até o fim; mas, infelizmente para eles, o fim que encontraram foi seu próprio. À medida que atingiu a água, cada inseto afundou como uma pedra, com a pesada armadura verde o arrastando para a lama pegajosa no fundo do Fosso. O Aprendiz, assustado e ofegante com o frio, se ergueu da água para a margem e se deitou trêmulo debaixo de um arbusto, apavorado demais para se mexer.

O Magog assistiu à cena sem aparentar absolutamente nenhum interesse. Depois, quando toda a confusão tinha passado, ele começou a raspar as profundezas da lama com os braços compridos, apanhando os insetos afogados, um a um. Ficou ali sentado satisfeito na canoa, sugando os insetos, esmagando-os numa pasta lisa e verde com suas afiadas presas amarelas – armadura, espada e tudo o mais – antes de os engolir goela abaixo.

O Caçador sorriu e olhou para a casa do leme do barco das galinhas. Não tinha calculado que fosse ser tão fácil. Todos os três esperando por ele como alvos fáceis.

– Vão descer ou eu vou subir para apanhar vocês? – perguntou ele com frieza.

— Fuja — ordenou Nicko a Jenna entre dentes.
— E *você*?
— Nenhum problema comigo. É de você que ele está atrás. Vá embora. *Agora*.

Nicko levantou a voz, para falar com o Caçador.
— Por favor, não atire. Vou descer.
— Não só você, filhinho. Vocês *todos* vão descer. A menina, primeiro.

Nicko empurrou Jenna dali.
— Depressa! — sussurrou ele.

Jenna parecia paralisada, como se não se dispusesse a deixar o que lhe dava a impressão de ser a segurança do barco das galinhas. Menino 412 reconheceu o terror no rosto dela. Tinha passado por situações daquele tipo tantas vezes antes no Exército Jovem, e sabia que, a menos que a agarrasse, exatamente como Menino 409 tinha feito uma vez com ele para salvá-lo de um carcaju da Floresta, Jenna não conseguiria se mexer. E, se ele não a agarrasse, o Caçador agarraria. Com rapidez, Menino 412 saiu da casa do leme empurrando Jenna, segurou sua mão com força e saltou com ela do outro lado do barco das galinhas, o lado oposto ao do Caçador. Quando caíram numa pilha de esterco de galinha misturado com palha, ouviram o Caçador praguejar.

— Corram! — disse Nicko, entre dentes, olhando lá de cima do convés.

Menino 412 puxou Jenna para que ficasse em pé, mas ela continuava sem querer fugir.

— Não podemos deixar Nicko — disse ela, ofegante.

— Comigo vai dar tudo certo, Jen. *Vão embora!* — berrou Nicko, esquecido do Caçador e da pistola.

O Caçador sentiu a tentação de atirar no menino Mago naquele exato momento, mas sua prioridade era a Princesinha, não uma porcaria de Mago. Por isso, quando Jenna e Menino 412 conseguiram se levantar do monte de esterco, galgaram a cerca de tela fina e fugiram correndo para salvar a própria vida, o Caçador saltou atrás deles como se também a sua vida estivesse em jogo.

Menino 412 não largava a mão de Jenna enquanto fugia do Caçador, dava a volta ao chalé e entrava no pomar de tia Zelda. Sua vantagem sobre o Caçador estava em seu conhecimento da ilha, mas isso não incomodava o homem. Ele estava fazendo o que sabia fazer melhor do que ninguém, perseguindo uma presa, e ainda por cima uma presa jovem e apavorada. Fácil. Afinal de contas, para onde eles poderiam fugir? Era só uma questão de tempo até ele os apanhar.

Menino 412 e Jenna ziguezagueavam de cabeça baixa entre os arbustos do pomar deixando o Caçador em apuros para abrir caminho entre as plantas espinhentas, mas infelizmente eles logo chegaram aos últimos arbustos do pomar e saíram relutantes para o gramado descoberto que levava ao laguinho dos patos. Naquele instante, a lua surgiu de trás das nuvens, e o Caçador viu sua presa delineada contra o pano de fundo dos brejos.

Menino 412 corria puxando Jenna, mas, aos poucos, o Caçador estava ganhando terreno, sem dar sinal de se cansar, ao contrário de Jenna, que tinha a impressão de que não conseguiria dar mais um passo sequer. Eles contornaram o laguinho e subiram correndo a colina gramada na extremidade da ilha. Ouviam atrás de si os passos do Caçador, que ecoavam horrivelmente próximos, já que também ele tinha chegado à colina e corria sobre o chão oco.

Menino 412 se desviava para cá e para lá entre as pequenas moitas espalhadas, arrastando Jenna, consciente de que o Caçador estava quase perto o suficiente para estender a mão e agarrar a menina.

E então, de repente, o Caçador *estava* perto o suficiente. Ele investiu contra eles e mergulhou para pegar os pés de Jenna.

– Jenna! – berrou Menino 412, puxando-a das mãos do Caçador e saltando com ela para dentro de um arbusto.

Jenna bateu no arbusto atrás de Menino 412, só para descobrir que de repente o arbusto não estava mais ali e que ela estava caindo de cabeça num lugar escuro, frio, interminável.

Com um tranco, parou num piso de areia. Daí a um instante, um baque, e Menino 412 estava ali, jogado na escuridão ao seu lado.

Jenna se sentou, atordoada e dolorida, e esfregou a parte de trás da cabeça, onde tinha batido no chão. Alguma coisa muito estranha tinha acontecido. Ela tentou se lembrar do que era. Não eles terem conseguido escapar do Caçador, não a queda através do chão, mas alguma coisa ainda mais estranha. Ela sacudiu a cabeça para tentar limpar o nevoeiro do cérebro. Isso mesmo. Ela se lembrou.

Menino 412 havia *falado*.

✥ 35 ✥
ENFURNADOS

—**V**ocê *fala* – disse Jenna, esfregando o galo na cabeça.
– É *claro* que falo – respondeu Menino 412.
– Então por que não falava? Você nunca disse *nada*. A não ser seu nome, quer dizer, seu número.
– É só isso que devemos dizer quando somos capturados. O posto e o número. Mais nada. Foi o que fiz.
– Você não foi capturado. Foi *salvo* – salientou Jenna.
– Eu sei – afirmou Menino 412. – Bem, *agora* eu sei. Mas, *naquela hora*, eu não sabia.
Jenna estava achando muito estranho estar conversando de verdade com Menino 412 depois de todo aquele tempo. E ainda mais estranho que a conversa estivesse se desenrolando no fundo de um poço na escuridão total.

– Quem dera a gente tivesse uma luz – disse Jenna. – Não paro de ter a impressão de que o Caçador vai nos apanhar de surpresa. – E estremeceu.

Menino 412 remexeu dentro do gorro, tirou o anel e o enfiou no dedo indicador direito. Ele serviu perfeitamente. Com a outra mão, envolveu o anel do dragão, aquecendo-o e desejando que ele emitisse sua luz dourada. O anel atendeu seu desejo, e um clarão suave se irradiou de suas mãos até conseguir ver nitidamente Jenna olhando para ele no meio da escuridão. Ele ficou muito feliz. O anel brilhava mais do que nunca e logo tinha formado um círculo de luz acolhedora em torno deles, ali sentados na areia do chão do túnel.

– É um espanto – declarou Jenna. – Onde foi que você o encontrou?

– Aqui embaixo – respondeu Menino 412.

– Como? Você acabou de achar o anel? Neste instante?

– Não. Foi antes.

– Antes quando?

– Antes... se lembra de quando nos perdemos no haar?

Jenna fez que sim.

– Bem, naquele dia, caí por aqui. E achei que ia ficar preso para sempre. Até que achei o anel. Ele é **Mágyko**. Ele se acendeu e me mostrou a saída.

Então foi isso o que aconteceu, pensou Jenna. Agora fazia sentido: Menino 412 sentado todo satisfeito a esperar por eles quando ela e Nicko, por fim, encontraram o caminho de volta, enregelados e encharcados depois de passarem horas perambulando à sua procura. Ela simplesmente *soube* que ele tinha algum tipo de segredo. E depois, esse tempo todo, ele esteve andando por aí com o anel sem nunca mostrar para ninguém. As aparências enganam.

– É um lindo anel – comentou ela, examinando o dragão dourado enroscado no dedo do menino. – Posso segurar?

Com um pouco de relutância, ele tirou o anel e o entregou a Jenna. Ela o acolheu com cuidado nas mãos, mas a luz começou a se apagar e a escuridão se fechou em torno deles. Logo a luz do anel tinha se extinguido totalmente.

– Você não deixou ele cair? – perguntou Menino 412 em tom de acusação.

– Não – respondeu Jenna –, ele ainda está aqui na minha mão. Mas não funciona comigo.

– É claro que funciona. É um anel **Mágyko** – disse Menino 412. – Aqui, me passa ele de volta. Vou lhe mostrar. – Ele apanhou o anel e imediatamente o túnel se encheu de luz. – Está vendo? É fácil.

– Fácil para você – rebateu Jenna –, mas não para mim.

– Não vejo por que motivo – disse Menino 412, sem conseguir entender.

Mas Jenna já tinha entendido tudo. Aquilo ela já vira muitas e muitas vezes, tendo crescido numa casa de Magos. E, apesar de saber muito bem que não era **Mágyka**, Jenna sabia dizer quem era.

– Não é o anel que é **Mágyko**. É *você* – anunciou ela.

– Eu não sou **Mágyko** – foi tão categórico que Jenna não discutiu.

– Bem, não importa se você é ou não é, o melhor é segurar bem esse anel – recomendou ela. – Então como vamos sair?

Ele enfiou o anel e partiu pelo túnel, conduzindo-a com confiança pelas voltas e viravoltas que tanto o tinham confundido antes, até que, finalmente, eles chegaram ao topo da escada.

– Cuidado – alertou ele. – Foi aqui que levei um tombo da outra vez e quase perdi o anel.

Quando chegou ao pé da escada, Jenna parou. Alguma coisa fez o cabelo na sua nuca se arrepiar.

– Já estive aqui – murmurou ela.

– Quando? – perguntou Menino 412, um pouco amolado. O lugar era *dele*.

– Nos meus sonhos – sussurrou Jenna. – Conheço este lugar. Eu sonhava com ele no verão quando estava em casa. Mas era maior...

– Vamos – disse Menino 412 energicamente.

– Eu me pergunto se esse lugar é mesmo maior, se vai ter um eco. – Ela foi levantando a voz enquanto falava.

Vai ter um eco, vai ter um eco, vai ter um eco, vai ter um eco, vai ter um eco... ressoava em toda a sua volta.

– Shh – murmurou Menino 412. – Pode ser que ele nos ouça. Através do chão. Eles são treinados para ouvir como se fossem cães.

– Quem?

— *Os Caçadores.*

Jenna se calou. Tinha se esquecido do Caçador e agora não queria ser forçada a se lembrar dele.

— As paredes são todas cobertas de pinturas — murmurou Jenna para Menino 412 —, e eu sei que sonhei com elas. Elas parecem muito antigas. É como se estivessem contando uma história.

Menino 412 não tinha prestado muita atenção às pinturas antes, no entanto agora ele levava o anel mais para perto das paredes de mármore liso que formavam essa parte do túnel. Pôde ver formas simples, quase primitivas, em tons fortes de azul, vermelho e amarelo, mostrando o que pareciam ser dragões, a construção de um barco, depois um farol e um naufrágio.

Jenna apontou para outras formas mais adiante na parede.

— E esses parecem ser os projetos de uma torre ou coisa do tipo.

— É a Torre dos Magos — concluiu Menino 412. — Olha só a Pirâmide no alto.

— Eu não sabia que a Torre dos Magos era tão velha — disse Jenna passando o dedo pelo desenho e pensando que talvez ela fosse a primeira pessoa a ver as pinturas em milhares de anos.

— A Torre dos Magos é muito antiga — informou Menino 412. — Ninguém sabe quando foi construída.

— E como você sabe? — perguntou Jenna, surpresa com a certeza demonstrada por Menino 412.

Ele respirou fundo e começou a recitar uma cantilena:

— *A Torre dos Magos é um Monumento Antigo. Recursos preciosos são desperdiçados pela Maga ExtraOrdinária para manter a Torre em seu extravagante estado de opulência, recursos que poderiam ser usados para curar os enfermos ou tornar o Castelo um lugar mais seguro para todos.* Viu? Ainda consigo me lembrar. Nós tínhamos de recitar esse tipo de coisa todas as semanas na aula de Conheça Seu Inimigo.

— Eca! — disse Jenna, solidária. — Ei, aposto que tia Zelda ia se interessar por tudo isso aqui em baixo — murmurou enquanto o acompanhava pelo túnel.

— Ela já tem conhecimento disso tudo — disse Menino 412, lembrando-se do desaparecimento de tia Zelda de dentro do armário de poções. — E acho que ela sabe que eu sei.

— Por quê? Ela disse alguma coisa? — perguntou Jenna querendo saber como tinha deixado de ver tudo aquilo.

— Não. Mas ela olhou para mim de um jeito estranho.

— Ela olha de um jeito estranho para todo o mundo — salientou Jenna. — Isso não quer dizer que ela ache que todos estiveram andando por algum túnel secreto.

Os dois andaram um pouco mais. A série de pinturas terminou, e eles tinham chegado a uma escada íngreme. A atenção de Jenna foi atraída por uma pequena rocha aninhada ao lado do degrau inferior. Ela a apanhou e a mostrou para Menino 412.

— Ei, olha só. Não é linda?

Jenna estava segurando uma pedra verde, com o formato de um ovo grande. Era escorregadia de tão lisa, como se alguém tivesse acabado de lhe dar polimento, e reluzia com um brilho opaco à luz do anel. O verde tinha algo de iridescente, como o da asa de uma libélula; e ela estava ali, pesada, mas em perfeito equilíbrio nas mãos de Jenna.

– É tão lisa – disse Menino 412, passando a mão na pedra delicadamente.

– Então, pode ficar com ela – declarou Jenna num impulso. – Pode ser sua própria pedra de estimação. Como Petroc Trelawney, só que maior. Quando a gente voltar para o Castelo, podia pedir a Papai para conseguir um encantamento para ela.

Menino 412 apanhou a pedra verde. Não tinha certeza do que dizer. Ninguém nunca tinha lhe dado um presente. Ele pôs a pedra no bolso secreto por dentro do casaco de couro de carneiro. Depois se lembrou do que tia Zelda lhe disse um dia quando ele lhe trouxe algumas ervas do jardim.

– Obrigado – disse ele.

Alguma coisa no seu jeito de falar fez Jenna se lembrar de Nicko.

Nicko.

Nicko e o *Caçador.*

– Precisamos voltar – angustiou-se Jenna.

Menino 412 concordou. Sabia que precisavam enfrentar não importa o que estivesse esperando por eles lá fora. Só estava apreciando a sensação de estar em segurança por um tempo.

Mas sabia que ela não poderia durar.

✢ 36 ✢
CONGELADO

O alçapão foi se erguendo devagar, alguns centímetros, e Menino 412 deu uma espiada. Sentiu um calafrio no corpo inteiro.

A porta do armário de poções estava escancarada, e ele estava olhando direto para a parte de trás das botas marrons enlameadas do Caçador.

Em pé, de costas para o armário de poções, a menos de dois metros de distância, estava o vulto do Caçador, com a capa verde jogada sobre o ombro e a pistola de prata pronta para atirar. Estava de frente para a porta da cozinha, com a postura de quem está prestes a avançar correndo.

Esperou para ver o que o Caçador estava a ponto de fazer, mas o homem não fez absolutamente nada. Ele estava, na sua opinião, *esperando*. Provavelmente que tia Zelda saísse da cozinha.

Desejando que tia Zelda permanecesse longe dali, Menino 412 estendeu a mão para Jenna lhe passar o Inseto Escudeiro.

Na escada logo abaixo dele, Jenna estava ansiosa. Dava para ela sentir que nem tudo estava bem pela atitude tensa e silenciosa adotada por Menino 412. Quando ele estendeu a mão, ela apanhou o Inseto Escudeiro do bolso e lhe passou, como tinham planejado, desejando em silêncio que ele tivesse sorte. Jenna tinha começado a gostar do inseto e estava triste de vê-lo partir.

Com cuidado, Menino 412 apanhou o inseto e devagar o empurrou pelo alçapão aberto. Pôs a pequena bola verde blindada no chão, assegurando-se de que não a soltaria, e apontou na direção certa.

Direto para o Caçador.

Então ele o soltou. De imediato, o inseto se desenroscou, fixou os penetrantes olhos verdes no Caçador e desembainhou a espada com um pequeno ruído sibilante. Ao som do ruído, prendeu a respiração e torceu para o Caçador não ter ouvido, mas o homem atarracado, vestido de verde, não se mexeu. Foi soltando a respiração aos poucos e, com um peteleco, despachou o inseto pelo ar, na direção do alvo, com um guincho estridente.

O Caçador nada fez.

Não se voltou, nem mesmo se encolheu, quando o inseto pousou no seu ombro e ergueu a espada para lhe dar um golpe. Menino 412 ficou impressionado. Sabia que o Caçador era durão, mas sem dúvida aquilo já era demais.

E então tia Zelda apareceu.

– Cuidado! – gritou Menino 412. – O Caçador!

Tia Zelda deu um salto. Não por causa do Caçador, mas porque ela nunca ouvira Menino 412 falar e, por isso, não fazia ideia de quem tinha falado. Ou de onde vinha a voz desconhecida.

Então, para seu espanto, tia Zelda arrancou o Inseto Escudeiro de cima do Caçador e lhe deu uns tapinhas para que ele se enrolasse de novo como uma bola.

E *mesmo assim* o Caçador não fez nada.

Decidida, tia Zelda enfiou o inseto num dos seus muitos bolsos de retalhos e olhou em volta, se perguntando de onde a voz desconhecida tinha vindo. Foi então que avistou Menino 412 espiando de lá do alçapão ligeiramente levantado.

– É *você*? – perguntou ela, ofegante. – Que bom que você está bem. E Jenna, onde está?

– Está aqui – disse com um pouco de medo de falar por causa do Caçador. Mas o Caçador não deu sinal de ter ouvido uma palavra que fosse, e tia Zelda o tratava como se não fosse nada mais do que um móvel inconveniente enquanto contornava a figura parada ali, levantava o alçapão e ajudava Menino 412 e Jenna a sairem.

– Que maravilha, *vocês dois* a salvo – disse ela, feliz. – Eu estava tão preocupada.

— Mas... e *ele*? — Menino 412 apontou para o Caçador.

— **Congelado** — disse tia Zelda com um ar de satisfação. — **Congelado**, petrificado, e é assim que vai ficar. Até eu decidir o que fazer com ele.

— Cadê Nicko? Ele está bem? — perguntou Jenna enquanto acabava de subir a escada.

— Está ótimo. Foi atrás do Aprendiz — disse tia Zelda.

Quando ela estava acabando de falar, a porta da frente se abriu com violência, e o Aprendiz totalmente encharcado foi empurrado para dentro, acompanhado por Nicko, igualmente encharcado.

— Porco! — xingou Nicko, com desprezo, batendo a porta. Soltou então o menino e foi para perto do fogo para se secar.

O Aprendiz ficou ali, em desgraça, gotejando no chão, e olhou para o Caçador em busca de ajuda. Foi ainda maior sua infelicidade quando viu o que tinha acontecido. O Caçador estava **Congelado** no meio da investida com a pistola, os olhos vazios fixos no nada. O Aprendiz engoliu em seco — uma mulher grande numa tenda de retalhos vinha avançando decidida em sua direção, e ele sabia muito bem quem era por causa dos Cartões com Ilustrações dos Inimigos que precisara estudar antes de participar da Caçada.

Era a Louca Feiticeira Branca, Zelda Zanuba Heap.

Isso para não mencionar o menino-Mago, Nickolas Benjamin Heap, e 412, o desertor típico da ralé. Estavam todos ali, exatamente como lhe avisaram que estariam. Mas onde estava a presa pela qual ele realmente tinha vindo? Onde estava a *Princesinha*?

O Aprendiz olhou ao redor e avistou Jenna nas sombras por trás de Menino 412. Percebeu seu diadema de ouro refulgindo sobre o cabelo escuro e comprido, seus olhos da cor de violeta, exatamente como no retrato no Cartão dos Inimigos (desenhado com esmero por Linda Lane, a espiã). A Princesinha era um pouco mais alta do que ele calculara, mas não havia dúvida de que era ela.

Um sorriso dissimulado quase surgiu nos lábios do Aprendiz enquanto ele se perguntava se poderia agarrar Jenna sozinho. Como seu Mestre ficaria satisfeito com ele. Obviamente com isso seu Mestre se esqueceria de todos os seus fracassos anteriores e pararia de ameaçar mandá-lo para o Exército Jovem como Sacrificável. Especialmente se ele tivesse tido êxito num caso em que até mesmo o Caçador fracassara.

Era o que ele *ia fazer*.

Apanhando todos de surpresa, o Aprendiz, mesmo atrapalhado pelas vestes molhadas, se jogou para a frente e conseguiu agarrar Jenna. Para seu tamanho, ele era inesperadamente forte. Prendeu o pescoço de Jenna com um braço vigoroso, quase estrangulando-a. Depois, começou a arrastá-la para a porta.

Tia Zelda fez um movimento na direção deles, e o Aprendiz abriu o canivete, grudando-o com força no pescoço de Jenna.

— Se alguém tentar me impedir, é ela quem vai levar — rosnou ele empurrando Jenna pela porta afora e pelo caminho até a canoa e o Magog, que estava à espera. O Magog não prestou a menor atenção à cena. Estava distraído, liquidificando seu décimo quinto Inseto Escudeiro afogado. E seus deveres só começavam quando a prisioneira estivesse na canoa.

Ela quase estava.

Mas Nicko não ia deixar a irmã ser levada sem uma boa briga. Correu atrás do Aprendiz e se jogou contra ele. O Aprendiz foi parar em cima de Jenna, e ouviu-se um berro. Um filete de sangue escorria debaixo dela.

Nicko arrancou o Aprendiz da frente.

– Jen, Jen! – disse, angustiado. – Você se machucou?

De um salto Jenna ficou em pé, olhando assustada para o sangue no caminho.

– A-acho que não – respondeu, gaguejando. – Acho que é *dele*. Acho que foi *ele* que se machucou.

– Bem feito – disse Nicko, chutando o canivete para fora do alcance do Aprendiz.

Nicko e Jenna levantaram o Aprendiz do chão. Estava com um pequeno corte no braço mas, fora isso, parecia ter saído ileso. Só que estava branco como um cadáver. Tinha pavor de ver sangue, especialmente o seu próprio, mas tinha ainda mais pavor de pensar no que os Magos poderiam fazer com ele. Enquanto o arrastavam de volta para o chalé, o Aprendiz fez uma última tentativa de fuga. Conseguiu se desvencilhar de Jenna e deu um chute vigoroso nas canelas de Nicko.

Começou então uma briga. O Aprendiz acertou um soco violento na barriga de Nicko e estava prestes a lhe dar mais um chute quando este conseguiu lhe torcer o braço atrás das costas.

– Tente se livrar agora – disse-lhe Nicko. – Não pense que pode tentar sequestrar minha irmã e se dar bem. *Porco!*

– Ele nunca ia conseguir se dar bem – zombou Jenna. – É muito burro.

O Aprendiz detestava ser chamado de burro. Era só desse jeito que seu Mestre o chamava. Menino burro. Cérebro de minhoca. Cabeça dura. Ele *odiava* tudo aquilo.

– Eu não sou burro! – Ele arfava enquanto Nicko apertava ainda mais seu braço. – Posso fazer qualquer coisa que eu queira. Eu poderia ter dado um tiro nela se tivesse tido vontade. Já *dei* um tiro numa coisa hoje. É isso aí.

Assim que acabou de falar, o Aprendiz desejou não ter aberto a boca. Quatro pares de olhos cheios de acusação olhavam com raiva para ele.

– Você está falando exatamente do quê? – perguntou tia Zelda calmamente. – Você atirou em *alguma coisa*?

O Aprendiz resolveu aguentar firme.

– Não é da sua conta. Posso atirar no que eu bem quiser. E, se tenho vontade de atirar numa bola gorda de pelo que me atrapalha quando estou em missão oficial, atiro, sim.

Seguiu-se um silêncio escandalizado. Nicko o rompeu.

– O Atolardo. Ele atirou no Atolardo. *Porco*.

– *Aai!* – gritou o Aprendiz.

– Nada de violência, por favor, Nicko – pediu tia Zelda. – Não importa o que tenha feito, ele é só um menino.

– Eu não sou *só* um menino – retrucou o Aprendiz, arrogante. – Sou Aprendiz de DomDaniel, o Supremo Mago e Necromante. Sou o sétimo filho de um sétimo filho.

– O quê? – perguntou tia Zelda. – *O que* foi que você disse?
– Sou Aprendiz de DomDaniel, o Supremo...
– Não essa parte. *Isso* aí nós sabemos. Infelizmente, dá para ver as estrelas negras no seu cinto muito bem, obrigada.

– Eu disse – prosseguiu o Aprendiz, orgulhoso, satisfeito por finalmente alguém estar levando a sério o que dizia – que sou o sétimo filho de um sétimo filho. Eu sou **Mágyko**. – Apesar de esse talento ainda não ter se revelado direito, pensou o Aprendiz. Mas vai acabar se revelando.

– Não acredito em você – disse tia Zelda, categórica. – Nunca vi ninguém menos parecido com o sétimo filho de um sétimo filho em toda a minha vida.

– Pois é o que sou – insistiu o Aprendiz, ofendido. – Eu sou Septimus Heap.

✢ 37 ✢
CRISTALOMANCIA

—**É** mentira – enfureceu-se Nicko, andando de um lado para o outro enquanto o Aprendiz ia se secando diante do fogo, com as roupas gotejando no chão.

Das vestes de lã verde do Aprendiz, emanava um odor desagradável de bolor, que tia Zelda reconhecia como o cheiro de sortilégios que não deram certo e **Magya das Trevas** estragada. Ela abriu uns potes de **Corta Fedor**, e logo o ambiente tinha um agradável aroma de merengue de limão.

– Ele só está dizendo isso para nos tirar do sério – disse Nicko, indignado. – O nome desse porco *não é* Septimus Heap.

Jenna pôs o braço no ombro de Nicko. Menino 412 só queria entender o que estava acontecendo.

– Quem é *Septimus Heap*? – perguntou ele.

– Nosso irmão – respondeu Nicko.

Menino 412 pareceu ainda mais confuso.

– Ele morreu ainda neném – disse Jenna. – Se tivesse sobrevivido, teria tido poderes **Mágykos** espantosos. Nosso pai foi o sétimo filho, entende? Mas nem sempre isso torna alguém mais **Mágyko** que os outros.

– Sem dúvida não aconteceu com Silas – resmungou tia Zelda.

– Quando Papai se casou com Mamãe, eles tiveram seis filhos: Simon, Sam, Edd e Erik, Jo-Jo e Nicko. E então tiveram Septimus. Quer dizer que ele era o sétimo filho de um sétimo filho. Mas morreu. Logo depois de nascer – disse Jenna. Estava se lembrando do que Sarah lhe havia contado numa noite de verão quando ela já estava debaixo das cobertas na cama fechada. – Eu sempre achei que ele era meu irmão gêmeo. Mas acabou que não era...

– Ah – disse Menino 412 pensando em como parecia ser complicado ter uma família.

– Quer dizer que ele decididamente não é nosso irmão – esbravejou Nicko. – E, mesmo que *fosse*, eu não ia querer um irmão desses. Irmão meu ele não é.

– Muito bem – disse tia Zelda –, só tem um jeito de resolver esse assunto. Podemos ver se ele está dizendo a verdade, do que eu duvido muito. Apesar de eu sempre ter me perguntado sobre o que houve com Septimus... De algum modo, nunca pareceu fazer sentido. – Ela abriu a porta para verificar a lua. – Noite enluarada – constatou ela. – Lua quase cheia. Não é uma hora ruim para a cristalomancia.

– Para o quê? – perguntaram Jenna, Nicko e Menino 412 a uma só voz.

– Vou lhes mostrar – disse tia Zelda. – Venham comigo.

O laguinho dos patos era o último lugar em que eles imaginavam ir parar; mas lá estavam eles, olhando para o reflexo da lua nas águas negras, imóveis, exatamente como tia Zelda tinha ordenado.

O Aprendiz estava preso firmemente entre Nicko e Menino 412, para a eventualidade de querer tentar fugir correndo. Menino 412 estava feliz por Nicko afinal confiar nele. Não muito tempo atrás, era Nicko quem tentava impedi-lo de fugir. E agora cá estava ele observando o tipo exato de **Magya** contra a qual tinha sido alertado no Exército Jovem: uma lua cheia, uma Feiticeira Branca, seus penetrantes olhos azuis refulgindo ao luar, mexendo os braços para o alto, falando de bebês mortos. O que Menino 412 considerava difícil acreditar não era que aquilo estivesse acontecendo, mas, sim, que para ele tudo aquilo agora parecesse perfeitamente normal. Não apenas isso, mas ele se dava conta de que as pessoas paradas em volta do laguinho dos patos com ele, Jenna, Nicko e tia Zelda, significavam mais para ele do que qualquer outra pessoa que tivesse conhecido em toda a sua vida. Com exceção de Menino 409, é claro.

Só no Aprendiz, pensou, ele não via valor nenhum. Ele fazia com que se lembrasse da maior parte das pessoas que o atormentavam na sua vida anterior. *Sua vida anterior.* Menino 412 tomou a decisão de que era assim que ia ser. Não importava o que acontecesse, ele nunca iria voltar para o Exército Jovem. *Nunca.*

– Agora vou pedir à lua que nos mostre Septimus Heap – disse tia Zelda em voz baixa.

Menino 412 estremeceu e ficou olhando para as águas escuras, paradas, do laguinho. No centro, estava um perfeito reflexo da lua, tão detalhado que os mares e montanhas lunares apareciam mais nítidos do que ele jamais havia visto até então.

Tia Zelda olhou para a lua lá no alto e falou.

– Irmã Lua, Irmã Lua, queira, por gentileza, nos mostrar o sétimo filho de Silas e Sarah. Mostre-nos onde ele está agora. Mostre-nos Septimus Heap.

Todos prenderam a respiração e olharam com expectativa para a superfície do laguinho. Jenna estava um pouco apreensiva. Septimus estava *morto*. O que eles iriam ver? Um pequeno feixe de ossos? Uma sepultura minúscula?

Um silêncio se abateu sobre eles. O reflexo da lua começou a crescer até um enorme círculo branco, quase perfeito, preencher o laguinho dos patos. De início, vultos indefinidos surgiram no círculo. Aos poucos, foram se tornando mais definidos até que eles viram... seus próprios reflexos.

– Viram? – perguntou o Aprendiz. – Vocês pediram para me ver, e lá estou eu. Eu não *disse*?

– Isso não significa nada – retrucou Nicko, indignado. – São só nossos reflexos.

– Pode ser que sim. Pode ser que não – disse tia Zelda, pensativa.

– Podemos ver o que aconteceu com Septimus quando ele nasceu? – pediu Jenna. – Assim saberíamos se ele ainda está vivo, não é mesmo?

– É, saberíamos. Vou perguntar. Mas é muito mais difícil ver cenas do passado. – Tia Zelda respirou fundo antes de fazer o pedido. – Irmã Lua, Irmã Lua, queira, por gentileza, nos mostrar o primeiro dia da vida de Septimus Heap.

O Aprendiz fungou e tossiu.

– Silêncio, por favor – solicitou tia Zelda.

Aos poucos, seus reflexos desapareceram da superfície da água e foram substituídos por uma cena primorosamente detalhada, nítida e luminosa em contraste com a escuridão da meia-noite.

A cena transcorria num lugar que Jenna e Nicko conheciam bem: o cômodo em que moravam lá no Castelo. Como um quadro vivo disposto diante deles, as pessoas no aposento estavam imóveis, paralisadas no tempo. Sarah estava deitada numa cama improvisada, segurando um recém-nascido, com Silas ao seu lado. Jenna tomou fôlego. Não tinha se dado conta do quanto sentia falta de casa até aquele momento. Olhou de relance para Nicko, que estava com um ar de concentração que Jenna reconheceu como Nicko *não* querendo parecer perturbado.

De repente, todos abafaram um grito de espanto. As figuras tinham começado a se mexer. Em silêncio e sem tropeços, como numa fotografia em movimento, começaram a representar uma cena diante da plateia fascinada... fascinada, com exceção de um.

– A Câmara Escura do meu Mestre é cem vezes melhor do que esse laguinho antiquado – declarou o Aprendiz, com desdém.

– Cala a boca – murmurou Nicko, furioso.

O Aprendiz suspirou alto e não parava quieto. Tudo aquilo era uma bobeira, pensou. Não tem nada a ver comigo.

O Aprendiz estava errado. Os acontecimentos que estava observando tinham mudado sua vida.

A cena se desenrolou diante deles:

O cômodo dos Heap está levemente diferente. Tudo é mais novo e está mais limpo. Sarah Heap também está muito mais jovem. Seu rosto, mais cheio. E não há tristeza pairando nos seus olhos. Na verdade, ela parece totalmente feliz com o bebê recém-nascido, Septimus, no colo. Silas também está mais jovem. O cabelo menos desgrenhado e o rosto menos marcado pela preocupação. Seis meninos pequenos estão brincando tranquilamente.

Jenna sorriu, entristecida, percebendo que o menor de todos com a gaforinha rebelde devia ser Nicko. Tão bonitinho, pensou ela, pulando de empolgação, querendo ver o bebê.

Silas pega Nicko no colo e o segura no alto para ver o novo irmão. Nicko estende uma mãozinha gorducha e afaga delicadamente a bochecha do bebê. Silas diz alguma coisa para ele e o põe no chão para que Nicko, com seus passos de quem está aprendendo a andar, vá brincar com os irmãos mais velhos.

Agora Silas está se despedindo de Sarah e do bebê com um beijo. Ele para e diz alguma coisa a Simon, o mais velho, antes de sair.

A cena desaparece; as horas estão passando.

Agora o cômodo dos Heap está iluminado pela luz de velas. Sarah está amamentando o bebê, e Simon está lendo em voz baixa uma história para os irmãos mais novos. Um vulto avantajado em vestes azul-escuras, a Parteira-Chefe, surge alvoroçada. Ela toma o bebê dos braços de Sarah e o deita na caixa de madeira que lhe serve de berço. De costas para Sarah, ela tira do bolso um pequeno frasco de um líquido preto e nele mergulha o dedo. Depois, olhando ao redor com ar de culpa, a Parteira passa o dedo enegrecido pelos lábios do bebê. Imediatamente, Septimus fica todo mole.

A Parteira-Chefe se volta para Sarah, mostrando-lhe o bebê sem energia. Sarah fica desnorteada. Ela põe a boca sobre a do filhinho para tentar insuflar-lhe a vida, mas Septimus continua mole como um trapo. Logo também Sarah sente os efeitos da droga. Atordoada, ela desmaia nos travesseiros.

Diante dos olhos horrorizados de seis meninos pequenos, a Parteira-Chefe tira do bolso um enorme rolo de ataduras e começa a enrolar Septimus, começando pelos pés e subindo com destreza até chegar à cabeça, em que para por um instante e verifica se o bebê respira. Satisfeita, ela continua a envolvê-lo, deixando o nariz de fora, até ele ficar parecido com uma pequenina múmia egípcia.

De repente, a Parteira-Chefe se encaminha para a porta levando Septimus. Num esforço de vontade, Sarah consegue despertar do sono causado pela droga a tempo de ver a Parteira abrir a porta com violência e dar um encontrão em Silas, que entra desnorteado, segurando a capa bem firme junto ao corpo. A Parteira o empurra para um lado e sai correndo pelo corredor.

Os corredores dos Emaranhados estão iluminados por archotes com chamas fortes que lançam sombras bruxuleantes sobre o vulto escuro da Parteira-Chefe enquanto ela passa correndo, segurando Septimus junto ao corpo. Daí a algum tempo, ela sai para a noite nevada e reduz o ritmo olhando ao redor, ansiosa. Encurvada sobre o bebê, ela se apressa pelas ruas estreitas e desertas até chegar a um amplo espaço aberto.

Menino 412 sufoca um grito de espanto. Era a temida Praça de Armas do Exército Jovem.

O vulto grande e escuro cruza a amplidão da praça de armas coberta de neve, apressado como um besouro preto em cima de uma toalha de mesa. O guarda à porta do quartel bate continência para a Parteira e permite que ela entre.

Dentro do quartel lúgubre, a Parteira-Chefe anda mais devagar. Desce com cuidado uma escada estreita e íngreme, que leva a um porão úmido cheio de berços vazios enfileirados. É o quarto que em breve se tornará o berçário do Exército Jovem, onde todos os meninos órfãos e indesejados do Castelo serão criados. (As meninas irão para o Centro de Treinamento para o Serviço Doméstico.) Ali já estão quatro ocupantes desafortunados. Três são os filhos trigêmeos de um Guarda que ousou fazer uma piada sobre a barba do Supremo Guardião. O quarto é o filhinho de seis meses de idade da própria Parteira-Chefe, que é cuidado ali na creche enquanto ela trabalha. A babá, uma velha com uma tosse persistente, está jogada na poltrona, cochilando, um sono constantemente interrompido por acessos de tosse. A Parteira-Chefe põe Septimus depressa num berço vazio e desfaz as ataduras. Septimus boceja e abre as mãozinhas.

Está vivo.

Jenna, Nicko, Menino 412 e tia Zelda mantinham o olhar fixo na cena diante deles no laguinho, percebendo que o que o Aprendiz tinha dito infelizmente parecia agora ser a verdade. Menino 412 estava com uma sensação desagradável na boca do estômago. Estava detestando ver de novo o quartel do Exército Jovem.

Na penumbra do berçário do Exército Jovem, a Parteira-Chefe se senta, exausta. Ela não para de olhar ansiosa para a porta, como se estivesse esperando a chegada de alguém. Ninguém aparece.

Depois de um minuto ou dois, ela se levanta da cadeira com esforço, vai até o berço onde seu próprio filhinho está chorando e o pega no colo. Nesse instante, a porta se abre com violência, e a Parteira-Chefe gira nos calcanhares, pálida, assustada.

Uma mulher alta de preto está ali no portal. Por cima das vestes negras, bem passadas, ela usa o avental branco engomado de enfermeira, mas em torno da cintura está um cinto vermelho-sangue, com as três estrelas negras de DomDaniel.

Ela veio buscar Septimus Heap.

O Aprendiz não estava gostando nem um pouco do que via. Não queria ver a família reles da qual tinha sido salvo: ela não significava nada para ele. Também não queria ver o que lhe havia acontecido quando era bebê. Que importância aquilo tinha agora? E estava farto de ficar ali fora no frio com o inimigo.

Com raiva, o Aprendiz deu um chute num pato que estava sentado aos seus pés, impelindo a ave direto para a água. Bert foi cair no meio do laguinho, respingando água para todos os lados, e a imagem se partiu numa dança de mil estilhaços de luz.

O encantamento se desfez.

O Aprendiz fugiu dali. Em direção ao Fosso, pelo caminho, com a maior velocidade possível, até a canoa estreita e negra. Não chegou longe. Bert, que não tinha apreciado ser chutada para o meio do laguinho, foi atrás dele. O Aprendiz ouviu o bater das asas vigorosas da pata apenas um segundo antes de sentir a bicada na nuca e o puxão nas suas vestes que quase o sufocou. A pata o agarrou pelo capuz para puxá-lo até Nicko.

– Ai, ai, ai – disse tia Zelda, que parecia preocupada.

– Eu não me incomodaria com esse aí – disse Nicko, com raiva quando alcançou o Aprendiz e o segurou.

– Eu não estava preocupada com esse aí – respondeu tia Zelda. – Estava só torcendo para Bert não machucar o bico.

↠ 38 ↞
DESCONGELAMENTO

O Aprendiz estava sentado encolhido no canto junto ao fogo, com Bert ainda agarrada a uma das suas mangas úmidas. Jenna tinha trancado todas as portas, e Nicko, as janelas, deixando Menino 412 encarregado de vigiá-lo enquanto iam ver como estava o Atolardo.

O Atolardo estava no fundo da banheira de metal, um montinho de pelo castanho meio úmido em contraste com o branco do lençol que tia Zelda tinha posto por baixo dele. Ele entreabriu os olhos e lançou um olhar turvo, sem foco, para as visitas.

– Olá, Atolardo. Está se sentindo melhor? – perguntou Jenna. Ele não respondeu. Tia Zelda mergulhou uma esponja num balde de água morna e o banhou com carinho.

– Só para manter umedecido o pelo – disse ela. – Um Atolardo seco não é um Atolardo feliz.

– Parece que ele não está bem, não é? – murmurou Jenna para Nicko enquanto saíam da cozinha na ponta dos pés com tia Zelda.

O Caçador, ainda postado do lado de fora da porta da cozinha, encarou Jenna com um olhar malévolo quando ela apareceu. Seus olhos penetrantes de um azul muito claro se fixaram nela e a acompanharam pela sala. Mas o resto do seu corpo continuava parado como antes.

Jenna sentiu o olhar e viu de onde vinha. Sentiu o gelo de um calafrio percorrer todo o seu corpo.

– Ele está *olhando* para mim – disse ela. – Os olhos dele estão *me acompanhando*.

– Droga – reclamou tia Zelda, aborrecida. – Ele está começando a **Descongelar**. É melhor eu pegar isso aqui antes que cause mais algum problema.

Tia Zelda arrancou a pistola de prata da mão congelada do Caçador. Os olhos dele chisparam de raiva quando ela abriu a arma com perícia e removeu uma pequena bala de prata do tambor.

– Pronto – disse tia Zelda, entregando a bala de prata a Jenna. – Há dez anos ela procura por você, e agora a busca terminou. Você está a salvo.

Jenna deu um sorriso inseguro e rolou a esfera de prata maciça na palma da mão com uma sensação de repulsa. Mesmo assim, não pôde deixar de admirar como era perfeita. Quase perfeita. Ergueu-a nos dedos e contraiu os olhos para ver um defeito mínimo na bala. Para sua surpresa viu que eram duas letras gravadas na prata: M.P.

— O que significa M.P.? — perguntou Jenna a tia Zelda. — Veja só, está aqui na bala.

Tia Zelda não respondeu de imediato. Sabia o que as letras representavam, mas não tinha certeza se devia contar a Jenna.

— M.P. — murmurou Jenna, pensando. — M.P...

— Menina Princesa — disse tia Zelda. — Uma bala com nome. Uma bala com nome sempre encontra seu alvo. Não importa como ou quando, mas ela há de encontrar o alvo. Como a sua encontrou você. Mas não do jeito que pretendiam.

— Ah — disse Jenna, baixinho. — Quer dizer que a outra, a da minha mãe, será que tinha...

— Tinha, sim. Tinha R gravado nela.

— Ah. Posso ficar com a pistola também? — perguntou Jenna surpreendendo tia Zelda.

— Bem, acho que sim. Se quer mesmo.

Jenna apanhou a arma e a segurou como tinha visto tanto o Caçador como a Assassina fazerem, sentindo na mão o peso e tendo a estranha sensação de poder que segurar a arma lhe transmitia.

— Obrigada — disse ela a tia Zelda, entregando-lhe de volta a pistola. — Pode guardar num lugar seguro para mim? Por enquanto?

Os olhos do Caçador acompanharam tia Zelda enquanto ela marchava com a pistola até seu armário de Poções Instáveis e Venenos Específicos e a trancava lá dentro. Eles a acompanharam quando ela voltou, se aproximou dele e apalpou suas orelhas. O Caçador ficou uma fera. Suas sobrancelhas se contorceram, e os olhos chisparam com raiva, mas nada mais se mexeu.

– Que bom que as orelhas dele ainda estão congeladas. Ele ainda não consegue ouvir o que estamos dizendo. Precisamos resolver o que vamos fazer com ele antes que **Descongele**.

– Não dá para simplesmente aplicar nele um **Recongelar**? – perguntou Jenna.

– Não – respondeu tia Zelda pesarosa, abanando a cabeça. – Não se deve **Recongelar** alguém que tenha começado a **Descongelar**. Não é seguro. Eles podem ficar com queimaduras de frio. Ou então podem ficar horrivelmente empapados. Nada bonito de se ver. Ainda assim, o Caçador é um homem perigoso, e ele não vai desistir da Caçada. Nunca. E de algum modo temos de fazer com que pare de nos perseguir.

Jenna estava pensando.

– Precisamos – disse ela – fazer com que ele se esqueça de tudo. Até mesmo de quem ele é. – Ela abafou um risinho. – Podíamos fazer com que ele pensasse que é um domador de leões ou coisa que o valha.

– E depois ele entrava para um circo e descobria que não era, exatamente na hora em que pusesse a cabeça na boca do leão – concluiu Nicko.

– Não devemos usar a **Magya** para pôr em risco nenhuma vida – relembrou tia Zelda.

– Então, ele podia ser um palhaço, daqueles que assustam as crianças – disse Jenna. – Apavorante ele é.

– Bem, ouvi dizer que um circo está para chegar ao Porto a qualquer hora. Tenho certeza de que ele encontraria trabalho – disse tia Zelda com um sorriso. – Eles aceitam gente de todo tipo, pelo que me disseram.

Tia Zelda foi buscar um livro antigo e muito manuseado intitulado *Memórias Mágykas*.

– Você é bom nessas coisas – disse ela, entregando o livro a Menino 412. – Dá para você encontrar o **Encantamento** certo para mim? Acho que se chama **Lembranças Marotas**.

Ele folheou o livro velho e embolorado. Era um daqueles que tinham perdido a maior parte dos **Talismãs**, porém, mais para o fim do livro, encontrou o que estava procurando: um pequeno lenço com um nó, com uma inscrição em tinta preta meio borrada em torno da bainha.

– Ótimo – disse tia Zelda. – Será que você podia fazer o encantamento para nós, por favor?

– *Eu?* – perguntou Menino 412, surpreso.

– Se você não se importar – respondeu tia Zelda. – Minha visão me impede de fazer eu mesma com essa luz. – Ela estendeu a mão e verificou as orelhas do Caçador. Estavam quentinhas. O Caçador lhe lançou um olhar de ódio e depois semicerrou os olhos naquela conhecida expressão de frieza. Ninguém deu a menor atenção.

– Ele já está ouvindo – disse ela. – Melhor fazer isso logo antes que ele consiga falar também.

Menino 412 leu com cuidado as instruções do encantamento. Depois segurou o lenço com o nó e falou.

Não importa qual seu Passado seja
Você o perderá tão logo Me veja.

Agitou o lenço diante dos olhos zangados do Caçador. Depois desfez o nó. Com isso, os olhos do Caçador ficaram vazios. Seu olhar não era mais ameaçador, mas confuso e talvez um pouco assustado.

– Ótimo – disse tia Zelda. – Parece ter funcionado bem. Pode passar para a parte seguinte, por favor?

Menino 412 recitou tranquilo:

Escute agora seus Costumes recém-criados,
Lembre-se dos seus Dias alterados.

Tia Zelda se plantou diante do Caçador e se dirigiu a ele em tom firme.

– Esta – disse ela – é a história da sua vida. Você nasceu num casebre lá para o lado do Porto.

– Você era uma criança horrorosa – disse-lhe Jenna. – E tinha espinhas.

– Ninguém gostava de você – acrescentou Nicko.

O Caçador começou a parecer muito infeliz.

– Com exceção do seu cachorro – disse Jenna, que estava começando a sentir só um pouquinho de pena dele.

– Seu cachorro morreu – disse Nicko.

O Caçador ficou arrasado.

– *Nicko* – criticou Jenna. – Não seja cruel.

– *Eu??* E o que me diz *dele*?

E assim a vida horrivelmente trágica do Caçador foi se desenrolando diante dele. Era repleta de coincidências lamentáveis, erros idiotas e momentos altamente embaraçosos que deixavam suas orelhas recém-**Descongeladas** vermelhas com a súbita lembrança. Por fim, a triste história foi arrematada com seu infeliz período de Aprendizado com um palhaço irascível conhecido por todos que trabalhavam para ele como Bafo de Cachorro.

O Aprendiz observava aquilo tudo com uma mistura de alegria e pavor. O Caçador o havia atormentado por muito tempo, e ele ficou feliz de ver que alguém finalmente estava conseguindo derrotá-lo. Mas não podia deixar de se perguntar o que eles estariam planejando fazer com *ele mesmo*.

Quando a triste história do passado do Caçador terminou, Menino 412 voltou a dar o nó no lenço com as seguintes palavras:

O que era sua Vida foi desfeito,
Agora outro Passado entra em efeito.

Com certo esforço, eles carregaram o Caçador lá para fora, como uma prancha de madeira muito grande e difícil de manejar, e o puseram ao lado do Fosso, para que ele pudesse terminar de **Descongelar** sem atrapalhar ninguém. O Magog não lhe prestou a menor atenção, tendo acabado de catar seu trigésimo oitavo Inseto Escudeiro do meio da lama e estando em dúvida se devia arrancar ou não as asas daquele antes de liquidificá-lo.

– Prefiro sem dúvida alguma um belo anão de jardim – disse tia Zelda, avaliando com repugnância seu novo e, esperava ela, temporário enfeite. – Parabéns pelo trabalho benfeito. Agora só precisamos resolver o caso do Aprendiz.

– Septimus... – disse Jenna, pensativa. – Não posso acreditar. O que mamãe e papai vão dizer? Ele é tão *horrível*!

– Bem, suponho que ser criado por DomDaniel não lhe tenha feito nenhum bem – disse tia Zelda.

– Menino 412 cresceu no Exército Jovem e é legal – salientou Jenna. – Ele nunca teria dado um tiro no Atolardo.

– Eu sei – concordou tia Zelda. – Mas pode ser que o Aprendiz, quer dizer, Septimus melhore com o passar do tempo.

– Pode ser – disse Jenna lá com suas dúvidas.

Algum tempo depois, durante a madrugada, quando Menino 412 tinha abrigado cuidadosamente por baixo da colcha a pedra verde que Jenna lhe dera para que ela ficasse quentinha e perto dele, e bem na hora em que finalmente eles estavam se acomodando para dormir, ouviu-se uma batida hesitante à porta.

Jenna se sentou, assustada. *Quem* seria? Cutucou Nicko e Menino 412 para que ficassem alertas. Depois, foi de mansinho até a janela e em silêncio abriu uma folha.

Nicko e Menino 412 se postaram junto da porta, armados com uma vassoura e uma lâmpada pesada.

O Aprendiz se sentou no seu canto escuro junto ao fogo e deu um sorrisinho presunçoso. DomDaniel tinha enviado um grupo de salvamento à sua procura.

Não era nenhum grupo de salvamento, mas Jenna empalideceu quando viu o que era.

– É o *Caçador* – sussurrou ela.

– Ele não vai entrar – disse Nicko. – De jeito nenhum.

Mas o Caçador bateu novamente, com mais força.

– Vá embora! – gritou Jenna para ele.

Tia Zelda parou de cuidar do Atolardo e veio ver o que era.

– Vejam o que ele quer – disse ela –, e depois ele que vá cuidar da própria vida.

Por isso, contra todos os seus instintos, Jenna abriu a porta para o Caçador.

Ela mal o reconheceu. Apesar de ainda usar o uniforme de Caçador, ele já não parecia ser um. Tinha envolvido a grossa capa verde em torno de si como um mendigo com um cobertor, e estava ali parado na soleira, ligeiramente encurvado, com uma atitude de quem pede desculpas.

– Lamento perturbar os senhores a esta hora avançada – murmurou ele. – Mas receio estar perdido. Gostaria de saber se vocês poderiam me ensinar o caminho que leva ao Porto?

– Para aquele lado – disse Jenna, sem rodeios, indicando o caminho por cima do brejo.

O Caçador pareceu confuso.

– Não sou muito bom para encontrar caminhos, moça. Exatamente para onde eu devo ir?

– Siga a lua – disse-lhe tia Zelda. – Ela o guiará.

– Muito obrigado, senhora – disse o Caçador, curvando-se com humildade. – Eu queria saber se poderia incomodá-la perguntando se pode estar para chegar algum circo à cidade. Tenho esperança de conseguir emprego como palhaço.

Jenna abafou um risinho.

– É, por acaso, um circo deve estar chegando – respondeu tia Zelda. – Bem, faça o favor de esperar um minuto. – Ela entrou na cozinha e voltou com um pequeno saco com pão e queijo. – Leve isso aqui e boa sorte na sua nova vida. – O Caçador fez mais uma reverência.

– Ora, muito obrigado mesmo, senhora – disse ele e desceu até o Fosso, onde passou pelo Magog adormecido e pela fina canoa negra, sem nenhum sinal de reconhecimento, e seguiu para atravessar a ponte.

Quatro vultos calados ficaram parados na soleira, observando a figura solitária do Caçador seguir caminho, meio hesitante, pelo Brejal Marram afora, na direção da sua nova vida no

CIRCO E ZOOLÓGICO
AMBULANTE DE
FISHHEAD E DURDLE

até uma nuvem encobrir a lua, e os brejos mais uma vez mergulharem na escuridão.

✢ 39 ✢
O COMPROMISSO

Mais tarde naquela mesma noite, o Aprendiz fugiu pelo túnel da gata.

Bert, que ainda tinha todos os instintos de gato, gostava de perambular à noite, e tia Zelda costumava deixar a porta **Trancada por Encantamento** só para quem quisesse entrar. Isso permitia que Bert saísse, mas nada entrava. Nem mesmo Bert. Tia Zelda tinha um cuidado enorme para evitar Pardinhos e Espectros do Brejo que pudessem se desviar do seu caminho.

Assim, quando todos estavam dormindo, com exceção do Aprendiz, e Bert resolveu sair para passar a noite lá fora, ele teve a ideia de ir atrás dela. Precisou se espremer muito; mas, como era magro como uma cobra e duas vezes mais escorregadio, conseguiu se contorcer o suficiente para passar pelo lugar apertado. Enquanto passava, a **Magya das Trevas** grudada nas suas vestes **Desencantou** o túnel da gata. Logo seu rosto alvoroçado surgiu do túnel para o ar gelado da noite.

Bert o recebeu com uma boa bicada no nariz, mas ele não se intimidou. Tinha muito mais medo de ficar entalado no túnel da gata, com os pés ainda dentro da casa e a cabeça do lado de fora, do que de Bert. Sua impressão era de que ninguém se apressaria muito a puxá-lo dali se ele realmente ficasse preso. Por isso, fez pouco caso da pata furiosa e, com um esforço descomunal, conseguiu sair.

O Aprendiz foi direto para o cais flutuante, perseguido de perto por Bert, que tentou agarrar sua gola de novo, mas dessa vez ele estava preparado. Cheio de raiva, deu-lhe um tapa com tanta força que atirou no chão a pata, que machucou seriamente uma asa.

O Magog estava deitado ao comprido na canoa, dormindo enquanto digeria todos os cinquenta e seis Insetos Escudeiros. O Aprendiz passou com cuidado por cima dele. Para seu alívio, a criatura não se mexeu. A digestão era algo que um Magog levava muito a sério. O cheiro da gosma de Magog lhe deu engulhos, mas apanhou o remo gosmento e logo estava se afastando pelo Fosso abaixo, na direção do labirinto de canais sinuosos que riscavam o Brejal Marram e que o levariam ao Valado Deppen.

À medida que deixava o chalé para trás e avançava pela vastidão enluarada dos brejos, começou a se sentir inquietar. Com o Magog adormecido, sentia-se horrivelmente desprotegido e se lembrava de todas as histórias apavorantes que tinha ouvido sobre os brejos à noite. Ele remava a canoa no maior silêncio possível, com medo de perturbar alguma criatura que não pudesse ser perturbada. Ou, ainda pior, alguma criatura que pudesse estar aguardando ser perturbada. Em toda a sua volta, ouvia os ruídos noturnos do brejo. Ouvia os gritos abafados subterrâneos de um grupo de Pardinhos a puxar para baixo, para o meio da Lama Movediça, um Felino do Brejo que ainda não tinha se dado conta do que estava acontecendo. Depois, o barulho desordenado de uma briga acirrada e o som de lama sendo sugada quando duas grandes Ninfas das Águas tentaram grudar as ventosas no fundo da canoa e abrir caminho mastigando a madeira, mas desistiram rapidinho graças ao que restava ali da gosma do Magog.

Pouco depois que as Ninfas das Águas tinham largado a canoa, surgiu uma Chorona do Brejo. Apesar de não passar de um pequeno fiapo de névoa branca, ela exalava um cheiro desagradável de umidade que o fez se lembrar da toca no esconderijo de DomDaniel. A Chorona do Brejo foi se sentar atrás do Aprendiz e começou a cantar desafinada a canção mais pesarosa e irritante que ele tinha ouvido na vida. A canção não parava de girar dentro da sua cabeça: – *Ueerrghh-derr-uaaaah-duuuuuuuu... Ueerrghh-derr-uaaaah-duuuuuuuu... Ueerrghh-derr-uaaaah-duuuuuuuu...* – até ele sentir que ia acabar enlouquecendo.

Tentou espantar a Chorona dando-lhe um golpe com o remo, mas o remo passou direto pelo fiapo de névoa que se lamentava, o que desequilibrou a canoa e quase o fez tombar nas águas escuras. E ainda assim a melodia medonha continuava, com um leve tom de zombaria, agora que a Chorona sabia que tinha conseguido sua atenção: – *Ueerrghh-derr-uaaaah-duuuuuuuu... Ueerrghh-derr-uaaaah-duuuuuuuu... uuuuuuuuuuuuuuuuuuuuuuuuuuuu...*

– Para com isso! – berrou, sem conseguir suportar o barulho mais um instante que fosse. Ele enfiou os dedos nos ouvidos e começou a cantar em voz alta o suficiente para suplantar a música horripilante.

"*Não estou ouvindo, não estou ouvindo, não estou ouvindo*", entoava a plenos pulmões enquanto a Chorona, vitoriosa, girava em torno da canoa, satisfeita com o serviço daquela noite. Geralmente, a Chorona do Brejo precisava de muito mais tempo para reduzir um Jovem a frangalhos, a ponto de não conseguir dizer coisa com coisa; mas nessa noite ela teve sorte. Missão cumprida, a Chorona do Brejo foi se achatando numa finíssima camada de névoa que foi levada pela brisa, para passar o resto da noite pairando satisfeita acima do seu atoleiro preferido.

O Aprendiz continuou a remar, obstinado, sem se importar mais com a sucessão de Espectros do Brejo, Insetos Papões e uma exibição muito tentadora de Fogos do Brejo que dançaram em torno da canoa por horas a fio. Àquela altura, não se incomodava com o que qualquer criatura fizesse, desde que não *cantasse*.

À medida que o sol foi surgindo lá para os confins do Brejal Marram, o Aprendiz percebeu que estava irremediavelmente perdido. Encontrava-se no meio de uma extensão de pântano que, aos seus olhos, parecia toda igual. Continuou a remar, cansado, sem saber o que mais poderia fazer. E já era meio-dia quando ele atingiu um trecho largo e reto de água que dava a impressão de desembocar em algum lugar, em vez de ir se acabando em mais um lamaçal. Exausto, entrou no que era o trecho superior do Valado Deppen e seguiu lentamente em direção ao rio. A descoberta da gigantesca Píton do Brejo, à espreita no fundo do Valado e tentando se esticar, praticamente não o perturbou. Estava cansado demais para se importar. Estava também muito determinado. Tinha um compromisso com DomDaniel, e dessa vez não estragaria tudo. Em breve a Princesinha ia se arrepender. *Todos* eles iam se arrepender. Em especial a pata.

* * *

Naquela manhã, lá no chalé, ninguém acreditava que o Aprendiz tinha conseguido sair se espremendo pelo túnel da gata.

– Eu calculava que a cabeça dele fosse grande demais para passar – zombou Jenna.

Nicko saiu para vasculhar a ilha, mas logo estava de volta.

– A canoa do Caçador sumiu – disse ele. – E aquele barco é veloz. Ele já está longe a esta altura.

– Precisamos deter o Aprendiz – disse Menino 412, que sabia muito bem como um menino como aquele podia ser perigoso –, antes de ele contar a alguém onde nós estamos, o que ele vai fazer assim que puder.

E assim Jenna, Nicko e Menino 412 pegaram *Muriel Dois* e partiram em perseguição ao Aprendiz. Enquanto o pálido sol de primavera nascia sobre o Brejal Marram, lançando longas sombras sobre os charcos e atoleiros, a deselegante *Muriel Dois* os levava pelo labirinto de valas e canais. Ela seguia devagar e sempre, devagar demais para Nicko, que sabia com que velocidade a canoa do Caçador devia ter coberto a mesma distância. Ele estava alerta para qualquer sinal da elegante canoa negra, mais ou menos na expectativa de vê-la emborcada numa Lama Movediça ou vazia, à deriva por alguma vala. Mas, para sua decepção, não viu nada além de uma tora comprida e negra que só por um instante despertou suas esperanças.

Pararam um pouco para comer sanduíches de queijo de cabra e sardinha ao lado de um atoleiro de Choronas do Brejo. Mas foram deixados em paz porque as Choronas já tinham desaparecido, tendo se evaporado com o calor do sol nascente.

Já passava do meio-dia, e tinha começado uma garoa cinzenta quando, finalmente, entraram no Valado Deppen. A Píton do Brejo cochilava deitada na lama, meio coberta pelas águas preguiçosas da maré que acabava de virar. Ela não deu a menor atenção a *Muriel Dois,* para alívio dos seus ocupantes, e continuou deitada à espera da chegada dos peixes frescos que a enchente ia trazer. A maré ainda estava muito baixa, e a canoa seguia bem abaixo das margens íngremes que se erguiam de cada lado. Por isso, foi só quando viraram a última curva do Valado Deppen que Jenna, Nicko e Menino 412 viram o que estava à sua espera.

O *Vingança.*

✢ 40 ✢
O Encontro

Um silêncio de espanto se abateu sobre a canoa *Muriel Dois*. A não mais do que uma curta remada de distância estava o *Vingança*, ancorado tranquilamente na garoa do início da tarde, parado e firme no meio do canal de águas profundas do rio. A grande embarcação negra era impressionante: sua proa se erguia como a face escarpada de um penhasco; e, com as velas negras e esfarrapadas recolhidas, seus dois altos mastros sobressaíam como ossos negros em contraste com o céu enfarruscado. Um silêncio sufocante cercava o navio à luz cinzenta. Nenhuma gaivota ousava voar em torno na esperança de restos de comida. Pequenos barcos em trânsito pelo rio viam o navio e se apressavam a passar sem ruído pelas águas rasas junto à margem, mais dispostos a correr o risco de encalhar do que a se aproximar do famigerado *Vingança*. Uma pesada nuvem negra tinha se formado acima dos mastros, lançando uma sombra escura sobre o navio inteiro; e da popa uma bandeira vermelho-sangue com uma linha de três estrelas negras panejava ameaçadora.

Nicko não precisava da bandeira para saber de quem era o navio. Nenhuma outra embarcação jamais tinha sido pintada com o breu negro e forte que DomDaniel usava, e nenhuma outra embarcação poderia estar cercada de uma atmosfera tão malévola. Ele gesticulou como louco para Jenna e Menino 412 remarem de volta; e dali a um instante *Muriel Dois* estava escondida em segurança atrás da última curva do Valado Deppen.

– O que é aquilo? – murmurou Jenna.

– É o *Vingança* – respondeu Nicko baixinho. – O navio de DomDaniel. Acho que está esperando pelo Aprendiz. Aposto que foi para cá que o safadinho veio. Me dá a luneta, Jen.

Nicko levou o telescópio ao olho e viu exatamente o que temia. Lá, nas sombras escuras lançadas pelas paredes negras do casco, estava a canoa do Caçador. Estava lá balançando na água, vazia e reduzida a quase nada pelo tamanho do *Vingança*, amarrada ao pé de uma longa escada de corda que levava ao convés do navio.

O Aprendiz tinha cumprido o compromisso.

– Tarde demais – disse Nicko. – Ele já chegou. Ai, eca, o que é aquilo? Ai, que *nojo*. Aquela **Coisa** acabou de sair deslizando da canoa. Como é *gosmenta*! Mas, sem dúvida, sabe subir por uma escada de corda. Parece até algum macaco horripilante. – Nicko estremeceu.

— Dá para você ver o Aprendiz? — murmurou Jenna.

Nicko subiu a luneta pela escada de corda. E fez que sim. Lá estava o Aprendiz quase chegando ao alto, mas tinha parado e olhava para baixo horrorizado para a **Coisa** que vinha subindo veloz. Em questão de instantes, o Magog alcançou o Aprendiz e passou apressado por cima dele, deixando um rastro de gosma amarela nas suas costas. Pareceu que o rapaz perdia o equilíbrio por um momento e quase soltava a mão da escada, mas conseguiu a duras penas subir os últimos degraus e cair jogado no convés, onde ficou algum tempo sem ser percebido.

Bem feito, pensou Nicko.

Eles resolveram dar uma olhada mais de perto no *Vingança*, a pé. Amarraram *Muriel Dois* a uma rocha e foram andando até a praia onde tinham feito o piquenique à meia-noite quando vinham fugindo do Castelo. Ao virarem uma curva, Jenna levou um susto. Alguém já estava lá. Ela parou de repente e recuou para se esconder por trás de um velho tronco de árvore. Sem querer, Menino 412 e Nicko esbarraram nela.

— O que foi? — murmurou Nicko.

— Tem alguém na praia — cochichou Jenna. — Vai ver que é alguém do navio. Montando guarda.

Nicko deu uma espiada do outro lado do tronco.

— Não é ninguém do navio — garantiu, sorrindo.

— Como você sabe? — perguntou Jenna. — Poderia ser.

— Porque é Alther.

Alther Mella estava sentado na praia, olhando pesaroso para a garoa. Estava ali havia dias, esperando que alguém do Chalé da Protetora aparecesse. Precisava falar urgente com eles.

– Alther? – sussurrou Jenna.

– Princesa! – O rosto preocupado de Alther se iluminou. Ele veio flutuando até Jenna e a envolveu num abraço carinhoso. – Bem, acho que você cresceu mesmo desde a última vez que nos vimos.

Jenna levou um dedo aos lábios.

– Shh, eles poderiam nos ouvir, Alther.

Ele ficou surpreso. Não estava acostumado a receber ordens de Jenna.

– Eles não têm como me ouvir – disse abafando um risinho. – A não ser que eu queira que me ouçam. E também não podem ouvir vocês. Instalei uma **Barreira contra Gritos**. Não vão ouvir nada.

– Ah, Alther – disse Jenna. – É tão bom ver você de novo. Não é, Nicko?

– É maravilhoso – disse Nicko, com um largo sorriso.

Alther lançou um olhar curioso para Menino 412.

– Aqui está alguém que cresceu também – disse sorrindo. – Aqueles meninos do Exército Jovem são tão magros, de dar pena. É bom ver que você ganhou um pouco de corpo.

Menino 412 enrubesceu.

– E agora ele é legal também, tio Alther – disse Jenna ao fantasma.

— Acho que ele sempre foi legal, Princesa — disse Alther. — Mas ninguém tem permissão para ser legal no Exército Jovem. É proibido.

E sorriu para Menino 412.

Menino 412 retribuiu com um sorriso tímido.

Eles se sentaram na praia debaixo da garoa, fora do alcance visual do *Vingança*.

— Como estão Mamãe e Papai? — perguntou Nicko.

— E Simon? — acrescentou Jenna. — O que houve com Simon?

— Ah, Simon — disse Alther. — Simon tinha se afastado de Sarah na Floresta por vontade própria. Parece que ele e Lucy Gringe tinham planejado se casar em segredo.

— O quê? — disse Nicko. — Simon se *casou*?

— Não. Gringe descobriu e o entregou para os Guardas do Palácio.

— Ai, não! — exclamaram Jenna e Nicko com a voz embargada.

— Ora, não se preocupem com Simon — disse Alther, estranhamente indiferente. — Como ele conseguiu passar aquele tempo todo sob a custódia do Guardião Supremo e sair parecendo que estava voltando de férias, eu não sei. Apesar de ter minhas suspeitas.

— Como assim, tio Alther? — perguntou Jenna.

— Ah, provavelmente não é nada, Princesa. — Pareceu que Alther não estava com disposição para falar mais sobre Simon.

Havia uma coisa que Menino 412 queria perguntar, mas achava esquisito conversar com um fantasma. Só que precisava saber. Por isso, reuniu toda a coragem.

– Bem, com licença, mas o que houve com Márcia? Ela está bem?

– Não – respondeu Alther, dando um suspiro.

– Não? – perguntaram três vozes ao mesmo tempo.

– Ela caiu numa cilada – revelou Alther com a expressão fechada. – Uma cilada armada pelo Supremo Guardião e pela Agência de Ratos. Ele pôs seus próprios ratos lá. Ou melhor, os ratos de DomDaniel. E um bando do mal é o que eles são também. Eram eles os encarregados da rede de espionagem lá nos domínios de DomDaniel nas Áridas Terras do Mal. Sua reputação é péssima. Chegaram com os ratos da peste há séculos. Nada de bom.

– Você está querendo dizer que nosso Rato Mensageiro era um *deles*? – perguntou Jenna pensando em como tinha gostado bastante dele.

– Não, não. Ele foi despachado pelos valentões da Agência de Ratos. E desapareceu. Pobre coitado. Acho que suas chances não são nada boas – disse Alther.

– Ai! Mas isso é terrível – disse Jenna.

– E a mensagem para Márcia também não era de Silas – acrescentou Alther.

– Bem que eu achei que *não* era – disse Nicko.

– Era do Supremo Guardião – esclareceu Alther. – Por isso, quando Márcia apareceu no Portão do Palácio para o encontro com Silas, os Guardas do Palácio estavam à sua espera. É claro que não teria havido nenhum problema para Márcia se ela tivesse acertado os **Minutos da Meia-Noite**, mas seu relógio estava vinte minutos atrasado. *E* seu **Talismã de Segurança** não estava com ela. Deu tudo errado. DomDaniel apanhou o Amuleto Akhu. Por isso, receio que ele agora seja... o Mago ExtraOrdinário.

Jenna e Nicko não sabiam o que dizer. Tudo aquilo era pior do que qualquer coisa que tinham temido.

– Com licença – arriscou-se a dizer Menino 412, que estava se sentindo péssimo. Tudo era culpa dele. Se tivesse aceitado ser seu Aprendiz, ele poderia ter ajudado Márcia. Nada disso teria acontecido. – Márcia ainda está... está viva, não está?

Alther olhou para ele. Seus olhos verdes desbotados tinham uma expressão bondosa quando respondeu, usando seu perturbador costume de ler o pensamento dos outros.

– Você não poderia ter feito nada, garoto. Eles o teriam apanhado também. Ela *esteve* no Calabouço Número Um, mas agora...

Menino 412 escondeu a cabeça nas mãos em desespero. Ele sabia muito bem o que queria dizer Calabouço Número Um.

Alther pôs um braço espectral em torno dos ombros dele.

– Não se preocupe à toa, agora – disse ele. – Estive com ela a maior parte do tempo, e ela estava se saindo muito bem. Estava conseguindo manter o ânimo, foi o que achei. Levando em conta todos os aspectos. Há alguns dias, dei uma saída rapidinha para verificar diversos pequenos... projetos que tenho em andamento nos aposentos de DomDaniel na Torre. Quando voltei ao calabouço, ela não estava mais lá. Procurei em todos os lugares possíveis. Até mesmo pedi a alguns dos Antigos que procurassem. Vocês sabem, os fantasmas velhos de verdade. Mas eles estão muito apagados e se confundem facilmente. A maioria não sabe mais andar muito bem pelo Castelo: eles dão de cara com uma parede ou escadaria nova e ficam ali plantados. Não conseguem descobrir o caminho a seguir. Ontem mesmo precisei tirar um do depósito de lixo da cozinha. Parece que, antigamente, ali era o refeitório dos Magos. Mais ou menos há uns quinhentos anos. Francamente, os Antigos, por mais que sejam uns amores, dão mais trabalho do que valeria a pena. – Alther suspirou. – Embora eu me pergunte se...

– Se o quê? – perguntou Jenna.

– Se ela não poderia estar no *Vingança*. Infelizmente, não consigo entrar nessa desgraça de navio para descobrir.

Alther estava irritado consigo mesmo. Ele agora aconselharia qualquer Mago ExtraOrdinário a visitar o maior número possível de lugares em vida para que, quando fosse fantasma, não se sentisse tão frustrado como ele. Mas era tarde demais para mudar o que tinha feito em vida. Agora precisava tirar o melhor partido do que estivesse ao seu alcance.

Pelo menos, quando foi indicado para Aprendiz, DomDaniel tinha insistido em levá-lo numa visita longa e muito desagradável aos calabouços mais profundos. Na época, não tinha imaginado que um dia poderia se sentir feliz por aquele passeio, mas se ao menos tivesse aceitado um convite para a festa de lançamento à água do *Vingança*... Alther se lembrava de como, por ser um dos promissores Aprendizes em potencial, ele tinha sido convidado para uma festa a bordo da embarcação de DomDaniel. Tinha recusado o convite porque aquele dia era o aniversário de Alice Nettles. Não era permitida a presença de mulheres no navio, e estava claro que Alther não a deixaria sozinha no dia do aniversário. Durante a festa, os Aprendizes em potencial perderam o controle e causaram enormes danos ao navio garantindo, desse modo, o fim das esperanças de receber qualquer oferta, nem mesmo de trabalho de faxina, por parte do Mago ExtraOrdinário. Não muito tempo depois, foi oferecido a Alther o posto de Aprendiz do Mago ExtraOrdinário. Nunca mais teve outra oportunidade de visitar o navio. Depois da festa desastrosa, DomDaniel levou o *Vingança* para o Riacho da Desolação para uma reforma, um ancoradouro lúgubre cheio de navios abandonados e carcomidos. O **Necromante** gostou tanto do lugar que deixou seu navio lá e fazia uma visita todos os anos nas férias de verão.

O grupo abatido estava sentado na praia úmida. Entristecidos, comeram os últimos sanduíches recheados de queijo de cabra e sardinha, e beberam até a última gota da vitamina de beterraba com cenoura.

– Em certas ocasiões – disse Alther, pensativo –, eu realmente sinto falta de poder comer...

– Mas esta não é uma dessas ocasiões, certo? – atalhou Jenna.

– Acertou na mosca, Princesa.

Jenna pescou Petroc Trelawney do bolso e lhe ofereceu uma mistura pegajosa de sardinha amassada com queijo de cabra. Petroc abriu os olhos e olhou para a oferta. A pedra de estimação ficou surpresa. Esse era o tipo de comida que costumava receber de Menino 412; Jenna sempre lhe dava biscoitos. Mas ele comeu assim mesmo, exceto um pedacinho de queijo de cabra que grudou na sua cabeça e mais tarde foi parar na parte de dentro do bolso de Jenna.

Quando eles terminaram de comer o último sanduíche ensopado, Alther disse, sério:

– Agora, vamos ao que interessa.

Três caras preocupadas olharam para o fantasma.

– Escutem bem, vocês todos. Quero que voltem *direto* para o Chalé da Protetora e digam a Zelda para levar todos ao Porto amanhã bem cedo. Alice, que agora é a Chefe da Alfândega por lá, está procurando um navio para vocês. Vocês devem ir para as Terras Distantes enquanto tento resolver as coisas por aqui.

– *Mas...* – protestaram Jenna, Nicko e Menino 412 com a voz entrecortada.

Alther não deu atenção ao protesto.

– Encontro vocês todos amanhã na Taberna da Âncora Azul no Cais. Vocês *têm* que estar lá. Sua mãe e seu pai também vão, além de Simon. Eles já estão descendo o rio no meu velho barco, *Molly*. Lamento dizer que Sam, Erik e Edd e Jo-Jo se recusaram a sair da Floresta. Eles se adaptaram totalmente à vida selvagem, mas Morwenna vai ficar de olho neles.

Seguiu-se um silêncio entristecido. Ninguém estava gostando do que Alther tinha dito.

– Isso é o mesmo que fugir – comentou Jenna em voz baixa. – Nós queremos ficar. E lutar.

– Eu sabia que você diria alguma coisa desse tipo – disse Alther, com um suspiro. – É exatamente o que sua mãe teria dito. Mas agora vocês *precisam* ir.

Nicko se levantou.

– Está bem – disse, relutante. – Nos vemos amanhã no Porto.

– Ótimo – respondeu Alther. – Agora, tenham cuidado, e amanhã vejo vocês todos. – Ele subiu flutuando no ar e ficou olhando os três retornarem desconsolados para *Muriel Dois*. Continuou olhando até se certificar de que eles tinham avançado bem ao longo do Valado Deppen; e só então partiu rio acima, voando baixo e veloz, para se juntar ao *Molly*. Logo ele não passava de um pequeno cisco ao longe.

Momento em que *Muriel Dois* deu meia-volta e seguiu direto para o *Vingança*.

✦ 41 ✦
O *VINGANÇA*

Havia muita discussão na canoa *Muriel Dois*.
– Eu sinceramente não sei o que fazer. Até pode ser que Márcia nem mesmo esteja no *Vingança*.
– Mas eu aposto que está.
– Precisamos encontrar Márcia. Tenho certeza de que posso salvá-la.
– Olha, só porque alguém esteve no Exército não quer dizer que possa invadir navios e salvar pessoas.
– Quer dizer que ele pode tentar.
– Ele tem razão, Nicko.
– A gente nunca ia conseguir. Eles vão nos ver chegando. Todo navio sempre tem vigias a bordo.

— Mas a gente podia usar aquele encantamento, sabe qual?... Como é que era?

— **Tornar-se Invisível**. Fácil. Assim podíamos remar até o navio e eu subo pela escada de corda, e depois...

— Epa! Vamos parar por aí. Isso é *perigoso*.

— Márcia me salvou quando eu estava correndo perigo.

— E a mim também.

— Está bem. Vocês venceram.

Quando *Muriel Dois* fez a última curva do Valado Deppen, Menino 412 enfiou a mão no bolso interno do gorro vermelho e tirou dali o anel do dragão.

— Que anel é esse? – perguntou Nicko.

— Bem, ele é **Mágyko**. Eu o encontrei debaixo da terra.

— Lembra um pouco o dragão no Amuleto – disse Nicko.

— É – concordou Menino 412 – eu também achei. – Ele o enfiou no dedo e sentiu o anel se aquecer. – Posso então fazer o encantamento? – perguntou.

Jenna e Nicko concordaram em silêncio e Menino 412 começou a recitar:

**Que eu possa desaparecer no Ar
Que não saiba onde estou quem estiver contra mim
Que, sem me ver, quem me Procura passe por mim
Que dos seus Olhos nenhum Mal possa me alcançar.**

Menino 412 aos poucos foi se apagando na garoa e deixou um remo da canoa estranhamente suspenso no ar. Jenna respirou fundo e experimentou o encantamento em si mesma.

– Você ainda está aí, Jen – disse Nicko. – Vai precisar tentar de novo.

Da terceira vez deu certo. O remo de Jenna agora pairava no ar ao lado do remo de Menino 412.

– Sua vez, Nicko – disse a voz de Jenna.

– Calma aí – disse Nicko. – Esse eu nunca fiz.

– Bem, então faça o seu – disse Jenna. – Não tem importância, desde que funcione.

– Bem, hum, é que eu não sei se ele funciona de verdade. E o meu não tem nada dessa parte de **nenhum Mal possa me alcançar**.

– *Nicko!* – protestou Jenna.

– Está bem, está bem. Vou tentar.

– **Sem ser visto, Nem ouvido**... ih... não consigo me lembrar do resto.

– Tente "**Sem ser visto, nem ouvido. Sem sussurro, nem palavra**" – sugeriu Menino 412 do meio do nada.

– Ah, é mesmo. É isso aí. Valeu.

O encantamento funcionou. Nicko foi desaparecendo aos poucos.

– Você está bem, Nicko? – perguntou Jenna. – Não estou vendo você.

Não houve resposta.

– Nicko?

O remo de Nicko se agitava nervoso para cima e para baixo.

– A gente não pode ver ele; e ele não pode ver a gente porque sua **Invisibilidade** é diferente da nossa – disse Menino 412 com um leve tom de crítica. – E também não vamos conseguir ouvir nenhum ruído dele porque esse encantamento é principalmente silencioso. E não lhe dá proteção.

– Quer dizer que não é muito bom – disse Jenna.

– Não – disse Menino 412. – Mas eu tive uma ideia. Acho que vai ser a solução:

**Entre os encantos em ação agora,
Conceda-nos em Harmonia uma Hora.**

– Aí está ele! – disse Jenna enquanto a forma espectral de Nicko **Aparecia**. – Nicko, você está nos vendo? – perguntou ela.

Ele deu um sorriso e fez um gesto de vitória.

– Uau, você é *demais* – disse Jenna a Menino 412.

Um nevoeiro estava se formando quando Nicko, usando a parte silenciosa do seu encantamento, saiu do Valado Deppen remando para as águas abertas do rio. A água estava calma e pesada, salpicada aqui e ali com um chuvisco fino. Ele tomava cuidado para criar o mínimo de perturbação possível, para a eventualidade de algum par de olhos argutos de lá do cesto da gávea ser atraído para os estranhos remoinhos na superfície da água que vinham se aproximando cada vez mais do navio.

Nicko avançou bem. Logo os costados negros e íngremes do *Vingança* se erguiam diante deles através do nevoeiro chuvoso, e a *Muriel Dois* invisível chegava ao pé da escada de corda. Eles resolveram que Nicko ficaria na canoa enquanto Jenna e Menino 412 tentariam descobrir se Márcia estava sendo mantida prisioneira no navio para, se possível, libertá-la. Se precisassem de qualquer ajuda, ele estaria a postos. Jenna esperava que não precisassem. Ela sabia que o encantamento de Nicko não o protegeria se ele enfrentasse algum problema. Ele manteve a canoa em equilíbrio enquanto Jenna e Menino 412 passavam inseguros para a escada e começavam a precária subida até o *Vingança*.

Nicko observava os dois com uma sensação de inquietação. Ele sabia que as **Invisibilidades** podem deixar sombras e perturbações estranhas no ar; e que um **Necromante** como DomDaniel não teria dificuldade para detectá-las. Mas tudo o que o rapaz podia fazer era em silêncio lhes desejar boa sorte. Tinha decidido que, se eles não estivessem de volta na hora em que a maré tivesse subido até a metade do Valado Deppen, iria atrás deles, mesmo que seu encantamento não o protegesse.

Para passar o tempo, embarcou na canoa do Caçador. Pensou ser melhor aproveitar o tempo de espera sentado numa embarcação razoável. Mesmo que estivesse um pouco gosmenta. E *cheirasse mal*. Mas ele já tinha sentido cheiros piores em alguns dos pesqueiros nos quais costumava trabalhar como ajudante.

Foi longa a subida pela escada de corda, e não foi nada fácil. A escada não parava de bater nos costados grudentos do navio, e Jenna teve medo de alguém a bordo ouvir sua subida, mas lá em cima tudo estava tranquilo. Tão tranquilo que ela começou a se perguntar se aquele não era algum tipo de navio fantasma.

Quando chegaram lá em cima, Menino 412 cometeu o erro de olhar para baixo. Sentiu náuseas. Com a altura, uma sensação de vertigem fez sua cabeça oscilar, e as mãos, que de repente ficaram molengas, por pouco não se soltaram da escada de corda. A água estava a uma distância estonteante. A canoa do Caçador parecia minúscula; e, por um instante, ele achou que estava vendo alguém sentado nela. Sacudiu a cabeça. Não olhe para baixo, ordenou a si mesmo, com vigor. *Não olhe para baixo.*

Jenna não tinha medo de alturas. Passou com facilidade da escada para o *Vingança* e içou Menino 412 até o convés. Ele manteve o olhar fixo nas botas de Jenna enquanto se debatia para alcançar o convés e se levantava todo trêmulo.

Ambos olharam ao redor.

A atmosfera do *Vingança* era lúgubre. A nuvem pesada que pairava ali, acima, lançava uma sombra escura sobre o navio inteiro, e o único som que eles ouviam era o estalido ritmado do próprio navio, balançando suavemente com a maré que subia. Jenna e Menino 412 seguiram pelo convés, sem ruído, passando por cordas enroladas com perfeição, fileiras bem organizadas de barris alcatroados e um ou outro canhão apontando ameaçador para o Brejal Marram. A não ser pelas trevas sufocantes e por alguns traços de gosma amarela no convés, o navio não apresentava pistas de quem seria seu proprietário. Quando chegaram à proa, porém, uma forte presença das **Trevas** quase derrubou Menino 412 no chão. Jenna prosseguiu, sem nada perceber, e ele a acompanhou, sem querer deixá-la avançar sozinha.

As **Trevas** provinham de um trono imponente, instalado junto ao mastro de proa, voltado para o mar. Era um móvel majestoso, estranhamente fora de propósito no convés de um navio. Era feito de ébano, todo decorado com entalhes e revestido com um folheado a ouro vermelho escuro. E nele estava o **Necromante**, DomDaniel, em pessoa. Sentado empertigado, de olhos fechados, a boca ligeiramente aberta e um ronco baixo e viscoso emanando do fundo da garganta à medida que inspirava a garoa, DomDaniel fazia a sesta. Por baixo do trono, como um cão fiel, estava uma **Coisa**, adormecida numa poça de gosma amarela.

De repente, Menino 412 agarrou o braço de Jenna com tanta força que ela quase deu um grito. Ele apontou para a cintura de DomDaniel. Jenna olhou de relance e então voltou o olhar para Menino 412 em desespero. Quer dizer que era verdade. Ela quase não tinha conseguido acreditar no que Alther lhes havia contado; mas aqui, diante do seu nariz, estava a verdade. Em volta da cintura de DomDaniel, quase escondido nas vestes escuras, estava o cinto de Mago ExtraOrdinário. O cinto de Maga ExtraOrdinária de *Márcia*.

Jenna e Menino 412 tinham os olhos fixos em DomDaniel, com uma mistura de repulsa e fascínio. Os dedos do **Necromante** estavam agarrados aos braços de ébano do trono. As grossas unhas amarelas se curvavam na ponta e prendiam-se à madeira como garras. O rosto ainda tinha a palidez cinzenta que denunciava os anos passados em **Subterrâneos**, antes que ele se mudasse para seu covil nas Áridas Terras do Mal. Sob muitos aspectos, o rosto não chamava atenção – talvez os olhos fossem um pouco fundos demais e a boca, um pouco cruel demais para conseguir uma expressão agradável – mas eram as **Trevas** embaixo dele responsáveis por Jenna e Menino 412 estremecerem enquanto o contemplavam.

Na cabeça, DomDaniel usava um chapéu preto cilíndrico, com o formato de uma chaminé curta de fogão, que, por algum motivo que o **Necromante** não compreendia, estava sempre um pouquinho grande demais para ele, apesar de já ter mandado fazer vários sob medida. Isso o incomodava mais do que ele gostaria de admitir, e por isso agora estava convencido de que, desde sua volta para a Torre dos Magos, sua cabeça tinha começado a encolher. Enquanto o **Necromante** dormia, o chapéu tinha escorregado para baixo e agora descansava no alto das orelhas esbranquiçadas. O adereço preto era um antiquado chapéu de Mago, que nenhum deles usava ou tinha vontade de usar desde que sua forma tinha ficado associada à grande **Inquisição** dos Magos, muitos séculos antes.

Acima do trono, um dossel de seda vermelha escura, estampada com um trio de estrelas negras, pendia pesado com a garoa, deixando de vez em quando uma gota cair no chapéu e enchendo a reentrância no alto com uma pequena poça de água.

Menino 412 segurou a mão de Jenna. Estava se lembrando de um panfleto pequeno e carcomido de Márcia que tinha lido numa tarde de neve, intitulado **O efeito hipnótico das Trevas**; e podia sentir como Jenna estava sendo atraída. Com um puxão, ele a afastou da criatura adormecida, na direção de uma escotilha aberta.

– Márcia está *aqui* – murmurou ele. – Dá para sentir a **Presença** dela.

Quando chegaram à escotilha, ouviram o som de passos que corriam ao longo do convés inferior e depois subiam a escada apressados. Jenna e Menino 412 recuaram com um pulo, e um marinheiro, segurando um archote comprido e apagado, saiu correndo para o convés. Era um homem pequeno e vigoroso trajado no costumeiro uniforme preto de Guardião. Ao contrário dos Guardas do Palácio, ele não tinha a cabeça raspada; seu cabelo era comprido, cuidadosamente puxado para trás e preso numa trança fina e escura que descia até o meio das costas. Usava calça folgada cujo comprimento ia até pouco abaixo dos joelhos e uma camiseta branca e preta com listras transversais largas. Tirou do bolso um isqueiro de pederneira, riscou uma centelha e acendeu seu archote, que ganhou vida com uma brilhante chama laranja. Ela iluminou a tarde cinzenta e chuvosa, lançando sombras dançantes pelo convés. O marinheiro avançou com o archote aceso e o colocou num suporte na proa do navio. DomDaniel abriu os olhos. A sesta tinha acabado.

O marinheiro pairava nervoso ao lado do trono, aguardando instruções do **Necromante**.

– Eles voltaram? – perguntou uma voz grave e oca, que eriçou os cabelos da nuca de Menino 412.

O marinheiro se curvou, evitando o olhar do **Necromante**.

– O menino voltou, senhor. E seu servo também.

– Só isso?

– Só, meu senhor. Mas...

— Mas o quê?

— O menino diz que capturou a Princesa, senhor.

— A *Princesinha*. Ora, ora, de onde menos se espera. Traga-os à minha presença. *Agora!*

— Sim, meu senhor. — O marinheiro fez humildemente uma reverência.

— E... traga a *prisioneira* cá para cima. Ela ficará *interessada* em ver sua antiga pupila.

— Sua antiga o quê, senhor?

— A *Princesinha*, seu desgraçado. Quero *todos* eles aqui em cima. *Agora!*

O marinheiro passou pela escotilha e desapareceu. Logo Jenna e Menino 412 conseguiam sentir movimentação abaixo dos pés. Bem fundo nos porões do navio, as coisas começavam a se mexer. Marinheiros estavam se deixando cair das redes, deixando de lado seus entalhes em madeira, seus trabalhos com nós ou seus navios inacabados no interior de garrafas, para se apresentar no convés inferior e cumprir a ordem de DomDaniel.

DomDaniel foi saindo do trono, ainda um pouco duro por ter cochilado debaixo da garoa fria, e piscou quando um pouco da água acumulada no alto do chapéu foi parar bem no seu olho. Irritado, acordou com chutes o Magog adormecido. A **Coisa** foi se espalhando para sair de debaixo do trono e acompanhou DomDaniel ao longo do convés, até onde o **Necromante** parou, de braços cruzados, com um ar de expectativa no rosto, à espera daqueles que tinha mandado chamar.

Logo foi possível ouvir umas pisadas fortes lá embaixo; e daí a alguns instantes uns seis marujos apareceram e assumiram sua posição de guarda em torno de DomDaniel. Atrás deles, vinha o vulto hesitante do Aprendiz. O menino estava pálido, e Jenna podia ver que suas mãos tremiam.

DomDaniel praticamente nem relanceou o olhar na sua direção. Seus olhos ainda estavam fixos na escotilha aberta, aguardando o surgimento da sua presa, a Princesa.

Mas não veio ninguém.

Parecia que o tempo não passava. Os marujos se remexiam inquietos, sem saber o que, na verdade, estavam esperando. E o tique nervoso abaixo do olho esquerdo do Aprendiz começou. De vez em quando, ele olhava de relance para o Mestre e afastava o olhar rapidamente como se estivesse com medo de DomDaniel encontrar o seu. Depois do que pareceu um século, DomDaniel exigiu uma explicação.

– Pois bem, onde é que ela está, menino?

– Q-quem, senhor? – gaguejou o Aprendiz, apesar de saber muito bem a quem o **Necromante** se referia.

– A *Princesinha*, seu cérebro de minhoca. De quem você acha que estou falando? Da idiota da sua mãe?

– N-não, senhor.

Ouviram-se mais passos lá embaixo.

– Ah – murmurou DomDaniel. – Finalmente.

Mas foi Márcia quem foi empurrada pela escotilha pelo Magog que a acompanhava segurando firme o braço com sua comprida garra amarela. Márcia tentou se desvencilhar dele, mas a **Coisa** estava grudada a ela como cola e já a tinha coberto com faixas de gosma amarela. Márcia olhou de cima para a criatura com ar de nojo, e manteve exatamente a mesma expressão no rosto quando se voltou para enfrentar o olhar triunfal de DomDaniel. Mesmo depois de um mês trancafiada na escuridão e com seus poderes **Mágykos** esgotados, Márcia ainda era uma figura impressionante. O cabelo escuro, rebelde e desgrenhado, tinha um ar de raiva. As vestes manchadas de sal tinham uma dignidade vinda da simplicidade. E os sapatos de píton roxa estavam, como sempre, impecáveis. Deu para Jenna perceber que Márcia perturbou DomDaniel.

– Ah, senhorita Overstrand. Quanta gentileza sua aparecer por aqui – murmurou ele.

Márcia não respondeu.

– Bem, senhorita Overstrand, é por este motivo que a mantive presa. Queria que você presenciasse esse pequeno... *finale*. Temos uma notícia interessante para você, não temos, Septimus?
– O Aprendiz fez que sim, inseguro.

"Meu Aprendiz, de total confiança, andou visitando alguns *amigos* seus, senhorita Overstrand. Num chalezinho delicioso lá para aquelas bandas." DomDaniel agitou a mão lotada de anéis em direção ao Brejal Marram.

Alguma coisa se alterou na expressão de Márcia.

– Ah, vejo que sabe de quem estou falando, senhorita Overstrand. Bem que *imaginei* que soubesse. Agora, esse meu Aprendiz informa que a missão foi *bem-sucedida*.

O Aprendiz tentou dizer alguma coisa, mas um gesto do Mestre o calou.

– Nem mesmo *eu* ouvi todos os detalhes. Tenho certeza de que *você* haveria de querer ser a *primeira* a ouvir a boa notícia. E agora Septimus vai nos contar *tudo*. Não vai, menino?

O Aprendiz se levantou relutante. Estava muito nervoso. Começou a falar, hesitando, numa voz esganiçada.

– Eu... bem...

– Fale alto, menino. De nada adianta se não se consegue ouvir uma palavra que você está dizendo, não é mesmo? – disse-lhe DomDaniel.

– Eu... bem... eu encontrei a Princesa. A Princesinha.

A plateia deixou transparecer um ar de inquietação. Jenna teve a impressão de que essa notícia não foi totalmente do agrado dos marujos ali reunidos e se lembrou de tia Zelda ter lhe dito que DomDaniel jamais conseguiria conquistar o povo marinheiro.

– Prossiga, menino – disse DomDaniel impaciente.

– Eu... o Caçador e eu, nós tomamos o chalé e também capturamos a Feiticeira Branca, Zelda Zanuba Heap, e o menino Mago, Nickolas Benjamin Heap, *e* o desertor do Exército Jovem, o Sacrificável Menino 412. E eu capturei *mesmo* a Princesa... a Princesinha.

O Aprendiz fez uma pausa. Surgiu nos seus olhos uma expressão de pânico. O que ele ia dizer? Como ia conseguir dar uma explicação aceitável para a falta da Princesa e o desaparecimento do Caçador?

— Você capturou *mesmo* a Princesinha? — perguntou DomDaniel lá com suas suspeitas.

— Sim, senhor. Capturei *mesmo*. Mas...

— Mas o *quê*?

— Mas, bem, senhor, depois que o Caçador foi dominado pela Feiticeira Branca e transformado em palhaço...

— *Palhaço*? Menino, você está *de brincadeira* comigo? Se estiver, eu o aconselho a não continuar.

— Não, senhor. Não estou tentando fazer nenhuma brincadeira, senhor. — Em toda a sua vida, o Aprendiz nunca tinha sentido menos vontade de fazer graça. — Depois que o Caçador foi embora, senhor, eu sozinho consegui capturar a Princesinha e quase consegui sair com ela, mas...

— Quase? Você *quase* conseguiu sair?

— É, senhor. Foi por muito pouco. Fui atacado com uma faca por aquele louco, o menino Mago, Nickolas Heap. Ele é perigosíssimo, senhor. E a Princesinha escapou.

— *Escapou?!* — vociferou DomDaniel, que se agigantou diante do Aprendiz trêmulo. — Você voltou e *você* considerou sua missão um sucesso? Belo sucesso. Primeiro, você me diz que o desgraçado do Caçador se transformou num *palhaço*. Depois, me diz que foi impedido de cumprir a missão por uma Feiticeira Branca de dar dó e por umas pestes de crianças indisciplinadas. E *agora* você me diz que a Princesinha *escapou*. Todo o objetivo da missão, o *único objetivo*, era capturar a Princesinha metida a besta. Diga-me então exatamente que parte da missão você chama de *sucesso*.

— Bem, agora nós sabemos onde ela está — balbuciou o Aprendiz.

— *Antes* nós já sabíamos onde ela estava, menino. Foi por isso que *vocês* foram lá para *começo de conversa*.

DomDaniel levantou os olhos para os céus. Qual era o problema com esse Aprendiz de meia-tigela? Sem dúvida, o sétimo filho de um sétimo filho já deveria apresentar alguma **Magya** com aquela idade. Sem dúvida, ele deveria ter tido força suficiente para derrotar um bando chinfrim de Magos indefesos entocados naquele fim de mundo. Uma fúria começou a ferver dentro de DomDaniel.

— *Por quê?* — berrou ele. — Por que estou cercado de patetas? — Agora cuspindo de ódio, DomDaniel percebeu a expressão de Márcia, de desdém misturado com alívio pela notícia que acabava de ouvir.

— Levem embora a prisioneira! — vociferou. — Trancafiem essa mulher e joguem fora a chave. É *o fim* dela.

— Ainda não — respondeu Márcia tranquila, virando-se deliberadamente de costas para DomDaniel.

De repente, para horror de Jenna, Menino 412 saiu do abrigo do barril e se encaminhou em silêncio até Márcia. Cheio de cuidado, ele se espremeu entre a **Coisa** e os marujos que a estavam empurrando com grosseria em direção à escotilha. A expressão de desdém nos olhos dela mudou para espanto e depois rapidamente para um calculado ar inexpressivo. E Menino 412 soube que ela o tinha visto. Rapidamente tirou o anel do dragão do dedo e o entregou na mão dela. Os olhos verdes de Márcia se encontraram com os dele quando ela, sem que os guardas vissem, enfiou o anel no bolso da túnica. Menino 412 não se demorou. Deu meia-volta e, com a pressa de ir para onde Jenna estava, roçou num marujo.

– Alto lá! – gritou o homem. – Quem está aí?

Todos os que estavam no convés ficaram paralisados. Com exceção de Menino 412, que saiu correndo e agarrou a mão de Jenna. Hora de partir.

– Intrusos! – gritou DomDaniel. – Estou vendo *sombras*! *Peguem os intrusos!!!*

Em pânico, a tripulação do *Vingança* olhava ao redor, sem conseguir ver nada. Será que seu Mestre tinha por fim enlouquecido? Já esperavam por isso havia bastante tempo.

Na confusão, Jenna e Menino 412 conseguiram chegar à escada de corda e descer às canoas mais rápido do que teriam imaginado ser possível. Nicko os tinha visto descendo. Chegaram bem na hora – a **Invisibilidade** estava perdendo o efeito.

Lá no alto, a comoção tomou conta do navio enquanto archotes eram acesos e todos os esconderijos possíveis eram vasculhados. Alguém cortou a escada de corda e, enquanto *Muriel Dois* e a canoa do Caçador iam embora pela névoa adentro, a escada caiu com ruído e afundou nas águas escuras da maré cheia.

✣ 42 ✣
A Tempestade

—**P**eguem os intrusos! Quero que sejam apanhados!

Os bramidos furiosos de DomDaniel ecoavam pelo nevoeiro afora.

Jenna e Menino 412 levavam *Muriel Dois* remando o mais rápido possível em direção ao Valado Deppen, e Nicko, que não queria se separar da canoa do Caçador, ia atrás deles.

Mais um berro de DomDaniel chamou a atenção deles:

— Mandem os nadadores! Agora!

Os sons que vinham do *Vingança* se abrandaram enquanto os dois únicos marinheiros a bordo que sabiam nadar eram caçados no convés e apanhados. Em seguida, ouviram-se dois fortes baques na água quando eles foram jogados do navio para continuar a perseguição.

Os ocupantes das canoas não fizeram caso dos arquejos que vinham da água; e continuaram apressados em direção à segurança do Brejal Marram. Muito atrás deles, os dois nadadores, que quase tinham perdido os sentidos com a enorme queda, nadavam em círculos, num estado de choque, compreendendo, afinal, que era verdade o que os antigos marujos lhes diziam: era mesmo de mau agouro um marinheiro saber nadar.

No convés do *Vingança*, DomDaniel se recolheu ao trono. Os marujos tinham desaparecido de vista depois de forçados a jogar dois colegas da amurada do navio. Ele estava totalmente só no convés. Um frio gelado o cercava enquanto se mantinha ali sentado no trono, imerso na sua **Magya das Trevas**, em parte entoando e em parte gemendo a longa e complicada fórmula de um **Sortilégio Invertido**.

DomDaniel estava **Convocando** as marés.

A maré enchente lhe obedeceu. Ela foi se acumulando de lá do mar e veio se derramando, aos tombos e turbilhões pelo Porto, afunilando-se para entrar no rio, arrastando junto golfinhos e águas-vivas, tartarugas e focas, já que todos eles eram dragados pela correnteza irresistível. A água foi subindo. Subia cada vez mais alto enquanto as canoas vagarosas a duras penas tentavam atravessar o rio encapelado. Quando as canoas chegaram à foz do Valado Deppen, elas ficaram ainda mais difíceis de controlar na corrida da maré que enchia rapidamente o Valado.

– Está agitado demais – gritou Jenna mais alto que o ronco da água, lutando com o remo contra mais um remoinho enquanto *Muriel Dois* balançava de um lado para o outro nas águas rodopiantes. A maré enchente ia carregando as canoas com ela, levando-as para dentro do Valado a uma velocidade vertiginosa, girando para lá e para cá, impotentes na turbulência das ondas. Enquanto eram lançados adiante como se fossem despojos que o mar traz à praia, Nicko percebeu que a água já estava transbordando pelo alto do Valado. Nunca tinha ouvido falar numa coisa daquelas.

– Tem alguma coisa errada – berrou para Jenna. – Não deveria ser assim!

– É ele! – gritou Menino 412, agitando o remo em direção a DomDaniel e imediatamente desejando não ter feito isso, porque *Muriel Dois* deu uma guinada apavorante para um lado. – Escutem!

Quando o *Vingança* começou a se erguer na água e a forçar a corrente da âncora, DomDaniel mudou suas **Ordens** e gritava mais alto que o ronco da maré.

– Sopre! Sopre! Sopre! – berrava ele. – Sopre! Sopre! Sopre!

O vento foi se preparando para fazer o que lhe foi **Ordenado**. Chegou veloz com um uivo enlouquecido, formando ondas na superfície da água e jogando as canoas com violência de um lado para o outro. Com seu sopro, dispersou o nevoeiro e, bem no alto da água que enchia o Valado Deppen, Jenna, Nicko e Menino 412 agora viam com clareza o *Vingança*.

Também o *Vingança* podia vê-los.

Na proa do navio, DomDaniel apanhou sua luneta e começou a buscar até ver o que estava procurando.

Canoas.

E, enquanto examinava os ocupantes, seus piores temores se concretizaram. Eram inconfundíveis os cabelos compridos e escuros e o diadema dourado da menina na proa da estranha canoa verde. Era a *Princesinha*. A Princesinha tinha estado no seu navio, correndo por ali, debaixo do seu nariz, e ele a deixou escapar.

DomDaniel ficou estranhamente quieto enquanto reunia suas energias e **Convocava** a mais poderosa **Tempestade** que estava ao seu alcance.

A **Magya das Trevas** transformou o uivo do vento num berro ensurdecedor. Nuvens negras vieram velozes e se acumularam acima da extensão desolada do Brejal Marram. A luz do final de tarde foi se apagando, e ondas frias e escuras começaram a arrebentar por sobre as canoas.

– Está entrando água. Estou encharcada – gritou Jenna lutando para manter controle sobre *Muriel Dois* enquanto Menino 412 baldeava a água num ritmo frenético. Nicko estava enfrentando problemas na canoa do Caçador: uma onda tinha acabado de cair por cima dele, e a canoa estava agora à flor d'água. Mais uma onda como aquela, pensou Nicko, e ele iria parar no fundo do Valado Deppen.

E então, de repente, não *havia* mais o Valado Deppen.

Com um ronco forte, as margens do Valado Deppen cederam. Uma onda gigantesca foi se avolumando através da brecha e se abateu pelo Brejal Marram, levando tudo junto: golfinhos, tartarugas, águas-vivas, focas, nadadores... e duas canoas.

A velocidade em que Nicko estava seguindo era maior do que ele jamais tinha imaginado ser possível. Ao mesmo tempo apavorante e estimulante. A canoa do Caçador deslizava sobre a crista da onda com leveza e descontração, como se esse fosse o momento pelo qual sempre tivesse esperado.

Jenna e Menino 412 não ficaram assim tão empolgados quanto Nicko com o desenrolar dos acontecimentos. *Muriel Dois* era uma canoa antiga e refratária, e não estava gostando nem um pouco desse novo jeito de viajar. Foi a duras penas que conseguiram impedir que fosse emborcada pela onda gigantesca que atravessava o brejo com estrondo.

À medida que a água se espalhou pelo brejo, a onda começou a perder parte da sua força, e Jenna e Menino 412 conseguiram dominar *Muriel Dois* com menos dificuldade. Nicko manobrou a canoa do Caçador ao longo da onda, na direção deles, fazendo curvas e voltas com habilidade enquanto avançava.

– Essa é a melhor coisa que existe! – gritou ele, mais alto que o barulho da água.

– Você é louco! – gritou Jenna, ainda se esforçando com o remo para impedir que *Muriel Dois* virasse.

Agora a onda estava desaparecendo rapidamente, perdendo a velocidade e a maior parte da força à medida que a água que a impulsionava ia enchendo as valas, os atoleiros, lodaçais e a Lama com uma água salgada, fria e cristalina, e deixando atrás de si um mar aberto. Logo ela tinha sumido, e Jenna, Nicko e

Menino 412 estavam à deriva num marzão que se estendia até onde eles conseguiam enxergar, salpicado de pequenas ilhas aqui e ali.

Enquanto remavam as canoas no que esperavam ser o rumo certo, uma escuridão ameaçadora começou a cair à medida que nuvens de tempestade se acumulavam acima deles. A temperatura sofreu uma queda repentina, e o ar ficou carregado de eletricidade. Logo uma longa trovoada de advertência roncou pelo céu, e pesadas chuvaradas começaram a cair sobre grandes áreas. Jenna olhou por sobre a imensidão cinzenta e gelada de água que tinham pela frente e se perguntou como conseguiriam encontrar o caminho de casa.

Ao longe, numa das ilhas mais distantes, Menino 412 viu uma luz trêmula. Tia Zelda estava acendendo as velas contra tempestade e as colocando nas janelas.

As canoas ganharam velocidade e se dirigiram para casa enquanto roncavam os trovões e relâmpagos difusos e silenciosos iluminavam o céu.

A porta de tia Zelda estava aberta. Ela os aguardava.

Eles amarraram as canoas ao raspador de botas junto à porta da frente e entraram no chalé estranhamente silencioso. Tia Zelda estava na cozinha com o Atolardo.

– Chegamos! – gritou Jenna. Tia Zelda saiu da cozinha e fechou sem ruído a porta depois de passar.

– Vocês o encontraram? – perguntou ela.

– Encontramos quem? – perguntou Jenna.

— O Aprendiz. Septimus.

— Ah, *ele*. — Tinha acontecido tanta coisa desde que saíram naquele dia de manhã que Jenna tinha se esquecido do motivo pelo qual tinham decidido sair.

— Puxa vida, vocês voltaram bem a tempo. Já escureceu — disse tia Zelda, indo alvoroçada fechar a porta.

— É, já...

— Aaaaiii! — gritou tia Zelda quando chegou à porta e viu a água lambendo a soleira, para não falar nas duas canoas balançando na água logo ali. — Uma inundação. Os bichos! Vão morrer afogados.

— Todos estão bem — disse Jenna para tranquilizá-la. — As galinhas estão todas lá no alto do barco das galinhas... nós contamos. E a cabra subiu no telhado.

— No *telhado*??

— É. Quando vimos, ela estava comendo a palha do telhado.

— Ah. Ah, bem.

— Os patos estão bem, e os coelhos... bem, acho que vi alguns mais ou menos boiando por aí.

— Boiando por aí? — protestou tia Zelda. — Coelhos não boiam.

— Mas *esses* coelhos estavam boiando. Passei por uma boa quantidade deles, simplesmente deitados de costas. Como se estivessem tomando banho de sol.

— Banho de sol? — guinchou tia Zelda. — De noite?

— Tia Zelda — disse Jenna, severa —, deixe para lá os coelhos. Está chegando uma tempestade.

Tia Zelda parou de se preocupar e observou as três figuras molhadas diante dos seus olhos.

— Peço que me desculpem — disse ela. — No que eu estava pensando? Vão já se secar junto ao fogo.

Enquanto Jenna, Nicko e Menino 412 fumegavam junto ao fogo, tia Zelda voltou a espiar a noite lá fora. Depois fechou silenciosamente a porta do chalé.

— Tem uma **Treva** lá fora — murmurou ela. — Eu deveria ter percebido, mas Atolardo anda tão mal, muito mal mesmo... e imaginar que vocês estavam lá no meio disso tudo... sozinhos. — Tia Zelda estremeceu.

Jenna começou a explicar.

— É DomDaniel — disse ela. — Ele é...

— É o quê?

— Horrível — completou Jenna. — Nós vimos DomDaniel. No navio dele.

— Vocês *o quê*? — perguntou tia Zelda, boquiaberta, sem coragem de acreditar no que estava ouvindo. — Vocês viram *DomDaniel*? No *Vingança*? Onde?

— Perto do Valado Deppen. Nós simplesmente subimos pela...

— Subiram por onde?

— Pela escada de corda. Subimos no navio...

— Vo-vocês estiveram no *Vingança*? — Tia Zelda mal conseguia compreender o que estava ouvindo. Jenna percebeu que a tia de repente tinha ficado pálida e que suas mãos tremiam um pouco.

— É um navio do mal — disse Nicko. — Cheira mal. Dá uma sensação ruim.

— *Você* também esteve lá?

— Não — disse Nicko, agora desejando ter subido. — Eu teria ido, mas minha **Invisibilidade** não era boa o suficiente. Por isso, fiquei para trás. Com as canoas.

Zelda levou alguns segundos para captar tudo isso. Ela olhou para Menino 412.

— Quer dizer que você e Jenna estiveram naquele navio das **Trevas**... sozinhos... no meio de toda aquela **Magya das Trevas**. *Por quê?*

— Bem, nós encontramos Alther... — Jenna tentou explicar.

— *Alther?*

— E ele nos disse que Márcia...

— *Márcia?* O que *Márcia* tem a ver com isso?

— Ela foi capturada por DomDaniel — disse Menino 412. — Alther disse que achava que ela talvez estivesse no navio. E ela estava. Nós a vimos.

— Ai, ai, ai. Essa história só está ficando pior. — Tia Zelda se deixou cair na sua poltrona junto ao fogo. — Aquele velho fantasma intrometido deveria ter mais juízo — comentou, irritada. — Despachar três crianças para um navio das **Trevas**... O que é que ele tem na cabeça?

— Ele não nos despachou. Verdade, não mandou mesmo — esclareceu Menino 412. — Ele disse que não fôssemos, mas nós precisávamos tentar salvar Márcia. Só que não conseguimos...

— Márcia foi capturada — murmurou tia Zelda. — Péssima notícia. — Ela remexeu no fogo com um atiçador, e algumas chamas subiram alto.

Exatamente acima do chalé, um ronco longo e forte de trovões retumbou no céu, abalando a casa até os alicerces. Uma forte rajada de vento conseguiu penetrar pelas janelas, apagou as velas contra tempestade e deixou apenas o fogo bruxuleante a iluminar o aposento. Daí a um instante, um súbito temporal de granizo atingiu ruidoso as janelas e caiu pela chaminé, apagando o fogo com um chiado furioso.

O chalé mergulhou na escuridão.

– As lanternas! – disse tia Zelda levantando para tentar procurar no escuro o caminho até o armário das lanternas.

Maxie ganiu, e Bert escondeu a cabeça debaixo da asa sã.

– Droga, agora onde é que está a chave? – resmungou tia Zelda, remexendo nos bolsos sem encontrar nada. – Droga, droga, droga.

Craque!

Um relâmpago passou veloz pelas janelas, iluminando o cenário lá fora, e atingiu a água bem perto do chalé.

– Não acertou – disse tia Zelda, num tom feroz. – Por pouco.

Maxie ganiu mais alto e se enfurnou debaixo do tapete.

Nicko estava olhando lá para fora pela janela. No rápido clarão do relâmpago, ele viu alguma coisa que não tinha querido ver de novo.

– Ele está vindo – anunciou sem alarde. – Eu vi o navio. Ao longe. Navegando pelo brejo inundado. Ele vem para *cá*.

Todos correram atabalhoadamente para a janela. De início, não viam nada além da escuridão da tempestade que se aproximava; mas, enquanto observavam, com os olhos fixos na noite, o lampejo de um relâmpago difuso percorreu as nuvens e lhes mostrou a imagem que Nicko tinha avistado.

Com a silhueta recortada em contraste com o clarão do relâmpago, ainda muito distante, mas com as velas voando ao vento uivante, o enorme navio das **Trevas** singrava as ondas, em direção ao chalé.

O *Vingança* estava vindo.

43
O BARCO-DRAGÃO

Tia Zelda estava em pânico.
— Cadê a chave? Não consigo encontrar a *chave*! Ah, encontrei.

Com mãos trêmulas, ela tirou a chave de um dos bolsos do vestido de retalhos e abriu a porta do armário de lanternas. Apanhou uma e a entregou a Menino 412.

— Você sabe aonde deve ir, não sabe? — perguntou ela. — O alçapão no armário de poções?

Menino 412 fez que sim.

– Desçam pelo túnel. Lá estarão em segurança. Ninguém conseguirá encontrar vocês. Vou fazer o alçapão **Desaparecer**.

– Mas *você* não vem junto? – perguntou Jenna a tia Zelda.

– Não – respondeu ela calmamente. – Atolardo está muito mal. Receio que ele não sobreviva se eu o tirar de onde está. Não se preocupem comigo. Não é a mim que eles querem. Ah, olhe, leve isso aqui, Jenna. É melhor que ele esteja com você. – Tia Zelda pescou o Inseto Escudeiro de Jenna de outro bolso e lhe devolveu todo enrolado. Jenna o enfiou no bolso do casaco.

– Agora vão embora.

Menino 412 hesitou, e o estouro de mais um relâmpago cortou o ar.

– Andem! – gritou tia Zelda com a voz esganiçada, agitando os braços como um moinho de vento enlouquecido. – *Andem!*

Menino 412 abriu o alçapão no armário de poções e segurou a lanterna bem alto, com a mão tremendo um pouco, enquanto Jenna descia alvoroçada pela escada de mão. Nicko ficou para trás, se perguntando onde Maxie tinha se metido. Ele sabia como o cachorro odiava tempestades e queria que ele fosse junto.

– Maxie – chamou ele. – Maxie, garotão! – Debaixo do tapete veio um leve ganido em resposta.

Menino 412 já tinha descido metade da escada.

– Vamos – disse ele a Nicko. Nicko estava ocupado lutando com o cachorro recalcitrante que se recusava a sair do lugar considerado por ele o mais seguro do mundo: debaixo do tapete diante da lareira.

– *Depressa* – insistiu Menino 412, impaciente, com a cabeça ainda aparecendo na boca do alçapão. Ele não conseguia entender o que Nicko via naquele monte de pelo fedorento.

Nicko tinha conseguido agarrar o lenço de bolas que Maxie usava no pescoço. Puxou com dificuldade o cachorro apavorado de debaixo do tapete e o arrastou pelo piso da sala. As unhas de Maxie arranhavam as lajes de pedra com um barulho medonho; e, quando Nicko o empurrou para dentro do escuro armário de poções, Maxie gemia de dar pena. Ele sabia que devia ter feito alguma coisa *muito* errada para merecer esse tratamento. E se perguntava o que teria sido. E por que não tinha aproveitado mais a tal coisa errada.

Como uma revoada de pelo e baba, Maxie caiu pelo alçapão e foi aterrissar em cima de Menino 412, derrubando a lanterna da sua mão, apagando-a e a fazendo rolar ladeira abaixo.

– *Olha só* o que você fez! – disse Menino 412, irritado, ao cachorro quando Nicko se juntou a ele ao pé da escada de madeira.

– O quê? – perguntou Nicko. – *O que* foi que eu fiz?

– Você não. *Ele*. Perdeu a lanterna.

– Ah, a lanterna a gente encontra. Pare de se preocupar. Agora estamos a salvo. – Nicko levantou Maxie para que ficasse em pé; e o cão de caça aos lobos foi descendo pela ladeira coberta de areia, com as unhas riscando a rocha por baixo, arrastando Nicko junto. Os dois foram escorregando e deslizando ladeira abaixo, indo parar numa pilha desgrenhada ao pé de uma escada.

– Ai! – disse Nicko. – Acho que encontrei a lanterna.

– Ótimo – disse Menino 412, aborrecido. Apanhou a lanterna, que imediatamente voltou a se acender, e iluminou as paredes lisas de mármore do túnel.

– Olha, aquelas pinturas de novo – disse Jenna. – Não são incríveis?

– Como é que todo mundo esteve aqui embaixo menos eu? – queixou-se Nicko. – Ninguém perguntou se *eu* poderia ter gostado de dar uma olhada nas pinturas. Ei, nessa aqui tem um barco. Olha só.

– Nós sabemos – disse Menino 412 sem querer conversa. Ele largou a lanterna e se sentou no chão. Estava cansado e queria que Nicko calasse a boca. Mas o jovem Mago estava empolgado com o túnel.

– É incrível isso aqui embaixo – disse ele olhando com espanto para os hieróglifos que se estendiam pela parede até onde ele conseguia enxergar à luz bruxuleante da lanterna.

– Eu sei – disse Jenna. – Olha, gostei mesmo deste aqui. Este círculo com um dragão. – Ela passou a mão pela pequena imagem azul e dourada gravada na parede de mármore. De repente, sentiu o chão começar a tremer. De um salto, Menino 412 ficou em pé.

– O que foi isso? – perguntou, assustado.

Um ronco longo e grave fazia com que tremores subissem pelos seus pés e reverberassem no ar.

– Está se mexendo! – disse Jenna, sufocando um grito. – A parede do túnel está se *mexendo*.

Um lado da parede do túnel estava se abrindo, se afastando pesadamente, deixando um grande espaço aberto diante deles. Menino 412 segurou a lanterna bem no alto. Ela passou a lançar uma forte luz branca e mostrou, para espanto de todos, um enorme templo romano subterrâneo que se estendia diante dos seus olhos. Debaixo dos pés, o piso era de um mosaico muito detalhado; e imensas colunas cilíndricas de mármore se erguiam até a escuridão. Mas não era só isso.

– Ah!
– Uau.
– Fiu – assoviou Nicko. Maxie se sentou e soprou nuvens respeitosas de respiração de cachorro no ar gelado.

No meio do templo, pousado no piso de mosaico, estava o mais belo barco jamais visto.

O Barco-Dragão dourado de Hotep-Ra.

A enorme cabeça verde e dourada do dragão subia a partir da proa, com o pescoço graciosamente curvado como o de um cisne gigante. O corpo do dragão era um espaçoso barco aberto com um casco liso de madeira dourada. Dobradas com perfeição ao longo do costado estavam as asas do dragão. Grandes pregas verdes cintilavam iridescentes à medida que a infinidade de escamas da mesma cor captava a luz da lanterna. E, na popa, a cauda verde subia em curva pela escuridão do templo, com a ponta dourada toda farpada quase escondida na penumbra.

– Como *isso* veio parar aqui? – perguntou Nicko num sopro de voz.

– Foi um naufrágio – disse Menino 412.

Jenna e Nicko olharam surpresos para Menino 412.
— Como você sabe? — perguntaram os dois.
— Li em *Cem histórias estranhas e curiosas para meninos entediados*. Foi tia Zelda que me emprestou. Mas achei que era uma lenda. Nunca imaginei que o Barco-Dragão fosse de verdade. Nem que estivesse *aqui*.
— E então o que ele é? — perguntou Jenna, fascinada pelo barco e se dando conta da sensação estranhíssima de que já o tinha visto antes.
— É o Barco-Dragão de Hotep-Ra. Diz a lenda que esse foi o Mago que construiu a Torre dos Magos.
— E construiu mesmo — disse Jenna. — Márcia me contou.
— Ah. Bem, então é isso. A história dizia que Hotep-Ra era um Mago poderoso numa Terra Distante e que tinha um dragão. Mas aconteceu algum problema e ele precisou partir depressa. Por isso, o dragão se ofereceu para se tornar seu barco e o transportou em segurança a uma nova terra.
— Quer dizer que esse barco é... ou foi... um dragão de verdade? — perguntou Jenna sussurrando para a eventualidade do barco ouvi-la.
— Acho que sim — disse Menino 412.
— Metade barco, metade dragão — murmurou Nicko. — Estranho. Mas por que ele está logo *aqui*?
— Ele naufragou num rochedo junto ao farol do Porto — explicou Menino 412. — Hotep-Ra o rebocou até os brejos e conseguiu que fosse tirado da água para ser posto num templo romano que encontrou numa ilha sagrada. Ele começou a reconstruir o barco,

mas não conseguiu encontrar operários qualificados no Porto, que, naquela época, era um lugar bastante primitivo.

– E ainda é – resmungou Nicko –, e a população continua sem saber construir barcos. Quem quiser encontrar um estaleiro decente precisa ir rio acima até o Castelo. Todo o mundo sabe disso.

– Bem, foi isso o que disseram a Hotep-Ra também – prosseguiu Menino 412. – Mas, quando aquele homem de trajes estranhos apareceu no Castelo alegando ser um Mago, todos riram dele e se recusaram a acreditar nas histórias do seu incrível Barco-Dragão. Até um dia em que a filha da Rainha adoeceu, e ele lhe salvou a vida. A Rainha ficou tão agradecida que o ajudou a construir a Torre dos Magos. Num verão, ele levou a Rainha e a filha ao Brejal Marram para ver o Barco-Dragão. E elas se apaixonaram por ele. Daquele momento em diante, Hotep-Ra pôde dispor de todos os construtores que quisesse para trabalhar no barco. E, como a Rainha adorou o barco e gostava também de Hotep-Ra, ela se habituou a trazer a filha todos os anos no verão só para ver como estava se desenrolando a restauração. Diz a história que a Rainha ainda faz isso. Ai, é... bem, é claro que não faz mais.

Fez-se um silêncio.

– Desculpe. Eu não não pensei antes de falar – murmurou Menino 412.

– Não tem importância – disse Jenna um pouco animada demais.

Nicko foi até o barco e passou a mão pelo dourado reluzente do casco.

– Restauração perfeita – disse ele com autoridade. – Alguém sabia o que estava fazendo. Pena que ninguém tenha navegado nele desde aquela época. É uma beleza de barco. – Ele começou a subir por uma velha escada de madeira que estava encostada no casco. – Ei, vocês dois, não fiquem aí parados. Venham dar uma olhada!

O interior do barco era diferente de qualquer outro jamais visto. Era pintado de um azul forte cor de lápis-lazúli, com centenas de hieróglifos inscritos em ouro ao longo do convés.

– Aquele baú antigo nos aposentos de Márcia na Torre – disse Menino 412 enquanto seguia pelo convés, passando os dedos pela madeira bem polida –, ele tinha esse mesmo tipo de escrita.

– Tinha? – disse Jenna, lá com suas dúvidas. Até onde conseguia se lembrar, Menino 412 ficou de olhos fechados a maior parte do tempo que passaram na Torre dos Magos.

– Eu vi o baú quando a Assassina entrou. Ainda consigo vê-lo mentalmente – disse Menino 412, que costumava ser perturbado por uma memória fotográfica perita em registrar as horas mais infelizes.

Seguiram ao longo do convés do Barco-Dragão, passando por rolos de corda verde, cunhos e correntes douradas, cabos e cadernais prateados e uma infinidade de hieróglifos. Passaram por uma pequena cabine com suas portas de um azul forte bem fechadas e apresentando o mesmo símbolo do dragão encerrado numa forma oval achatada que tinham visto na porta no túnel, mas nenhum deles sentiu coragem suficiente para abrir as portas e ver o que havia ali embaixo. Passaram na ponta dos pés e, por fim, chegaram à popa.

A cauda do dragão.

A cauda gigantesca subia em curva acima deles, desaparecendo na escuridão e fazendo com que se sentissem muito pequenos e um pouco vulneráveis. Bastava que o Barco-Dragão agitasse a cauda contra eles, pensou Menino 412 com um calafrio, e esse seria o fim de tudo.

Maxie estava agora muito submisso e ia obediente atrás de Nicko, com o rabo entre as pernas. Ainda tinha a impressão de que tinha feito alguma coisa muito errada, e estar no Barco-Dragão não tinha melhorado essa sensação.

Nicko estava na popa, lançando um olhar de perito sobre o timão, que recebeu sua total aprovação. Era uma elegante peça de mogno, com uma curva harmoniosa, tão bem entalhada que se encaixava na mão como se tivesse conhecido a pessoa a vida inteira.

Nicko resolveu ensinar Menino 412 a governar a embarcação.

– Olha, a gente segura assim, desse jeito – disse ele segurando o timão – e depois empurra para a direita se quiser ir para a esquerda, e para a esquerda se quiser ir para a direita. É fácil.

– Não parece muito fácil – disse Menino 412, em dúvida. – Parece que devia ser ao contrário.

– Olha, é assim. – Nicko empurrou o timão para a direita. Ele se movimentou suavemente, virando na direção oposta o enorme leme na popa.

Menino 412 olhou por cima da amurada.

– Ah, é para *isso* que serve – disse ele. – Agora entendi.

– Sua vez – disse Nicko. – Faz mais sentido quando está na mão da gente. – Menino 412 segurou o timão com a mão direita e se postou ao lado dele como Nicko tinha ensinado.

A cauda do dragão se contraiu.

– *O que foi isso?* – perguntou Menino 412, assustado.

– Nada – disse Nicko. – Olha, é só empurrar desse jeito...

Enquanto Nicko estava fazendo o que mais gostava de fazer, mostrar a alguém como os barcos funcionam, Jenna tinha voltado até a proa para admirar a bela cabeça dourada do dragão. Ela a examinava e se descobriu querendo saber por que os olhos estavam fechados. Se tivesse um barco lindo como aquele, pensou Jenna, daria ao dragão duas enormes esmeraldas no lugar dos olhos. Não era mais do que o dragão merecia. E então, por impulso, ela abraçou o pescoço liso e verde do dragão e encostou a cabeça nele. O pescoço era acetinado e, surpreendentemente, parecia ter um calor próprio.

Com o carinho de Jenna, um tremor de reconhecimento percorreu o dragão. Lembranças distantes voltaram em atropelo ao Barco-Dragão...

Longos dias de convalescença depois do terrível acidente. Hotep-Ra trazendo a bela e jovem Rainha do Castelo para uma visita na festa do Solstício de Verão. Os dias se estendendo em meses e depois em anos enquanto o Barco-Dragão fica ali no piso do templo e aos poucos, tão lentamente, é restaurado pelos construtores de barcos de Hotep-Ra. E a cada festa do Solstício de Verão, a Rainha, agora acompanhada por sua filhinha, visita o Barco-Dragão. Os anos transcorrendo, e o trabalho dos construtores ainda não terminado.

Meses de solidão sem fim quando os construtores desaparecem e deixam a embarcação sozinha. E depois Hotep-Ra envelhecendo e ficando mais frágil. E, quando, por fim, o barco é restituído de sua glória anterior, Hotep-Ra está doente demais para vir vê-lo. Ele ordena que o templo seja coberto com um enorme monte de terra para proteger o barco até o dia em que ele volte a ser necessário; e assim o barco fica imerso na escuridão.

Mas a Rainha não se esquece do que Hotep-Ra lhe disse – que ela deve visitar o Barco-Dragão a cada Solstício de Verão. Todos os anos, ela vem à ilha no verão. Manda construir um chalé simples para suas damas de companhia e para si mesma; e todos os anos, na festa do Solstício de Verão, ela acende uma lanterna, desce com ela até o templo e visita o barco que ela aprendeu a amar. Com o passar dos anos, cada Rainha sucessiva faz a visita de verão ao Barco-Dragão, já sem saber por que motivo, mas fazendo a visita porque sua mãe fazia antes dela e porque cada nova Rainha aprende a amar o dragão também. O dragão retribui o amor das Rainhas. E, apesar de cada uma ser diferente no seu modo próprio de ser, todas elas têm o mesmo jeito delicado e característico de tocar, como a que está aqui agora.

E assim os séculos vão se passando. A visita de verão da Rainha se torna uma tradição secreta, acompanhada por uma sucessão de Feiticeiras Brancas que moram no chalé, guardando o segredo do Barco-Dragão e acendendo as lanternas para ajudar o dragão a passar os dias. O dragão cochila ao longo dos séculos, enfurnado por baixo da ilha, na esperança de um dia ser libertado e aguardando cada dia mágico do Solstício de Verão quando a Rainha em pessoa traz uma lanterna e lhe faz a visita de cortesia.

Até um dia do Solstício de Verão dez anos atrás, quando a Rainha não veio. O dragão ficou atormentado de preocupação, mas não havia o que pudesse ser feito. Tia Zelda mantinha o chalé preparado para a chegada da Rainha, caso ela viesse um dia, e o dragão esperava, animado pela visita diária de tia Zelda com mais uma lanterna recém-acesa. Mas o que o dragão estava realmente aguardando era o momento em que a Rainha mais uma vez abraçaria seu pescoço.

O que ela acabava de fazer.

O dragão abriu os olhos, surpreso. Jenna abafou um grito. Devia estar sonhando, pensou. Os olhos do dragão eram de fato verdes, exatamente como ela imaginava, mas não eram esmeraldas. Eram olhos vivos, que enxergavam. Jenna soltou o pescoço do dragão e deu um passo atrás; e os olhos do dragão acompanharam seu movimento, dando uma longa olhada na nova Rainha. Ela é jovem, pensou o dragão, mas isso não a prejudica em nada. Ele abaixou a cabeça, respeitosamente.

Da popa do barco, Menino 412 viu o dragão abaixar a cabeça e *soube* que não estava imaginando coisas. Também não estava imaginando outra coisa. O som de água corrente.

– Olha! – berrou Nicko.

Uma fenda estreita e escura tinha aparecido na parede entre as duas pilastras de mármore que sustentavam o teto. Um pequeno fio de água tinha começado a se derramar, ameaçador, pela abertura como se a comporta de uma represa tivesse sido aberta só um pouco. Enquanto eles olhavam, o filete em breve se transformou num riacho, com a fenda se abrindo cada vez mais. Logo o piso de mosaico do templo estava inundado, e o riacho tinha se transformado num caudal.

Com um estrondo ensurdecedor, a ribanceira lá fora cedeu, e a parede entre as duas pilastras desmoronou. Um rio de lama e água invadiu a caverna com violência, fazendo girar o Barco-Dragão, levantando-o e fazendo com que ele balançasse de um lado para outro, até que, de repente, estava flutuando em liberdade.

– Ele está flutuando! – gritou Nicko, empolgado.

Jenna olhou espantada dali da proa para a água lamacenta em remoinhos lá embaixo e viu quando a pequena escada de madeira foi apanhada pela inundação e levada embora. Lá no alto, muito acima dela, Jenna percebeu alguma movimentação: devagar e a duras penas, com o pescoço duro de todos aqueles anos de espera, o dragão estava virando a cabeça para ver quem, por fim, estava no comando. Ele pousou os olhos verde-escuros no seu novo Mestre, uma figura surpreendentemente pequena, de gorro vermelho. Não se parecia em nada com seu último Mestre, Hotep-Ra, homem alto e moreno cujo cinto de ouro e platina faiscava com os reflexos do sol nas ondas e cuja capa roxa tremulava loucamente ao vento enquanto eles seguiam velozes pelo oceano afora. Mas o dragão reconheceu o que era mais importante: a mão que mais uma vez segurava o timão era **Mágyka**.

Estava na hora de voltar ao mar novamente.

O dragão empinou a cabeça, e as duas enormes asas coriáceas, antes dobradas ao longo dos costados do barco, começaram a se soltar. À sua frente, pela primeira vez em muitos séculos, ele via mar aberto.

Maxie rosnou, o pelo na nuca ficou em pé.
O barco começou a se movimentar.
– O que você está *fazendo*? – gritou Jenna para Menino 412.
Menino 412 fez que não. *Ele* não estava fazendo nada. Era o *barco*.
– Largue! – ordenou Jenna mais alto que o ruído da tempestade lá fora. – Largue o timão. É *você* que está causando tudo isso. *Largue!*
Mas ele não queria largar. Alguma coisa mantinha sua mão firme no timão, conduzindo o Barco-Dragão à medida que ele começava a se movimentar entre as duas pilastras de mármore, levando junto sua nova tripulação: Jenna, Nicko, Menino 412 e Maxie.

Quando a cauda farpada do dragão saiu do recinto do templo, começou um forte rangido dos dois lados do barco. O dragão estava erguendo as asas, desdobrando e esticando cada uma como uma enorme mão palmada, abrindo os longos dedos ossudos, com estalos e gemidos à medida que a pele coriácea era esticada ao máximo. A tripulação do Barco-Dragão olhava para o céu noturno, pasma com a visão das asas que se agigantavam acima do barco como duas enormes velas verdes.

A cabeça do dragão se empinou para a noite, e suas narinas se abriram sentindo o cheiro com que tinha sonhado todos aqueles anos. O cheiro do mar.

Finalmente, o dragão estava livre.

44
AO MAR

—A proe em direção às ondas! — berrou Nicko quando uma onda pegou o barco de lado e arrebentou por cima deles, deixando todos ensopados de água enregelante. Mas Menino 412 estava lutando com todas as forças para virar o leme contra o vento e a força da água. A tempestade zunindo nos ouvidos e a força da chuva batendo no rosto também não ajudavam. Nicko se jogou contra o timão, e juntos eles aplicaram todo o seu peso para empurrá-lo para o outro lado. O dragão ajeitou as asas para receber o vento e foi virando devagar para ficar de frente para as ondas que chegavam.

Lá na proa, Jenna, encharcada com a chuva, estava agarrada ao pescoço do dragão. O barco arfava forte ao passar pelas ondas, e Jenna, sem ter como se proteger, era jogada de um lado para o outro.

O dragão empinou a cabeça, respirando fundo a tempestade e adorando cada instante. Aquele era o início de uma grande viagem, e uma tempestade no início de uma viagem era sempre um bom sinal. Mas aonde seu novo Mestre desejava ser levado? O dragão virou o longo pescoço verde e olhou para esse novo Mestre no comando, se esforçando com o marujo, o gorro vermelho empapado de chuva, a água escorrendo em riachos pelo rosto.

Aonde quer que eu vá?, perguntaram os olhos verdes do dragão.

Menino 412 compreendeu o olhar.

– Márcia? – perguntou ele para Jenna e Nicko, gritando com a voz mais alta possível. Eles fizeram que sim. *Desta vez*, iam conseguir. – Márcia! – gritou Menino 412 para o dragão.

O dragão piscou os olhos, sem entender. Onde ficava Márcia? Nunca tinha ouvido falar nesse país. Seria longe? A Rainha devia saber.

De repente, o dragão abaixou a cabeça e levantou Jenna do jeito brincalhão com que tinha levantado tantas Princesas pelos séculos afora. Mas, com o vento zunindo, o efeito foi mais de pavor do que de brincadeira. Jenna se descobriu voando acima das ondas encapeladas e, daí a um instante, encharcada com os borrifos do mar, ela estava empoleirada no alto da cabeça dourada do dragão, sentada logo atrás das suas orelhas e se segurando nelas como se sua vida dependesse disso.

Onde fica Márcia, minha senhora? É uma viagem longa? Jenna ouviu o dragão perguntar esperançoso, já prevendo muitos meses felizes singrando os mares com sua nova tripulação em busca da terra de Márcia.

Jenna se arriscou a soltar a mão de uma orelha dourada surpreendentemente macia e apontou para o *Vingança*, que se aproximava veloz.

– Márcia está ali. É nossa Maga ExtraOrdinária. E está presa naquele navio. Nós a queremos de volta.

A voz do dragão voltou a falar com ela, um pouco decepcionada por não precisar viajar para muito longe. *Como queira, minha senhora. Seu desejo será cumprido.*

Nas profundezas dos porões do *Vingança*, Márcia Overstrand escutava, sentada, a **Tempestade** que retumbava lá em cima. No dedo mindinho da mão direita, que era o único no qual ele servia, estava usando o anel que Menino 412 lhe tinha dado. Ali, sentada no porão escuro, ela ponderava todas as formas possíveis de o menino ter encontrado o Anel do Dragão de Hotep-Ra perdido havia tanto tempo. Nenhuma delas fazia muito sentido para a Maga. Mas não importava como ele o houvesse encontrado, o anel tinha tido sobre Márcia o mesmo efeito maravilhoso que costumava ter sobre Hotep-Ra. Tinha acabado com seu enjoo. Ela sabia que o anel também estava lentamente restaurando seus poderes **Mágykos**. Aos poucos sentia que sua **Magya** estava voltando; e com isso as **Sombras** que a atormentavam e a seguiam desde o Calabouço Número Um começaram a se afastar sorrateiras. O efeito do terrível **Turbilhão** de DomDaniel estava desaparecendo.

Márcia arriscou um pequeno sorriso. Era a primeira vez que sorria em quatro longas semanas.

Ao lado da Maga, seus três guardas mareados estavam jogados no chão, arrasados, gemendo sem parar, desejando que também tivessem aprendido a nadar. Pelo menos, já teriam sido jogados do navio àquela altura.

Muito acima de Márcia, exposto à força total da **Tempestade** que tinha criado, DomDaniel estava sentado empertigado no seu trono de ébano, enquanto o coitado do Aprendiz tremia ao seu lado. Supostamente o garoto deveria estar ajudando seu Mestre a preparar seu **Raio** final; mas estava tão enjoado que só conseguia ficar olhando para a frente, com o olhar vidrado, emitindo um gemido de vez em quando.

– Quieto, menino! – ordenou DomDaniel, irritado, tentando se concentrar em reunir as forças elétricas necessárias para o **Raio** mais poderoso que já tinha criado. Em breve, pensou triunfante, não apenas teria desaparecido aquela droga de chalé da feiticeira intrometida, mas também a ilha inteira, tudo evaporando numa faísca ofuscante. Passou o dedo pelo Amuleto do Mago ExtraOrdinário, que estava de volta no seu devido lugar. Novamente no pescoço *dele*, não no pescoço esquelético de uma Maga de meia-tigela, magra como um bicho-pau.

DomDaniel riu. Tudo era tão fácil.

– Barco à vista, senhor – gritou uma voz fraca, do alto do cesto da gávea. – Barco à vista!

DomDaniel praguejou.

– Não me interrompa! – gritou mais alto que os uivos do vento, **fazendo** o marujo cair aos berros nas águas agitadas lá embaixo.

Mas a concentração de DomDaniel tinha sido perturbada. E, quando ele tentava recuperar o controle dos elementos para o **Raio** final, alguma coisa chamou sua atenção.

Um pequeno fulgor dourado vinha se aproximando no meio da escuridão em direção ao seu navio. DomDaniel remexeu nas vestes em busca da luneta e, levando-a ao olho, mal pôde acreditar no que via.

Era impossível, disse a si mesmo, absolutamente impossível. O Barco-Dragão de Hotep-Ra não existia. Não passava de uma lenda. Piscou para tirar a chuva dos cílios e olhou novamente. O desgraçado do barco estava vindo bem em sua direção. O brilho verde dos olhos do dragão atravessou a escuridão e veio encontrar a visão de apenas um olho seu através da luneta. Um forte calafrio percorreu o **Necromante**. Isso, concluiu ele, era obra de Márcia Overstrand. Uma **Projeção** do seu cérebro febril enquanto ela tramava contra ele, nas profundezas do seu próprio navio. Será que ela não tinha aprendido *nada*?

DomDaniel se voltou para seus Magogs.

– Despachem a prisioneira – ordenou, irritado. – Agora!

Os Magogs abriam e fechavam as garras amarelas imundas, e uma fina camada de gosma lhes surgiu na cabeça de cobra-de-vidro, como sempre ocorria em momentos de empolgação. Chiando, fizeram uma pergunta ao Mestre.

– Como vocês quiserem – respondeu ele. – Não me importo. Façam o que vocês quiserem, mas não deixem de fazer. E *rápido*!

A dupla medonha foi embora deslizando, espalhando gosma no caminho, e desapareceu debaixo do convés. Estavam felizes por sair da chuvarada, animados com a perspectiva da diversão que tinham pela frente.

DomDaniel guardou a luneta. Não precisava mais dela pois o Barco-Dragão estava perto o suficiente para ele enxergar com facilidade. Bateu o pé impaciente, esperando que o que ele pensava ser uma **Projeção** de Márcia desaparecesse. Para sua aflição, porém, ela não desapareceu. O Barco-Dragão se aproximava cada vez mais e parecia fixar sobre ele um olhar especialmente malévolo.

Inquieto, o **Necromante** começou a andar de um lado para outro no convés, sem dar atenção ao temporal que de repente se derramava sobre ele e surdo para o panejar ruidoso dos últimos farrapos que restavam das velas. Havia apenas um som que DomDaniel queria ouvir, e esse era o do último grito de Márcia Overstrand lá nas profundezas do porão.

Ele escutava atentamente. Se havia uma coisa que DomDaniel gostava de fazer, era de ouvir o último grito de um ser humano. Qualquer ser humano servia, mas o último grito da ex-Maga ExtraOrdinária era muito especial. Esfregou as mãos, fechou os olhos e esperou.

Lá embaixo, nas profundezas do *Vingança*, o Anel do Dragão de Hotep-Ra refulgia intensamente no dedo mindinho de Márcia, e ela já tinha recuperado **Magya** suficiente para conseguir se livrar das correntes. Fugiu de mansinho dos guardas quase em estado de coma e ia subindo pela escada de mão para sair do porão. Quando deixou a escada e estava se encaminhando para a próxima, quase escorregou numa gosma amarela. Da escuridão surgiram os Magogs, vindo em sua direção, chiando de prazer. Alvoroçados, eles a encurralaram num canto, batendo o tempo todo com as fileiras pontudas de dentes amarelos diante dela. Com um estalo forte, abriram as garras e investiram contra ela felizes, lançando da boca a linguinha de cobra.

Agora, pensou Márcia, chegou a hora de descobrir se sua **Magya** estava realmente voltando.

– **Congelar e Ressecar. Solidificar!** – murmurou ela, apontando para os Magogs o dedo que estava com o Anel do Dragão.

Como duas lesmas cobertas com sal, os Magogs de repente caíram e se encolheram chiando. Seguiu-se um ruído desagradável de rachaduras à medida que a gosma se solidificava e secava formando uma grossa crosta amarela. Em poucos instantes, tudo o que restava das **Coisas** eram dois torrões murchos, pretos e amarelos, jogados aos pés de Márcia, totalmente grudados no convés. Ela passou por cima deles, desdenhosa, com cuidado para não sujar os sapatos, e continuou pelo caminho até o convés superior.

Márcia queria seu Amuleto de volta, e ia conseguir pegá-lo.

Lá em cima, no convés, DomDaniel tinha perdido a paciência com os Magogs. Amaldiçoava-se por ter imaginado que eles se livrariam de Márcia rapidamente. Devia ter calculado. Os Magogs gostavam de perder tempo com as vítimas; e tempo era algo que DomDaniel não tinha. A maldita **Projeção** de Márcia do Barco-Dragão vinha chegando ameaçadora e estava afetando sua **Magya**.

Foi assim que, no momento em que ia começar a subir pela escada que levava ao convés superior, Márcia ouviu um forte urro, vindo lá de cima.

— Cem coroas! — berrou DomDaniel. — Não, *mil coroas*. Mil coroas ao homem que me livrar de Márcia Overstrand! *Agora!*

Logo ali acima, Márcia ouviu a súbita disparada de pés descalços quando todos os marinheiros no convés correram para a escotilha e a escada na qual ela estava. Márcia saltou de lado e se escondeu como pôde nas sombras, enquanto toda a tripulação do navio abria caminho aos empurrões para descer, cada um tentando ser o primeiro a alcançar a prisioneira e reivindicar o prêmio. Das sombras, ela os viu seguir em frente, aos chutes, tapas e empurrões para tirar o outro da frente. Depois, quando a confusão desceu para os conveses inferiores, desaparecendo de vista, ela juntou ao corpo as vestes úmidas e subiu a escada até o convés aberto.

O vento frio lhe tirou o fôlego, mas depois do porão abafado e imundo do navio, o ar fresco da tempestade tinha um cheiro fantástico. Márcia foi depressa se esconder atrás de um barril e ficou esperando enquanto calculava qual seria seu movimento seguinte.

Estudava DomDaniel atentamente. Ele parecia não estar bem, o que ela observou com prazer. Suas feições normalmente cinzentas agora apresentavam um forte matiz verde; e os olhos pretos salientes estavam olhando com espanto para alguma coisa atrás dela. Márcia se virou para ver o que poderia ter condição de tornar DomDaniel tão verde.

Era o Barco-Dragão de Hotep-Ra.

Muito acima do *Vingança*, com seus olhos verdes faiscando e iluminando o rosto pálido de DomDaniel, o Barco-Dragão vinha voando, atravessando o vento que zunia e a chuva torrencial. Suas asas enormes batiam poderosas, sem pressa, contra a tempestade, sustentando o barco dourado e os três integrantes petrificados da sua tripulação pela noite adentro, levando-os em direção a Márcia Overstrand, que não conseguia acreditar no que via.

Também no Barco-Dragão ninguém conseguia acreditar. Quando o dragão começou a bater as asas contra o vento e foi aos poucos decolando da água, Nicko ficara apavorado. Se havia uma coisa da qual tinha certeza era que barcos não voam. Nunca.

– Para com isso – berrou Nicko na orelha de Menino 412, para ser ouvido acima dos rangidos das asas enormes, que passavam lentamente por eles, lançando nos seus rostos rajadas de ar palpável. Mas Menino 412 estava adorando aquilo tudo. Estava agarrado com firmeza ao timão, confiante em que o Barco-Dragão faria o que sabia fazer melhor.

– Parar o quê? – gritou Menino 412 em resposta, atento às asas, com os olhos brilhando e um largo sorriso no rosto.

– É você! – berrou Nicko. – Sei que é. É *você* que está fazendo o barco voar. Trate de *parar*. Pare com isso agora! O barco está fora de controle!

Menino 412 balançou negativamente a cabeça. Aquilo não tinha nada a ver com *ele*. Era o Barco-Dragão que tinha resolvido voar.

Jenna se agarrava às orelhas do dragão com tanta força que seus dedos estavam brancos. Ela podia ver lá embaixo as ondas que se chocavam contra o *Vingança*; e, quando o Barco-Dragão embicou em direção ao convés do navio das **Trevas**, também pôde ver a medonha cara verde de DomDaniel olhando fixamente para ela. Desviou depressa o olhar do **Necromante** – sua expressão cruel lhe causava frio até nos ossos e lhe dava uma horrível sensação de desespero. Jenna sacudiu a cabeça para se livrar da sensação **Sombria**, mas uma dúvida permanecia na sua mente. *Como* conseguiriam encontrar Márcia? Ela olhou para Menino 412 lá atrás. Ele tinha soltado o timão e estava olhando por cima da amurada do Barco-Dragão, para o *Vingança* lá embaixo. E então, quando o Barco-Dragão mergulhou e sua sombra caiu sobre o **Necromante**, Jenna soube de repente o que Menino 412 estava fazendo. Ele estava se preparando para saltar do barco. Estava reunindo coragem para ir a bordo do *Vingança* apanhar Márcia.

– Não! – gritou Jenna. – Não pule! Estou vendo Márcia!

A Maga tinha se levantado. Ainda olhava para o Barco-Dragão sem conseguir acreditar. Sem dúvida não passava de uma lenda. Mas, quando o dragão se precipitou em direção a ela, com os olhos lampejando um verde brilhante e as narinas lançando grandes jatos de fogo laranja, ela sentiu o calor das chamas e soube que ele era de verdade.

As chamas lamberam as vestes encharcadas de DomDaniel, espalhando no ar um cheiro forte de lã queimada. Chamuscado pelo fogo, ele caiu para trás. E, por um pequeno instante, um leve raio de esperança passou pela mente do **Necromante** – talvez tudo aquilo fosse um terrível pesadelo. Porque, no alto da cabeça do dragão, ele estava vendo uma coisa que era impossível, disso tinha certeza. Ali sentada estava a *Princesinha*.

Jenna teve a coragem de soltar uma orelha do dragão e enfiar a mão no bolso do casaco. DomDaniel ainda estava olhando fixamente para ela, e ela queria que ele parasse. Na realidade, ia *fazer* com que ele parasse. Sua mão tremia quando tirou do bolso o Inseto Escudeiro e o ergueu no ar. De repente, da sua mão saiu voando o que DomDaniel supôs ser uma grande vespa verde. Ele detestava vespas. Recuou vacilante enquanto o inseto voava em sua direção, soltando um berro agudo, e vinha pousar no seu ombro, para picá-lo no pescoço. Uma picada forte.

DomDaniel deu um grito, e o Inseto Escudeiro lhe aplicou mais um golpe. Ele fechou a mão sobre o inseto que, confuso, se enroscou como uma bola e caiu no convés, rolando para um canto escuro. DomDaniel tombou.

Márcia viu sua chance e a aproveitou. À luz do fogo expelido pelas ventas dilatadas do dragão, ela começou a reunir coragem para tocar no **Necromante** ali prostrado. Com dedos trêmulos, investigou as dobras do pescoço de lesma de DomDaniel e encontrou o que procurava. O cadarço de sapato de Alther. Passando muito mal, mas ainda mais determinada, Márcia puxou uma ponta do cadarço, na esperança de desfazer o nó. Não conseguiu. DomDaniel fez um ruído de quem está se sufocando, e suas mãos foram voando até o pescoço.

– Você está me estrangulando – disse ele, sem fôlego, enquanto também agarrava o cadarço.

O cadarço de Alther tinha cumprido muito bem suas funções ao longo dos anos, mas não estava à altura da tarefa de resistir a dois Magos poderosos lutando por ele. Por isso, fez o que os cadarços costumam fazer. Ele se partiu.

O Amuleto caiu no convés, e Márcia o apanhou rapidamente. DomDaniel ainda se jogou em desespero atrás dele, mas ela já estava amarrando de novo o cadarço em torno do pescoço. No momento em que deu o nó, o cinto de Maga ExtraOrdinária surgiu na sua cintura, suas vestes começaram a rebrilhar de **Magya** embaixo da chuva, e Márcia se empertigou. Examinou a cena com um sorriso vitorioso: tinha conseguido retomar seu devido lugar no mundo. Voltava a ser a Maga ExtraOrdinária.

Furioso, DomDaniel conseguiu a duras penas ficar em pé, aos berros.

– Guardas, guardas! – Não houve resposta. A tripulação inteira estava enfurnada nas entranhas do navio numa busca em vão.

Quando Márcia preparava um **Raio** para lançar sobre DomDaniel, cada vez mais histérico, ouviu uma voz conhecida ali no alto.

– Vamos, Márcia. Depressa. Suba aqui comigo.

O dragão abaixou a cabeça até o convés; e, pelo menos dessa vez, ela fez o que lhe mandaram.

✢ 45 ✢

MARÉ BAIXA

O Barco-Dragão sobrevoava lentamente os brejos inundados, deixando para trás o indefeso *Vingança*. Quando a tempestade passou, o dragão abaixou as asas e, um pouco destreinado, pousou com um baque, jogando água para todos os lados.

Jenna e Márcia, agarradas ao pescoço do dragão, ficaram encharcadas.

O pouso derrubou Menino 412 e Nicko e os jogou de qualquer jeito pelo convés, onde acabaram parando um enroscado no outro. Os dois se levantaram do chão, e Maxie se sacudiu para secar o pelo. Nicko deu um suspiro de alívio. Não tinha a menor dúvida: os barcos não eram feitos para voar.

As nuvens logo foram se afastando em direção ao mar, e a lua apareceu para iluminar seu caminho de volta para casa. O Barco-Dragão refulgia verde e dourado ao luar, com as asas erguidas, como velas, para receber o vento. Ao longe, de uma pequena janela iluminada, tia Zelda acompanhava a cena, um pouco desgrenhada por ter saído dançando de felicidade pela cozinha e ter batido numa pilha de panelas.

O Barco-Dragão relutava em voltar para o templo. Depois de experimentar a liberdade, ele sentia pavor da ideia de ser encarcerado de novo no subterrâneo. Queria dar meia-volta e se dirigir para o mar enquanto ainda era possível e sair navegando pelo mundo afora com a jovem Rainha, seu novo Mestre e a Maga ExtraOrdinária. Mas seu novo Mestre tinha outras ideias. Ele queria levar o barco de volta para sua prisão escura e seca. O dragão deu um suspiro e baixou a cabeça. Jenna e Márcia quase caíram.

– O que está havendo aí em cima? – perguntou Menino 412.

– Ficou triste – disse Jenna.

– Mas agora você está livre, Márcia – disse Menino 412.

– Não foi *Márcia*. Foi o dragão – disse Jenna.

– Como você sabe? – perguntou Menino 412.

– Sei porque sei. Ele conversa comigo. Na minha cabeça.

– Ah, é mesmo? – zombou Nicko.

– "Ah, é mesmo" para você também. Ele está triste porque quer ir para o mar. Não quer voltar para dentro do templo. Voltar para a prisão, é o que ele diz.

Márcia compreendeu como o dragão se sentia.

– Diz a ele, Jenna – pediu a Maga EstraOrdinária –, que ele vai voltar para o mar. Mas não esta noite. Esta noite nós todos queremos ir para casa.

O Barco-Dragão levantou bem alto a cabeça, e dessa vez Márcia caiu mesmo. Ela foi escorregando pelo pescoço do dragão e aterrissou no convés, com um baque surdo. Mas não se importou. Nem mesmo reclamou. Só ficou ali olhando para as estrelas enquanto o Barco-Dragão seguia sereno pelo Brejal Marram.

Nicko, que estava de sentinela, ficou surpreso ao ver ao longe um pequeno pesqueiro estranhamente familiar. Era o barco das galinhas sendo levado pela maré. Ele chamou a atenção de Menino 412.

– Olha, eu já vi aquele barco. Deve ser alguém do Castelo que veio pescar por aqui.

– Escolheram a noite errada para vir tão longe, não foi? – disse Menino 412 com um largo sorriso.

Quando chegaram à ilha, a maré já estava baixando veloz, e a água que cobria o brejo estava mais rasa.

Nicko pegou o timão e guiou o Barco-Dragão pelo curso do Fosso submerso, passando pelo templo romano. Era uma visão impressionante. O mármore do templo reluzia com o branco luminoso da lua que o atingia pela primeira vez desde que Hotep-Ra tinha enterrado o Barco-Dragão ali dentro. Todos os aterros e o teto de madeira que ele havia construído tinham desmoronado com a força das águas, deixando as altas pilastras de pé, sem obstruções, ao luar.

Márcia ficou perplexa.

– Eu não fazia a *menor* ideia de que isso estivesse aqui – disse ela. – Absolutamente nenhuma ideia. Seria de esperar que *algum* livro na Biblioteca da Pirâmide mencionasse esse lugar. Quanto ao Barco-Dragão... bem, esse eu sempre achei que fosse uma lenda.

– Tia Zelda sabia – disse Jenna.

– *Tia Zelda?* – perguntou Márcia. – Por que ela não disse nada?

– A função dela é *não* dizer. Ela é a Protetora da Ilha. As Rainhas, hummm, minha mãe, minha avó, bisavó e todas as outras antes delas, elas precisavam visitar o dragão.

– *Precisavam?* – perguntou Márcia, surpresa. – Por quê?

– Não sei – disse Jenna.

– Bem, a mim ninguém disse nada, nem a Alther, por sinal.

– Nem a DomDaniel – ressaltou Jenna.

– Não – concordou Márcia, pensativa. – Pode ser que existam algumas coisas que é melhor um Mago não saber.

Amarraram o Barco-Dragão ao cais flutuante, e ele se acomodou no Fosso como um cisne gigante que se ajeita no ninho, baixando devagar suas asas enormes para dobrá-las com perfeição ao longo do casco. Ele abaixou a cabeça para permitir que Jenna escorregasse para o convés e então olhou ao redor. Podia não ser o oceano, pensou, mas a grande vastidão do Brejal Marram, com seu horizonte baixo e longo se estendendo até onde era possível enxergar, chegava bem perto. O dragão fechou os olhos. A Rainha tinha voltado, e ele sentia o cheiro do mar. Estava satisfeito.

Jenna sentou na amurada do Barco-Dragão adormecido, balançando as pernas, enquanto examinava a cena diante dos seus olhos. O chalé parecia tranquilo como sempre, apesar de talvez não estar em tão bom estado quanto na hora em que eles tinham partido, porque a cabra tinha devorado uma boa parte do telhado de colmo e ainda continuava a comer com disposição. A maior parte da ilha estava agora acima d'água, se bem que coberta por uma mistura de lama e algas. Tia Zelda não ia gostar nem um pouco do estado do seu jardim, pensou Jenna.

Quando a água baixou liberando o cais flutuante, Márcia e a tripulação saltaram do Barco-Dragão e foram se encaminhando para o chalé, que estava num silêncio suspeito, com a porta da frente ligeiramente aberta. Com um pressentimento, espiaram lá dentro.

Pardinhos.

Por toda parte. A porta do túnel **Desencantado** da gata estava aberta, e o lugar estava coalhado de Pardinhos. Pelas paredes, cobrindo o chão, grudados no teto, abarrotando o armário de poções, mastigando, mascando, rasgando, bostando enquanto percorriam o chalé como uma tempestade de gafanhotos. Quando viram os humanos, dez mil Pardinhos começaram a dar seus guinchos agudíssimos.

Tia Zelda chegou da cozinha como um raio.

– *O que foi?* – disse ela, arquejando, tentando captar o que estava acontecendo, mas vendo apenas uma Márcia estranhamente desarrumada em pé no meio de um mar pulsante de Pardinhos. Por que, pensou tia Zelda, Márcia sempre precisa tornar as coisas tão difíceis? *Por que cargas-d'água* ela precisava trazer junto uma montoeira de Pardinhos?

– Malditos Pardinhos! – berrou tia Zelda, agitando os braços sem nenhum sucesso. – Fora, fora, fora daqui!

– Zelda – gritou Márcia –, permita que eu faça uma rápida **Remoção** para você.

– *Não!* – berrou tia Zelda. – Isso eu preciso fazer sozinha para eles não perderem o respeito por mim.

– Bem, isso aqui não é o que eu chamaria de respeito – resmungou Márcia, levantando da gosma pegajosa os sapatos destruídos para inspecionar as solas. Decididamente devia haver um furo nelas. Márcia estava sentindo a gosma se infiltrando entre os dedos dos pés.

De repente, a gritaria parou, e milhares de olhinhos vermelhos olharam apavorados para aquilo que um Pardinho mais teme neste mundo. Um Atolardo.

O Atolardo.

Com o pelo limpo e escovado, parecendo magro e pequeno com a faixa branca de atadura ainda em torno do ventre, o Atolardo estava bem menor do que antes. Mas ainda tinha o Bafo de Atolardo. E, soprando o Bafo de Atolardo enquanto avançava, ele passou pelo meio dos Pardinhos, sentindo que suas forças lhe voltavam.

Vendo que ele vinha, os Pardinhos, desesperados para fugir, se empilharam como idiotas no canto mais distante de onde estava o Atolardo, numa pilha cada vez mais alta até que todos eles menos um, um jovem que estava saindo pela primeira vez, estavam na pilha instável lá no canto, junto da escrivaninha. De repente, o Pardinho jovem saiu em disparada de baixo do tapete da lareira. Os olhos vermelhos ansiosos brilhavam na cara pontuda, e os ossos dos pés e das mãos estalaram ruidosos no piso quando, observado por todos, ele saiu correndo pelo aposento para ir se reunir à pilha. Ele se jogou sobre o monte viscoso e se juntou à infinidade de olhos vermelhos que olhavam assustados para o Atolardo.

– Num sei por que eles simplesmente não *vão embora*. Malditos Pardinhos – xingou o Atolardo. – Mesmo assim, a tempestade foi horrível. Acho que não vão querer sair de um chalé quentinho. Vocês viram aquele navio que está lá encalhado nos brejos, afundan'o na lama? Que sorte a deles que todos os Pardinhos estejam 'qui, e não lá, ocupados puxan'o to'eles para o fundo da Lama Movediça.

Todos trocaram olhares.

– É, a maior sorte, não é mesmo? – disse tia Zelda que sabia exatamente a que navio o Atolardo estava se referindo. Tinha ficado tão distraída observando tudo da janela da cozinha com o Atolardo que não se deu conta da invasão dos Pardinhos.

– É, bem, agora vou andando – disse o Atolardo. – Não aguento mais ficar tão limpo. Só quero 'contrar um bom pedacinho de lama.

– Bem, disso não há a menor falta lá fora, Atolardo – respondeu tia Zelda.

– É – concordou o Atolardo. – Bem, eu só queria dizer obrigado, Zelda, por... bem... por cuidar assim de mim. Obrigado. Esses

Pardinhos vão embora quando eu sair. Se tiver mais algum problema, é só gritar.

O Atolardo saiu bamboleando pela porta para passar algumas horas felizes escolhendo um pedacinho de lama para o resto da noite. Opções não lhe faltavam.

Assim que ele saiu, os Pardinhos se tornaram inquietos, com os olhinhos vermelhos trocando olhares e se voltando para a porta aberta. Quando tiveram certeza absoluta de que o Atolardo realmente tinha ido embora, deram início a uma cacofonia de guinchos empolgados, e a pilha de repente desmoronou salpicando uma baba marrom. Finalmente livre do Bafo do Atolardo, a tribo de Pardinhos se dirigiu para a porta. Saiu então correndo pela ilha, passou como uma corrente pela ponte do Fosso e seguiu para atravessar o Brejal Marram. Direto para o *Vingança*, encalhado.

– Sabe? – disse tia Zelda enquanto olhava para os Pardinhos que desapareciam no meio das sombras do brejo. – Eu quase sinto pena deles.

– De quem, dos Pardinhos ou do *Vingança*? – perguntou Jenna.

– Dos dois – respondeu tia Zelda.

– Pois eu não sinto – disse Nicko. – Eles se merecem.

Mesmo assim, ninguém quis assistir ao que aconteceu com o *Vingança* naquela noite. E ninguém quis tocar nesse assunto.

Mais tarde, depois que eles conseguiram limpar o máximo possível da baba marrom do chalé, tia Zelda examinou o estrago, determinada a ver o lado positivo.

– No fundo, não está tão ruim assim – disse ela. – Os livros estão bem... quer dizer, pelo menos vão estar quando tiverem secado. E eu posso refazer as poções. A maioria estava mesmo chegando ao prazo de validade. E as verdadeiramente importantes estão no cofre. Os Pardinhos não comeram *todas* as cadeiras como da última vez, nem mesmo sujaram em cima da mesa. Quer dizer, no todo, poderia ter sido pior. Muito pior.

Márcia se sentou e tirou os sapatos arruinados, de píton roxa. Ela os pôs junto da lareira para secar enquanto refletia se devia ou não fazer uma **Renovação de Calçados**. Em termos rigorosos, ela não deveria. A **Magya** não era para ser usada para seu próprio conforto. Uma coisa era consertar sua capa, que era parte das ferramentas do seu ofício, mas ela dificilmente poderia fingir que os sapatos pontudos fossem necessários para a realização de **Magya**. Por isso, eles ficaram ali fumegando junto ao fogo, soltando um cheiro leve porém desagradável de cobra mofada.

– Você pode usar meu par de galochas de reserva – ofereceu tia Zelda. – Muito mais prático para este nosso lugar.

– Obrigada, Zelda – disse Márcia, entristecida. Ela detestava galochas.

– Ora, Márcia, anime-se – disse tia Zelda numa atitude irritante. – Não faça tempestade em copo d'água.

✥ 46 ✥
UMA VISITA

Na manhã seguinte, tudo o que Jenna conseguia ver do *Vingança* era a ponta do mastro mais alto que se projetava do brejo como um mastro de bandeira solitário, a partir do qual tremulavam os restos da vela principal. Os destroços do *Vingança* não eram algo que quisesse olhar, mas, como todos no chalé que acordaram depois dela, Jenna precisava ver com seus próprios olhos o que tinha acontecido ao navio das **Trevas**. Fechou a janela e deu meia-volta. Havia outro barco que ela preferia ver.

O Barco-Dragão.

Jenna saiu do chalé para o sol daquele início de manhã de primavera. O Barco-Dragão estava ali majestoso, flutuando alto no Fosso, o pescoço esticado e a cabeça dourada erguida para receber o primeiro raio de sol a lhe tocar depois de séculos. O brilho trêmulo das escamas verdes no pescoço e na cauda do dragão e o cintilar do ouro no seu casco fizeram Jenna contrair os olhos para não se ofuscar. Também o dragão estava com os olhos semicerrados. De início, Jenna achou que ele ainda estava dormindo, mas então compreendeu que também o barco estava protegendo os olhos do brilho forte do sol. Desde que Hotep-Ra o tinha deixado enterrado no subterrâneo, a única luz que o Barco-Dragão tinha visto era a claridade mortiça de uma lanterna.

Jenna desceu a rampa até o cais flutuante. O barco era grande, muito maior do que ela se lembrava da noite anterior, e estava perfeitamente encaixado no Fosso agora que a água da enchente tinha escoado dos brejos. Esperava que o dragão não estivesse se sentindo encurralado. Na ponta dos pés, ela se esticou para pôr a mão no pescoço do dragão.

Bom-dia, minha senhora, chegou-lhe a voz do dragão.

– Bom-dia, Dragão – murmurou Jenna. – Espero que esteja se sentindo bem no Fosso.

Tenho água debaixo de mim, e o ar tem o cheiro de sal e de sol. O que mais eu poderia desejar?, perguntou o dragão.

– Nada. Mais nada – concordou Jenna. Ela se sentou no cais flutuante e ficou olhando os fiapos da névoa do início da manhã desaparecerem com o calor do sol. Depois, se recostou satisfeita no Barco-Dragão e ficou escutando a movimentação e os ruídos da água provocados pelas diversas criaturas no Fosso. Àquela altura, Jenna já estava acostumada a todas as criaturas que moravam debaixo da água. Ela já não estremecia diante das enguias que seguiam pelo Fosso em sua longa viagem até o Mar de Sargaços. Não se incomodava muito com as Ninfas das Águas, se bem que não pisasse mais descalça na lama, depois que uma se grudou ao dedão do seu pé e tia Zelda precisou ameaçá-la com o garfo de tostar para conseguir que ela se soltasse. Gostava até mesmo da Píton do Brejo, mas talvez isso fosse porque a Píton não tinha voltado ao Fosso desde o Grande Degelo. Ela conhecia os ruídos e barulhos de cada criatura na água; mas, sentada ali, ao sol, escutando sonhadora o marulho de um ratão-d'água ou o glub-glub de um peixe de águas paradas, ouviu um ruído que não reconheceu.

A criatura, qualquer que fosse, uivava e gemia num tom que dava pena. Depois ela bufou, se debateu na água e gemeu mais um pouco. Jenna nunca tinha ouvido nada semelhante. Também parecia ser bastante grande. Tomando cuidado para não ser vista, ela se escondeu atrás da grossa cauda verde do Barco-Dragão, que estava enrolada e pousada no cais flutuante. Depois, deu uma espiada por cima para ver qual criatura poderia estar fazendo tanto estardalhaço.

Era o Aprendiz.

Estava deitado de bruços numa tábua coberta de piche, que parecia ter saído do *Vingança*, e vinha remando pelo Fosso, fazendo uso apenas das mãos. Aparentava estar exausto. As vestes verdes encardidas se grudavam ao seu corpo e soltavam vapor no calor do início da manhã; e o cabelo escuro e escorrido caía sobre seus olhos. Parecia que ele mal tinha a energia necessária para levantar a cabeça e olhar para onde estava indo.

– Ei! – gritou Jenna. – Fora daqui! – Ela apanhou uma pedra para atirar nele.

– Não. Por favor, não faça isso – implorou o menino.

Nicko apareceu.

– O que foi, Jen? – Ele acompanhou o olhar de Jenna. – Ei, você, fora daqui! – berrou.

O Aprendiz não lhe deu atenção. Veio aproximando a tábua do cais flutuante e então ficou simplesmente ali deitado, exausto.

– O que você quer? – perguntou Jenna.

– Eu... o navio... ele afundou... eu escapei.

– Vaso ruim não quebra – comentou Nicko.

– Nós ficamos cobertos por criaturas. Umas *coisas* marrons, pegajosas... – O menino teve um calafrio. – Elas nos puxaram para o fundo do brejo. Eu não conseguia respirar. Todo o mundo morreu. Por favor, me ajudem.

Jenna olhou espantada para ele e começou a hesitar. Tinha acordado cedo por causa de pesadelos cheios de Pardinhos aos gritos que a puxavam para o fundo do brejo. Estremeceu. Nem queria pensar. Se ela não conseguia suportar a ideia de sequer *pensar* no assunto, o quão pior devia ser para um menino que tinha na realidade estado lá?

O Aprendiz percebeu que Jenna estava hesitando. Tentou de novo.

– S-sinto muito pelo que fiz com aquele animal de vocês.

– O Atolardo não é um *animal* – disse Jenna, indignada. – E ele não é nosso. É uma criatura do brejo. Não pertence a ninguém.

– Ah. – O Aprendiz pôde ver que tinha cometido um erro. Voltou então para o que estava funcionando antes. – Sinto muito. É que estou com... tanto medo.

Jenna cedeu.

– Não podemos simplesmente deixar ele aqui deitado numa tábua – disse ela a Nicko.

– Não vejo por que não, a não ser pela suposição de que ele esteja poluindo o Fosso.

– O melhor era a gente levá-lo para dentro – disse Jenna. – Vamos, ajuda aqui a gente.

Eles ajudaram o Aprendiz a saltar da tábua e meio o carregaram, meio o conduziram, pelo caminho até o chalé.

– Bem, vejam só o estado em que está essa criatura... – Foi o comentário de tia Zelda quando Nicko e Jenna largaram o menino de qualquer jeito no chão, diante da lareira, acordando Menino 412, com os olhos turvos de sono.

Menino 412 se levantou e se afastou dali. Tinha visto um bruxuleio de **Magya das Trevas** quando o Aprendiz entrou.

O Aprendiz ficou sentado ao lado da lareira, pálido e trêmulo. Parecia estar doente.

– Não tire os olhos de cima dele, Nicko – recomendou tia Zelda. – Vou apanhar alguma coisa quente para ele tomar.

Voltou com uma caneca de chá de camomila e repolho. O Aprendiz fez uma careta, mas bebeu tudo. Pelo menos estava quente.

Quando terminou, tia Zelda se dirigiu a ele.

– Acho melhor você nos dizer por que veio aqui. Ou melhor, prefiro que conte a madame Márcia. Márcia, temos uma visita.

A Maga ExtraOrdinária estava ali no portal, chegava de um passeio matinal pela ilha, em parte para ver o que havia acontecido com o *Vingança*, mas principalmente para sentir o doce ar da primavera e o gostinho ainda mais doce da liberdade. Apesar de estar magra depois de quase cinco semanas no cárcere, e de ainda haver sombras escuras abaixo dos seus olhos, sua aparência era muito melhor do que a da noite anterior. Suas vestes e a túnica de seda roxa estavam perfeitamente limpas graças a uma **Limpeza Profunda de Cinco Minutos**, com a qual ela esperava ter se livrado de todo e qualquer traço de **Magya das Trevas**. A **Magya das Trevas** era muito grudenta, e ela precisou ser extremamente cuidadosa. Também seu cinto rebrilhava depois do **Polimento Puríssimo** que ela lhe aplicou, e, no pescoço, trazia o Amuleto Akhu. Estava se sentindo bem. Tinha sua **Magya** de volta; era novamente a Maga ExtraOrdinária; e não havia problemas no mundo.

Com exceção das galochas.

Márcia tirou os calçados ofensivos lá na porta mesmo e espiou o interior do chalé, que lhe parecia escuro depois do forte sol de primavera. Havia uma escuridão especial junto à lareira, e ela levou um instante para registrar exatamente quem estava ali sentado. Quando se deu conta de quem era, sua expressão se anuviou.

– Ah, o rato do navio que afundou – disse em tom cortante.

O Aprendiz não disse nada. Lançou em direção a Márcia um olhar falso, com os olhos negros como breu indo parar no Amuleto.

– Não toquem nele, nenhum de vocês – avisou Márcia.

Jenna se surpreendeu com o tom de voz da Maga, mas se afastou do Aprendiz, e Nicko fez o mesmo. Menino 412 foi até onde ela estava.

O Aprendiz ficou sozinho junto da lareira. Ele se voltou para encarar a roda de desaprovação que o cercava. Não era para ter sido assim. Todos deveriam ter sentido pena dele. A Princesinha sentia. Ele já a tinha trazido para seu lado. Assim como a louca Feiticeira Branca. Que azar que aquela intrometida da ex-Maga ExtraOrdinária tivesse aparecido bem na hora errada. Ele amarrou a cara de tanta frustração.

Jenna olhou para o Aprendiz. De algum modo, ele estava diferente, mas ela não conseguia descobrir o que era. Atribuiu essa diferença à noite terrível passada no navio. Ser arrastado para a Lama Movediça por centenas de Pardinhos aos berros seria o suficiente para deixar qualquer um com aquele ar sombrio e atormentado dos olhos do menino.

Mas Márcia sabia por que o menino estava diferente. Na caminhada matinal em volta da ilha, tinha visto o motivo: uma cena que sem dúvida tinha tirado seu apetite para a refeição da manhã. Se bem que fosse necessário admitir que ela não precisava de muita coisa para desistir de uma refeição de tia Zelda.

Por isso, quando o Aprendiz de repente se pôs em pé de um salto e correu em sua direção com as mãos esticadas, prontas para agarrar seu pescoço, ela estava preparada para ele. Ela arrancou de cima do Amuleto os dedos que tentavam segurá-lo e atirou o Aprendiz porta afora com o estrondo retumbante de um Trovão.

O menino caiu deitado, jogado inconsciente, no caminho. Todos se reuniram em volta.

– Márcia – murmurou tia Zelda, abalada –, acho que você talvez tenha exagerado. Ele pode ser o garoto mais desagradável que tive a infelicidade de conhecer, mas mesmo assim é só um menino.

– Não necessariamente – foi a resposta implacável de Márcia.

– E ainda não terminei. Todos se afastem, por favor.

– Mas – protestou Jenna, baixinho – ele é nosso irmão.

– Acho que não – respondeu Márcia sem rodeios.

Tia Zelda pôs a mão no braço da Maga.

– Márcia, sei que você está com raiva. Tem todo o direito de estar depois do tempo que passou na prisão, mas não pode descontar numa criança.

– Não estou descontando numa criança, Zelda. Achei que você me conhecesse melhor. É que esse aqui não é nenhuma criança. É *DomDaniel*.

– *O quê?*

– Seja como for, Zelda, não sou nenhuma **Necromante** – disse Márcia. – Jamais tirarei a vida de alguém. Tudo o que posso fazer é devolvê-lo para onde ele estava quando fez essa coisa medonha, para me certificar de que não tire proveito do que fez.

– Não! – gritou DomDaniel sob a forma do Aprendiz.

Ele amaldiçoava a voz fina e esganiçada com a qual era forçado a falar. Já se irritara o suficiente ouvir aquela voz quando ela pertencia ao menino desgraçado; mas agora, que pertencia a ele mesmo, ela era insuportável.

DomDaniel lutou para ficar em pé. Não podia acreditar no fracasso do seu plano para recuperar o Amuleto. Tinha conseguido enganar a todos eles. Com a sua compaixão equivocada, eles o tinham levado para dentro do chalé e teriam cuidado dele também, até que chegasse a hora exata de retomar o Amuleto. E então... ah, como tudo teria sido diferente então. Em desespero, ele resolveu fazer mais uma tentativa. Jogou-se ao chão de joelhos.

– Por favor – implorou. – Você está errada. Sou só eu mesmo. Não sou...

– Vai-te daqui! – ordenou Márcia.

– *Não!* – gritou ele.

Mas Márcia prosseguiu:

> **Vai-te daqui.**
> **Volta para onde estavas,**
> **Quando eras**
> **O que eras!**

E ele se foi, de volta ao *Vingança*, oculto nas profundezas escuras do lodaçal e da Lama.

Tia Zelda ficou amolada. Ainda não conseguia acreditar que o Aprendiz era realmente DomDaniel.

– Coisa terrível, isso que você fez, Márcia – disse ela. – Pobre menino.

– Pobre menino, uma ova – retrucou Márcia, irritada. – Tem uma coisa que você precisa ver.

47

O Aprendiz

Partiram em ritmo acelerado; Márcia, à frente, a passos largos na medida do possível com aquelas galochas. Tia Zelda, forçada a quase correr para não ser deixada para trás. Sua expressão ia ficando consternada conforme ela se dava conta da destruição causada pela inundação. Lama, algas e lodo por toda parte. Na noite anterior, ao luar, as coisas não tinham parecido tão ruins; além disso, seu alívio ao ver que todos estavam realmente *vivos* foi tamanho que um pouco de lama e sujeira praticamente não pareceu fazer diferença. Mas, à luz reveladora da manhã, a impressão era de uma catástrofe. De repente, ela deu um grito de aflição.

– O barco das galinhas desapareceu! Minhas galinhas, coitadas das minhas galinhas!

– Há coisas mais importantes na vida do que galinhas – protestou Márcia, avançando decidida.

– Os coelhos! – uivou tia Zelda, subitamente percebendo que todas as tocas deviam ter sido arrasadas. – Meus pobres coelhinhos, todos mortos.

– Ai, Zelda, cale a boca, por favor! – irritou-se Márcia.

Não era a primeira vez que tia Zelda pensava que quanto mais cedo Márcia voltasse para a Torre dos Magos melhor. Márcia abria caminho como um flautista encantado resoluto, marchando pela lama, conduzindo Jenna, Nicko, Menino 412 e uma tia Zelda esbaforida até um ponto à margem do Fosso pouco abaixo da casa dos patos.

Quando estavam chegando, ela parou e girou nos calcanhares.

– Bem, eu só quero lhes dizer que não é nada bonito o que vocês vão ver. Na realidade, talvez somente Zelda devesse ver isso. Não quero que vocês tenham pesadelos.

– Mas nós já estamos tendo pesadelos – declarou Jenna. – Não imagino o que possa ser pior do que os pesadelos que *eu* tive de ontem para hoje.

Menino 412 e Nicko concordaram em silêncio. Os dois também tinham dormido muito mal na noite anterior.

– Muito bem, então – disse Márcia, atravessando com cuidado a lama por trás da casa dos patos e parando junto ao Fosso. – Foi *isso* o que encontrei hoje de manhã.

– Eca! – Jenna escondeu o rosto nas mãos.

– Ai, ai, ai – disse tia Zelda, com a voz entrecortada.

Menino 412 e Nicko permaneceram calados. Estavam se sentindo mal. De repente, Nicko desapareceu pelo Fosso e realmente passou mal.

Jogado no capim enlameado ao lado do Fosso estava o que à primeira vista parecia ser um saco verde vazio. Com um pouco mais de atenção, parecia ser algum estranho espantalho sem recheio. Mas, com um olhar ainda mais atento, o que Jenna só conseguiu fazer espiando através dos dedos que lhe cobriam os olhos, infelizmente deu para ver com nitidez o que estava diante deles.

O corpo vazio do Aprendiz.

Como um balão de gás esvaziado, o Aprendiz estava ali jogado, não lhe restando uma gota de vida ou de substância. A pele sem carne, ainda coberta pelas vestes molhadas, manchadas de sal, estava ali atirada na lama, jogada fora como uma casca de banana.

– Esse – disse Márcia – é o verdadeiro Aprendiz. Eu o descobri hoje de manhã, na caminhada. E por esse motivo eu sabia com certeza que o "Aprendiz" sentado diante da lareira era um impostor.

– O que aconteceu com ele? – murmurou Jenna.

– Ele foi **Consumido**. É um recurso antigo e extremamente cruel. Guardado nos **Arquivos Mortos Secretos** – explicou Márcia, séria. – Os antigos **Necromantes** recorriam a ele o tempo todo.

– Não se pode fazer nada pelo menino? – perguntou tia Zelda.

– Receio que seja tarde demais – respondeu Márcia. – Agora ele não é mais que uma sombra. Antes da meia-noite, terá morrido.

Tia Zelda fungou.

– Vida dura a que ele teve, o pobrezinho. Arrancado das mãos da família e forçado a ser Aprendiz daquele homem horroroso.

Não sei o que Sarah e Silas vão dizer quando souberem disso. É terrível. Pobre Septimus.

– Eu sei – concordou Márcia. – Mas não há nada que se possa fazer por ele agora.

– Bem, vou ficar aqui com ele, com o que resta dele, até ele desaparecer – murmurou tia Zelda.

Um grupo abatido e sem tia Zelda voltou para o chalé, cada um ocupado com seus próprios pensamentos. Tia Zelda voltou rapidinho e sumiu dentro do armário de Poções Instáveis e Venenos Específicos antes de voltar para a casa dos patos, mas todos os outros passaram o resto da manhã em silêncio limpando a lama e pondo o chalé em condições de uso. Menino 412 ficou aliviado ao ver que a pedra verde que Jenna lhe tinha dado não tinha sido tocada pelos Pardinhos. Ainda estava onde ele a tinha guardado, envolta numa colcha cuidadosamente dobrada num canto aquecido ao lado da lareira.

De tarde, depois que conseguiram tirar a cabra de cima do telhado – ou do que restava dele – eles resolveram levar Maxie para passear pelo brejo. Quando estavam saindo, Márcia chamou Menino 412 de longe.

– Será que você podia me fazer o favor de me dar uma ajuda aqui?

Foi com grande alegria que Menino 412 ficou em casa. Apesar de já estar acostumado com Maxie, no fundo ele não se sentia totalmente à vontade na companhia do animal. Nunca conseguia entender por que Maxie de repente resolvia dar um pulo e lamber seu rosto; e a visão do focinho preto e brilhante e da boca cheia de baba sempre lhe causava um calafrio desagradável. Por mais que se esforçasse, ele simplesmente não conseguia entender o *sentido* de ter um cachorro. Por isso, despediu-se contente de Jenna e Nicko de saída para o brejo e entrou no chalé para ver o que Márcia queria.

Ela estava sentada à pequena escrivaninha de tia Zelda. Tendo vencido a batalha pela escrivaninha antes de ir embora, Márcia estava determinada a recuperar o controle agora que estava de volta. Menino 412 percebeu que todas as canetas e cadernos de tia Zelda tinham sido jogados para o chão, com exceção de alguns que a Maga estava se dedicando a **Transformar** em canetas e cadernos muito mais elegantes para seu próprio uso. Isso ela estava fazendo com a consciência limpa, já que eles tinham um propósito **Mágyko** definido – pelo menos ela esperava que fossem ter – se tudo corresse conforme ela planejava.

– Ah, é você... – disse Márcia naquele seu tom profissional que sempre dava a Menino 412 a impressão de que ele teria feito alguma coisa errada. Ela jogou diante de si sobre a escrivaninha um livro velho, em péssimo estado. – Qual é sua cor preferida? – perguntou. – Azul? Ou vermelho? Imaginei que fosse o vermelho, já que você não tirou esse gorro vermelho medonho desde que chegou aqui.

Menino 412 ficou pasmo. Ninguém nunca tinha se dado o trabalho de lhe perguntar qual era sua cor preferida. E, de qualquer maneira, ele nem tinha certeza se sabia ou não. E então se lembrou do azul belíssimo na parte interna do Barco-Dragão.

– Bem, azul. Um tipo de azul escuro.

— Ah, sei. Eu também gosto dessa cor. Com umas estrelas douradas, o que você acha?

— É, sim. Fica bonito.

Márcia agitou as mãos por cima do livro diante dela e resmungou alguma coisa. Ouviu-se um forte farfalhar de papel à medida que todas as páginas foram se organizando. Elas se livraram das anotações e rabiscos de tia Zelda, assim como da sua receita predileta de ensopado de repolho, e se transformaram num papel creme, liso, novinho em folha, perfeito para se escrever nele. Elas então se encadernaram num couro da cor de lápis-lazúli com estrelas de ouro verdadeiro e uma lombada roxa que indicava que o diário pertencia ao Aprendiz da Maga ExtraOrdinária. Como um toque final, Márcia acrescentou um fecho de ouro puro e uma pequena chave de prata.

Ela abriu o caderno para verificar se o encantamento tinha funcionado. Ficou satisfeita de ver que a primeira e a última página do caderno eram de um vermelho vivo, exatamente da mesma cor do gorro de Menino 412. Na primeira página estavam escritas as seguintes palavras: DIÁRIO DO APRENDIZ.

— Pronto — disse Márcia fechando o livro com um ar de satisfação e girando a chave de prata no fecho. — Ficou bom, não ficou?

— Ficou — respondeu Menino 412, confuso. Por que ela estava perguntando a *ele*?

Márcia o encarou nos olhos.

— Agora — disse ela —, preciso lhe devolver uma coisa, seu anel. Obrigada. Sempre vou me lembrar do que você fez por mim.

Tirou o anel de um bolsinho no cinto e o colocou com cuidado na escrivaninha. Só ver o anel de ouro do dragão enroscado em cima da escrivaninha, segurando a cauda com a boca e com os olhos de esmeralda brilhando para ele, já lhe deu uma grande alegria. Por algum motivo, porém, ele hesitou em apanhá-lo. Dava para ele jurar que Márcia tinha mais alguma coisa a dizer. E tinha mesmo.

– Onde você conseguiu o anel?

Imediatamente Menino 412 se sentiu culpado. Quer dizer que ele realmente tinha feito alguma coisa errada. Era nisso que tudo se resumia.

– Eu... eu o encontrei.
– Onde?
– Caí no túnel. Sabe? Aquele que ia dar no Barco-Dragão. Só que naquele tempo eu não sabia. Estava escuro. Eu não enxergava nada. E foi nessa hora que encontrei o anel.
– Você pôs o anel no dedo?
– Bem, pus.
– E o que aconteceu depois disso?
– Ele... ele se acendeu. Para eu poder ver onde estava.
– E ele serviu no seu dedo?
– Não. Bem, no início, não. Depois, serviu. Ele se ajustou.
– Ah. E será que ele não cantou uma melodia para você?

Até aquele momento, ele estava olhando fixamente para os pés. Mas olhou de relance para o rosto de Márcia e viu um sorriso nos seus olhos. Ela estava zombando dele?

— Foi. Por acaso, ele cantou, sim.

Márcia estava pensando. Não disse nada por tanto tempo que Menino 412 achou que precisava falar.

— Você está zangada comigo?

— Por que eu haveria de ficar zangada com você? — retrucou ela.

— Porque eu peguei o anel. Ele pertence ao dragão, não é mesmo?

— Não, ele pertence ao Mestre do Dragão — disse Márcia com um sorriso.

Agora o menino estava preocupado. Quem era o Mestre do Dragão? Ele ficaria com raiva? Será que ele era muito *grande*? O que faria quando descobrisse que ele estava com seu anel?

— Será que você podia... — perguntou ele, hesitante — ... você podia devolver o anel ao Mestre do Dragão? E dizer a ele que eu sinto muito por tê-lo apanhado? — Ele empurrou o anel de volta por cima da escrivaninha em direção a Márcia.

— Muito bem — disse ela em tom solene, apanhando o anel. — Vou devolvê-lo ao Mestre do Dragão.

Menino 412 deu um suspiro. Adorava o anel, e só ficar perto dele já o deixava feliz, mas não estava surpreso de ouvir que ele pertencia a outra pessoa. Era bonito demais para ele.

Márcia ficou olhando para o Anel do Dragão por alguns instantes. Depois estendeu a mão para entregá-lo a Menino 412.

— Aqui está seu anel — disse, sorrindo.

O menino olhava espantado para ela, sem compreender.
– Você é o Mestre do Dragão – afirmou Márcia. – O anel é seu. Ah, ia me esquecendo, a pessoa que o pegou pediu desculpas.

Menino 412 não sabia o que dizer. Olhava fixamente para o anel na palma da sua mão. Era *dele*.

– Você é o Mestre do Dragão – repetiu Márcia – porque o anel escolheu você. Ele não canta para qualquer um, sabia? E foi no seu dedo que ele resolveu servir, não no meu.

– Por quê? – disse ele baixinho. – Por que eu?

– Você tem um poder **Mágyko** espantoso. Já lhe disse isso. Pode ser que agora acredite em mim. – Ela sorriu.

– Eu... eu achava que o poder vinha do anel.

– Não. Ele vem de você. Não se esqueça, o Barco-Dragão reconheceu você mesmo sem o anel. Ele *sabia*. Lembre-se, a última pessoa que usou o anel foi Hotep-Ra, o primeiro Mago ExtraOrdinário. O anel esperou muito tempo para encontrar alguém como ele.

– Mas isso foi porque ele ficou preso num túnel secreto durante centenas de anos.

– Não necessariamente – disse Márcia em tom misterioso. – As coisas costumam acabar dando certo, sabia? Ao final.

Menino 412 estava começando a achar que Márcia estava com a razão.

– E então, a resposta ainda é não?

– Não? – perguntou Menino 412.

– Se você quer ser meu Aprendiz. O que eu lhe disse fez você mudar de ideia? Você aceita ser meu Aprendiz? Por favor?

Menino 412 remexeu no bolso do pulôver e tirou o **Talismã** que Márcia lhe havia dado na primeira vez que o convidou para ser seu Aprendiz. Ele olhou para as asinhas de prata. Elas rebrilhavam mais do que nunca, e as palavras nelas ainda eram SAIA VOANDO COMIGO.
Ele deu um sorriso.
– Aceito – disse ele. – Eu gostaria de ser seu Aprendiz. Gostaria muito.

✢ 48 ✢
A Ceia do Aprendiz

Não tinha sido fácil trazer de volta o Aprendiz. Mas tia Zelda conseguiu. Suas próprias fórmulas de **Gotas de Garra** e de **Unguento Urgente** tinham tido algum efeito, mas não por muito tempo. Logo ele tinha voltado a piorar. Foi então que ela decidiu que só havia uma solução: **Volts de Vigor**.

Os **Volts de Vigor** eram um tiro no escuro, pois tia Zelda tinha modificado a poção a partir de uma receita das **Trevas** que encontrou no sótão quando se mudou para o chalé. Ela não fazia ideia de como a parte das **Trevas** haveria de funcionar, mas alguma coisa lhe dizia que talvez aquilo fosse exatamente o que era necessário. Um leve toque das **Trevas**. Com algum receio, abriu a tampa. Uma forte luz branco-azulada se lançou do pequeno frasco de vidro marrom e quase a cegou. Ela esperou até as manchas desaparecerem dos olhos e então pingou com cuidado uma quantidade minúscula do gel azul elétrico na língua do Aprendiz. Ela cruzou os dedos, algo que uma Feiticeira Branca não faz à toa, e prendeu a respiração. Por um minuto. De repente, o Aprendiz se sentou, olhando para ela com os olhos tão arregalados que ela quase só conseguiu ver a parte branca, respirou fundo com um enorme suspiro e depois se deitou de volta na palha, todo enroscado, e adormeceu.

Os **Volts de Vigor** tinham funcionado, mas tia Zelda sabia que havia uma coisa que precisava fazer para que ele pudesse se recuperar totalmente. Ela precisava **Libertar** o menino das garras do seu Mestre. E assim ela sentou à margem do laguinho dos patos e, quando o sol se pôs e a lua cheia de um laranja forte veio subindo pelo vasto horizonte do Brejal Marram, tia Zelda recorreu à sua própria cristalomancia. Havia uma coisinha ou duas que ela queria saber.

A noite já tinha caído, e a lua estava alta no céu. Tia Zelda voltava para casa andando devagar, tendo deixado o Aprendiz num sono profundo. Ela sabia que ele precisaria dormir muitos dias até poder ser retirado da casa dos patos. Sabia também que ele ficaria com ela por mais um tempo. Já estava na hora de ela ter outra criatura abandonada para cuidar, agora que Menino 412 tinha se recuperado tão bem.

Com os olhos azuis cintilando na escuridão, tia Zelda seguiu pela trilha ao longo do Fosso, ainda sob o impacto das imagens que tinha visto no laguinho dos patos, procurando compreender seu significado. Estava tão ocupada com esses pensamentos que não levantou a cabeça até quase ter chegado ao cais flutuante em frente ao chalé. Não ficou satisfeita com o que viu.

Irritada, achou que o Fosso estava uma bagunça. O lugar simplesmente estava entulhado de barcos. Como se não bastassem a canoa repugnante do Caçador e a *Muriel Dois*, velha e maltrapilha, do outro lado da ponte estava atracado agora um barco de pesca decrépito com um velho fantasma igualmente decrépito.

Tia Zelda se encaminhou decidida até o fantasma e falou com ele bem alto e devagar, com a voz que sempre usava ao se dirigir a fantasmas. Em particular a fantasmas de idade. O velho fantasma foi extremamente gentil com ela, considerando-se que ela acabava de acordá-lo com uma pergunta grosseira.

– Não, Madame – respondeu ele, cortês. – Lamento desapontá-la mas não sou um daqueles marinheiros terríveis daquele navio do mal. Sou ou fui, no sentido estrito, eu deveria dizer, Alther Mella, Mago ExtraOrdinário. A seu dispor, Madame.

– É mesmo? – disse tia Zelda. – Você não é nem um pouco parecido com o que eu esperava.

– Vou considerar suas palavras um elogio – disse Alther com elegância. – Perdoe minha grosseria em não desembarcar para cumprimentá-la, mas preciso permanecer na minha querida *Molly*, para não ser **Devolvido**. Mas é um prazer conhecê-la, Madame. Suponho que seja Zelda Heap.

— Zelda! — gritou Silas de lá do chalé.

Tia Zelda olhou para o chalé, sem entender nada. Todas as lanternas e velas estavam acesas, e a casa parecia estar cheia de gente.

— Silas? — respondeu ela, também aos gritos. — O que *você* está fazendo aqui?

— Fique aí! — gritou ele. — Não venha cá para dentro. Vamos sair num instante! — Ele voltou para dentro do chalé e tia Zelda só ouviu o que ele disse. — Não, Márcia, eu disse para ela ficar lá fora. Seja como for, tenho certeza de que Zelda nem *pensaria* em se intrometer. Não, não sei se temos mais repolhos. De qualquer maneira, para que você vai querer dez repolhos?

Tia Zelda se voltou para Alther, que estava descansando no conforto da proa do barco.

— *Por que* não posso entrar? — perguntou ela. — O que está acontecendo? Como Silas chegou aqui?

— É uma longa história, Zelda — disse o fantasma.

— É melhor você me contar — disse — já que eu suponho que mais ninguém vai se dar esse trabalho. Parece que eles estão ocupados demais arrasando com todo o meu estoque de repolhos.

— Bem — disse Alther —, eu estava um dia nos aposentos de DomDaniel, cuidando de... de uns assuntos, quando o Caçador chegou e lhe disse que tinha descoberto onde vocês todos estavam. Eu sabia que vocês estavam em segurança enquanto durasse o Grande Gelo; mas, quando chegasse o Grande Degelo, achei que iriam enfrentar problemas. E estava certo. Assim que veio o degelo, DomDaniel se mandou para o Riacho da Desolação e apanhou aquele seu navio medonho, pronto para trazer o Caçador até aqui. Pedi à minha querida amiga Alice lá no Porto que providenciasse um navio para esperar a chegada de vocês e levar todos para algum lugar seguro. Silas insistiu que *todos* os Heap tinham de ir. Por isso, ofereci *Molly* para a viagem até o Porto. Jannit Maarten estava com *Molly* encostada no estaleiro, mas Silas a levou para a água. Jannit não estava muito satisfeita com o estado de *Molly*, mas nós não tínhamos tempo para nenhum tipo de reparo. Demos uma parada na Floresta para recolher Sarah. Ela estava muito amolada com a recusa de todos os outros meninos de vir junto. Partimos sem eles e estávamos seguindo a uma velocidade razoável quando tivemos um pequeno problema técnico. Na realidade, um grande problema técnico. O pé de Silas furou o fundo da canoa. Enquanto tentávamos um conserto, fomos ultrapassados pelo *Vingança*. No fundo tivemos sorte de não nos terem visto. Sarah ficou num estado lamentável com isso: ela achava que tudo estava perdido. E depois, ainda por cima, fomos apanhados pela **Tempestade** e jogados para o lado dos brejos. Não foi uma das minhas viagens mais agradáveis em *Molly*. Mas cá estamos nós. E, enquanto estávamos só perdendo tempo num barco, parece que vocês resolveram tudo sozinhos de um modo extremamente satisfatório.

– A não ser pela lama – resmungou tia Zelda.

– É verdade – concordou Alther. – Mas, pela minha experiência, a **Magya das Trevas** sempre deixa algum tipo de sujeira para trás. Poderia ser pior.

Tia Zelda não respondeu. Estava um pouco perturbada pela algazarra que vinha do chalé. De repente, ouviu-se um forte estrondo, seguido de vozes alteradas.

– Alther, o que está acontecendo ali dentro? – perguntou tia Zelda. – Só estive fora algumas horas e, quando volto, descubro que estão dando algum tipo de festa e que eu nem mesmo tenho permissão para entrar na minha própria casa. Desta vez, Márcia passou dos limites se você quer saber.

– É uma Ceia do Aprendiz – disse Alther. – Para o garoto do Exército Jovem. Ele acaba de se tornar Aprendiz de Márcia.

– É mesmo? Que notícia *maravilhosa*! – animou-se ela. – Na verdade, uma notícia perfeita. Mas sabe? Eu sempre tive esperança de que isso acontecesse.

– Teve? – disse Alther começando a se afeiçoar a tia Zelda. – Eu sempre tive também.

– Mesmo assim – disse tia Zelda, com um suspiro –, para mim não havia necessidade dessa festança. Eu tinha planejado um tranquilo ensopado de feijão e enguias para esta noite.

– Mas é obrigatório que a Ceia do Aprendiz seja hoje, Zelda – explicou Alther. – Ela deve ser realizada no dia em que o Aprendiz aceita a oferta de um Mago. Se não for assim, o contrato entre o Mago e o Aprendiz é anulado. E o contrato não pode ser refeito. Só se tem uma oportunidade. Sem a ceia, não há contrato. Logo, não há Aprendiz.

– Ah, eu sei – disse tia Zelda, meio aérea.

– Quando Márcia aceitou ser minha Aprendiz – disse Alther, em tom de nostalgia –, eu me lembro que foi uma noite daquelas.

Todos nós, os Magos, estávamos presentes; e naquela época éramos em número bem maior. Aquela ceia foi assunto de conversa por anos a fio. Foi no Saguão da Torre dos Magos... Já esteve lá, Zelda?

Tia Zelda fez que não. A Torre dos Magos era um lugar que ela gostaria de ter visitado; mas, durante o curto período em que Silas foi Aprendiz de Alther, ela estava ocupadíssima assumindo o posto de Protetora do Barco-Dragão da Feiticeira Branca anterior, Betty Crackle, que tinha deixado as coisas meio largadas.

– Ah, bem, vamos torcer para você um dia fazer uma visita. É um lugar fantástico – disse ele, lembrando-se do luxo e da **Magya** que cercava todos eles naquela ocasião. Um pouco diferente, pensou Alther, de uma festa improvisada ao lado de um barco de pesca.

– Bem, tenho muita esperança de que Márcia volte logo para lá. Agora que parece que nos livramos daquele terrível DomDaniel.

– Fui Aprendiz daquele terrível DomDaniel, sabia? – continuou Alther. – E minha Ceia do Aprendiz não passou de um sanduíche de queijo. Posso lhe dizer, Zelda, que me arrependi de ter comido aquele sanduíche de queijo mais do que de qualquer outra coisa que eu tenha feito na vida. Ele me prendeu àquele homem por anos e mais anos.

– Até que você o empurrou do alto da Torre dos Magos – disse ela, reprimindo um risinho.

– Eu não o empurrei. Ele *pulou* – protestou Alther. Ainda *mais uma vez*. E suspeitava que *não* seria a última.

– Bem, melhor para você, seja lá o que tenha acontecido – comentou tia Zelda, preocupada com o alarido de vozes empolgadas que saía pelas portas e janelas abertas do chalé. Acima da confusão, ouviam-se os inconfundíveis tons autoritários de Márcia:
– Não, deixe *Sarah* levar isso aí, Silas. Você só vai deixar cair no chão.
– Bem, então, ponha isso em algum lugar se está assim *tão* quente.
– Cuidado com meus sapatos, por favor! E será que alguém pode tirar esse cachorro daqui?
– Pata desgraçada. Sempre metida debaixo dos meus pés. Eca! Será que acabei de pisar em titica de pato?
E finalmente:
– E agora eu gostaria que meu Aprendiz fosse na frente, por favor.
Menino 412 saiu pela porta, segurando uma lanterna. Atrás dele vinham Silas e Simon, carregando a mesa e as cadeiras; depois Sarah e Jenna com uma quantidade de pratos, copos, garrafas; e Nicko, que trazia um cesto com dez repolhos. Ele não fazia ideia do motivo pelo qual estava com um cesto de repolhos, e não ia querer perguntar. Já tinha pisado nos sapatos de píton roxa novinhos em folha de Márcia (nem morta ela ia usar *galochas* na Ceia do seu Aprendiz), e estava procurando ficar longe dela.

Márcia vinha atrás, andando com cuidado para não pisar na lama, carregando o Diário do Aprendiz de couro azul, que tinha **feito** para Menino 412.

Quando o grupo saiu do chalé, as últimas nuvens desapareceram e a lua brilhou alta no céu, lançando uma luz de prata sobre a procissão que se encaminhava para o cais flutuante. Silas e Simon puseram a mesa ao lado do barco de Alther, Molly, e estenderam uma grande toalha branca por cima. Depois, Márcia determinou como tudo deveria ser arrumado. Nicko precisou pôr o cesto de repolhos no meio da mesa exatamente como a Maga mandou.

Márcia bateu palmas pedindo silêncio.

— Esta é uma noite importante para todos nós, e eu gostaria de dar as boas-vindas a meu Aprendiz.

Todos aplaudiram cortesmente.

— Não sou dada a longos discursos — prosseguiu Márcia.

— Não é bem assim que eu me lembro — murmurou Alther para tia Zelda, que estava sentada ao seu lado no barco para ele não se sentir excluído da festa. Com camaradagem, ela lhe deu um cutucão, esquecida por um instante de que ele era um fantasma, e seu braço passou direto através dele, fazendo com que seu cotovelo batesse no mastro de Molly.

— Ai! — gemeu tia Zelda. — Ah, Márcia, desculpe. Continue por favor.

— Obrigada, Zelda, vou continuar. Só quero dizer que passei dez anos procurando um Aprendiz e que, apesar de ter conhecido muitos Aspirantes, nunca encontrei o que estava buscando, até agora.

E se voltou para Menino 412 com um sorriso.

– Por isso, obrigada por concordar em ser meu Aprendiz pelos próximos sete anos e um dia. Muito obrigada. Vai ser um período maravilhoso para nós dois.

Menino 412, que estava sentado ao lado de Márcia, ficou todo vermelho quando ela lhe entregou seu Diário do Aprendiz. Ele o segurou firme com as mãos pegajosas, deixando duas marcas ligeiramente engorduradas no couro azul poroso, marcas que nunca sairiam e sempre o fariam se lembrar da noite que mudou sua vida para sempre.

– Nicko – disse Márcia –, distribua os repolhos, está bem?

Nicko olhou para ela com a mesma expressão que usava com Maxie quando o cachorro tinha feito alguma grande bobagem. Mas não disse nada. Apanhou o cesto de repolhos e deu a volta à mesa, começando a distribuição.

– Hum, obrigado, Nicko – disse Silas ao aceitar o repolho oferecido, e o segurou meio desajeitado, sem saber exatamente o que fazer com ele.

– Não! – irritou-se Márcia. – Não é para dar para eles. É para pôr nos pratos.

Nicko lançou outro olhar em direção a Márcia (dessa vez era o olhar de Maxie-eu-preferia-que-você-não-tivesse-feito-cocô-ali) e passou rapidamente a pôr um repolho em cada prato.

Quando todos, Maxie inclusive, tinham um repolho, Márcia ergueu as mãos pedindo silêncio.

– Esta é uma ceia ao gosto de cada um. Cada repolho está **Preparado** para se **Transformar** de bom grado naquilo que cada um preferir comer. Basta levar a mão ao repolho e decidir o que você quer.

Houve um zumbido alvoroçado enquanto todos decidiam o que iam comer e **Transformavam** seu repolho.

– É um desperdício criminoso de repolhos perfeitos – murmurou tia Zelda para Alther. – Vou querer só um assado de repolho.

– Agora que vocês todos decidiram – disse Márcia em voz bem alta para ser ouvida apesar do falatório –, eu tenho mais uma coisa a dizer.

– Ande com isso, Márcia! – gritou Silas. – Minha torta de peixe está esfriando.

Ela lançou-lhe um olhar fulminante.

– Manda a tradição – prosseguiu ela – que, em retribuição aos sete anos e um dia da sua vida que o Aprendiz oferece ao Mago, o Mago ofereça alguma coisa ao Aprendiz. – Márcia se voltou para Menino 412, que estava sentado quase escondido por trás de um enorme prato de ensopado de enguia com bolinhos de farinha exatamente igual ao que tia Zelda sempre fazia.

"O que você gostaria de receber de mim", perguntou Márcia. "Peça o que você quiser. Darei o melhor de mim para cumprir seu desejo."

Menino 412 olhou para o prato. Depois olhou para todas as pessoas reunidas ao seu redor e pensou em como sua vida tinha sido diferente desde que ele as conhecia. Sentiu-se tão feliz que realmente não queria mais nada. A não ser uma coisa. Uma coisa importante, impossível, que lhe causava tanto medo que ele quase não conseguia pensar nela.

– Qualquer coisa que você queira – insistiu Márcia delicadamente. – Absolutamente qualquer coisa.

Menino 412 engoliu em seco.

– Quero – disse ele, sereno – saber quem eu sou.

49
SEPTIMUS HEAP

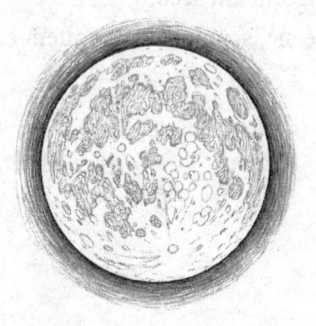

Sem que ninguém percebesse, uma procelária estava empoleirada no alto da chaminé do Chalé da Protetora. Tinha sido soprada até ali na noite anterior e estava observando a Ceia do Aprendiz com grande interesse. E agora, percebia com carinho que tia Zelda estava prestes a fazer o que a procelária sempre tinha considerado que era um dom especial dela.

– É a noite perfeita para isso – dizia tia Zelda, ali em pé na ponte sobre o Fosso. – Temos uma bela lua cheia, e eu nunca soube que o Fosso ficasse tão parado. Será que todos cabem na ponte? Achegue-se um pouco, Márcia, para abrir espaço para Simon.

Parecia que Simon não queria que abrissem espaço para ele.

– Ora, não se incomodem comigo – resmungou ele. – Para que abandonar o costume de uma vida inteira?
– *O que foi* que você disse, Simon? – perguntou Silas.
– Nada.
– Deixe para lá, Silas – disse Sarah. – Ele acabou de passar por um mau pedaço.
– Nós todos acabamos de passar por um mau pedaço, Sarah. Mas não saímos por aí nos queixando.

Irritada, Tia Zelda deu umas batidinhas no corrimão da ponte.

– *Se* todos tiverem terminado com as briguinhas, eu gostaria de lembrar que estamos prestes a tentar responder a uma pergunta importante. Estão todos de acordo?

Um silêncio se abateu sobre o grupo. Junto com tia Zelda, Menino 412, Sarah, Silas, Márcia, Jenna, Nicko e Simon estavam todos espremidos na pequena ponte que atravessava o Fosso. Atrás deles estava o Barco-Dragão, com a cabeça erguida em curva acima deles, os olhos de um verde profundo olhando atentos para o reflexo da lua nas águas paradas do Fosso.

Diante deles, um pouco afastada para permitir que o reflexo da lua fosse visto, estava *Molly* com Alther sentado na proa, a observar a cena com interesse.

Simon se deixou ficar um pouco para trás no início da ponte. Ele não entendia que importância aquilo podia ter. Quem se importava com a proveniência de um pirralho qualquer do Exército Jovem? Principalmente um pirralho do Exército Jovem que tinha roubado das suas mãos o sonho de toda a sua vida.

A filiação de Menino 412 era a última coisa pela qual Simon se interessava ou pela qual teria a menor probabilidade de se interessar, até onde ele pudesse imaginar. Por isso, quando tia Zelda começou a invocar a lua, Simon decididamente virou as costas.

– Irmã Lua, Irmã Lua – disse tia Zelda suavemente –, queira por gentileza nos mostrar a família de Menino 412 do Exército Jovem.

Exatamente como tinha acontecido antes no laguinho dos patos, o reflexo da lua começou a crescer até que um enorme círculo branco dominou o Fosso. De início, vultos indistintos começaram a aparecer no círculo. Aos poucos, foram ficando mais definidos até que todos os que observavam viram... o reflexo de si mesmos.

Um murmúrio de decepção escapou de todos eles, menos de Márcia, que tinha percebido um detalhe que mais ninguém viu, e de Menino 412, cuja voz parecia ter parado de funcionar. Seu coração batia bem no alto da garganta, e suas pernas davam a impressão de que poderiam se transformar em geleia a qualquer instante. Desejou nunca ter pedido para ver quem ele era. Achava que no fundo não queria saber. E se sua família fosse horrível? E se sua família *fosse* mesmo o Exército Jovem, como sempre lhe tinham dito? E se fosse o próprio DomDaniel? Exatamente quando ele estava a ponto de dizer a tia Zelda que tinha mudado de ideia, que, muito obrigado, mas não se importava mais em saber quem ele era, tia Zelda falou:

– As coisas – tia Zelda relembrou a todos que estavam na ponte – nem sempre são o que parecem. Lembrem-se, a lua sempre nos revela a verdade. Cabe a nós, não à lua, decidir como encaramos a verdade. – Ela se voltou para Menino 412, que estava ao seu lado. – Diga o que você *realmente* gostaria de ver.

A resposta que Menino 412 deu não foi a que ele imaginava que fosse dar.

– Quero ver minha mãe – murmurou ele.

– Irmã Lua, Irmã Lua – disse tia Zelda suavemente –, queira por gentileza nos mostrar a mãe de Menino 412 do Exército Jovem.

O disco branco da lua encheu o Fosso. Mais uma vez, vultos indistintos começaram a aparecer até que eles viram... seu próprio reflexo, *de novo*. Ouviu-se um gemido coletivo de protesto, mas ele foi rapidamente interrompido. Alguma coisa diferente estava acontecendo. Uma a uma, as pessoas foram desaparecendo da imagem.

O primeiro a desaparecer foi Menino 412. Depois, Simon, Jenna, Nicko e Silas sumiram. Então apagou-se o reflexo de Márcia, seguido pelo de tia Zelda.

De repente, Sarah Heap se viu olhando para seu próprio reflexo na lua, esperando que ele desaparecesse como o de todos os outros. Mas ele não se apagou. Ele foi ficando mais forte e mais definido, até Sarah Heap ficar em pé sozinha no centro do disco da lua. Todos puderam ver que não era mais apenas um reflexo. Era a resposta.

Menino 412 olhava para a imagem de Sarah, petrificado. Como Sarah Heap poderia ser sua mãe? *Como?*

Sarah levantou os olhos do Fosso para Menino 412.

– Septimus? – disse ela meio sussurrando.

Havia uma coisa que tia Zelda queria que Sarah visse.

– Irmã Lua, Irmã Lua – disse tia Zelda –, queira por gentileza nos mostrar o sétimo filho de Sarah e Silas Heap. Mostre-nos *Septimus Heap*.

Aos poucos a imagem de Sarah Heap foi se apagando e foi substituída pela de...

Menino 412.

Todos abafaram um grito, até mesmo Márcia, que alguns minutos antes tinha adivinhado quem Menino 412 era. Só Márcia tinha percebido que sua imagem não aparecia no reflexo da família de Menino 412.

– Septimus? – Sarah se ajoelhou ao lado de Menino 412, examinando-o com um olhar penetrante. Os olhos do menino se fixaram nos dela. – Sabe de uma coisa? – disse ela, então. – Acho que seus olhos estão começando a ficar esverdeados, como os do seu pai. E os meus. E os dos seus irmãos.

– Estão? – perguntou Menino 412. – De verdade?

Sarah estendeu a mão e a pôs no gorro vermelho de Septimus.

– Você se importa se eu tirar esse seu gorro? – perguntou ela.

Menino 412 fez que não. Era para isso que as mães serviam. Para mexer no gorro dos filhos.

Com delicadeza, Sarah tirou o gorro de Menino 412, pela primeira vez desde que Márcia o tinha enfiado na cabeça dele no albergue de Sally Mullin. Mechas de cabelo encaracolado da cor de palha saltaram à medida que Septimus balançava a cabeça, como um cachorro se sacudindo para se livrar da água, e como um menino se livrando da vida passada, dos antigos medos e do seu velho nome.

Ele estava se tornando quem realmente era.

Septimus Heap.

O QUE TIA ZELDA VIU NO LAGUINHO DOS PATOS

*E*stamos de volta ao berçário do Exército Jovem.
 Na penumbra do berçário, a Parteira-Chefe põe o bebê Septimus num berço e se senta, exausta. Ela não para de olhar ansiosa para a porta, como se estivesse esperando a chegada de alguém. Ninguém aparece.

Depois de um minuto ou dois, ela se levanta da cadeira com esforço, vai até o berço onde seu próprio filhinho está chorando e o pega no colo. Nesse instante, a porta se abre com violência, e a Parteira-Chefe gira nos calcanhares, pálida, assustada.

Uma mulher alta, de preto, está ali no portal. Por cima das vestes negras, bem passadas, ela usa o avental branco engomado de enfermeira, mas em torno da cintura está o cinto vermelho-sangue com as três estrelas negras de DomDaniel.

Ela veio buscar Septimus Heap.

A Enfermeira está atrasada. Ela se perdeu no caminho até o berçário e agora está alvoroçada e receosa. DomDaniel não tolera atrasos. Ela vê a Parteira-Chefe com um bebê, exatamente como lhe disseram que veria. Não sabe que a Parteira-Chefe está segurando no colo seu próprio filho e que Septimus Heap está dormindo num berço na penumbra do berçário. A Enfermeira corre até a Parteira e arranca o neném do seu colo. A Parteira protesta e luta para recuperar o filho dos braços da Enfermeira, mas seu desespero não está à altura da determinação da Enfermeira de chegar de volta ao barco a tempo para aproveitar a maré.

Mais alta e mais jovem, a Enfermeira sai vitoriosa. Ela embrulha o bebê numa longa faixa de tecido vermelho estampado com três estrelas negras e sai correndo, perseguida pela Parteira que, aos berros, agora sabe exatamente como Sarah Heap se sentiu apenas poucas horas atrás. É forçada a desistir da perseguição no portão do quartel, onde a Enfermeira, exibindo suas três estrelas negras, faz com que ela seja presa pela guarda e desaparece noite adentro, levando em triunfo para DomDaniel o filhinho da Parteira.

Lá no berçário, a velha que deveria estar cuidando dos bebês acorda. Tossindo e respirando com dificuldade, ela se levanta e prepara quatro mamadeiras para a noite. Uma para cada um dos trigêmeos – Meninos 409, 410 e 411 – e uma para o mais novo recruta do Exército Jovem, Septimus Heap, com apenas doze horas de vida, destinado a ser conhecido pelos dez anos seguintes como Menino 412.

Tia Zelda deu um suspiro. Era isso o que ela imaginava. Em seguida, ela pediu à lua que acompanhasse o filhinho da Parteira. Havia mais uma coisa que ela queria saber.

A Enfermeira mal consegue chegar ao barco a tempo. Uma **Coisa** está em pé na popa e a leva ao outro lado do rio do jeito dos pescadores de antigamente, usando uma ginga. Na outra margem, ela é recebida por um cavaleiro **das Trevas**, montado num enorme cavalo negro. Ele puxa a Enfermeira e o bebê para o alto do cavalo na garupa, e parte a meio-galope pela noite adentro. Eles têm pela frente uma cavalgada longa e desconfortável.

Quando chegam, por fim, ao covil de DomDaniel, bem no alto das antigas pedreiras de ardósia nas Áridas Terras do Mal, o filhinho da Parteira já está chorando aos berros, e a Enfermeira está com uma dor de cabeça terrível. DomDaniel está à espera para ver sua presa, que ele supõe ser Septimus Heap, o sétimo filho de um sétimo filho. O Aprendiz com que todo Mago e todo **Necromante** sonha. O Aprendiz que lhe dará o poder para voltar ao Castelo e retomar o que é seu de direito.

Ele olha com repulsa para o bebê de choro estridente. Os berros fazem doer sua cabeça e vibrar seus ouvidos. É um bebê grande para um recém-nascido, pensa DomDaniel, e feio ainda por cima. Ele não gosta muito da criança. O **Necromante** demonstra uma certa decepção quando diz à Enfermeira para levar o bebê dali.

A Enfermeira põe o bebê no berço que o esperava e vai dormir. Ela se sente mal demais para se levantar no dia seguinte, e alguém só vai se dar o trabalho de alimentar o filho da Parteira na noite do dia seguinte. Para esse Aprendiz, não há Ceia do Aprendiz.

Tia Zelda ficou ali, sentada à margem do laguinho dos patos, com um sorriso. O Aprendiz está livre do seu Mestre das **Trevas**. Septimus Heap está vivo e encontrou sua família. A Princesa está em segurança. Ela se lembra de uma coisa que Márcia sempre dizia: as coisas costumam acabar dando certo. Ao final.

E DEPOIS...

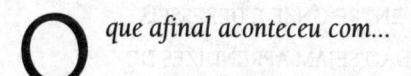

O *que afinal aconteceu com...*

GRINGE, O GUARDA-PORTÃO

Gringe continuou a ser o Guarda-Portão do Portão Norte durante todas as comoções no Castelo. Mesmo que tivesse preferido se jogar num caldeirão de óleo fervente a admitir isso, adorava seu trabalho, que proporcionava à sua família um lar seguro na casa do portão, depois de muitos anos passados em enorme dificuldade na base das muralhas do Castelo. O dia em que Márcia lhe deu uma meia coroa acabou sendo de grande importância para ele. Naquele dia, pela primeira e única vez em toda a vida, guardou para si parte do pedágio – exatamente a meia coroa de Márcia. Havia alguma coisa no disco grosso de prata maciça, ali pesado e quentinho na palma da sua mão, que o fez relutar em colocá-lo na caixa do pedágio. Por isso, ele o enfiou no bolso, dizendo a si mesmo que naquela noite incluiria a moeda no movimento do dia. Mas não conseguiu se forçar a se separar da meia coroa. E assim ela ficou no seu bolso por muitos meses até Gringe começar a considerar que era mesmo sua.

E ali a meia coroa teria permanecido, se não fosse um aviso que ele encontrou pregado no Portão Norte numa manhã fria quase um ano mais tarde:

EDITAL DE CONVOCAÇÃO PARA O EXÉRCITO JOVEM

TODOS OS MENINOS ENTRE ONZE E DEZESSEIS

ANOS DE IDADE QUE NÃO SEJAM APRENDIZES DE

UM OFÍCIO RECONHECIDO DEVEM SE APRESENTAR

NO QUARTEL DO EXÉRCITO JOVEM

ÀS 6:00 HORAS AMANHÃ

Gringe sentiu um bolo no estômago. Seu filho, Rupert, tinha celebrado no dia anterior o aniversário de onze anos. A sra. Gringe ficou histérica quando viu o aviso. Gringe também se sentiu histérico mas, quando viu Rupert empalidecer ao ler o aviso, decidiu que precisava manter a calma. Enfiou as mãos nos bolsos e pensou. E quando, pelo hábito, sua mão se fechou em torno da meia coroa de Márcia, soube que tinha a solução.

Assim que o estaleiro abriu naquela manhã, eles tinham um novo aprendiz: Rupert Gringe, cujo pai acabava de contratar para ele um aprendizado de sete anos com Jannit Maarten, construtora de barcos para pesca do arenque, pelo substancial pagamento inicial de meia coroa.

A PARTEIRA-CHEFE

Depois de presa, a Parteira-Chefe foi levada para o Hospício para Pessoas Delirantes e Transtornadas do Castelo por causa do seu estado de aflição mental e obsessão pelo assunto do roubo de bebês, que não foi considerado saudável para uma Parteira. Depois de passar alguns anos lá, deram-lhe permissão para sair porque o Hospício estava ficando superlotado. Tinha sido enorme o aumento no número de pessoas delirantes e transtornadas desde que o Supremo Guardião tinha assumido o controle do Castelo, e a Parteira-Chefe agora não estava nem delirante nem transtornada o suficiente para merecer uma vaga. Foi assim que Agnes Meredith, ex-Parteira-Chefe, agora desempregada e sem-teto, arrumou suas inúmeras bolsas e partiu em busca do filho perdido, Merrin.

O CRIADO NOTURNO

O Criado Noturno do Supremo Guardião foi jogado num calabouço depois de deixar a Coroa cair, causando-lhe mais uma mossa. Foi solto uma semana depois por engano e foi trabalhar nas cozinhas do Palácio como ajudante, para descascar batatas, serviço no qual era muito competente, logo tendo sido promovido a descascador-chefe. Ele gostava do trabalho. Ninguém se importava se ele deixasse cair uma batata.

JUÍZA ALICE NETTLES

Alice Nettles conheceu Alther Mella quando fazia estágio como advogada no Tribunal do Castelo. Alther ainda haveria de se tornar Aprendiz de DomDaniel, mas Alice sabia que ele era uma pessoa especial. Mesmo depois que Alther se tornou Mago ExtraOrdinário, com uma reputação de ser "aquele Aprendiz horrendo que empurrou o Mestre do alto da Torre", Alice não parou de se encontrar com ele. Ela sabia que Alther era incapaz de matar qualquer criatura, até mesmo uma formiga irritante. Pouco depois de ele se tornar Mago ExtraOrdinário, Alice realizou sua ambição de ser juíza. Logo suas carreiras começaram a mantê-los cada vez mais ocupados, e nunca se viam tanto quanto gostariam, algo que Alice sempre lamentou.

Foi um terrível golpe duplo para Alice quando, no período de poucos dias, os Guardiões não só mataram seu maior amigo mas também extinguiram o trabalho da sua vida quando proibiram a presença de mulheres no Tribunal. Alice deixou o Castelo e foi morar com seu irmão no Porto. Algum tempo depois, ela se recuperou o suficiente da morte de Alther para aceitar um emprego como consultora jurídica da Alfândega.

Foi depois de um longo dia em que tratou de um problema difícil que envolvia um camelo contrabandeado e um circo ambulante que Alice se encaminhou para a Taberna da Âncora Azul, antes de voltar para a casa do irmão. Foi ali que, para sua alegria, ela por fim encontrou o fantasma de Alther Mella.

A Assassina

A Assassina sofreu uma total perda de memória depois de ser atingida pelo **Raio** de Márcia. Ela também sofreu queimaduras graves. Quando o Caçador apanhou sua pistola, ele a deixou deitada ali onde a encontrou, inconsciente, no tapete de Márcia. DomDaniel mandou que a jogassem na neve lá fora, mas ela foi encontrada pelos garis noturnos e levada para o Abrigo das Freiras. Acabou se recuperando e permaneceu no Abrigo, trabalhando como auxiliar. Felizmente para ela, nunca recuperou a memória.

Linda Lane

Linda Lane recebeu uma nova identidade e se mudou para aposentos de luxo, com vista para o rio, como recompensa por ter descoberto a Princesa. No entanto, alguns meses depois, ela foi reconhecida pela família de uma das suas vítimas; e numa noite, bem tarde, quando estava sentada na sacada com uma taça do seu vinho preferido fornecido pelo Supremo Guardião, Linda Lane foi empurrada e caiu nas águas velozes do rio. Nunca foi encontrada.

A Mais Nova Criada da Cozinha

Depois que a mais nova Criada da Cozinha começou a ter pesadelos com lobos, ela passou a dormir tão mal que com frequência adormecia no trabalho. Um dia ela cochilou enquanto devia estar virando o espeto, e um carneiro inteiro se incendiou. Foi a pronta reação do descascador-chefe que a salvou do mesmo destino do carneiro. Com isso, a mais nova Criada da Cozinha foi rebaixada para auxiliar de descascadora de batatas, mas três semanas depois fugiu com o descascador-chefe para começar uma vida melhor no Porto.

Os Cinco Mercadores do Norte

Depois da sua saída apressada da Casa de Chá e Cervejaria de Sally Mullin, os cinco Mercadores do Norte passaram a noite no navio, armazenando as mercadorias e se preparando para partir com a maré alta do início da manhã. Já tinham sido apanhados em desagradáveis mudanças de governo e não tinham nenhuma vontade de ficar por ali para ver o que aconteceria dessa vez. Pela sua experiência, era sempre uma situação inconveniente. Quando passaram pelos restos fumegantes da Casa de Chá e Cervejaria de

Sally Mullin na manhã do dia seguinte, souberam que estavam certos. Mas pensavam de vez em quando em Sally enquanto prosseguiam rio abaixo, planejando sua viagem para o sul a fim de fugir do Grande Gelo e ansiando pelos climas amenos dos Países Distantes. Os Mercadores do Norte já tinham visto de tudo e não duvidavam de que veriam tudo outra vez.

O Menino Lavador-de-Louça

O Menino Lavador-de-Louça que trabalhava para Sally Mullin estava convencido de que a Casa de Chá e Cervejaria tinha sido incendiada por sua culpa. Ele tinha certeza de que havia deixado as toalhas de prato secando perto demais do fogo, exatamente como tinha acontecido antes. Mas não era desses que se deixam perturbar pelas coisas por muito tempo. Ele acreditava que cada revés era uma oportunidade disfarçada. Foi assim que construiu uma pequena barraca sobre rodas e todos os dias a empurrava até o Quartel dos Guardas do Palácio para vender salsichas e bolos de carne para os Guardas. O conteúdo dos bolos e salsichas variava e dependia do que o Menino Lavador-de-Louça conseguisse obter, mas ele dava duro, fazendo os bolos até altas horas da noite e vendendo muito o dia inteiro. Se as pessoas começaram a perceber que seus gatos e cachorros estavam desaparecendo num ritmo alarmante, ninguém pensou em associar esse desaparecimento ao súbito surgimento da barraquinha de bolos de carne do Menino

Lavador-de-Louça. E, quando os Guardas do Palácio tiveram sua tropa devastada por intoxicação alimentar, quem levou a culpa foi o Cozinheiro da Cantina do Quartel. O Menino Lavador-de-Louça prosperou e nunca, jamais, comeu sequer um pedaço dos seus bolos de carne ou das suas salsichas.

RUPERT GRINGE

Rupert Gringe foi o melhor aprendiz que Jannit Maarten chegou a ter. Jannit construía barcos para pesca de arenque, de pequeno calado, que podiam explorar as águas costeiras e encurralar cardumes de arenques empurrando-os contra os bancos de areia logo ali do lado de fora do Porto. Qualquer pescador de arenques que possuísse um barco de Jannit Maarten, tinha certeza de que ganharia bem a vida, e logo se espalhou a notícia de que, se Rupert Gringe tivesse trabalhado no barco, você tinha sorte, porque o barco teria boa estabilidade na água e seria veloz com o vento. Jannit reconhecia o talento quando o via e logo confiou em Rupert o suficiente para ele trabalhar sozinho. O primeiro barco que Rupert construiu sozinho por inteiro foi *Muriel*. Pintou-o de verde escuro como as profundezas do rio e lhe deu velas de um vermelho forte como o pôr do sol no mar no final do verão.

Lucy Gringe

Lucy Gringe tinha conhecido Simon Heap numa aula de Canto para moças e rapazes quando os dois estavam com catorze anos. A sra. Gringe a tinha posto na aula para ela não se meter em confusões durante o verão. (Simon estava na aula por engano. Silas, que tinha problemas de leitura e costumava confundir as letras, achou que era uma aula de **Encanto** e cometeu o erro de mencionar o assunto com Sarah uma noite. Simon ouviu por acaso; e, depois de muita insistência, Silas fez sua matrícula na aula.)

Lucy adorava o jeito de Simon de querer ser o melhor cantor na aula, exatamente como sempre queria ser o melhor em tudo o que fazia. E gostava dos olhos verdes de Mago e do cabelo louro e encaracolado também. Simon não fazia ideia do motivo pelo qual *de repente* tinha começado a gostar de uma menina, mas, por alguma razão, descobriu que não conseguia parar de pensar em Lucy. Eles continuaram a se ver sempre que podiam, mas mantinham em segredo os encontros. Sabiam que nenhuma das duas famílias aprovaria.

O dia em que Lucy fugiu para se casar com Simon Heap foi o melhor e o pior dia da sua vida. Foi o melhor até o momento em que os Guardas irromperam na Capela e levaram Simon dali. Depois disso, Lucy não se importava com o que acontecesse com ela. Gringe chegou e a levou para casa. Ele a trancou no alto da torre da casa do portão para impedir que fugisse e lhe implorou que esquecesse Simon Heap. Lucy se recusou a obedecer e não quis falar com o pai de modo algum. Gringe ficou desolado. Só tinha feito o que considerava melhor para a filha.

O Inseto Escudeiro de Jenna

Quando a ex-centopeia caiu de cima de DomDaniel, ela ricocheteou no chão e acabou parando no alto de um barril. As águas carregaram o barril quando o *Vingança* foi puxado para baixo na Lama Movediça. Ele foi boiando até o Porto, onde conseguiu parar na praia da cidade. O Inseto Escudeiro secou as asas e saiu voando para um campo próximo dali aonde um circo ambulante tinha acabado de chegar. Por algum motivo, ele sentiu uma aversão especial por um palhaço inofensivo, e era enorme a diversão da plateia quando o inseto todas as noites perseguia o palhaço pelo picadeiro.

Os Nadadores e o Barco das Galinhas

Os dois nadadores atirados do *Vingança* tiveram a sorte de sobreviver. Jake e Barry Parfitt, cuja mãe tinha insistido para que aprendessem a nadar antes que se tornassem marinheiros, não eram nadadores de grande força e mal conseguiram manter a cabeça fora d'água enquanto a tempestade caía furiosa ao seu redor. Estavam começando a perder as esperanças quando Barry viu um barco pesqueiro vindo em sua direção. Apesar de parecer que não existia ninguém a bordo do pesqueiro, havia uma estranha prancha de embarque que descia do convés. Com as últimas forças que lhes restavam, Jake e Barry conseguiram se içar até a prancha e se jogaram no convés, onde se descobriram cercados de galinhas. Mas eles não se importavam com o que os estivesse cercando desde que não fosse água.

Quando as águas por fim escoaram do Brejal Marram, Jake, Barry e as galinhas foram parar numa das ilhas do brejo. Decidiram ficar ali mesmo, fora do alcance de DomDaniel, e, em pouco tempo, havia uma próspera granja a alguns quilômetros da Ilha Draggen.

O Rato Mensageiro

Stanley acabou sendo resgatado da prisão embaixo do assoalho do Lavatório Feminino por um dos antigos ratos da Agência de Ratos que ouviu falar no que lhe havia acontecido. Ele passou algum tempo se recuperando no ninho de ratos no alto da torre da casa do Portão Leste, onde Lucy Gringe se habituou a lhe dar biscoitos e a lhe contar seus problemas. Na opinião de Stanley, Lucy Gringe tinha tido a sorte de escapar por um triz. Se alguém tivesse perguntado a Stanley, ele teria dito que os Magos em geral e os Magos chamados Heap em particular não passavam de uma tremenda encrenca. Mas ninguém nunca perguntou.

Este livro foi impresso na Editora JPA Ltda.